光文社文庫

名探偵は嘘をつかない

阿津川辰海

光　文　社

登場人物

被告人――阿久津透

請求人――黒崎謙吾
神木柚月
相島雅夫
三宮雄人
星影美空
火村つかさ

被告側代理人――瀬川邦彦
原告側代理人――遠上蓮
裁判官――榊遊星

プロローグ

探偵が現場に着く頃には、全ては手遅れなのである。

火村《ひむら》つかさは探偵助手として十年間勤め上げるうちに、ようやくそんな真理を自覚した。犯人は悲劇の引き金を引いた後で、結果だけが目の前にある。

「探偵機関特務探偵士・阿久津《あくつ》透《とおる》。ならびにその助手・火村つかさ、ただいま到着いたしました」

お疲れ様です、と現場の警官たちが敬礼する。つかさと阿久津が通り過ぎると、「あれが阿久津透か？」「あれだろ、傲慢《ごうまん》で性格最悪っていう」「うわ、本当に助手一人しか採ってないんだな」「困ってるって噂《うわさ》もあるぜ」「馬鹿、聞こえるだろ」……そんなひそひそ声が一斉に耳《じ》朶《だ》を打ってくる。振り返って一睨《にら》みすれば黙るだろうが、もう、慣れた。

探偵機関は警察庁の下部組織として、知能犯罪・頭脳犯罪の捜査を担当している。今回つかさたちが派遣された事件では、RPGゲームに見立てられた殺人が起こっているという。事件に不可解な謎が存在する時に探偵機関にその事件の捜査を嘱託する。見立ての意図が不明というのもその一つだ。

見立て殺人と分かるまで時間がかかった。見立ての題が、警官が思いつき、県警から警察庁に協力依頼が届き、警察庁が探偵機関に事件を嘱託し、探偵機関が個々の探偵に依頼を出してから、ようやく探偵士の出番となる。つかさたちに依頼が届いたのが三時間前のことで、現場となった郊外のホテルに到着した時には三件目の犯行を許してしまった。

やはり、探偵が来るのは遅すぎる。

ホテルの一室に警官がひしめいていた。調度はベッドが一台にテーブルが一つ、冬場なので石油ストーブが出してある。間取りは居間とバスルーム、トイレだけのシンプルな作りだが、大きく取られた窓からの眺めは良さそうだ。

三件目の殺人は「水」の見立て。被害者の苗字は「水」原で、死体は浴槽の縁にもたれかかるような形で発見されたという。

「お疲れ様です。死体は既に運び出してあって、空室だった隣の客間に移してあります。今は室内の鑑識作業を進めています」

「ご苦労。後で現場写真を見せてくれ。つかさ、僕は死体が発見された浴槽を見てくるよ。君は一足先に、隣の客間に行ってもらっていいか」

「どうして？　それなら私も現場の方を先に……」

「……いや、行ってきてくれ。まだ僕は顔を出すべきじゃないだろうから」

何だそれは、と思ったが、ひとまず言われた通りにした。

隣の客間に入ると、ベッドに横たわった死体の前に、見張りの刑事なのか、男が一人立っていた。死体はブルーシートを被せられているが、顔と首は露出している。喉元に傷口が開いている。犯人は毎回、ナイフで首を裂いているらしい。

死体を見るのも、もう、慣れた。

だが、死体と刑事の顔を認めた瞬間、つかさの体は硬直した。

刑事はつかさの兄――火村明《あきら》だった。そして、死体の方は。

(あれは確か、兄さんの恋人の……)

兄に紹介されて何度か食事に行ったことがある、よく見知った顔だった。水原優子《みずはらゆうこ》さん。どうしてこんなところに？

兄は自分の恋人の顔を見下ろしている。微動だにしない。体からすっかり力が抜け、生気も失われているように見えた。

突然兄が死体の上に屈みこんだ。つかさは声をかけるタイミングを失っていた。

兄は死体の胸元にかけられた、真四角の石を嵌《は》め込んだペンダントの革紐《かわひも》を掴《つか》んで、死体から取り外す。

絶句した。

(恋人が死んだのなら形見の一つくらいは取りたくなるだろう。しかしそれは警官としての倫理に反するのではないか)

だけど声が出せず、兄がペンダントをポケットの中に滑り込ませるのを見守っていた。

「兄さん……？」

兄が肩を震わせて、ゆっくりと振り返った。しばらく魚のように口を開いたり閉じたりしていたが、やがてこう尋ねた。

「まさか、今回の担当探偵って……」

つかさは小さく頷《うなず》いた。

「阿久津は、今？」

「現場の浴室に向かったよ。私は先にこっちの様子を見てくるようにって。兄さんのことを気にしてたんだね。阿久津にも、そのくらいの情はあったみたい」

「そうか」

兄の喉仏がゆっくり上下した。

「……優子との、約束なんだ」それが呼び水となったように兄はまくしたてた。「このペンダントさ、神様の力があるんだと。それで、身に着けていた信心深い人間を生き返らせてくれるって」

兄は笑った。自分で自分の発言がおかしくなったように。

「馬鹿みたいな話だろ。でもな、それが、全部本当ならって思って、それで」

子供の言い訳みたいだ。それ以上聞いていられなくなって、つかさはとぼけた口調を心がけて言う。

「ペンダントって、なんのこと？」

そう言うこと自体、見ていましたと言っているようなものだが、兄は汲《く》み取ってくれた。

「すまない」兄は絞り出すように言った。「すまない」

「謝ることないでしょ。……むしろ謝るのは私の方だよ。着くのが遅くなってごめん。まさか、こんな……」

つかさは下唇を噛《か》む。

「だけど、阿久津が来てくれたんだろう。あの人なら、きっとすぐに事件を解いてくれるだろ。ほら、前に高校生の飛び降り事件、一緒に捜査したじゃないか。あの時みたいに」

そう言って俯《うつむ》いた時の兄の目は危うかった。自分の恋人の死体を見下ろしながら、決してそれを忘れないとでも言うように。つかさは声をかけるのをためらった。今から思えば、どうしてその時に止めてやれなかったのかと思う——。

その翌日のことだ。

火村明は殉職した。


思えば。

あの事件を起点にして、つかさの中で十年間煮詰まったものが噴きこぼれ始めたのだと思う。それが今この裏切りを火村つかさにさせている。

(いや、構うものか)

先に裏切ったのは阿久津だ。阿久津がつかさの信頼を裏切ったのだ。探偵としての信頼を。探偵としての阿久津を信頼する思いを。最悪の形で裏切った。兄の死という形で裏切った。

——だから私もユダになるのだ。

「それでは、ただいまより、本邦初の探偵弾劾《だんがい》裁判を開廷する！　被告人・阿久津透は前へ！」

裁判官・榊遊星《さかきゆうせい》の声が手狭な模擬裁判場によく響き渡った。

榊の声に応《こた》えて、阿久津が証言台に進み出る。落ち着き払った顔をしているのが癇《かん》に障った。

探偵弾劾裁判がいかにして始まったか。その事情を語るためには。

やはりあの日。つかさが探偵事務所を辞めた日から始めるのがふさわしい。

＊

「それでは、ただいまより、本邦初の探偵弾劾裁判を開廷する！」

僕——火村明は、いよいよこの時が来たのだ、と身の引き締まる思いだった。

被告人席に座り、こちらに背を向けている阿久津透の姿を見る。表情は見えないが、背筋は上から吊るされたようにピンと立ち、異様なまでに落ち着いた様子だ。

そして、傍聴席に目を転じると、そこに僕の妹の姿があった。火村つかさ。彼女は燃えたぎるような瞳を、阿久津透に向けていた。

その目を見て、もう一度決意を新たにする。

——僕は必ず、妹の復讐を止める。

——そのために、神様の力まで借りて、ここに戻ってきたのだ。

第一章　春にして君を離れ

火村つかさが自分の職場に正式に辞表を提出したのは、四月の終わりのことだった。

探偵大学校を卒業して以来、十年余り勤め上げた職場である。彼女が四月の終わりに辞めた理由は、上司の耐えがたい裏切りだった。

「火村つかささん、だな」

低い声に呼び止められて振り返ると、見知らぬ男が立っている。

まるで猟犬のような男だ、とつかさは思った。

白くなった髪の毛と深い皺《しわ》が年齢を感じさせた。くたびれたシャツを着て、スーツのズボンにも皺が寄っている。顔の下半分を覆った髭《ひげ》が不潔な印象を強めているが、あくまでもその眼の光は鋭い。獲物を追いかけるためにその全てを投じ、見栄《みえ》も外聞も顧みぬ、そんな猟犬。

「そうですが、あなたは？」

男は無造作にズボンのポケットに手を突っ込み、警察手帳を取り出した。

「黒崎謙吾《くろさきけんご》。あんたは阿久津透の探偵助手、で間違いねえな」

「さっきまで、そうでした」

「へえ」黒崎の眉《まゆ》が動く。「それは、それは」

「今日付けで阿久津の助手を辞めましたので。そういうことで、捜査協力の依頼でしたら、直接彼にお願いします。それでは――」

「いや、いや。それが違ってな。捜査協力の依頼じゃあねえ。あんたが探偵助手を辞めたってんなら、むしろ好都合なのさ」

「……どういうことでしょうか」

「あんたは十年来、名探偵・阿久津透の探偵助手だった。つまり、あんたは阿久津のことを嫌というほどよく知ってる。ひょっとしたら、あいつの親の次に知ってるだろう」

過言、とも言い切れない。阿久津にはきょうだいも恋人もいない。何人採ってもいい探偵助手も、私一人しか採らなかった。

つかさにはこの老刑事が何を企んでいるのか想像も付かなかったが、不思議と興味が湧《わ》くのを感じた。


この国では、警察庁の補助機関として、探偵機関なるものが置かれている。

探偵機関は警察庁の下部組織であり、警察庁に嘱託されて初めて、捜査を行う権限を有する。

警察庁は高度な頭脳犯罪と認められるものを探偵機関に嘱託し、探偵は警察庁の指揮の下で己の頭脳を閃《ひらめ》かせる。高度な犯罪が増加するに伴い、足の捜査と頭脳労働の分化が必要とされたために生まれた制度である。

探偵になるためには、特別の養成機関――「探偵大学校」を卒業し、国が課す厳しい試験を潜《くぐ》り抜ける必要があった。探偵試験を通過すると、以後は「探偵士」として活動することが可能になる。

火村つかさと阿久津透は、探偵大学校の同期であった。つかさが探偵助手、阿久津透が探偵士であり、二人で犯罪捜査にあたってきた。

――それも、今日で終わりなのだが。

つかさは黒崎と喫茶店に入った。職場から遠いところで、程よい店内BGMがかかっているので、腰を据えて話すのに向いている。

「さて」

強面《こわもて》の刑事は既に煙草《たばこ》に火をつけてスパスパやり始めていた。

「俺は今、ある訴訟の準備を進めていてな」

過去に阿久津透と関わった人物の依頼だろうか。つかさは逸《はや》る気持ちをグッと抑えて、黒崎に続きを促した。

「その訴訟は民事訴訟、刑事訴訟の類《たぐい》じゃない。この国で初めて行われる裁判になる」

「それは？」

「探偵の弾劾裁判」

黒崎の言葉に、思わず唾《つば》を呑んだ。

探偵機関が存在するとはいえ、探偵士が必要となる事件の数は必ずしも多くない。警察庁は、例えば前歴のある窃盗人の犯行と見られるものとか、警察によるローラー作戦の方がよほど効果のあるものなど、警察が、警察が行う従来の捜査手法の方が有効な案件についてはそもそも探偵に「発注」しない。警察が、探偵に扱わせるべき事件を選り分けているのだ。そういうわけで、扱う事件はごくわずかで、探偵士も全国にわずか百名しかいない。

こうした探偵が訴訟の対象となる場合、その多くは、捜査機関の捜査態様の違法性を問う刑事裁判の事例に吸収される。探偵の言動が名誉毀損を構成するため、民事訴訟で賠償金を請求するなどの少数事例があるにはあったが、請求が通ったのは悪質なわずか一、二例にすぎない。

「しかし——探偵機関に弾劾制度は存在しないはずです」

「そうだ。日本に今ある弾劾制度の代表は裁判官の弾劾制度だが、絶対数において探偵士の方が圧倒的に少ねえ。しかも、探偵は俺たち警察の下部組織という扱いだ」下部組織、と口にする時だけ、黒崎は嘲《あざけ》るように笑う。「そんな機関の、百名の間で起こるごく少数の事例に対処するために、裁判官の弾劾制度にあるような、衆参議員が構成員の訴追委員会を置くだとか、常設の弾劾裁判所を置くだとか、そんな金は回せねえわな」

「その代わり、探偵試験を厳しくすることで、探偵自体の質の向上を図る。だから弾劾制度は設けなくてもいい……探偵機関関連立法の法制審議は、おおむねそのように落ち着いたと、大学校では教わりましたが」

「おっしゃる通り。良くお勉強なさっているようだ」

黒崎の皮肉を受け流し、話を続けさせる。

「探偵は探偵大学校を卒業し、厳しい国家試験を受けなきゃならん。もちろん筆記・実技も課されるが、それ以上に重視されたのが性格検査だ。あらゆる形式の性格検査、何度も行われる面接、ひいては探偵大学校での素行までを勘案して、探偵士は選ばれる。国の探偵とはいえ、関係者の間を嗅《か》ぎまわって、土足で踏み入ることには変わりねえわな。そこで、人間的にも優れた人物だけを探偵として起用することとしたってこった。役所叩きの予防線だな」

「この国では、事件関係者は滅多に探偵を恨みません。むしろ、事件をエレガントに、かつ迅速に解き明かすと尊敬を集めているくらいです」

そう。奇妙なことに尊敬を集めている。

いわく、わずかな手がかりからでも、早期に解決に導き、被害の最小化に努めている。

いわく、刑事が取り調べで自白を強要するような荒っぽい手段は用いず、あくまで柔和に、関係者の嘘《うそ》を暴き、心理の綾《あや》を読み解く。

いわく、犯罪者の心情にも寄り添ってくれるので、罪の意識に苛《さいな》まれる犯罪者のことも救ってくれる……。

更に、探偵大学校の倍率も非常に高い。大学校では、医学・薬学・物理・法学・国文学・音楽・美術……と、あらゆる教養を幅広く叩き込まれる。これは、数々の探偵の功績が示すように、事件解決にどのような知識が役立つか事前には分からないからだ。どのような雑学でも貪欲に吸収し、教養を深め、各分野の専門知識を身に付けることが求められる。このような教育を受けた探偵大学校の学生の進路は、大きく三つに分かれる。探偵、探偵助手、そして通常の就職だ。探偵ないし助手になれずとも、広範な知識を身に付けた意欲旺盛な学生は、民間でも引く手数多《あまた》である。つまり「つぶしがきく」のだ。今では、親が安心する子供の進学先として、旧七帝大に並ぶ、とも言われている。

「そう。探偵は世間から尊敬されてやがる。傍《はた》から見て気味がワリいほどにな。だが、阿久津透については事情が違う」黒崎はヤニで汚れた歯を見せて笑った。「だろ？」

つかさは息を詰《つ》まらせた。言いにくいことをズケズケ聞いてくるのには辟易《へきえき》するが、確かにそうなのだ。だから、自分はあの事務所を辞めたのではなかったか。

「だが、そいつも無理はねえ」黒崎は煙を吐いた。「厳しい試験を課して、人格の優れた人物のみを採用する現状じゃあ、阿久津透は完全な異分子さ。何せ、あいつは高名な阿久津源太郎《げんたろう》様の息子だからな。いわゆる親の七光り。探偵機関としても、源太郎が睨みを利かせてるから、フリーパスで探偵資格を与えるしかなかったんだわな」

つかさは、黒崎の阿久津に対する呼称が「あいつ」になったことを意識しながら、阿久津源太郎、という名前を口の中で転がした。

探偵機関の設立には、首長・阿久津源太郎の若き日の栄光が深く関係している。

警察キャリアの花形として入庁した阿久津源太郎は、中年の境を過ぎてのち、鋭い推理力と洞察力により、捜査指揮に抜群の手腕を見せ始めた。その推理と洞察は、フィクションの中の名探偵さながらであったという。いつしか、源太郎に難事件が回され、彼が推理し、裏付けに捜査員が足を使う体制が確立された。この、阿久津源太郎と捜査員たちの関係性を、組織レベルに拡張できないか——。そんな発想が、探偵機関という世界にも類例のない機関を生み出したのだという。

「源太郎は自分の息子に、大きな期待をかけていた。まだ中学生の頃から、自分の担当する事件に息子を連れ回していたんだとさ。そんな息子を、性格の悪さを理由に、探偵機関が撥《は》ねのけるなんてわけにはいかねえだろ」

「……こうして、探偵が一般には尊敬を集めている状況とは裏腹に、憎まれ者の探偵が誕生した。だから、彼の弾劾裁判が必要となった——そう簡単な話だとは思えませんけど」

「性格が悪いから、弾劾しますっつうんじゃ、いくら何でもひでえ話だわな」黒崎は笑った。「だがそれだけじゃねえ。現実に、あいつはおよそ探偵として許されない行為を繰り返している。そうだろ?」

黒崎はそう言うと、鞄から厚いファイルを取り出した。ファイルからは、執念じみた気迫を感じた。プラスチック製で、端が割れ、ところどころに貼られた付箋《ふせん》も鞄の中に押し込めたせいで折れてしまっている。

ファイルを開くと、びっしりと文字の詰まった紙や、クリップ止めされた写真のコピー、黒崎自身の手によるのであろうメモ書きなどが一斉に目に飛び込んできた。

「阿久津透がこれまでに関わった全ての事件の捜査資料だ。捜査記録をコピーさせてもらってる。阿久津は扱ってきた事件全てで悪行を働いたわけじゃあねえ。ただ、中でも悪質なものは何件かあってな。犯人への自殺教唆《きょうさ》、関係者への精神的危害。最近のもので、職務の懈怠《けたい》として争えそうなケースは例えば……」

黒崎は淀みなくそう言っておきながら、次の言葉を続けるのをためらっていた。しかし、やはり「その事件」に触れるのが、黒崎がつかさに会いに来た目的なのだろう。

つかさはそっと腹を決めた。

「二か月前——ゲームイベントでの連続殺人事件ですね。私の兄も、犠牲者の一人でした」

黒崎は言葉を引き取られたことに、安堵《あんど》するような、申し訳なさそうな表情を浮かべた。

「イベントには、そのゲームのファンだった兄の恋人も参加していて……。彼女も殺されてしまいました。とっても優しい人だったのに……」

兄と、兄の恋人をいっぺんに失った事件である。つかさの口中にも、自然と苦いものが広がっていく。

事件の舞台となったのは、二か月ほど前に開催された、とあるゲームのファン交流イベントである。ゲームのタイトルは『ファンタジー・オブ・バース』と言い、四人の光の戦士たちが魔王に立ち向かう、王道のＲＰＧだ。略称を、英語にした頭文字を一文字ずつ取って、ＦＯＢと言う。

このゲームは二十五年ほど前にファミリーコンピュータ、通称ファミコンで発売されたタイトルだったが、若い時にこのゲームで遊び、今は大人になった世代をターゲットにして、最新のゲーム機でリメイクされた。グラフィック、ゲームシステムなどが大幅に改変されたが、ファミコン時代にカルト的人気を誇ることになった斬新なストーリーには、ほとんど手を加えられなかったという。

「イベントの中心であるそのゲームには、ストーリー上に際立った特徴がありました。それは、メインキャラクターである光の四戦士──それぞれ、火・水・土・風を司《つかさど》る戦士たちが、話がクライマックスになるにしたがって一人ずつ戦死していくということです。火の戦士は炎に焼かれて、風の戦士はかまいたちに切り裂かれて……」

「犯人は四戦士たちの死に様に見立てて、四人の男女を殺したんだったな。ゲームの順番通り、風、土、水、火、の順だ」黒崎は憎々しげに言う。「何でそんなゲームが人気になるかねえ。俺はゲームなんぞしたことないからよく知らんが、キャラクターが無惨に殺されて、はいこれからは使えませんってんじゃ、ストレスも溜《た》まるだろうに」

「そうですね。RPGではキャラクターのレベルを上げたり、装備を整えたり、技を覚えさせたりといったキャラクターの育成をする必要があります。ところが、FOBではこのキャラクターが途中で使えなくなり、今まで四人だったのが、次からは三人で戦わされるようになる。最後はとうとう一人に。FOBのファンでない人は、よくこの点を捉《とら》えて、『FOBはクソゲーだ』と評します」耳慣れない言葉に黒崎が眉を動かしたが、つかさは構わず続けた。「しかし、このストーリーはすごい、斬新だ、とハマってしまった一部の熱狂的な層は確実に存在したのです」

「ほお。さすが、詳しいな」

「助手の仕事ですから、調べさせられたんですよ。……調べさせておきながら、阿久津は個人的にゲームに詳しかったみたいですけどね」

つかさは吐き捨てるように言い添えた。

「そして、ファン交流イベントでは、二十五年前からの古株と、リメイクから入った新規の若いやつらが集まっていた」黒崎は痛ましいとでも言うように、少しだけ眉を顰《ひそ》める。「で、一連の連続殺人事件の犯人は、わずか十歳の少年だったわけだ。名前は――」

彼がファイルに手を伸ばそうとするのを制するように、つかさは忌《い》まわしいその名前を口にした。

「あの子の名前は、天童勇気《てんどうゆうき》でした」

「自分の兄を殺した犯罪者に、あの子もクソもねえだろ」

「そうですね。でも、彼はもう死んでいますから――。魔王ゾルキーアは光の四戦士を打ち倒した後、自死を遂げます。阿久津の推理を受けて、彼は自分の見立て殺人を完成させるために、自殺してしまったんです」

「魔王が自殺？」黒崎は驚いた。「その話は調書に書いてなかったぞ。真相を言い当てられた犯人が絶望して自殺っつう、お定《さだ》まりのパターンだと思っていたが……」

「さすがに、事件調書にゲームの内容まで書く警察官はいないでしょう。魔王が自殺するのはこういう事情です。このゲームはそもそも、火の戦士の父親である勇者が魔王軍に破れ、十六年後に、火の戦士と、その同胞たちが四戦士として立ち上がったという設定です。しかし、実は魔王は、この火の戦士の父親が変貌を遂げた姿だった。自分の息子を殺してしまった元勇者は、絶望の淵に沈み自殺をする。光の四戦士の犠牲のもとに、魔王は『倒されて』ハッピーエンド。めでたしめでたしですね」

「父親による子殺し……。天童勇気は、ゲームに見立てて四人を殺したから、自分を魔王に見立てている。だから、結末の自殺もそのままなぞろうと思った……。だが、なぜ元勇者が魔王に変貌する？　あまりに無理筋じゃねえか」

「不思議なもので、人間が魔に挑み、魅入られて、魔に意識を呑み込まれてしまうというエピソードが、中盤できちんと描かれているんです。四戦士が訪問したある村の悲劇として。伏線ですね。そうした元人間の魔物には、魔物の破壊衝動と元の人間の理性が併存し、これが絶えず闘争を繰り広げているという補助線まで引いてあります。元勇者は魔王を倒しますが、その強大な力に意識を呑み込まれてしまい、魔王として自分の息子と対峙《たいじ》する羽目になる。しかし、息子の死を前にして、自分の体ごと魔王を殺してしまうことを決意し、成し遂げた……」

黒崎はしばらく黙り込んでいたが、やがて呆《あき》れたように首を振る。

「……分かんねえな、俺には」

「私だって、分かりませんよ」つかさはすっかり汗を掻《か》いてしまったアイスコーヒーのグラスに目を落とした。「話を、現実の事件に戻しますね。ともかく、そうしたゲーム上のストーリーになぞらえて、犯人、天童勇気は死んでしまったんです。それはもちろん、兄を殺されたことは憎いです。到底許せません。でも、彼は死んでしまっていて。阿久津の推理も、彼の自殺も、全てが目の前であっという間に過ぎて行って。

今まで長々とお話ししてきたゲームのことも、全部、あの子が教えてくれたんですよ。このゲームはどんなところが面白くて、すごくって、楽しくって……そんな風に、目をキラキラさせて話す彼の顔ばかりが浮かぶんです。犯人だと知らされても、どこかでまだ信じられなくて、本人に確かめようにも、彼は死んでいて。結局、私が思い出すのは、彼の天真爛漫《てんしんらんまん》な笑顔だけなんです」

「怒りの行き場を失った……そんなところだな」

黒崎は淡々とした声で言った。つかさはそれを冷淡とは受け取らない。犯罪被害者の想いを聞くことに、私たちは慣れすぎていた。いざ自分が同じ立場に立ってみて、困惑の只中に置かれる辛さもあるが、黒崎の態度も理解出来た。

だから、つかさはあっけらかんと、黒崎の〝ビジネス〟の話を聞いてやることにした。

「さて黒崎さん。FOB連続殺人は、探偵としての『職務の懈怠』の一つであると、そういうお話の流れでしたよね。詳しく聞かせてくれますか？」

黒崎はこれまたきょとんとしていたが、自分のしたい話を進められることに気付いた様子で、ゆっくりと身を乗り出す。

「火村つかささん。よく聞いてくれ」黒崎は舌で唇を湿した。「この事件で、阿久津透は、次に『火』の見立て殺人が起こることを確実に予測していた。そうだろ？　そして、イベント参加者の中に、『火』の付く名前を持つ者はあんたとあんたの兄貴、そして火神《ひかみ》という男の三人だけだった。しかし、あいつはあんたら兄妹を救う措置を何ら講じなかった。それどころか、刑事だった兄貴は、火神の身辺警護にあたらされていたらしいじゃねえか。結果として火村明——あんたの兄貴は殺された。これは探偵の職務懈怠として訴えるのに、ひとまず十分な事項だ。どうだろう？　あんたも一つ、この裁判に噛んでみてくれやしねえか？」

「兄が殺されたのは、透が探偵としての職務をサボったから……」

その言葉を反芻《はんすう》しながら、火村つかさはかぶりを振った。

「違うのです。阿久津透は、彼は、そんな生易《なまやさ》しい言葉では済まされないことをしました。だから、だから私は、彼の下を離れた」

黒崎の呼吸が変わった。

鋭い目がギラギラと輝き始めている。つかさの第一印象通りの、「猟犬」の表情が顔を覗《のぞ》かせ始めたのだ。彼は自分と同じ種類の人間だと直感した。謎に惹《ひ》かれ、解を求め、理想を追い、そして、その理想を踏みにじるように振る舞う阿久津透を怨《うら》んでいる。言わば同志なのだ。つかさは自らが阿久津透と決定的に離反するに至った、あの事件の隠された事情を語ることを選んだ。

「阿久津は天童勇気が犯人だと知っていた。そして、彼を捕まえるために、兄の死を利用したのです……」

＊

——燃え盛る火炎に、私の兄が焼かれていた。

火災報知器の警報が鳴り響くと、捜査会議をしていたつかさたちは部屋を飛び出した。一階の倉庫が燃えているとホテルマンが言い、消火器を持って駆け付けた。

嫌な予感は、しすぎるほどにあった。犯人の計画通りなら、次は名前に「火」を含んだ人物が『火』の見立てを施されて殺される。だとすれば、次の犠牲者は……。

露出した頬《ほお》を熱が撫《な》でていく。熱くてたまらない。それなのに、鳥肌が立って仕方ない。眼前の光景を受け入れることが出来なくて、そのまま踵《きびす》を返してしまいそうになる。

「いやあああああああああああッ！」

気付けば、つかさは走り出していた。兄を包む炎の棺へ——。周りから「危ない」という制止の声。それを振り切って、兄のもとへ駆け寄る。

仰向けに倒れた兄の死体、その背中から立ち上るように、炎がめらめらと燃えていた。肉の焦げる臭いが鼻をつく。恋人の形見のペンダントは、熱に晒《さら》されて、ヒビが入っていた。倉庫の一隅に四つのポリタンクが整列していた。その隣に、横倒しにされたものが一つあり、そこからどくどくと灯油が溢《あふ》れ出している。液体は兄の横たわった床を浸し、兄の体を炎で蝕《むしば》んでいた。

「早く……早く火を消して！」

後ろから聞こえてくる喧騒。ある者は消火器を探しに行き、ある者はバケツで水をかけ、ある者は着ているものを脱いで火元を叩く。誰もが懸命に消火活動に身を投じていた。

しかし、阿久津透だけは違った。

彼はつかさの前に躍り出ると、ポリタンクの倒れた場所に向かう。ポリタンクを持ち上げ、その下に灯油が垂れていないことを確認すると、おもむろにポケットからビー玉を取り出し、床に置いた。ゴロゴロと転がったビー玉は、兄を囲む炎の中に呑み込まれていった。

「阿久津……！　あんた、こんな時まで」

「探偵の責務は何よりも真相を解明することだ、ワトソン君。火事で証拠が消えてしまっては元も子もない」

彼の瞳にはぎらぎらとした炎が反射しているように見えた。

「あんたそれでも人間なの！　私の……私の兄さんが目の前で燃えているのよ！　早く、早く火を消さなくちゃ……」つかさは込み上げてくる涙を煤《すす》の付いた袖で拭《ぬぐ》った。煤が目に入って、余計に涙が出る。「あんたにとって、私の兄さんの命はそんなに軽いものなの？」

肺の中の空気がなくなり、思わず息を深く吸う。煙が喉を焼き、咳《せき》が止まらなくなる。誰かに腕を摑まれて、「危ないから下がっていろ！」と外に連れて行かれる。

つかさの目に最後に映った現場の情景は、横たわる兄の死体を見下ろす阿久津透の横顔だった。

その顔は、恐ろしいほど無表情だった。

目が覚めた時、まず視界に入ったのは阿久津透の姿だった。

「おや、お目覚めかい？」

彼はニヤニヤ笑いを浮かべながら言った。人を小馬鹿にしたチェシャ猫のような笑み。それは、この名探偵のトレードマークであり、いつもこの探偵が顔に張り付けているものだ。

ベッドから身を起こす。

黒の籐椅子《とういす》。白い壁。窓から差し込む柔らかな朝日。事件捜査の間、つかさの部屋として使われているホテルの一室だ。それは、昨日と何ら変わらぬ光景。

兄を亡くした世界は、残酷なほど昨日と地続きだった。

「私……」

「煙を吸ったのが良くなかったね。どこまで覚えている？」

阿久津の声はまるで世間話でもするようなテンションだった。

「……現場を連れ出されて、戻ろうとして抵抗したところまでは」

「その後、警備員が介抱してくれたとさ。僕はずっと現場に残ってたから、知らないが」

「あんたらしい」

つかさは深いため息を吐《つ》く。

「寝覚めに見るのがあんたの顔なんて、最悪。あーあ、今日はひどい一日になりそう」

つかさは震えてしまいそうになる声を押し殺して、冗談めいた口調を投げかける。

「……ねえ、兄さんは……」

「喉をナイフで掻き切られていた。今までの手口と同一だね」

容赦《ようしゃ》のない声が告げる。人としての情など感じさせない、平坦な声だった。この偏屈な男に対する怒りすら覚えさせないほどに、彼の声はあらゆる感情を抑圧していた。

「灯油は主に遺体の衣服に染み付いていたようだ。遺体の顔の損傷は少ない」

「……だったら、入れ替わりの可能性はないわね」

つかさはそんな冗談を言ってからすぐに悲しくなった。入れ替わりの可能性が、兄がまだ生きている可能性が残っている方が、どれほど救いがあっただろうか。

「慣れない冗談はやめたまえよ」

「そうね。これぱかりはあんたの言う通り」

「事件は、解決したよ」

「面白い冗談ね」

「ところがね。本当に解決したんだ」

つかさは耐え切れなくなって、皮肉を口にする。

「……それは良かった。でも、あんたの頭の働きがもう少し上等なら、兄さんは死なずに済んだのに」

阿久津は何も言わなかった。つかさは彼の表情を見るのが怖くて、顔を上げることが出来なかった。

仕事の難しさは分かっていた。探偵の存在は犯罪を高度化させ、被害者数をも増加させる。探偵を欺《あざむ》くことを前提に、犯罪者も物を考えるからだ。

今回の犯人も、見立てのために多くの遺留物を残しながらも、これまで尻尾《しっぽ》一つ摑ませなかった。だから、阿久津が四人の被害者を出して、ようやく真相に至れたとしても、それは責められるべきことではない――。

つかさも理屈では、そう、分かっている。

「必要……だったんだよね」

「君の兄さんの死が、か」

デリカシーの欠片《かけら》もない。だが、彼の直截《ちょくせつ》さが、今はありがたくも思う。自分では到底、口に出せそうにない。

「……必要だった。君の兄さんの事件現場が、ようやく僕を真相に導いてくれた」

「本当に？」

さすがに、鉄面皮《てつめんぴ》のような阿久津の心にも、兄の死が真実のために必要だったことが、少しでもつかさの救いになるのかもしれないと察したのだろうか。阿久津は一息つくと、ベッドの脇にしゃがみ込み、つかさの目を見つめて、言った。

「僕は自分の見つけた真実に、嘘をついたことなんて一度もないよ」

彼はそう言って微笑《ほほえ》むと、部屋の外へ出ていった。この十年で初めて見る、優しい笑みだった。

性格は最悪で、いつも人を小馬鹿にしていて。だけれど、探偵をしている時の彼は——比類なく、輝いているのだ。


「——さて」

阿久津透は、事件関係者をホテルの大ホールに集めて、予告した通り事件の解説を始めた。

「犯人は今回の事件において、執拗《しつよう》に『ファンタジー・オブ・バース』に見立てた殺人を繰り返しました。風守浪江《かざもりなみえ》さんの衣服は切り裂かれ、風に切り裂かれた風の戦士・リーファの死に様《ざま》に。土屋信二《つちやしんじ》さんの遺体には、植木鉢から運ばれた土がかぶせられ、地割れに呑み込まれ土に埋められた土の戦士・グランの死に様に。水原優子さんの死体は、宿泊していた部屋の浴室から発見され、水に呑まれた水の戦士・ユーリの死に様に。浴槽の縁に体を折ってもたれかかっていた様は痛ましいほどでした。そして最後には、我が助手火村つかさの兄、火村明さんが、殺害後その死体を燃やされてしまいました。火の戦士・フレイの見立てです。風、土、水、火。それぞれの文字を名前に含む四人の人物を見立てて殺し、ここに犯人の見立て殺人が完結してしまったわけです」

つかさは思わず体を震わせた。兄の死の有り様をまざまざと思い出した。

「しかし、犯人はたった一つ、あの火災現場に自らの痕跡を残しました。

現場に残されたポリタンクです。ポリタンクの中には二十リットルの灯油が入っています。

倉庫の壁には満タンのポリタンクが五つ並び、そのうちの一つが横倒しになっていました。犯人は『火』の見立てを行うために、この灯油を使ったのです。ポリタンクを持ち上げると、その下の床は灯油の跡一つなく乾いていた。そして、ポリタンクの落ちていた位置にビー玉を置いてみると、ビー玉はまっすぐ明さんの死体に向けて転がっていった。本当にごくわずかですが、床に傾きがあるんですね」

「えっ」ホテルの支配人は慌てた。「そ、そんな。うちは設計も管理もきちんと……」

「もちろんそうでしょう。この場合の傾きというのは、安全管理に問題のない程度でしょうね。建築上も居住上も不都合はない程度の傾きですよ。ご安心ください。僕は当ホテルが欠陥建築だなどと指摘するつもりは毛頭ございませんから」

阿久津はこういう時だけは、人が良さそうに笑ってみせる。

「話を戻します。ポリタンクの下は乾いていたことと、ビー玉が転がった方向を考え合わせると、ポリタンクは、それが並べられていた位置でそのまま横倒しにされ、灯油は床の傾きに従って明さんの死体にまで流れていった……こう考えることが出来ます。床はポリタンクから死体に向けて傾いているのですから、例えば、犯人が死体に灯油を注ぎ、それを元あった場所に投げ捨て、死体から使用済みポリタンクに向けて灯油が流れた……こういう可能性はあり得ません。犯人はポリタンクを横倒しし、それによって、死体を灯油に浸そうとしたのです」

「えっと……それが？」とつかさが言う。

「それが？」阿久津は鼻で笑った。「やれやれ、君の目はまったく節穴だね！　この見立て殺人で最も興味深い点はそこじゃないか！　いいかい、この殺人者は執拗に見立てにこだわり続けてきた。水原優子さんの死亡した浴室について、捜査員の記録を引用しましょう。『浴室の排水溝は塞《ふさ》がれ、浴室の扉にはテープで厳重な目張りがされていた』

　犯人はこうした工作を施した上で水道栓を開き、水原さんの死体を水中に埋没させた……。つまり浴室全体を使って、浴槽よりも巨大な水の棺を作り上げたのです。ドアを破って、水圧で水が流れ出た時には驚きましたね。風の見立てこそ苦心しましたが、土の見立てにおいても、犯人はあらかじめホテル中の植木鉢から少しずつ土を持ち出し、大量の土を死体にかぶせました。これほど見立てにこだわる犯人がです――ではなぜ、『火』の見立てにおいては、灯油を身体全体にかけることもせず、おざなりな見立てで済ませているのでしょうか？　ゲームにおいて、火の戦士・フレイは全身を火に焼かれ、顔すら潰《つぶ》されていたほどだったというのに。

　そこで、僕はこう考えました。犯人は、灯油の入ったポリタンクを持ち上げることが出来なかったのではないでしょうか？　だから仕方なく、ポリタンクを倒して灯油を届かせた。

　では、犯人とはどんな人物か。ポリタンクの重さは約二十キロ。関係者の中には、怪我《けが》を負った人物も、筋力が弛緩《しかん》する病気にかかっている人物もいない。とすれば、これを持ち上げられない人物とは、非力な人物――つまり、子供です！」

　つかさは気が遠くなるのを感じた。新旧のファン交流イベントとはいえ、参加している子供は一人しかいない。その人物は。

「さすがです。阿久津さん。まんまと、してやられてしまいました」

その人物、天童勇気は大袈裟《おおげさ》な拍手をしながら立ち上がった。

阿久津は眉をひそめた。

「ゆ、勇気君」つかさは立ち上がって少年の下に駆け寄った。「どうしてあなたが」

「お姉さん、顔が真っ青ですよ」

「どうして、こんな、見立てなんか……」

「だって、名探偵と戦ってみたかったんですもん。探偵がやって来るには、不可解な謎がないといけないじゃないですか？　だから、頑張って見立てをやってみたんです」

警察庁が探偵機関に捜査を嘱託するためには、事件が「探偵に嘱託するにふさわしいものでなければならない。不可能犯罪、不可解な様相を呈した犯罪、複雑な謎を備えた犯罪。天童勇気は、ヽヽヽヽヽヽ探偵を招くためだけに、奇怪な見立て殺人に手を染めたのだ。

つまり、そもそも見立て殺人である必然性すら存在しない。探偵を招くためなら、密室でも、ダイイングメッセージでも良かった――。

「そんな……理由で……」

兄が死ぬ意味は、どこにもない。

「はい」勇気はくりくりとした目を輝かせながら言った。「やって来たのが阿久津さんだった時はさすがにテンション上がっちゃいました。だって有名人ですもん。ほら、駄菓子屋さんとか、大きなおもちゃ屋さんとかに行くと、ガチャガチャって、あるじゃないですか。何が出てくるか分からないおもちゃ。そんな気分でした。どんな探偵さんが来るのかな、有名な人ならいいな、って」

つまり阿久津透が招かれたのも、火村つかさが同伴したのも、火村明が刑事として捜査に来たのも、全ては偶然ということだ。

「いやぁ、本当に良い休みになりました」天童勇気は朗らかな笑顔を見せた。「あの阿久津さんと出会って、戦えるだなんて。こんな楽しいことないですよ。後はミサさんに会ってみたかったなぁ。僕が生まれるより前の、伝説のＦＯＢプレーヤーなんて、何だかカッコいいじゃないですか」

「兄を、兄を殺したのは」

「最初は、火神さんでいいかなって思ってたんですよ。そしたら、つかささんっていう、火のつく人が一人増えました。さらに、警察官の中につかささんのお兄さんもいるって聞いて。警察官なんてモブだから、今まで名前なんて気にしてなかったんですけど。で、殺して一番面白いのは……やっぱ阿久津さんの身内かなって」

そんな感じです、と天童勇気は続けた。

「やっぱり、名探偵ってすごいですね。エリートですもん。でも阿久津さん。一つだけ間違っていますよ」

「……何？」

これまで口を開かず、犯人が告白するに任せていた阿久津が怪訝《けげん》そうに反応した。

「あなたは見立てが完成したと言いました。でも、違います。阿久津さんは、ゲームはやったことないんですもんね。じゃあ教えてあげます」

その時、阿久津の表情が一変した。

「よせ、やめろ！」探偵は大声で叫んだ。「警官！　誰でもいい、早く取り押さえろ！」

「もう遅いです。ゲームはね、こんな風に終わるんですよ」

そう言いながら笑うと、途端に勇気は喉を押さえて苦しみ始めた。口の端からつうっと血が流れている。

「毒だ！」刑事が叫んだ。「早く救急車を！」

つかさは茫然自失として、天童から教わったゲームの結末を思い出した。

「魔王は……四人の戦士を殺した後、絶望から自殺する……」

「おい、早く手を貸せ！　毒を吐き出させるんだ！」

「被疑者死亡なんてシャレにならんぞ」

喧騒に包まれる刑事たちをよそに、阿久津はずかずかと勇気に歩み寄ると、その胸元に摑みかかり、額をぶつけんばかりに顔を近付けた。

「おいクソガキ」

阿久津は低い声で恫喝《どうかつ》した。さっきまで行儀よく謎解きをしていた姿はもうない。まるで野生動物のような殺気を放ち、豹変していた。

「お前は今さぞ気分が良いだろうな。ゲームの結末を完璧になぞって見立て殺人を完結させる。そして今、自分は死んで華々しく『勝ち逃げ』するのだと思っている」

少年は身体を痙攣《けいれん》させながら、口元を歪めて笑ってみせる。

「大間違いだ。魔王は自分の息子を殺したことに絶望して自殺する。だがお前は違う。お前の見立てはお粗末なものだ。お前は外形だけなぞっただけで、全くなっちゃいない。火の見立てなんて、結局中途半端だ。お前は二流の犯罪者だ。いや、僕に尻尾も掴まれたんだから、三流さ。三流のイキがったクソガキだ。そうしてお前は、僕に敗北して惨《みじ》めに死ぬ。僕に哀れまれ蔑《さげす》まれ見下されながら、苦しみ悶えて死ぬのさ」

少年の目が大きく見開かれる。毒で既に焼けただれた喉から声にもならない叫び声を上げた。阿久津は少年を突き飛ばすと、まるで薬で死んでいく虫の様子を観察するような冷たい目を落とした。少年は先ほどまでの尊大さはどこへやら、怒りと憎悪と殺意を込めて阿久津を睨み付けながら、嘔吐《おうと》を繰り返す。

無惨な死に様だった。

阿久津の性格の悪さがたまに嫌になることがある。

しかし、犯罪者を憎悪し、追い詰めていくその容赦のなさは、探偵としての強い信念を感じさせた。だから火村つかさは、彼を最後のところでは信じている。

「阿久津——ありがとう」

まだ激情が冷めやらない様子の阿久津が、ちらりとつかさを見やった。

「今のは少しだけ、胸がスッとした」

「そうか」

阿久津はそれだけ答えて、黙って物言わぬ少年の体を見下ろしていた。

その瞳はどこまでも冷たく、昏《くら》い光をたたえていた。


……それから一か月半ほど経って、つかさは再び事件現場を訪れた。

探偵助手は、探偵が解決した事件について詳細な報告書を作ることが義務付けられている。シャーロック・ホームズが解決した事件について、ワトソン医師がやっていたことを、慣例として行っているわけだ。もちろん出版するわけではない。事件解決例を蓄積して、他の探偵たち、もしくは刑事たちの参考資料として役立てる——そんな大義名分こそ聞こえはいいが、要するに探偵助手の世知辛《せちがら》い雑務である。

事件現場を再訪したのは、報告書を作成するうちに、自分の記憶が不明瞭な部分を見付けたからだ。関係者にもう一度話を聞いてその部分を補完するのである。

阿久津透曰《いわ》く、つかさの記憶力はいい方である。どうでもいいことまで覚えていて、隅々まで覚えたどうでもいいことを、事件解決に必要なのかも分からないのに全部滔々と話す愚直さも持ち合わせている。それこそが探偵助手としての「才能」なのだ、と。つかさはそんな誉《ほ》め方をされても一向に嬉しくない。

——私も探偵になりたい。

——私も探偵が良かった。

そんな思いに囚《とら》われてしまうからである。

そして、今回の事件では、その記憶力もダメになってしまったらしい。兄を亡くしたショックのあまり、そうなってしまうのは当然だろう。

兄の事件のことは、未だに心の中で整理できていない。

天童勇気と言葉を交わすことが出来れば、何かが変わっていただろうか。いつから計画を立てていたのか、その背景に幼児虐待やいじめのような事情があるのかさえ知る術《すべ》がなかった。

勇気の両親が土下座で詫《わ》びに来た時には、怒りを通り越して、彼らはなぜ謝っているのだろうと憐れみすら覚えた。

彼のことを思い返しても、ビー玉遊びをする時の妙に真剣めいた表情や、ゲームについて語る時の天真爛漫な笑顔ばかりが浮かぶ。怒りも、憎しみも、どこにも行き場がない。まるでゲームのように現実感がない。真っ暗なテレビ画面に、毒々しい文字で「ゲームオーバー」の文字が表示されている時のような、滲《にじ》み出るような虚脱感のみが体を支配していた。

勇気が自殺する時、阿久津が浴びせた凄《すさ》まじい叱責《しっせき》。あれが、自分の言いたいことを代弁してくれ、つかさの想いを軽くしてくれたのかもしれない。

(まさか、あの阿久津がそんな情に溢れているとは、思えないけれど)

ようやく事件から解放されたところに、また助手が現れるのでは、関係者にもストレスが溜まる。だが、ホテルの職員たちはむしろつかさをよく気遣《きづか》ってくれた。事務員のおばさんなどは、待合室のソファにつかさを招いてから、やれ温かいお茶をどうぞだの、やれ寒くないかだの、やれ美味しい羊羹《ようかん》があるからどうぞだの、それこそ下にも置かぬ歓迎ぶりだった。

「大変ねえ。あなたの上司、ちょっとひどすぎるんじゃないかしら。報告書、でしたっけ？　そういうものを作らせるなら、あなた以外の助手に書かせた方がいいでしょうに」

おばさんは頰に手を当てながら、呆れたように言う。

「うちには、私一人しか助手がいないんです」

「あら、どうして？　五人も十人も助手を採ってるところもあるでしょ」

どうして、だろう。つかさ以外の助手は欲しくないし、必要ないと言われたのは覚えている。

「もしかして」おばさんは声を潜《ひそ》めながら言った。「二人だけの空間を、邪魔されたくない、とかじゃないの？」

「まさか。嫌です、あんなゴキブリみたいなの」

つかさは思わず早口になる。とはいえ、冗談めかしたおばさんの口調は、不愉快ではなかった。

「そういえば、あんたのところの探偵さん、ずいぶん寒がりなのね」

「え？　どうですかね。どちらかといえば暑がりなタチだと思いますけど」

「そうなの？　でも、あたしに聞きに来たわよ。灯油はどこにあるのかって。だから、倉庫にあった残り半分くらいのポリタンクを渡したの。探偵さんにあてた部屋の石油ストーブ、少なくとも半分は、灯油が残ってたはずなんだけどねえ。だから、すごい勢いで使ったんじゃないかと思ったの。もしくはあたしの勘違いか……」

「ちょっ、ちょっと待ってください」

つかさの頭が何だか熱を帯びてくる。

「阿久津の部屋ってどこでしたっけ。ちょっと今から連れて行ってもらえませんか」

おばさんが不審そうな顔をするのをよそに、二人は阿久津が事件当時宿泊していた部屋に向かった。

「この部屋、その後誰か入りましたか？」

「いいえ。うちのホテル、そんなに流行《はや》ってませんから」おばさんはからからと笑った。

つかさは部屋に入ると、まっすぐ石油ストーブに駆け寄る。

「満タンですよ、このストーブ」

「あら、そうなの？　うーん、あの量じゃ、とても満タンにはならないと思うんだけど……。まあ、きっと何か勘違いしたのね。メーターの読み方でも間違えたのかしら。探偵さんでも、そんな間違い、すること、あるのねぇ」

おばさんの笑い声を聞きながら、つかさは石油ストーブを見つめていた。その頭の中で、ふつふつと、ある疑問が立ち上るまでに、そう長い時間はかからなかった。


「おかえり」

事務所に帰ると、阿久津はソファに寝そべりながら悠々《ゆうゆう》と小説に読みふけっていた。つかさは阿久津にずんずんと歩み寄ると、いきなりその本を取り上げて机の上に叩きつけた。

「おい、何だよ乱暴だな」

「座りなさい」

阿久津は目を丸くした。いつでも何もかも見透かしたような顔をしている彼にしては、珍しい反応だ。だが、それも一瞬のことで、体を起こすとすぐ掻き消えた。

「どうしたんだい。このひと月、魂を抜かれた人形みたいだったのが、今日は随分と良い表情じゃないか」

「石油ストーブ」

つかさは最も効果的な一言を狙ったが、阿久津はとぼけたような顔を崩さない。

「今日、ホテルの事務員に確認してきた。兄が殺される前日のこと。あんたは、自室のストーブの灯油がなくなったと言って、倉庫からポリタンクを一つ持ち出した」

「ああ、そうだね。灯油が切れちゃったんだ。あの事件の時は二月で、一番寒さが厳しい時期だっただろ?」

「それは嘘。私が今日調べた時に、ストーブの灯油は満タンだった。そして、あの部屋は事件の時以来使われていないの。追い打ちをかけましょうか。あんたが持ち出したポリタンクは、半分以下の量だった。そして、その量の灯油を空のストーブに入れたとしても、満タンになる量ではない」

阿久津はぱちぱちと手を鳴らした。

「君も、一緒に学校で四年間勉強しただけのことはあるね。お見事。推理の真似事くらいは出来るみたいだ」

つかさは彼のペースに呑まれないよう、皮肉には応じない。

「ここから導かれる結論は一つ。あんたは、まだ灯油が切れていないストーブにわざわざ灯油を入れた……。おばさんの記憶通り、ストーブには半分灯油が入っていた。そこに半分のポリタンクから灯油を足し、結果的に中身は満タンになった。泊まり客がいなくて、今日まで満タンのまま証拠が保存されていたのが運のツキだったわね」

「それで君は何が言いたい？」

阿久津は眉を上げた。ようやく話の土俵に乗ってきたようだ。

「君が今、その大層な証拠とやらで示せたのは、僕が石油ストーブに灯油を足したという事実だけ。なぜそんなことをする必要がある？　重要なのは、なぜ、だよつかさ。僕は何度も言っているだろ。なぜそうしなければならないか、その全てを説明出来る推理だけが、正しい推理だ」

「あんたが、量が半分以下のポリタンクを持ち出したのは、倉庫にあるポ、リ、タ、ン、ク、を、全、て、満、タ、ン、の、ポ、リ、タ、ン、ク、に、す、る、た、め……違う？」

「そんなことをして何になる」

「全てを満タンにすることで、勇気君にポリタンクを『持ち上げさせない』ことが出来る。そうすることで、勇気君が犯人であるというロジックを作り上げた」

阿久津がようやく口を閉じた。つかさは背筋を走るような快感を覚える。自分の言葉で相手が追い詰められているという快感。肉食獣と、ハンター……そして探偵のみが覚えられる快感を、つかさは今味わっていた。

「あんたは兄さんが殺されるよりずっと前に、天童勇気が犯人だと気付いていた。それは恐らく、水原優子さんが殺された事件の時。浴室の排水溝は塞がれ、浴室の扉はテープで厳重に目張りされていた。バスタブだけでなく、浴室自体を巨大な浴槽に見立てて、犯人はそこに水を溜めた。発見された時、優子さんの死体はバスタブに半分もたれかかるようになっていたから、巨大な浴槽は過剰な演出とも考えられたけど、こう考えることも出来る。犯人は、優子さんを殺害したが、死体は浴室の洗い場の部分に倒れ込んだ。犯人はどうにか浴室の中に死体を押し込めることは出来たけど、バスタブに引き上げることまでは出来なかった。それは犯人が非力な人物だったから。そこで仕方なく犯人は、排水溝を塞ぎ、テープで目張りするという迂遠《うえん》な手段を使って、水の見立てを行わざるを得なくなった」

「しかし確証はない。警察官が浴室の扉を破ったことで、水は破れ目から勢いよく溢れ出てきた。当然、浴室の中では水流が起こる。洗い場に横たわっていた死体が水の浮力によりそこまで運ばれたと考えることも出来る一方で、バスタブに入れられていたのに、扉を開いた時の水流でバスタブに引っかかったと考えることも出来る。君の言った論理は成立しうるものではあるが、憶測の域を出ないものだ」

「そうよ。だからあんたはもう一度犯人に、今度は決定的なミスを犯させることにした。私たちは次に起こる事件をほとんど正確に予測することが出来た。次に起こる事件は『火』の見立て。あんたは倉庫のポリタンクに目をつけ、半分だけ残っているポリタンクを処分した。少しでも軽いものがあれば、あの子でも持ち上げられる可能性があったから。火神さんや兄さんを倉庫に近付けておく工作くらい、あんたならやったかもね。倉庫を兄さんの警備担当にしてお く、とか」

阿久津は口を開かなかった。

「そもそも、あんたがあの時、さもあつらえたかのようにビー玉を取り出して転がしたことからして、おかしなことだった。あのビー玉は、勇気君が遊びに使っていたもの。それを一つ借りたか、もしくは盗んだ。勇気君が『まんまとしてやられた』と言っていたのは多分このことでしょう。あんたはあらかじめ、あの倉庫の傾きという特徴に気付いていた。そして、解決の『伏線』を私の目の前で見せておくために、ビー玉を用意しておいた」

つかさはようやく、自分が本当に聞きたかったことに辿《たど》り着いた。信じたくはない、そして、口に出すのもおぞましい疑念について。

「あんたは兄の死を防げなかったんじゃないのね。あんたは……兄が死ぬのを、待っていたの？」

それでも、つかさは阿久津を信じたいと思っていた。

いつものとぼけたような顔で、自分の推理の穴でも指摘してくれれば。悪い想像に過ぎないとすっかり否定してくれれば。こんなつまらない疑念を抱いた自分を虚仮《こけ》にして笑い飛ばされてなお、許すかもしれなかった。

なのに、願いは届かない。

「僕は、明さんの死の翌朝、こう言ったね」

阿久津の声は、ゾッとするほど低かった。今すぐ、相手の口を塞ぐべきだとさえ思った。

「君の兄さんの死は」

「やめて」

「必要だった、と」

「やめてよ」

つかさの制止も虚《むな》しく、阿久津は言葉を止めなかった。

「――あれは言葉通りの意味だ」

つかさは阿久津の顔を呆然と見つめていた。阿久津は兄の死体を見下ろしていた時と同じ無表情だった。その仮面のような顔の下で、この男は何を考えているのだろう。

「謝罪はさせてくれ。すまなかった。これは僕の探偵としての腕が足りなかったせいだ」

その言い方にまた腹が立って、机に手を叩きつけた。

「『すまなかった』？　そんな言葉で済ませるつもり？　もっとはっきり口にしなさい――あんたは私の兄を『見殺し』にした。殺されるのを分かっていて、しかも自分の都合のいいようにお膳立てまででした。いいえ、『見殺し』でも足りない。あんたがやったのは、もっと、もっと、卑劣なこと。探偵への冒瀆《ぼうとく》よ。あんたは証拠を捏造《ねつぞう》した」

「捏造ではない。ポリタンクは、天童勇気が残した本物の手がかりじゃないか」

「捏造って言葉が気に入らないなら、卑劣な誘導と言ってもいい。あんたの行為は、正しい方法で犯人に辿り着く他の全ての探偵への冒瀆に他ならない。探偵への信頼を失わせかねない、重大な背信行為よ！」

阿久津は目を閉じていた。つかさの言葉を受け止めたのか。それとも、何も応えていないのか。

「犯人に辿り着く正しい方法とは何だ？　犯人が本物のミスを犯すまで、のうのうと時間を食いつぶすことか？　大切なのは経路ではない。時間のかかる経路などクソくらえだ。犯罪者の断罪という結果こそが、行為の正しさを証明するのではないか？」

「だからといって何をしてもいいことにはならない。それにあんただって、兄さんを殺させなかったら犯罪者を断罪できなかったんじゃない。あんたはただの無能よ」

無能ではないことをつかさはよく分かっていた。十年間の年月がそれを証明していた。だから今のは勢いだ。しかし、無能ではないことを知っているからこそ、彼の犯罪者への強い憎悪を知っているからこそ、阿久津が兄の死を利用したという事実がなおさら辛かったのだ。阿久津が犯罪者に限りなく近づいたようにすら感じた。本当に憎むべきは殺人犯であるのに、殺人犯よりも卑劣な男に阿久津が変じてしまったようにすら感じた。

それが許せなかった。

どうしても許せなかったのだ。

しかし、阿久津は事もなげに続けた。

「それにしても、驚いたな」

「今度は一体何に驚いちゃったの」

「君は生粋《きっすい》のワトソンであり、生涯ワトソンにしかなれない人間だと思っていた。正直、見込み違いだったんじゃないかとすら思うよ」

この男はこれで褒《ほ》めているつもりなのだ。しかし、頭が真っ白になるほどの激情に突き動かされていたつかさは、平素ならば聞き流す意地の悪い言い回しに、まさしく火に油を注がれたようになってしまった。

「そのお喋《しゃべ》りな口を早く閉じなさい」

つかさは机の上に片膝をついて身を乗り出し、阿久津の胸倉を掴んだ。

「さもないと」

「さもないと？」

阿久津の眉が、煽《あお》るようにくいと動いた。

「――殺してやる」

その言葉がつかさの胸の中にすうっと落ちていく。思念としてまとまりのついていなかったどろどろとした感情が、口に出した瞬間に、確固たるビジョンとしてつかさの胸に宿ってしまう。

つかさは恐ろしくなって、阿久津の胸倉から手を離した。悔しさと怒りが腹の底で渦巻いていて、無言で事務所を出て行こうとした。

ドアノブに手を掛けたところで、背後から阿久津の声が飛んできた。

「つかさ。名探偵の使命は何よりも、事件を解き明かすことだ。しかし同時に、誰にも納得の出来るように解き明かさなくてはならない」

つかさは振り返らずに言い返した。

「だからといって、その過程で何をしてもいいことにはならない」

「ならば、君とは信念が合わないね」

「気付くのが遅かったじゃない。名探偵のくせに。私は十年前から薄々気付いていた」

「そうか。それなら仕方がないな」

お別れだ、と阿久津は言った。

「君とはここで、さよならだね」

「ええ、さよならね」

扉を開けて外に踏み出す。十年間、探偵助手として働き続けた場所を後にする。

ちらりと後ろを見ると、阿久津はソファに座ったまま、こちらに背中を向けている。振り返ることすらしない。

探偵と助手の別れに、迷いはなかった。

*

「面白い」

黒崎の第一声はそれだった。今では、つかさへの気遣いなどは微塵《みじん》も感じさせない。目がギラついて、口の端には笑《え》みすら浮かべている。

「——黒崎さん？」

声を掛けられ、ようやくつかさの存在を思い出したようだった。彼は額を押さえる。

「すまねえ。不謹慎にすぎた」

つかさは首を振る。

「構いません。今の話の通り、阿久津透は、連続殺人を防ぎきれなかったというのではなく、証拠に手を加えてまで事件を思い通りに誘導してみせたのです。探偵の威信を失わせる、倫理に違反する行為としては十分でしょう」

「まあ、そいつは判事の決めるこった。何せ、弾劾裁判自体が初のことだからな」

黒崎はアイスコーヒーをぐいと飲み干した。

「しかし、どうだかな。あんたの兄貴を見殺しにした……それ以上に、死ぬのを待っていたとすら認められるっつうのは、確かに卑劣だ。だが、行為の類型としては、逆トリックにあたるかもしれない」

「そんな……」

逆トリックとは、トリックが通常犯人から捜査陣に向けて仕掛けられるところ、それとは反対に、探偵から犯人に仕掛けるトリックを意味する。犯人を証拠を処分しなければならない状況に追い込んでそこを捕まえたり、ドッキリ番組のように犯人を翻弄《ほんろう》して「秘密の暴露」を引き出す、などが典型例だ。

「阿久津の行為を外形的に捉えるなら、『犯人は非力』という決定的データを引き出すために、半分の量のポリタンクを処分して、満タンのポリタンクを使わざるを得ない状況に追い込んだ……とこうなる。あんたの兄貴の死が絡んでいる以上、態様は悪質だがな」

「しかし……」つかさはむきになって反論しようとした。

「いや、いや」黒崎は手を上げて彼女を制止する。「そうとも考えられるってだけのことさ。ただ、その一事《いちじ》をもって致命的と言えるかどうかまでは決めかねる、ってこった。しかしだ、俺たちの切り札は他にある」

「それは？」

「阿久津が関わったある事件だ。俺がさっき、あんたの話を『面白い』と言ったのは、あんたの話が阿久津の傾向を窺《うかが》わせるからさ」

「傾向？」

「証拠に手を加えるのをためらわないことだ」

つかさは目を瞬《しばたた》いた。

「俺は今、弾劾裁判のために、あいつが過去に扱った事件とその関係者を洗っている。だが、あんたの一件を逆トリックとも受け取れるのと同じに、他の事件も、これぞという決め手には欠ける。裁判官の心証を落とすことは出来るかもしれないが、決定的ではない。だが、この事件を扱えば確実に阿久津の探偵資格を剝奪することが出来る、そんなもんが一つだけある。

――相島《あいじま》早苗《さなえ》殺害事件だ」

つかさは息を呑んだ。

「あれ……ですか」

とはいえ、つかさはこの事件について詳細までは知らない。阿久津の探偵助手になる前の事件だからだ。先ほども話に出た、中学生の頃に解決した事件のうちの一つである。

「相島早苗殺害事件。阿久津透が解決した、二番目の事件ですね」

「そうだ。阿久津透は、相島早苗の死体と共に、密室の中で発見された……」

黒崎はファイルをめくり、『相島早苗殺害事件』と銘打たれたページを開く。

事件の経過はこうである。阿久津透は中学二年生の夏休みに、小学校低学年の二年を過ごした懐かしの町を再訪していた。その際に、当時世話になっていた私塾を何度か訪れ、講師や当時友人だった神木《かみき》柚月《ゆづき》と共に思い出話に花を咲かせた。訪れていたのは相島雅夫《まさお》・美佐子《みさこ》の夫婦が、地元の小学生に勉強を教えていた塾で、前年の夏には美佐子は病気で亡くなっていたため、雅夫は懐かしい阿久津との再会を喜んでいたという。

しかし、ある大雨の日に再会は突如として悪夢に変わった。

「これが相島家の図面だ」

図面の下側に大きな四角が描かれ、『本宅』と記されている。その四角と少し間隔をあけて、図面の左肩に『離れ』と記された小さな四角が配置されている。

「相島の家は、一昔前には私塾を開いて近所の小学生を集めていただけのこともあって、かなり広い日本家屋だ。そして、死体は離れで発見された」

黒崎は、本宅と離れの間に広がる空間を、トントンと指し示した。

「ここの距離はおよそ直線距離で五メートル。地面が露出していて、ここに阿久津の足跡が一筋だけ残っていた。本宅から離れに向かうものだ。第一発見者の相島雅夫が離れに向かうと、そこには娘の早苗の死体と、気絶した阿久津透の姿があった……。探偵向きに言うなら〈足跡のない密室〉ってやつさ。警察は阿久津透を第一容疑者として勾留した」

黒崎は目を伏せる。

「早苗は当時、九歳だった。惨《むご》いもんだよ」

早苗の死体は四肢《し》と頭部を切断され、血塗《まみ》れの部屋の中に散らばっていたという。密室、バラバラ死体、閉じ込められた名探偵。まるで三題噺《さんだいばなし》のような冗談めいた筋立てだ。

「いくつか疑問はあったぜ。早苗の足跡がない以上、早苗は雨が止む前に離れに移動し、阿久津は雨が止んだ後に離れに行ったと考えられるわな。だが、まだ中学生だったとはいえ、この状況で早苗を殺して、自分を密室に閉じ込めちまうことに気付かなかったのか？　とんだ大ポカだ。しかも、あいつは自白したのさ。あいつの自白は証拠調べで綺麗に裏付けられた。そして送検され、裁判が始まった。そこで」

「阿久津は……罪状認否で自分の犯行を完全否定しました。自白は刑事に強要されたものであり、自分は無実だ、と」

黒崎は不快そうに唇を歪める。

「そうだ。あいつは罪状を全面否認して、真犯人の存在──通称『X』の存在を主張した。自分が離れに向かった時、何者かが自分の後頭部を殴りつけ気絶させた、自分は罠《わな》に嵌められた……それがあいつの主張だった。最終的にあいつは無罪を勝ち取った。あいつが法廷で検察側の矛盾を突き、のちに自力で事件の真相を突き止めたからだ。真犯人Xの存在を、推理で導き出してな」

だがな、と黒崎は勢い込んで続ける。

「この事件に、真犯人Xは存在しない」

「その根拠は何なのでしょうか」

「警察は、阿久津が導き出したXの人物像や条件をもとに、かれこれ十九年間捜査を続けてきた。しかし、Xは発見されてねえ」

「発見されていないから存在しない、とするのはあまりにも乱暴ではありませんか？　もちろん、阿久津の肩を持つつもりはないですが」

「ごもっとも。だが、俺たち警察はXと思《おぼ》しき人物を見つけるたびに、阿久津の意見に阻《はば》まれてきた。忌々しいこった」

黒崎はファイルのページをめくる。人名とそのプロフィールがまとめられたもので、右には「容疑否定の理由」という項目が添えられている。ざっと二百人はいるだろうか。

「これがXと考えられてきた人間のリストだ」

「こんなに……」

「阿久津に意見を求めるまでもなく、警察の捜査のみで否定された容疑者も込みだがな。三分の一程度は阿久津の意見を容《い》れて排除した容疑者たちだ。阿久津はこの事件の解明を最後に、探偵大学校を卒業するまで探偵活動を控えたんだが、この件だけは別とばかりに熱心に口を挟んできやがった。事件当時のアリバイの立証や、導き出した条件への不適合、その他もろもろの細かいイチャモンをつけられてな。事件の直後はもちろんだが、あんたらが事務所を経営し始めてからも、数度呼び出した」

つかさが事務作業をしている間、阿久津が野暮用があると言って出かけて行ってしまうことがよくあった。あれは、このためだったのだろうか。もう既に別れを告げたはずなのに、つかさは探偵の秘密主義に疎外感を覚えた。

「そう、何人、何十人犯人候補を見つけてこようと、あいつは躍起になって否定する」黒崎はニヤリと笑った。「まるで、Xなんて本当は存在しないことを知っているみたいじゃねえか？」

「それは――」

「言いがかり、ってか？」

つかさは考え込んだ。この事件の詳細について、つかさは調べたことがない。それでも、黒崎の「X不存在説」には無理がある。

「では、相島早苗を殺害したXが存在しないとして、黒崎さんはこの事件をどういうものと考えるのですか？」

「決まってる。阿久津が早苗を殺したんだ」

黒崎は煙草の吸い口をひねりつぶした。根拠も示さずに「決まってる」もないものだが、つかさは努めて冷静に反論を試みる。

「しかし、その説には大きな疑問があります。先ほど黒崎さんもおっしゃいましたが、阿久津が相島早苗さんを殺害したとして、なぜ阿久津は現場を密室にしたのですか？　阿久津が犯人であり、Xの関与がないと見る以上、本宅から離れに向かう一筋の足跡は阿久津が残したものです。足跡が阿久津の移動通りの真正のものであるとしても、離れ側から何らかの手段を使って付けたものであるとしても、阿久津は確実にこの足跡の存在を認識していた。つまり、自分を密室に閉じ込めていると分かっていた。偶然はあり得ませんよ。扉や窓に鍵が掛かってしまったというのならともかく、自分の足跡を遺してしまうどんな偶然がありますか？　全ての事象に説明を付けられる推理だけが、正しい推理です」

やれやれ、と黒崎は首を振った。

「阿久津がよく言うセリフだぜ。ま、十年間も一緒にいりゃ、癖も移るわな」

黒崎の指摘に恥ずかしくなり、むきになって否定しようとしたところで制された。

「ま、それはいい。今の疑問に対する答えは、あんたの話の中にもうあったじゃねえか」

「え？」

「天童勇気が見立て殺人をした理由だ。探偵を呼ぶためには、探偵向けの事件がなくてはならない。とんでもねえ自己倒錯だが、照応するようにあんたの疑問を解いてくれる。阿久津透が密室を作り上げたのは、探偵が解くのにふさわしい謎だからだ」

いいか、と黒崎は続ける。

「これはな、徹頭徹尾演劇なのさ。演出万歳、贅肉《ぜいにく》歓迎のな。一度自白して裁判に持ち込み、そこで無罪を証明してみせるのも、全部あいつの演出さ。もちろん、殺害が計画的だったか、衝動的だったのか、そこまで証明する証拠は俺も握っちゃいねえ。だが、あいつは早苗を殺しちまった。そして、休暇中の探偵が逗留《とうりゅう》先で事件に巻き込まれると来れば、実に演劇的じゃあねえか。当然、探偵は事件を解くことを求められる。探偵機関を崇《あが》めるこの国での宿命だ」

「だから、自分が解くべき事件として、『謎』を作らねばならなかった……ですが、他の探偵に事件を解かれては意味がないのでは？」

「だから一度自白したんじゃねえか」

つかさは息を呑んだ。

「探偵機関は警察庁の補助機関だ。だからこそ、送検が完了して警察が追加捜査も必要ないと判断していれば、そもそも探偵に事件が嘱託されることがねえんだ。だからあいつは自白して、早々に事件を送検させた。『解決済み』にするためだ。そして、事件に誰も疑問を抱かないうちに、裁判で不意打ちを食らわせる。刑事裁判は、あいつの解決の舞台に利用されたってわけさ」

探偵が犯人であるがゆえに、密室を作らなければならなかった……。一度自白することと、他の探偵の介入を防ぐ刑事裁判の場を選ぶこと。演劇的に見える要素にもある程度の必然性がある。

阿久津透ならば――あの男ならば、それくらいはやりかねない。

つかさの胸にそんな疑念が巣食い始める。

「詳しく踏み入ると長くなるから後に回すが、あの離れの密室には、多くの証拠が残されていた。Xが使った密室トリックを暴く証拠、Xの人物像を暴く証拠。今まで話した通り、全てが阿久津の狂言だとすると……」

「それらの証拠は……阿久津の捏造になりますね」

どの証拠が本物なのか。阿久津透は何をやったのか。まるで霧に包まれたようなものだ。プロイセンの軍事学者であるクラウゼヴィッツの『戦場の霧』という言葉を思い出した。情報の制約された霧に包まれながら、有益な情報を見つけて、その中で最善の戦略をとらねばならない。『戦場の霧』とは、そのような戦争の特性を表した言葉である。

阿久津透がいたその密室を覆うのは、そんな霧だ。

霧が晴れた時、密室の中には一人の少女の死体と名探偵がいた。

その中で何が行われていたのか――情報は、阿久津透が全て握っている。

「そして、あんたの兄が殺された事件で、阿久津はそれを再びやった」

どちらの事件の証拠も、阿久津が読み解くのに都合のいいように組み立てられている。

「……つまり、阿久津の弾劾裁判において、私の証言は、阿久津の性向を裏付けるのにうってつけのものになる」

黒崎は頷いた。

「さすが、探偵助手だけのことはあるな。話が早い」

その言い方に少しかちんと来たが、こらえる。

その上で、より根本的な疑問に踏み込んだ。

「それにしても、あなたはほとんど断定的に、阿久津透犯人説を主張していますが——なぜ、そこまで阿久津の有罪を確信出来るのですか？」

黒崎は一度、何を言われたのか分からないというように動きを止めた。今まで一度たりとも、自分の考えが正しくないなどと考えたこともないというように。

しかしそれは傲慢《ごうまん》ではない。もっと切実な何かを、この男が人生を賭けるほどの何かを含んだものであることを、その真っ直ぐな瞳が語っていた。

やがて、彼は笑い出した。

「なるほど、なるほど。そりゃそうだ。一番重要なことを、すっかり話し忘れていたぜ。どんな証拠が見つかったのか——その質問への答えは随分複雑になる。要するに目撃者を発見したんだが、その内容を今ここで説明しても重要性はすぐには伝わらねえ。いずれにせよ、事件の詳細に踏み入る必要があるからな。

だから、今はもっと簡単な、分かりやすい理由を言ってやろう」

前のめりになり、声を潜めて言った。

「あいつを取り調べたのは俺だ。だから俺だけは知っている。取調室の中の真実を知っている。あいつが自白を強要されていないことを、この世で一番よく知っている」

黒崎は椅子に座り直して、一つ舌打ちをすると、ぎらついた蛇の目をして言う。

「あいつは、大嘘つきだ。それを、俺だけが身に染みて知っている……」

「……自白をする時の、阿久津の様子はどうだったんですか」

「自分の身を守るために言うわけじゃねえが、嘘をついているようにはまったく見えなかった。自分から進んで話したくれえさ。何度繰り返させても話に矛盾は生まれない。凶器の検査が、現場の検証が、あいつの話を裏付けていく。俺が刑事をやって数十年間、あれほど愛想の良い容疑者はついぞ現れなかったくらいさ」

しかし、裁判ではあっさりと裏切った。刑事に自白を強要されたと嘘をついた。

「俺も検察側の証人として裁判に呼ばれてた。それが一転、あのクソ探偵のおかげで、自白を強要した悪徳警官として、弁護側から執拗な追及を食らったわけだがな」

十九年間。つかさは、目の前に広げられた黒崎のファイルに目を落とした。阿久津透がこれまでに関わってきた、全ての事件がまとめられたファイル。それほどまでに、黒崎謙吾が阿久津透にこだわる理由。それが少しだけ分かった気がした。

やはり、この男は同類だ。火村つかさは思った。

――僕は今初めて、自分から助手が欲しいと思った。つまり、君を助手に欲しいと思ったんだ。

阿久津の言葉を思い出す。出会った時に言われた言葉だ。十年間、自分を縛り付けてきた忌々しい男とその言葉を。ようやく別れを告げたと思ってなお、囚われ続けている。

だから自分とこの男は同じなのだ。

そしてきっと、自分たちはこの呪縛《じゅばく》から解き放たれなければならない。

「――黒崎さん」

黒崎が顔を上げる。

「協力させてください。阿久津の、弾劾裁判に」

黒崎はそうか、と嬉しそうに頷いた。

これは、裏切りになるだろうか。つかさは自問した。そして、すぐに心の中でこう答えた。

――構うものか。先に信頼を裏切ったのは阿久津の方だ。だから、私もユダになる。

「ところで、つかささん。最後に一つ聞いておきたいんだが」

黒崎は視線を上げた。疑い深そうな目つきで。

「さっきの話の最後の部分……阿久津に『殺してやる』と言ったそうだな。それは本気か？」

つかさは唾を飲み込んだ。質問の意図は分かる。史上初の裁判をやろうというのだ。人選には細心の注意を払わなければならない。感情に激しやすい人間を招くべきではない。

これはテストだ、とつかさは感じた。

だから、精一杯笑って見せる。

「本気ですよ」

黒崎が眉を動かした。彼の体が緊張するのが分かった。

「この裁判をやり遂げ、阿久津から探偵の資格を奪い――社会的に殺してみせます」

黒崎は口の端に笑みを浮かべ、「よろしく頼む」と握手を求めてきた。

兄を亡くして以来、行き場を失っていた感情が、ようやく目的を見つけた気がした。

第二章　幽霊はまだ眠れない

僕は陸橋の上に仁王立ちして、電車を迎え撃つ。

電車がガタンゴトンと騒音を立てながら僕に向かってきた。運転士は僕の姿に気付かず、そのまま電車を走らせ続ける。大きな鉄の塊が僕の鼻先までやって来た。

次の瞬間からは、一瞬で過ぎた。

運転席をすり抜けて一号車二号車三号車、高速で景色が通り過ぎていく。気怠《けだる》そうに携帯を操作する女性や、吊り革で遊ぶ中学生や、一心不乱に競馬新聞を読んでいる中年の男の姿が後ろへ飛んでいった。やがて、電車の尻尾を抜けて、再び陸橋の景色へ戻っていく。

「うわあすごいぞ」僕は誰も聞いていないのに呟《つぶや》いた。「どんな鉄道マニアもやったことのないことをやってしまった」

「あんたさあ、馬鹿なの？」

呆れたような声に振り返ると、白いフードをかぶった少女の姿が浮かんでいた。微《かす》かな百合《ゆり》の香りが鼻腔《びくう》をくすぐる。

「昔幽霊が出てくる小説を読んだことがあってな。その小説では、幽霊が電車に乗って移動するんだ。僕は心底不思議に思ったんだよ、へえ、幽霊は壁をすり抜けたりぷかぷか浮いたりあらゆる物理法則を無視しているように見えるのに、慣性の法則は受けるんだなって。だから実験してみたんだ」

「せめて乗らないと意味ないでしょ」

「乗るのはさっきやった。満員電車に乗り込んで踊ったり変顔しても誰も気が付かないのは痛快だったが、走っていく電車に置いて行かれた時は寂しかった。幽霊って移動は徒歩なのか？まあ浮くだけマシだけど」

少女は深いため息を吐いた。

「……恋人を探しに行くだとか、妹の復讐を止めるだとか、息巻いてた男はどこに行ったわけ？　思ったより能天気だね、キミ」

さて。僕がどうしてこうなっているのかを説明するためには、少し時間を巻き戻して、重い事情を説明しなければならない。

＊

水原優子。彼女とは、刑事になってから、友人の紹介で出会った。出会った時には二人とも三十路《みそじ》を回っていたのに、彼女はまるで少女のような純真さを時折覗かせた。眼鏡《めがね》の向こうでそっと目を細める時の優しい顔に、恋に落ちた。

優子は出会った時からずっと、ペンダントを常に身に着けていた。アイボリー色のストーンが嵌め込まれた、二センチ四方の小さなペンダントトップが、光を反射しては僕の意識を苛んでいた。

もしや誰かからのプレゼントか。それとなく聞いてみても、「おばあちゃんからもらったの」との返答のみ。一度誕生日にペンダントを贈ったが、それでもあのペンダントは外さず、首から二つのペンダントを下げるようになった。

どうしても気になる！

ある日、酒に酔った勢いに任せ、思い切って本人に聞いてみた。

「ああ、もしかして、ちゃんと話したことはなかったかな」

優子は自室のベランダの手すりにもたれかかりながら、眼鏡の奥の目を細めて言った。

優子はペンダントを顔の横に持ち上げ、どこかうっとりとするような表情で見つめる。真ん中に嵌め込まれた石を、指でコツンコツンと叩いてみせた。

「この石にはね」

「骨が入ってるの」

予想の範囲を超えた答えに僕はしばらく言葉を失っていた。

「骨？」

「別に珍しいことじゃないんだよ。えっとね、ボーンチャイナっていう陶器があるの。もともとはイギリスで牛の骨の灰に陶土を混ぜて作った高級な陶器なんだよ。今では、ペットの遺骨を混ぜたアクセサリーを作る会社もあって……」

初めて聞く話だったが、骨壺などに納めるのとは違う、現代型の供養なのだろうと思った。骨壺とは違い、もっと身近なところで死者を、愛しいペットを悼《いた》む――。

そこまで考えて、遺骨という単語が僕の頭に実感を持って染み込んできた。おばあちゃんからもらった、という言葉も。そうして、つまらない疑いを抱いた自分を大いに恥じた。

「じゃあそのペンダントには、ご家族の骨が……」

優子は、んー、と息を漏《も》らしながら目線を上げた。

「あ、そっか。今の話だとそうなるよね」

それ以外、どうなると思ってたんだ。優子には少し天然なところがある。

「ここに入ってるのはね、千年以上も前に死んだ人の骨。おばあちゃんが、形見にくれたものなの。……今から、小さい頃におばあちゃんから聞かされた言い伝え……ううん、おとぎ話かな、とにかく、話してみるね」

話がどんどん明後日の方に行く。僕は質問を諦めて、彼女の語りに身を委ねた。

「この中にある骨は、大昔に活動していたとある宗教家の骨なの。名前は凜音《りんね》さん。凜音さんは再生を司る神で、地上の人に自分の力を分け与える使命を授かって、やって来たの」

この世に人間として現れた神――現人神《あらひとがみ》のような思想だろうか。

「凜音さんはいくつもの奇跡を起こして、山奥の一地方で熱烈に信仰されたの。死んだ人から魂を抜き取って、身体を治して、再び魂を戻す。難しい病気に悩まされる子供や、不幸な事故で死んでしまった人を治して崇められた。

でも、人としての凜音さんの身体にも、やがて寿命がやって来た。自分のことは治せなかったみたいなの。そこで、凜音さんは自分の信者たちにこう言い残した。

『私が死んだら、私の骨を信者たちで形見分けするように。私が神の姿に戻っても、私を信じる者には、私の恩恵を施そう。しかしそのためには、天上から私の信者を見つける目印が必要になる。そこで、私の霊力が宿った骨を信者たちに持っていてほしいのだ』

「その時の骨が、ペンダントには入っている、と」

「骨だから、時間が経つにつれて少しずつ摩耗《まもう》していくでしょ。割れたり、砕けたりもする。信仰心も次第に薄れるから、気味悪くなって捨てる人もいたみたいなの。骨のまま保存していた人たちも、何かの措置を施さないと後世に遺せないと考えるようになった。その頃には、もう頭蓋骨しか残ってなかったから、頭蓋骨を砕いて、それを混ぜたアクセサリーを作った」

「砕いた骨でも、凜音の人探しには役立つのかな？」

「分からない」優子はふふっと笑う。「お伺いも立てないで、骨を砕いちゃったんだよ？　さすがの神様でも怒っちゃったかもしれないし、砕いたら『目印』の効果がなくなったかもしれない」

でも、さ。優子は続けた。

「このペンダントは、千年以上も前の人とつながっているかもしれない。そう考えると、何だかとってもロマンチックでしょ？」

僕はその言葉を聞いて、笑い出したくなった。自分のつまらない疑いのことも、真偽すら定かではないおとぎ話のことも。全て、優子の年に似合わぬ純真の前では小さなことだった。

優子は微笑んで、ペンダントを愛おしげに見つめた。

「私と明君。どっちが先に死んじゃうかは分からない。でも、このペンダントがあれば、来世でもまた会えるかもしれない。それって、素敵な考えでしょ？」

「じゃあ、僕が先に死んだら、優子がそれを持って」

「私が先に死んだら、明君がこれを持つの」

約束だよ、と優子は笑う。

「でもそうなってくると、どっちが持っておくかは重要だよな。僕は優子に先に死んでほしくないし」

「それ言ったら、私だって明君に死なれるのは嫌だよ」

そんな押し問答を繰り返して笑い合いながら、結局、これまで通り優子が持っているのが良いと決まった。

優子が殺されたと聞かされて、思い出したのはそんなことだった。

将来を誓い合った仲だった。死ぬなんて、ずっと先の未来のことだと思っていた。いつか必ず訪れるが、当分訪れはしない、未来の話にすぎない、と。

こんなにも早く別れが来るとは、夢にも思わなかった。

僕は約束通りに優子の死体からペンダントを受け取り——その現場を妹に目撃されてしまったが——恋人を殺された男の例に漏れず復讐の鬼と化した。阿久津透がやって来て事件を解決しようとしていたが、そんなことはお構いなしで、僕は僕なりに犯人を追い——。

……耐えがたいような痛みから解放されたと思ったら、少し眠っていたらしい。

僕は目を覚ました。しかし、奇怪だったのは、足元にはスーツ姿の男の死体があって、その服がところどころ焦げて破れていたことである。『火』の見立てか！　僕はそう気づくと同時に、自分の状態を省みた。

さて、僕は目覚めた時に地面と垂直な状態であった。「立っている」と言いきれないのは、どこかふわふわとした浮遊感があったからだ。どうやら、ここは先ほどまでいたホテルの倉庫ではなく、ホテルのどこかの一室らしい（……何のために倉庫にいたのか。それを考えると頭がチクリと痛んだ）。手近な掛け時計は十時四十四分を示していた。記憶にある最後の時刻は九時ちょうどなので、一時間と四十四分、寝ていたらしい。何だか不吉だった。

僕の足元に寝そべったこの死体は、一体誰なのだろう？　顔はあんまり格好良くないが、違和感を覚えてまじまじと見つめた。よく知っているのに、普段と雰囲気が違う気がする。我ながら不思議な言い草である。寝そべっているその男と、真正面から向き直ってみた時、まるで鏡を見ているような錯覚に陥った。

いや、正確には錯覚ではなかった。

――あれ？

――これ、僕？

どうやら、このあんまり格好良くない死体は僕らしい。そう思うと、贔屓目《ひいきめ》に見て良いところを探してみる気分にもなったが、目の前で僕の顔をした人物が死んでいるという事実がその気分を打ちのめした。

――つまり、僕は既に死んでいる？

幽霊？

そんな言葉が頭に浮かんだ。幽霊は枕元に立つものだと言うではないか。それを、僕はちょうど体験しているのだ。

僕は死ぬ直前、倉庫にいた。今いるところは、僕の死体を一時的に置いておくためのホテルの一室らしい。枕元に「出る」以上、死体が動いたら付いていかないといけないわけだ。いや、動いた後にちょうど「出た」のだろうか。ここまでくると、何だか考えるのも阿呆《あほ》らしくなってきた。

幽霊なので声も届かない。誰かに触れることも出来ない。身近にいる人間の耳元で大声で叫んだり、やたらと張り手してみたりするが、依然反応はない。えも言われぬ虚しさに打たれながら、ぼんやりとさまよっていた。椅子に縛り付けられて見る映画のように、目の前の光景は段々と、刺激的に、しかし僕には永遠に手の届かないところで流れていった。

……そうか。僕は殺されたのだ。

混乱していた記憶が段々と落ち着いてきて、自分が殺された時の状況がハッキリと思い起こされてきた。なぜ倉庫にいたのか。その理由も思い出した。

何か怪しいものを見つけたからついてきてほしい。天童勇気にそう声を掛けられて、僕は一も二もなく付いていった。小学校高学年とはいえまだ子供である。疑う理由もないし、何よりも、どんな些細《ささい》な手がかりであれ犯人に繋《つな》がりうるものは調べなければ、という決意が僕を動かしていた。

薄暗い倉庫の中に誘い込まれると、勇気は床を指し示した。ほら、そこに怪しいものが。少年の怯《おび》えるような声音を聞きながら、その何かを確かめようとしゃがみ込み、顔を近付けようとした。

その時。

背中に重みを感じた次の瞬間、喉がカッと熱くなった。喉元に手をやると、どろっとした不快なものが自分の手につく。赤黒くて取れない。血だ。恐怖を覚えて喉を押さえる。血は後から後から噴き出してくる。止めようもない。

横に倒れ込むと、背中の重みがスッと離れた。目の前の床に血に塗れたナイフが転がっていた。子供用のスニーカーが見えた。視線を上げると、陶然《とうぜん》とするように僕を見つめる天童勇気の姿が……。

——こいつが。

——こいつが、優子を……。

絶対に捕まえてやる。その決意をもってしてもなお、鈍重な体を動かすには足りなかった。怒りを果たせなくなると、今度は死の恐怖が襲い掛かってきた。傷口を押さえていた手が、段々と下がっていき、胸ポケットのペンダントの感触を捉えると、僕はそれまで心の底から信じたことなどなかった神に願っていた。途方もないほどの無力感は人に信心を起こさせる。

――なあ優子、お前も痛かったよな。死ぬって、こんなに心細いのか。大丈夫だ、もう一人にはしないから。僕も、そっちに行くから……。

ペンダントの入った胸ポケットを押さえると、僕は凜音とやらに呼びかけた。

――もう一度、優子に会いたい……。

そこで意識は途切れている。

目を覚ましてみれば、自分は幽霊になっていて、しかも自分の死体は燃やされていた……。

こういう次第である。

どうにか記憶は取り戻した。次に考えるべきは、この幽霊化はそもそも現実であるのか、それとも僕の見ている夢にすぎないのか。あるいは、この幽霊化現象は死者一般に起こる現象であるのか、はたまた本当に凜音の恩恵が与えられた結果であるのか……。

いや、一般的現象という説はどうだろう。もし死者一般に幽霊化という現象が起こるなら、今までにこの事件で殺された三人も幽霊になっているはずであり、もっと言えば過去に死んだ人々全て幽霊になる。そして、世界人口よりも幽霊の蓄積人口の方が多いことは自明なので、この世界は幽霊で覆い尽くされることになる。もちろん、幽霊も成仏したり輪廻転生《りんねてんせい》したり、その絶対数は減る傾向にあるのだろうが、死者一般に幽霊化が起こるという考えは飛躍がすぎる。

だとすれば。

「えー。今月もう二人目？　まったくもう、十何年も『出て』なかったのに、ペース早すぎるっての」

百合の香りがふわりと鼻先をくすぐってきた。振り返ると、一人の少女がいた。胸の前で尊大に腕を組んでいる。威張った仕草が、余計に彼女を子供っぽく見せていた。白いローブをまとって、小学生くらいの年齢の女の子だ。

ホテルの一室には警察官や関係者が出入りしているが、ユーレイに気付く素振りはない。

「君が凜音か？」

「ううん。アタシの名前は優玲《ゆうれい》。ユーレイって呼んで」

「冗談みたいな名前だな」

ユーレイはムッとしながら言う。

「凜音様にもらった名前なの！」

凜音は再生を司る神だというが、リンネという音は輪廻転生から取られたものに違いない。冗談のような名前の神が名付けるとすれば、ユーレイというのもありうる名前だ。

「この前の女の人も同じ質問したよ。あなたが凜音様ですか、って。もしかして、地上で凜音様の信仰が復活してるの？」

「いや、そういうわけじゃない。死ぬ直前になって信仰心が起こった」

「現金だねえ。信仰なんて、普段は考えたこともないって顔だ。ま、そんなもんか。でもこの前来た女の人は、凜音さんだー、凜音さんだーって目キラキラさせてたよ。あれは信仰心って言っても良かったかもね」

僕の思考がようやく追いついてくる。この前に来た、凜音を信じている女の人。そして、優子が殺されたのはもう二日前の夜になる。

「優子も来ているのか！」

「わお。すっごい食いつきだねえ。知り合いなの？」

「恋人だ。二日前にこのホテルで殺された。それで、今優子はどこに？」

「んー」少女は口元に指先を当て、視線をさまよわせる。「確か、もう今日の昼に転生しちゃったんじゃないかな。転生先を見つけたから」

少女はポンと手を叩く。

「ああ、するとキミが火村明クン」

「そうだが」

「優子さんは、キミを追いかけて地上に戻ったの。まさかキミがこんなに早く死ぬとは思っていなかったからね。もう別の人間に転生した……うーん、とんだ入れ違いになっちゃったね」

転生、という言葉に戸惑いを覚えるが、凜音はその名前通り、輪廻転生を司っているのだろう。優子の話では、再生を司る神とされていたが、正確なところは、生まれ変わりを指しているらしい。

　僕は優子と入れ違いになったことに落胆しつつ、とりあえずは話を前に進めた。

「転生……それが凜音の恩恵なんだね」

　少女はむくれた。

「凜音様。そうだよ。アタシたち、キミを転生させることが出来るの。凜音様の骨を身に着けたまま死んで、凜音様に願いながら死ぬ。そうすると、アタシたちはその死者を見つけて、今のキミみたいに魂を抜き取ってくる」

　この姿は魂の姿なのか。体験してもなお、現実離れした世界だ。

「そして、他の死者の体に、その魂を入れる。それが転生。赤ちゃんに生まれ直したり、別の生き物として生を得たり、生き返るって意味での転生とは、だいぶ意味合いが違うかもね」

「なるほど。じゃあ今優子は、死んだ何者かの体に入っているわけだ」

「そゆこと」

「じゃあ、僕も今すぐにでも転生を……」

「それは出来ないの」少女は首を振った。「魂を入れる先の体には、ちょっと面倒な条件がついててね。すぐにでも転生させてあげるってことは出来ないの。優子さんの時は、偶然に偶然が重なって、早く転生できたけど……」

「そうか」

　僕は呟いた。

「キミはどうする？　まずは、凜音様のところに連れて行こうか？　今すぐに転生は出来なくても、説明くらいは先に出来ると思うよ」

今すぐにでも優子を追いかける……。それも一つの手であることに違いない。転生のシステム、転生先の条件という謎めいた言葉。少女の説明では不明瞭な点を聞く必要もあるだろう。

しかし。

「いや、まだいいよ」

「どうして？」

ホテルの一室に警官が一人入ってきた。死体の見張りをしていた男が会釈する。

「どうなんだ、阿久津サマの助手の容態は？」

「失神して自分の部屋で寝てるよ。自分の兄貴の死にざま見たのが、よっぽどショックだったんだろうな。無理もないだろ」

つかさ……。

失神は心配だが、ひとまずは無事らしい。それが分かってホッとする。

「ユーレイ、僕はしばらくここに残る。この事件が——僕の死んだ事件がどう決着するのか……それを見届けたい」

「へえ、そう。決着なんていつになるか分からないし、ろくでもない結末を迎えることだってあるよ」

「程なく決着するだろ。阿久津という名探偵がいる。あいつなら、きっと」

「そいつ、優秀なんだ」

どこかねっとりと絡みつくような口調で、ユーレイが言う。

「それに、今警官の話に出た、妹のつかさが心配だ。きちんと立ち直れるか、兄として見届ける義務がある。考えてみれば、幽霊は憑《つ》くものだし、覗き見にはうってつけだ」

「……明クンってシスコン？」

当たらずとも遠からずだが、もう三十歳を過ぎてシスコン呼ばわりとは笑えない。僕は首を傾《かし》げて誤魔化《ごまか》すことにした。

「あっそ。じゃあ必要になったら呼んでね。アタシの名前呼んだら、すぐに駆け付けてあげる」

「呼んだら来るって言っても、他の魂の対応に忙しいんじゃ……」

「心配ないよ」彼女は手をひらひらさせて答える。「今、魂はキミ一人だけなんだから」

神様の世界にも閑散期があるらしい。

僕はそう納得すると、妹を監視する生活を始めた。無論、変な意味ではない。

FOB見立て連続殺人事件は阿久津透の推理により鮮やかに解決され、妹の生活は平穏を取り戻したかに見えた。

しかし、しばらくすると不穏な動きがあった。つかさがホテルの事務員に聞いた証言が、阿久津の不正を暴いた。つかさは石油ストーブについての裏付けをとり、やがて探偵事務所で阿久津自身にその疑惑を突き付けた。

つかさの説明を聞いているうちに、自分の死を利用して阿久津が事件を解決した……そんな事情が段々と理解されてきた。

初め、「なんて奴だ」と怒り、呆れた。存在しないはずの頭がカッと熱くなった。阿久津がきちんと事件を止めていれば、死なずに済んだかもしれない、と。

だけど、本当に憎むべき敵は天童勇気だ。優子の命を奪ったことも、死の直前に見たあの陶然とした邪悪な顔も忘れられない。手段はどうあれ、彼を捕らえたことについてだけは、阿久津を称賛する気持ちがあった。

しかし、名探偵と殺人犯――二人の立場がつかさの中ではすっかり倒錯しているように思えた。殺人犯は自分の手をすり抜けていき、惨めに死んだ。そうして、阿久津への憎しみがするりとその心の空白に滑り込んだように見えた。

「――殺してやる」

その言葉がつかさの口から漏れた。

――やめろ。

――やめるんだつかさ。

そう叫んでみたが、幽霊と化してしまった自分の声が相手に届くはずもなく。

今、つかさは僕の死について阿久津を恨んでいる。つまり、僕のために復讐をしようと願っているのだ。

しかし、死者は生者の考えてほしいことを考えさせられるものである。死者の願いを聞き遂げて自分の力にする。死者が自分を許さないから贖罪《しょくざい》する。死者が望んでいるから復讐を代行する。それらの死者の声は全て、生者自身の願いのすり替えにすぎない。永久に口を塞がれた死者は異議申し立ての機会すら与えられず、生者たちの理由付けに利用され続ける。

僕は復讐など望んでいない。しかし、つかさは僕の死を理由に、復讐を成し遂げるかもしれない。

だから僕は、つかさが僕のために復讐をするなどということを許すことは出来ない。

そのためにはもう一度生者に還ることが必要だった。つかさの望むことを考える死者としてでなく、本当の自分の声を届けなければならない。

僕にも転生をする理由が出来た。妹を止める。優子と会えるかもしれないことも考えれば、まさしく一石二鳥ではないか。

つかさは阿久津の事務所を飛び出していった。阿久津は一人きりになると、ソファから立ち上がり、自分の机に座ると、一番下の引き出しの鍵を開ける。

「——捏造、か」

引き出しの中には、宝石を模したガラス玉の飾りが付いた小さな宝箱と、一冊のファイルが入っていた。阿久津はファイルを開くと、虚空《こくう》に呼びかけるように呟いた。

「悪い癖が付いたのかねぇ。ははは……」

ファイルの中の写真に一人で笑いかける。その笑みは引きつっていて、どこか寂し気に見えた。

その瞬間、さっきまで膨らんでいた阿久津への怒りが、少ししぼんだ。

——僕の死を利用しなくては、どうしようも、なかったのかもしれない。もしかしたら、阿久津は僕やつかさが思っているほど、非情な鬼ではないのではないか……。

心の弱った時に見る写真……思い人のものだろうか？

阿久津の手元の写真を覗き込んだ。

——え……？

その写真に写っていたのは小学生と思われる少女だった。結んだ髪とあどけない笑顔が活発な印象を与える。小学生には似合わない首元のペンダントには見覚えがあった。

その顔は、ユーレイのそれとよく似ていた。

どうして、お前がこんなところに。

僕は途方もない思惑に搦め捕られている……そんな予感がひしひしと襲ってきた。

＊

「凜音様に会わせてほしい？」

五月の中旬。つかさが阿久津の事務所を出てから二週間余りが経っていた。

僕は渋谷の路上でユーレイのことを呼び出し、いよいよ「転生」についての話を聞こうとしていた。スクランブル交差点を行き交う人々を、ハチ公の上に座って眺めるのは気分が良い。喫煙スペースの煙を浴びるのが難点だが。

ユーレイは、フー、と長いため息を吐く。

「初対面から二か月くらいだっけ。随分遅かったね。もしかして、妹のストーカーにハマッちゃったんじゃないかって、凜音様と心配してたんだよ」

「何せ僕の姿が見えないんだからな。覗き見し放題。存外に楽しい幽霊生活だった」

「うわ最低。明クンマジキモイ」

二回りは年下の女の子に蔑んだ瞳を向けられて喜ぶ趣味は生憎《あいにく》ない。

「そんなことよりも、早く凜音に会わせてくれよ」

「分かった、分かったって。じゃあ、凜音様のいる天上に連れて行ってあげるから、少しの間目を閉じて」

目を閉じると、瞼《まぶた》に温かい感触を感じる。彼女の両手が瞼を覆っているのだ。幽霊と幽霊同士は触れられるようだ。

「もう目、開けてもいいよ」

手の感触が消えて、瞼の向こうから柔らかな光を感じる。目を開けると、そこには異世界が広がっていた。

雲の上の世界。

青と白の世界。

雲海さえなかったら、上下感覚すらなくなってしまいそうだった。渋谷とは真逆の、人も車の姿も建物もない雲海の世界。

だがそんな世界にも、雲の上に立つように佇《たたず》んだ人影が一つ。

近付いていくと、男とも女ともつかない中性的な顔立ちがまず目に飛び込んできた。美しい。吊り目がちの瞳も、墨で引いたような柳眉《りゅうび》も、柔らかな笑みをたたえた唇も、まるで別世界の住人のような美しさだった。

この人だ。聞くまでもなく分かった。それだけの雰囲気があった。

凜音はこちらを見て微笑んだ。

「ああ、優玲が話していた火村明さんでしょうか」

僕はゆっくり頷いた。

「凜音様、凜音様」少女は人懐《ひとなつ》こく凜音に駆け寄っていく。「このうすのろも、ようやく決心がついたみたいです。転生させてあげましょう」

「おい、うすのろって何だ」

僕の抗議をよそに、彼女は話を続ける。

「凜音様。早くこいつに転生の何たるかを教え込みましょう。凜音様のありがたみを分からせてやりましょう！」

凜音の周りでぴょんぴょんと飛び跳ねながら、彼女はすっかりはしゃいでいる。

「はっはっは。まあまあ落ち着きなさい」

「えーだってだって。嬉しいじゃないですか。ここんとこずうっと仕事なくて、凜音様暇そうでしたし、ニートみたいだったじゃないですかー」

「こらこら、誰がニートですって」

快活に笑う凜音と少女。その仲の良さは親子にしか見えなかった。

「あの……喋り方、ラフですね。なんか、神様だっていうから、かしこまっちゃいました」

というより、すっかり面食らっていた。面立ちの若さも相まって、服装さえ現代風にすれば、渋谷にそのまま放り込んでも通用しそうだ。

凜音はわざとらしく咳払いすると、こちらに向き直って姿勢を整えた。

「有り体《あてい》に言えば、私は地上から忘れられつつある神ですから、瞑想だけでは退屈を紛らわせるに足りません。私も、優玲も、地上のことを日夜見守りながら過ごしているのですよ。言葉も自然と覚えていくというものです」

「はあ……」

脱力感が凄まじかった。

「さて、それでは本題に入りましょうか」凜音は微笑む。「あなたにはこれから、ちょっとした講義を受けていただくことになります。私の力とは何か。何が出来て何が出来ないのか。そして、あなたはこれからどう生きなければならないのか……」

「是非とも」

僕は襟を正した。神様と言葉を交わしているという自覚が、僕の口調と態度を自然と引き締める。

調査により、「ユーレイ」と名乗るこの少女の正体は摑んでいた。

相島早苗、享年九。しかし、僕の考え通りであるとすれば、どうして「そんな事態」になっているのかが不可解である。なぜなら、十九年間も幽霊のまま留《とど》まっていることになるからだ。だからこそ、凜音の力がどのようなものであり、転生とはどのようなシステムなのかを知る必要がある。それが十九年の空白を解く手がかりになるからだ。もちろん、自分の今後のためでもあるが。

「私の力とは、転生です。そのプロセスは大きく三つに分かれます。

第一に、死者Aから魂を抜き取り、霊体にすること。そのAを見つけるために、レーダーの役割を果たす私の骨が必要になります。この段階はご経験の通りですね。魂を抜き取るためには、一時間以上の長い時間瞑想しないといけません」

「僕の時は一時間四十四分かかりましたね」

「ああ。やはりそんなものですか。優子さんの時もそうでした。最近私の力も衰え気味ですね。五、六十年ほど前に仕事した時も同じだけの時間がかかった覚えがあります。

さて第二に、転生させるべき死体Bを発見すること。今では、転生させられる死体Bの条件は非常に限られたものになります。

第三に、死体Bを修復すること。千年前からやってきたことですが、死因を取り除かねば、Aの魂をBに移し替えたところで、再び生命活動を再開することは出来ません。そのため、ある意味では、私は医者のような役割も果たすことになります。

この三段階を経ることで、転生が達成されます。つまり、Aの魂が入った肉体Bが生み出されるわけです。この時、Aの意識と記憶はAの魂に定着しているので、AはBの肉体を手に入れた上で、別の人生を生き直すことになるのです。そして、別の人生を生きる以上、注意すべき点は山ほどある。これが第二のプロセス、つまり転生先の死体の条件に密接に関わります。

……大まかに言えばこんなところでしょうか」

　意外にもデジタルな説明に面食らいながら、僕は自分の感覚と、凛音の解説との間に横たわる差異をすり合わせていく。幾つも質問をしなければならない。

「一つ思うのですが」僕は口を挟んだ。「あなたは千年前、再生を司る神であったと伺いました。ああ、いえ、今でもそうなのでしょうが、僕の聞いた話では、難病にかかって死んだ子供を蘇生《そせい》させるなど、元のその人自身の体に魂を戻す——つまり、現象としては蘇生のようなものが得意だった、と。今の説明とはだいぶ違いがありますが……」

「はい。それは時代の違いによるものです。……ふむ、ちょうどいい。ここから先は、実地で講義することにしましょうか」

　え？　と問い返す間もなく、視界が暗くなった。ここに来た時と同じように、ユーレイが僕の目元を押さえていた。

「凛音様と下界散歩、久しぶりです」

「うん、私もワクワクするよ」

体が引っ張られるような感覚がした。高層ビルの最上階から一階までエレベーターで一気に下りた時の圧迫感——それを十数倍にしたやつだ。

目を開けると、またしても渋谷ハチ公前広場の雑踏の中に僕らはいた。

凛音は歩き始める。彼の姿も人々には見えていない。凛音の体をすり抜けて、スーツ姿の男性が電話を掛けながら過ぎ去った。

ＪＲ渋谷駅のアナウンスが聞こえてきた。小岩駅で人身事故。嫌だなあと思うと同時に、

「ふむ、ちょうど良い」と凛音が呟いた。

「今、人身事故の話が出たでしょう。電車との接触は、それはもう、ひどいらしいですね。体はバラバラになるし、聞いた話だと吹き飛ばされた体が近隣の電線の——」

「それ以上はいいです……気分悪くなるので……」

刑事を何年もやっても、残酷な話は得意でない。

「ともかく、死んでしまう。その死体を私が生き返らせたとしましょう。どうなると思いますか？」

「は？」

凛音は笑顔を崩さない。どうも、本気で言っているらしい。

「無理ですよ。バラバラになっているのに、どうやって転生できるんですか。そもそも生命活動が出来ないでしょう」

「出来ます。私の手なら、バラバラになった体を繋ぎ合わせ、再び心臓を動かすことも出来る。

私は神様なのですから。それでも、無理ですか？」

ホームの上でゆっくりと立ち上がる自分の姿を想像してみる。周囲の人間が恐怖で目を見開くところまで、ありありと思い描けた。

「やはり、無理です。大騒ぎになります。死んだと思ったら起き上がってきて。まるで安手のホラー映画だ」

「では、『凜音という神様に救ってもらったんだ』と言ってみたら？」

「もっとダメでしょう。凜音さんには失礼ですけど、そんな話誰も信じ――」

僕は言葉を切った。

「そういうことか」

「はい。現代では、私への信仰は廃《すた》れています。死者が生き返ったなどという話を、誰も信じてはくれないのです。それでは、あなたも不都合でしょう？」

凜音はニコリと笑った。

「私も、今の日本で、自分の存在を無暗《むやみ》に俗世に喧伝《けんでん》したくない。ですから転生はひっそりと行いたい。これは後々する、あなたがどう生きねばならないかという話にも関わりますので胸に刻んでおかれますよう。

つまり、何よりも重要な死体の条件とは、『①まだ誰にも発見されていない死体』ということになります」

人身事故のたとえは非常に分かりやすかった。

渋谷の街並みを歩きながら、凜音は話を続ける。

「人身事故の場合は目撃者が大勢いますが、一人だとしても非常に不都合です。殺人事件の場合は、必ず被害者を殺した犯人が存在します。そうしますと、この被害者を生き返らせれば、相手を確かに殺したと信じている犯人に多大なショックを与えることになります」

「そうなってくると、転生出来る死体というのは極端に少なくなるのではないですか？　秘境での遭難者、人気《ひとけ》のない路上での行き倒れ」

僕は歩道橋の下に寝転がるホームレスに目を留めた。

「あるいは、自殺者」

ユーレイが付け加えた言葉の簡潔さに、思わずぞくりとする。確かにそうだ。自殺した人間は発見されるまで誰にもその死を知られない。ここに魂を入れれば、あたかもずっと生きていたような顔をして生活することが出来る。

「その自殺者の中でも、飛び降り自殺など、他人に目撃されるものは除きますが。すると、自宅で首を吊るとか、手首を切るとか、睡眠薬を飲むとか、そういった死体に魂を吹き込むことになるわけです。また、先ほど火村さんは遭難者の例を挙げましたが――例えば雪山で凍死した死体に放り込まれたいですか？」

「……ううん。生き返って即、絶体絶命っていうのは、ちょっと……」

「そうでしょう。ですから条件①の『まだ誰にも発見されていない死体』とは、典型的には自殺を意味することになると思っていてください」

「凜音様、学校、もうすぐですよ」

ユーレイは弾んだ足取りで歩いて行った。

「学校？」

「暇な時に、ユーレイが授業を聞きに行っているんですよ」

私立黒鉄《くろがね》学園。都内の有名な進学校だ。少し前に生徒の転落事件とスキャンダルのあった学校で、僕も捜査の折に来たことがある。

よりによって、ユーレイもここに縁があるとは。偶然だろうか。

彼女は慣れた足取りで、教室に窓から入った。アメリカ人のネイティブスピーカーが英語の講義をしている。早口で全く聞き取れない。進学校は進んでいる。

「ねえ明さん。これもたとえ話です。あの男教師が今日、これから自殺したとします」

「え？　いや死なないですよ。悩みなさそうな顔してるじゃないですか」

「決めつけは良くないですね。たとえですよ、た・と・え。ともかく、あなたが今日あの人に転生できたとして……上手くやっていけますか？」

あの人に……。彫りも深く、鼻も高い。顔立ちはかなり整っている。男として変身願望がないでもないし、あの顔になればモテそうだ。現に、二列目の女子生徒がぽおっとした目で彼を見ている。でも……。

「無理です。あそこまで英語が出来ない。授業が全然できなくて怪しまれるし、すぐクビになりそうだ。体が英語を覚えているなら、あるいは出来るかもしれませんが」

「おや、鋭いですね」凛音は柔らかく微笑んだ。「しかし残念ながら、この世界では知識・技術・経験・記憶は全て魂に蓄積されている。肉体ではなく、魂こそが本質なのです。だからこそ、今なおあなたは『火村明』としての記憶と経験を保っているのです。たとえあなたがこれから何度転生を繰り返したとしても、あなたの魂は『火村明』のままであり、魂の形質は変わらない――つまり、転生に必要な条件その②は『転生した後、その人として振る舞える死体』です」

僕は自分の手を見下ろした。ごく見慣れた自分の手だ。僕が現世で生きていた時の体が魂の形として固定されるということか。これから何度転生しても、ずっとこの『火村明』の魂の姿からは逃れられないのだ。

何者かに成り代わりたいという欲望が完全には満たされないのは何だか残念だが、同時に安心感も覚えた。

「じゃあ、医者や弁護士になって金持ちになろうと考えても、結局苦労することになるんですね。手術なんていきなり出来ないし、法律の知識は不十分だし」

授業を聞いていたらしいユーレイが、こちらを振り向いた。

「夢のないこと言うようだけど、ま、そゆこと。だから例えば、ここにいるような学生の自殺なんかは転生先にうってつけなの。ほら、何て言ったって前途洋々だから。高校生くらいまでなら、大人が高校生に戻っても、学習過程で苦労することもあまりないしね。ま、ジェネレーションギャップはあるかもしれないけど、そのくらいなら大問題にはならないでしょ？」

「だが、自殺する学生には自殺するなりの理由があるだろう。家庭の事情とか、学校でのいじめとか……」

「それは引き受けてもらわないと」

どうやら、一口に転生すると言っても楽ではないようだ。凜音が「引き受ける」と言ったのはまさしくその通りで、転生先の人間の人生を受け止めることが求められるのだ。そこからは決して逃れられない。

「『魂こそが本質である』という点について、もう少し補足をしておきましょうか。話し言葉は魂に由来するので、もちろん転生先の死体の振りが出来るように矯正《きょうせい》してもらわなければいけないのは当然です。しかし、もう一つ、矯正するのを忘れがちなものがあります。それは——筆跡です」

「筆跡、ですか？」

生徒たちの手元を見ると、種々多様な英語の筆跡が見えた。ブロック体で几帳面に書くものもいれば、筆記体をマスターしているものもいる。大まかな書き方だけでなく、癖や筆圧もひとそれぞれだ。

「筆跡は脳が決定するものです。体が憶《おぼ》えているわけではない。転生させた者が書き物をするところを見ているうちに発見した法則です。現代人は、もちろん携帯端末やパソコンでの文書作成に慣れていますが、書類にサインをしたり、何かと文字を残しますからね。学生に転生する場合は、宿題の提出などに難儀する人が多いようです」

「そうそう」ユーレイは頷く。「筆跡が様変わりするから、『親や兄弟に宿題を手伝わせたな！』って疑われたりね」

「うわ。そのトラブル、妙に生々しくて嫌だな。逆に言うと、物を書く機会の少ない人に転生して、サインを求められる場面では印鑑で済ませていけばいいんだな」

「そうは言っても、公的書類などで文字を書く機会は避けられませんから。転生したら、まずはその人物の筆跡を身に付けることですね」

「……口で言うほど簡単じゃないですよね、それ」

がっくりと肩を落とす。

凛音は笑って誤魔化した。

「第三の条件の話に移りましょう。これは最初にお話しした、三つめのプロセス——死体を治す手順ですね。つまり、『③私が修復出来る死体』である必要があります。既に説明した通り、生命活動を再開出来るように、転生先の肉体を治療しなければいけないわけです。これは最終的にはその都度の判断が優先されますが、千年分の実例は蓄積されていますからね」

「修復……というのは、具体的に言うとどういうことでしょう？」

「死亡原因を取り除く、とお考えくだされば。心肺停止の死体に魂を入れたとしても、心肺を動かさなければ意味がありません。この時、私が心肺の動きを再開させることが修復にあたるわけですね」

「えっと……そんなこと出来るんですか？」

「はい出来ます。私は神ですから」

事もなげに言い放った凜音の笑顔を見て、ゾッとした。怖い、というのとは少し違う。この感覚が、畏敬《いけい》というものなのだろうか。

考えてみれば、人身事故に遭ったバラバラ死体でさえ蘇らせられると言ったのだ。そのくらいのこと、造作もないのかもしれない。

「典型例として、まずはナイフで刺突《しとつ》されたことによる失血死を考えてみましょう。私が行う死体の修復作業の根幹は、死亡原因を取り除くことにあります。ですからここで行うのは、第一に刺し傷を治癒すること。第二に血液を補充することです」

「血液を、補充するんですか？　戻すのではなくて？」

「床に流れた血液は、床に落ちていた塵《ちり》や埃《ほこり》と混ざり合います。大量の不純物が混じるわけです。この血液をそのまま元に戻すとするなら、この不純物を取り除いた上で、綺麗な血液にしなければなりません。これは大変な手間です。それに、体外に排出されて劣化した血液で、肉体を再生させるのは難しい。不純物が混じり、しかも劣化した古い血液は捨て置き、血液を作り出して肉体に注入することにしました」

「いや、ですからそうではなくて」理解がまったく追いつかなくなってきた。「血液を作ることが……出来るんですか？」

「出来るんですよ。神ですから」

「はぁ……」

「正確には死体から血液のサンプルを採取し、血液を複製します。複製した血液によって、血の量を戻すわけです」

「はあ……」

「病気であれば基本的に外科手術と変わりませんし――ああでも、ガス自殺の時は難しかったですね。何がどうして死んでいるのかを理解するのが大変で――」

その後も千年分の蓄積が、立て板に水といったように凜音の口からこぼれ出てきた。

僕はそれを遮って質問をぶつけた。

「あの、不謹慎な質問で申し訳ありませんが……今日、たくさん注意事項を聞かせてもらいましたけど、そんなに慎重にならなくても、転生してもし不都合が生じたら、またその死体から出て、他の死体に転生し直せばいいんじゃないですか？」

「うわッ明クンサイテー。女の子もそんな風に扱ってるの？　ぶーぶー」

「失敬な。僕はわりと一途《いちず》な方だ」

ユーレイのやる気のないヤジに、凜音はくすくすと笑った。

「もちろん、そうしていただいてもいいですがね。ただ、二つほど問題があります。まずは、転生した後、新しい体から出たかったら死ななければならないことです」

「はっ？」

「ですから、体が嫌になったら死んでいただくほかありません。他人を巻き込むと迷惑がかかるので、潔《いさぎよ》く自殺していただくのを推奨しますね」

体が震えた。今度は畏敬ではなく、自殺を勧める神に対する、純粋な恐怖によって。

「二つ目の問題は、私が死体から魂を抜き出すためには、その死体が私の骨を身に着けていなければならないことです。つまり、転生を何度も行うためには、転生した先に骨があり続けねばならない」

「……出来ないこともないのでは？　人間の骨の数はおよそ二百です。いくら骨が散逸しているとはいえ……」

「凜音様の骨はもうそのままの形では残ってないの」少女が口を挟んだ。「保存状態も悪くて、ほとんどが破損してしまった。頭蓋骨の骨がペンダントに加工されて、それが少し生き延びている程度だったの。そして、今ではそのペンダントも、地上にたった一つだけ……」

千年。千年という時間はそれほどまでに長いものなのか。

「でも、キリストの聖遺物《せいいぶつ》は今でも保存されているじゃないか。遺体ということであれば、エジプトのミイラだって大切に保存されている。それなら……」

「あはは、キリスト教だなんて、そんな世界宗教と一緒にされては困ります」

凜音は自嘲気味な言葉を、嫌味を何ら滲ませずに言った。

「凜音様は山奥の一地方で信仰されていただけの、言わば土地神様《がみ》だったんだよ」ユーレイが説明を引き取った。「しかも、日本には八百万《やおよろず》の神なんていって、他にも多くの神様がいる。凜音様を信仰していた地方ですら、時代が変わったら、また新しい神様が流行り始めたくらいだよ。当然、骨の保存が組織的に行われたことはない。骨を形見分けされた一族の間で代々受け継がれて、骨の保存は各家庭の信仰心に任されちゃった。こうして、凜音様のことが忘れられ、信仰が薄れるに伴って、骨は散逸していった」

優子から聞かされた話と、大筋で一致する。彼女の祖母から聞いたというから、口伝、民間伝承はそれなりに残っていたらしい。

「キミがつけていたペンダントも、キミの死体と一緒に炎に焼かれて割れちゃった。骨の中にまで熱が入ったからね。あれじゃあもう凜音様のレーダーとしては使えない」

「……すまない」

「あなたのせいではありません。謝る必要はありませんよ」

さすがに神は寛大であった。

「火で燃えた時に壊れて、そのあと僕の死体は運び出されてしまいましたが、よく魂を抜き取ってくれましたね」

「一度声を聴き、見つければ、水鏡《みずかがみ》でその姿を追尾《ついび》できます。今はお見せ出来ませんが、下界の様子を見るためのものです」

僕は納得して頷いた。もう、自分を納得させるしかない。

「ちなみに、僕が転生できた事実が証明済みではありますが……ペンダントでも、立派にレーダーの役割を果たすんですね」

「というと？」

「ペンダントにはもはやあなたの骨の形は残っていません。それでも、それを持っていればあなたへの信仰を示すには十分なのですか？」

　凜音は微笑んだ。

「先ほど、魂と肉体であれば、魂が本質であると言いました。覚えておいでですね？」

「はい」

「私は骨とペンダントについても同じであると考えています。いくら外形が変化しようとも、私と信者の心を繫ぐ依代《よりしろ》としての役割、その本質までは変化しません。

　仏像を修復する時どうするか、ご存じですか。仏像から魂を抜き、修復した後に魂を戻すのです。前者を魂抜《たましいぬ》き、後者を開眼法要《かいげんほうよう》と言います。私の骨についてもこれと同じく、骨からペンダントへと、私の魂は移ったものと考えています」

　仏教の例を持ち出してまで僕の常識とどうにかすり合わせようとしてくれている。その気遣いがありがたかった。

「なるほど。だが、今ではそのペンダントも僕がつけていたものが焼かれて、残るはたった一つきり。そして、僕がたまたまそのペンダントがある場所に転生するというのは、偶然がすぎるでしょうね」

「そういうことです」

　随分と回り道をしたが、自分がたった一回の転生のチャンスをきちんと吟味せねばならないことは、これでしっかりと理解できた。

「それにしても……転生というのは、どれくらいの頻度で行われているんですか。今までの人生で人の中身が入れ替わっているなんて事態は想像したこともないですし……」

「先日、水原様を転生させたのが久方ぶりの仕事でありました。人間世界の時間で言うと、五、六十年ぶりになるかと」

「そんなに……」

「骨の数も減り、信心深い者も減りました。数多くの偶然が積み重ならなければ、私は力を発揮することが出来ないのです。水原様は現代には類まれな驚くべき純真さを備えておりましたから。こうして水原様、火村様とお会いできたのも、お導きでありましょう」

少女は、そうそう、と言葉を続けた。

「凜音様の信仰は、もうすっかり廃れてるんだよ。もしかしたら、キミを転生させるのが最後の仕事になるかもしれないね」

「ちょっと待ってくれ。今さっき、地上に最後のペンダントが残っていると言ったばかりだろう。それなら、そのペンダントをつけた人が」

「それは多分ないよ」

「どうしてそう言える?」

「明クンも殺されて幽体になった。そうでしょ? 近頃じゃ、幽体になる人は何かしらの事件に巻き込まれてるのがほとんどなの。そして、地上にあるただ一つのペンダントは今」

ユーレイは意味ありげに言葉を切った。

「ある殺人事件の重要な証拠品として、警察の証拠保管庫に保管されてるんだ。だからペンダントをつけてまた誰かが死ぬなんてことは考えにくい」

さて、ようやく疑惑をぶつける時だ。僕はユーレイに向き直った。

「その殺人事件とは、相島早苗殺害事件のことだ」

――早苗がピクリと動きを止める。

「そして、ペンダントを着用したまま死んだその人物とは、君のことだろう、ユーレイ」

「おや」凜音の目が見開かれた。「はは、もう優玲のことは調査済みというわけですね」

「はい。僕は自分が死んだ後、四月の終わりまで妹を見守っていました。そして、彼女の相棒の阿久津が、事務所で古いファイルを見ているのを目撃した。その中の写真が――」

「アタシの写真だった、ってことね」

早苗の言葉に頷く。

「捜査資料を覗き見て調べると、写真の人物は、十九年前に起きた殺人事件の被害者――相島早苗だと分かりました。事件に阿久津が関わっていたことも」

「でもそれだけなら、ただのそっくりさんって可能性もあるよね」

「そうだ。だから、転生とは何であり、神様の力とはいかなるものかを聞くことが必要だと思った。

そもそも、ユーレイとはどんな存在なのか？　神様の付き人？　使い魔？　もしくは、僕と同じく元は現世に生きた人間で、転生待ちの魂なのか。僕の推測通りなら、これが正解になるはずだ。写真の早苗が、優子の持っていたものに似たペンダントをつけていたこともそれを裏付ける」

であれば、僕は一息に続ける。

「次の疑問はこうだ。なぜ、十九年間経ってなお、相島早苗は魂のままあり続けるのか」

「ずかずかずかずか踏み込んでくるね」少女は不満げに鼻を鳴らした。「今の明クン、まるで探偵みたいだよ」

「……今も魂の姿である以上、二つの可能性がある。一つ目は、何度か転生してこの姿である場合。魂の形が変わらないと聞いた時にはあり得たが、骨の数が極端に少なくなっていることから、限りなく可能性は低くなった」

「ふふ、なるほど。明さん、あなた面白い人ですね。自分の身を案じて質問するフリをして、その可能性を探っていたわけですか」

「騙すような真似をして、すみません。……早苗は十九年前に魂を取り出されてから、ずっとこのまま、なんですよね」

「その通りです」凛音は額を押さえながら首を振った。「……早苗。彼にはすっかりお話ししてもよろしいですね？」

早苗は目を丸くして凛音の顔を見つめたが、やがて諦めたように頷いた。

「早苗には十九年前から、私の手伝いをさせております。私に代わり、下界を見守る役目ですね。千年前、下界に私の骨を遺し、天上に還ってから後、数十年に一度の頻度で手伝いを入れ替えています」

「解雇された魂は転生し、次の魂が雇われるわけですね」

「ええ、まあ。そんなところです」

「児童労働はんたーい」

早苗はどうでもよさそうに拳《こぶし》を振り上げた。

「十九年前、私は地上から死者の反応を見つけました。私の骨を身に着けた死者です。私はそこから魂を取り出しましたが、その魂が天上に辿りついた時、あどけない少女の姿をしていたことには驚かされました」

「魂を抜き出す作業は、天上から行えるのですか？」

「というより、天上でしか行えません。魂を抜き出すことも、死体を修復することも、魂を入れることも。地上に降りると霊力が散漫になりますので。集中出来る環境が必要です」

「そーそー。凜音様は繊細なんだから」

転生先の死体を見つけ出すには、死体の条件を正確に吟味することが必要で、この時には一度下界に降りなければならない。そして、いざ転生を行う時は天上に戻る。……なるほど、下界を見守る役が欲しくなるわけだ。

「代々、手伝いに雇い入れているのは、少年や少女の魂です」

「……趣味ですか？」

「いいえ。あなたも、理由に気が付いているのでは？」

「早苗が先ほど、転生先として学生はうってつけだと言いましたね。それは大人が学生になるのであれば、学習過程についていくことも容易であり、なりすましやすいから。裏返せば、魂が子供であれば子供であるほど……」

凛音は頷いた。

「自分よりも年上の体に転生させてしまえば、生活に困難することになります。小学生を中学生に転生させれば、学校での勉強についていけず苦労することになるでしょう。早苗は死んだ時に九歳——小学三年生でした。転生先として最適なのは、同年代か年下……」

「しかし、誰にも発見されていない死体……この条件が、ここで大きな障壁になる……」

「小学三年生かそれ以下の子供の死は、病死や虐待死がほとんどです。病死であれば、自宅で家族に見守られているか、病院で監視されていますので、誰にも知られずに生き返ることは不可能です。一方、虐待で死んだ体に転生させることは……」

「その家族の家庭環境を背負わせることになりますね」

「そのような残酷なことは私には出来ません」凛音は痛ましいというように首を振った。「ですから、少年・少女が霊魂となってしまった時は、しばらく私の手元におくことにしています。言葉を教える。勉強をさせる。下界にやって人間生活を見せる。そうした教育を施せば、多少なりとも転生出来る死体の年齢を底上げすることが出来ますから」

「なるほど。だから十九年もの間、早苗は魂のまま留まっているわけですね。こうやって学校に来るのだって、ただ遊びに来てるわけじゃない」

「そーゆーこと」ふう、と早苗は長い息をついた。「まさか阿久津が私の写真を後生大事に持ってるなんてねえ。いやー、モテる女は辛いよ」

それとも、と彼女はぞっとするほど冷たい声で続けた。

「自分が殺した相手って印象深いのかな」

僕はすっかり思考停止した。相島早苗殺害事件の調書は見てきた。

密室の中に、相島早苗の死体と阿久津透だけがいた……。

「待ってくれ。相島早苗殺害事件の犯人は……君を殺したのは、阿久津透なのか？」

「あのさあ。誰に向かって聞いてんの。ア、ア、ア、ア、アタシ被害者だよ。被害者。自分が殺された時のことくらい、よーく存じ上げているの」

早苗が目を閉じて、体を震わせた。

「アタシが目を覚ました時、最初に目に飛び込んできたのは、アタシの死体に向けて斧《おの》を振り下ろす阿久津の姿」

早苗の死体は首と四肢を切断されていたという。

「世間では、阿久津がアタシを殺した犯人をXだとして、事件の真相を突き止めたことになっている。でもそれは真っ赤な嘘。阿久津の推理に使われた証拠は、全部あいつが自分で作り上げたものよ」

そんな馬鹿な、と反射的に口にしようとして、僕が殺された一件を思い出す。阿久津は証拠に手を加えて、推理を自分の望むべき方向に導いた。そして、阿久津の『悪い癖が付いたのかねぇ』という言葉。

ありえないことではない。

阿久津透ならば。

「ふふ。まーいいや。たまたま幽霊として巡り合って、しかも阿久津と黒い糸で結ばれてしまった者同士、仲良くしよーねー」

早苗はそうおどけて言った。

「ところで明クンは妹の復讐を止めたいんだよね」

「あ、ああ」話が急に戻ったことに驚く。

「でもさ、復讐ってそんなに悪いこと？」

「……どんな風にも生きられる未来を、過去の怒りのためだけにすり潰してしまうことは正しいとは僕には思えない」

そっかぁ、と早苗がくすぐるように笑う。

「じゃあ問題ないね――アタシには、未来なんてないもの」

目の前の学生を見ながら、「彼らには前途洋々たる未来がある」と嘯《うそぶ》いた彼女のことを思い出した。あの時、彼女はどんな思いで口にしていたのだろう。

その時、出し抜けに最後列の女の子が立ち上がった。

失礼な形容だが――生ける屍《しかばね》のような容貌だった。目の下にクマが出来、猫背で暗い。五月なので夏服を着ている生徒もいるが、黒いセーターを着ているせいで、余計にそう思うのだった。

「どうしました、星影《ほしかげ》さん」

ネイティブの先生が、思ったより流暢な日本語で言う。人は見かけによらない。

「あの……体調……悪くて……保健室、行ってもいいですか……」

「ああ、どうぞ。大丈夫ですよ。保健委員の人――」

「あっ！」彼女は大きな声を出してから、怯えたような顔つきで首を振った。「い、いいんです。一人で、行きますから……」

先生は「そうですか？」となお心配そうに言った。

星影と呼ばれた女子生徒がいなくなった瞬間、教室が一斉にさざめいた。

「何アレ。久々に学校来たと思ったらさ」「あたしたちみたいなコドモと遊んでも楽しくないってことでしょ」「ちょっとそれ言いすぎだって」「坂巻《さかまき》死んだのあいつのせいだろ。責任感じてんのかね」「馬鹿、お前それは違うって、阿久津って探偵が言ってたじゃねえかよ」

悪意めいたさざめきの中に、阿久津、という言葉を聞いた時――記憶が蘇った。

私立黒鉄学園の転落死事件。坂巻という男子生徒が死に、僕が捜査をした事件だ。警察だけでは手に負えず、探偵機関に協力要請し、阿久津が登板した。

星影美空《みそら》……確か、そんな名前だった。あの事件での、重要参考人。

どうして、彼女が目の前にいたのか。それに、今の同級生の反応は、一体？

妹のつかさ、相島早苗、星影美空……行くところ行くところ、阿久津の影が背後にある。

今、僕が彼女たちに出会ったことは――果たして、ただの偶然なのだろうか？

第三章　災厄の町

黒崎が榊遊星を初めて訪ねたのは、火村つかさと会う一年も前のことであった。

阿久津透の弾劾裁判に、全面的な協力をしてくれる法曹家《ほうそうか》が必要だ。彼は暇さえあれば裁判の傍聴に向かい、裁判官の人となりを観察した。裁判で証人として呼ばれた時も、裁判官の様子を見ていた。事件に対する姿勢は公正か。目の前の事件を先入観なく見つめる目があるか。先例を重視しすぎるかどうか。

何より、新しいもの好きで、出世に興味のない変わり者であるか。

黒崎が最初に当たったのは友人の裁判官だったが、返答はつれなかった。

阿久津透は「相島早苗殺害事件」について刑事裁判にかけられ、一度無罪判決が出され、上告は棄却された。よって一事不再理《いちじふさいり》の原則により、刑事裁判を再提起することは出来ない。審理の結果を左右するような物証さえあれば、再審請求も可能かもしれないが、Xは捕まっておらず、冤罪《えんざい》も未だ発生していないし、阿久津が殺人を犯したという決定的証拠もない。

「だから、阿久津さんを刑事裁判にかけることは恐らく不可能だ。友人である君の頼みだ。私もぜひとも協力してあげたいんだけど、どうにもねえ。まったく情けない限りだが……」

その友人は薄くなった頭髪を撫でながら困惑顔をしていた。

大学時代を共に過ごした友人だったが、彼は裁判官の職業に就いてから身持ちが堅くなった。大学時代は、何日も自宅に帰らずに友人宅を転々とし、手当たり次第に女と遊び、山奥の合宿所で夜を徹して酒盛りをし……数えきれないほどの馬鹿をやった仲なのに。もちろん、いつまでも大学生のように馬鹿に生きろと言っているのではない。ただ、困った時には俺を頼れと、若い頃には口にしていた友人が、逃げるように長い言い訳をすることが寂しくなったのだ。

友人の長い口上を遮って、黒崎は他の裁判官の話を聞き出す。

「裁判官きっての変わり者？　うーんそうだな。やっぱり一番は、榊遊星だろうな」

「ゆうせい？」

「遊ぶ星と書いて遊星。名前からしてそれっぽいだろう？」友人は言った。「榊遊星、三十七歳。大学在学中に司法試験に一発合格し、司法修習中に判事補に引き抜かれたエリートだ。だが仕事に対する姿勢は異端もいいところで、彼の絡んだ裁判がタダで済んだことは一度としてない。裁判官が出世するには何よりも上に気に入られることで、そのための指標となるのが処理件数の多さだ。ところが、彼は自分の案件を自分から引っ掻き回したがる。公判前整理手続で、検事も弁護士も想定していない質問を突き付けて仕事は増やすし、多数意見には賛成しない。じゃあ自分の中で確固とした信念があるのかと思えばそうでもなく、お互いの主張を聞きながらコロコロ意見も変える。苦情もわんさか来る」

彼は呆れたように首を振った。

「それでも、最後には正しい判決を出してる——。私には意味が分からんよ」

とはいえ、と友人は続けた。

「人付き合いは悪いよ。飲みに誘ってもつまんなそうな顔してるし。そんな彼でも心底楽しそうな顔をする時があってね。それは、判例にまったくない事件に出会う時だよ。時代が変化すれば、新しい事例は必ず出てくる。そんな時、彼は必ず目を輝かせるんだ。私は新しいことなぞ厄介ごとにしか思えないがね。あれが優秀さってやつなのかねえ」

黒崎は求めるべき人物を見つけたと高揚した。友人を介して、すぐに榊遊星にアポイントを取り、面会を重ねた。

そして、彼は黒崎の期待に見事に応えてみせた。阿久津透に関する事情を相談し、話し合いを重ね、次第に二人の「探偵初の弾劾裁判」というプランが具体性を帯びてきた時だった。

二月も中旬。まだ寒さが厳しかった頃だ。

「よく来てくれたね、黒崎ちゃん」

榊は子供のような笑顔で黒崎を出迎えた。二十歳以上年下の男からタメ口をきかれるのにも、定年間際の身に『ちゃん』付けされることにも、もうすっかり慣れていた。

人付き合いが悪いとは、到底信じられぬ笑顔である。しかし裁判所の職員に言わせれば、黒崎に会う時が上機嫌すぎるのだという。未知の裁判、それも、この国で初めて行われる裁判を自分がやるのだという熱意で、体をたぎらせているらしい。

「まずは、細かいことは抜きにしちゃって、嬉しい報告しちゃおっか。探偵機関初の弾劾裁判だけど、何とか実現出来そうだよ」

「さすがじゃねえか。お前ならやってくれると信じてたよ」

榊は微笑んだ。

「阿久津透の弾劾裁判は、今後、探偵機関に弾劾制度を設ける必要が生じた時のことを想定した実験、要するにテストケースって位置付けになったよ。だから今回は、探偵の弾劾裁判のために特殊な法律作るとか、そういう手順はスキップしたわけ。『もし探偵行為について弾劾するなら法的にどのような仕組みをとるか』って観点から、現行の制度を組み合わせて一時的に運用するんだ」

「テストケースでも、裁判の結果はきちんと反映されるんだろうな？」

「もちろん。審理の結果、阿久津透が探偵に不適格であるという結論になったなら、彼の探偵資格は剝奪される」

それならいい、黒崎は口元で呟いた。

「今回参考にするのは、裁判官の弾劾制度だ。我が国に存在する弾劾裁判制度の典型だからね。そこで、この裁判では裁判官弾劾法を準用し、同時に、訴訟手続きは弾劾法自身が準用する刑事訴訟法を準用するんだ」

「そう言われても分からねえな。すると、探偵資格に不適格だと判断されるのはどういうケースだ？」

「裁判官弾劾法二条は、罷免事由《ひめんじゆう》として『職務上の義務に著しく違反し、又は職務を甚《はなは》だしく怠ったとき』『裁判官としての威信を著しく失うべき非行があったとき』の二つを置いている。例えば、裁判官の職務上の権限を濫用《らんよう》する、不当な利益供与を受ける、淫行《いんこう》など社会生活上で信用を失墜するような行為を行う、そんな感じ。こういう事由が認定されれば、裁判官は罷免されることになるんだ。

私たちの裁判では、この二つの基準を、探偵において具体化した基準を使うことになるかな。一般的に言って、探偵には真実を追究する義務がある。だから、真実を故意に隠匿《いんとく》した場合は職務上の義務に著しく違反したことになるよね。もしくは、事件を解決できないまま、他の優秀な探偵に依頼することもせずに未解決のまま放置する。探偵が個人的な事情から真犯人の正体を隠したり、真犯人から利益供与を受けた場合は、言うまでもないよね。あとは、たとえば十人殺された連続殺人を担当したとして、証拠を正確に吟味すれば二人目の時点で犯人を指摘することが出来たはずって合理的に判断できるような時は『職務を甚だしく怠ったとき』にあたるんじゃないかな」

「あるいは、証拠を捏造する、殺人を犯す、とかな……」

黒崎の言葉に榊は何も応じず、「でもさ」と鼻《ふく》を膨らませながら続けた。

「何といっても、初めての裁判だからねえ。ひとまず、弾劾法の基準を踏まえた上で、事例に応じて臨機応変に判断するよ」

「随分アバウトだな。そんなんでいいのかよ?」

「ドイツ法の黎明期《れいめいき》には、『利益法学』っていう、裁判官の利益衡量《こうりよう》をどこまで認めるのかって議論があったらしいよ。フィリップ・ヘックだったかな。対する『概念法学』の立場は、法は完璧なもので修正の必要がないと考えるけど、残念ながら、法典に記されていないことが現実には起こる。法は全《まった》きものではあり得ない。だから、『利益法学』は裁判官が必要だと考える。法の欠陥を埋めるために、裁判官は法創造の役割をも果たす。いわんや、今回は初めての裁判で、特別の法典もないわけ。そこが私の腕の見せどころだね」

百年も前の議論を引っ張ってきて裁判官に全権を握らせるのは、危険思想ではなかろうか。実際には、現行の二つの法律の規範に縛られるので、何でも出来るというわけではないのだが、裁判官が信頼に足る人物かどうかは賭けだ。

友人の『最後には必ず正しい判決を下す』という評を思い出し、不安を抑え込む。

「阿久津透の遍歴として、彼の関わった事件をまとめてくれた資料、あったじゃない？　あれを審議会で閲覧させたのが効いたね。元々阿久津透のことを問題視する探偵機関の古株は多かったみたいでさ、あの資料でようやくお偉いさんも動く気になった」

ここで榊は顔を曇らせた。

「でもねえ。残念なことに、良いニュースのあとには悪いニュースがつきものなんだよねえ」

「あ？　おいまさか、前回懸念していたあれのことかよ？　弾劾法は、罷免に当たる事由があってから三年以内、って期間制限を設けているから、十九年前の一件を扱えるか怪しいっていう……」

前回の話し合いからずっと気になっていたことだった。そもそも黒崎がこんな裁判に情熱を燃やすのは、「相島早苗殺害事件」をもう一度公判廷で扱うためなのだから。

「いや、そこは大丈夫だったよ。事件自体は十九年前だけど、Xの容疑者はこの三年間にも発見されて、これを阿久津に否定されてるからね。この時も、阿久津は自分の提出した推理を変更していない。要するに、十九年前の推理行為が未だに継続していると見ることが出来るんだ。何と言っても今回はテストケースだからね。そのあたりの理屈は通せちゃうわけ」

榊はボールペンの頭で額を押さえ、でもね、と続ける。

「黒崎ちゃんには、阿久津透が探偵に不適格であるとする請求原因、これを最低でも六つ集めてもらわなきゃならなくてさ。プラス、各原因に対応する訴人を六人」

「六人……だって？　そいつぁまた、どういうこった」

「弾劾裁判の『実験』だからだよ。どうせやるなら、出来る限り多くのケースを扱い、実例を集めておきたいってこと。こんな無理を通す代わりに法務省が突き付けてきた要求の一つだね」

「しかし、時効は三年と言ったな」黒崎は煙草をくわえた。「少なくとも、阿久津の推理行為から三年以内っつうこった」

「六つ、集められる？　心当たりは？」

三年ね、と黒崎が呟く。目を閉じて煙を吸ったり吐いたりしながら、左の手を一つ、また一つと折っていく。しばらくすると目を見開いた。

「幾つかあるな」

　彼は身を乗り出した。

「一つは陽炎村《かげろうむら》の童謡殺人だ。二年前になる。陽炎村に古くから伝わる童歌《わらべうた》になぞらえて、三件の殺人事件が発生した。阿久津透が派遣され、捜査を始めたが、証拠はいつまで経っても見つからない。しかし事件は唐突に、被疑者死亡という形で打ち切られちまった。犯人は三《さん》の宮朱莉《みやあかり》、二十七歳。首吊り自殺だった。他殺と見るべき所見もなく、彼女の自殺後、阿久津は童謡殺人の全てを解き明かした。

　だが、事件が解決して一か月後、朱莉の遺品整理をしていた朱莉の夫・雄人《ゆうと》が、机の引き出しから一通の手紙を見つけたのさ。差出人は不明。消印はなく、郵便局を介さず直接朱莉に届けられたものと見られた。内容は、朱莉の三件の犯行の全容、動機、それを裏付ける状況証拠の数々――つまり朱莉の犯行を告発するものだった」

「その内容が、阿久津が解決時に開陳《かいちん》した推理と一致したんだね」

「物分かりが良いじゃねえか。朱莉が自殺したのは、この手紙によって精神的に追い詰められたからだ。恐らく、朱莉はこの手紙を一読した後、誰にも見られぬよう引き出しの中にしまい込んで、死ぬ時に処分すんのを忘れちまったんだろ。とにもかくにも、この手紙を発見した雄人は、差出人を阿久津と信じ込んで、阿久津のことをひどく怨んでやがる」

――確固たる証拠を摑めなかったから、告発文で妻を追い詰めたんだろうが！

――あいつが、あいつが妻を殺したんだ！

　雄人は手紙を持って警察署にそう怒鳴り込んだという。

「県警も探偵機関もまともには取り合わなかったが、雄人はいつか不正が暴かれると信じて、告発の手紙を自分で厳重に保管している。警察なんぞ信用できんと思ったんだろうな。これを筆跡鑑定に回して、阿久津の筆跡と一致すれば……」

「推理による解決を放棄して、真犯人を脅迫し、自殺せしめたことになる、と。ああ、この時点での私のコメントは差し控えておくよ。何てったって裁判官だからね」

黒崎は笑った。食えない男である。

とはいえ、これが罷免事由にあたるかどうかは疑問だ。陽炎村の童謡は七番まであり、自殺後、朱莉の部屋に立ち入った警官は、四番目の殺人に使用する凶器他道具の準備が既に完了していたことを発見している。つまり一面では、阿久津は起こるべき殺人を未然に防いだことになる。殺人事件の被害の拡大を防ぐことは探偵の重大な使命の一つだ。事後捜査とはいえ、朱莉が犯人であるという裏付けも取れ、「相島早苗殺害事件」と違ってここに阿久津の偽装工作が加わる余地は皆無だった。

それに、物語から探偵機関の実務の現実に至るまで、物証を摑めずに犯人を精神的に追い込むという話は特に珍しくない。その結果が犯人の自殺であることもだ。

決定打にはならない。黒崎はそう踏んだ。

「二つ目は、九か月前に私立黒鉄学園で起きた墜死事件だ。一人の男子生徒が屋上から飛び降りた。名前は坂巻太郎《たろう》。高校二年生で、クラスでは目立たず、家で機械いじりをするのが好きな少年だった。受験ノイローゼによる単純な自殺と見られたが、学園の生徒・学校・警視庁に一斉送信されたメールの内容が問題になってな。いじめグループの悪行、その揉《も》み消し、学園の女生徒で流行する売春行為、生徒に手を出す淫行教師、教師による行き過ぎた体罰……そこには考えうる限りの学校の醜聞《しゅうぶん》が書き散らされていた。坂巻は自分が一定時間以上パソコンに触れなかった時、メールが一斉送信されるようにプログラムしていたんだな。これら学校の醜聞の証拠を自分は握っており、自分が殺された場合は、彼らのうち誰かの手にかかったのだ、と。このメールが見つかった時点で、警察は事件を阿久津に依頼したわけさ」

組織で動かねばならない警察よりも、一匹狼で動く権限が与えられている探偵の方がフットワークが軽いことは事実だ。警察の介入を嫌う学校機関に潜入するのに、探偵の身軽さはうってつけだった。

「記録を読むだけで、胸糞の悪くなる事件だぜ。他殺なら、学校の醜聞と容疑者を洗い出さなきゃならねえ。学校のブランドを保ちたい教師陣と真っ向から対立して、阿久津は次から次へと学校の醜聞を暴いたのよ。ところが、最終的に出た結論は自殺――。坂巻はいじめられたこと、それを揉み消されたことを受けて学校のことを強く憎んでいた。そこで自分の死を利用してスキャンダルを世間に喧伝したってわけさ」

――利用されたんですよ。僕は。

――僕に探偵行為を行わせること自体が、犯人の目的だった……。

阿久津はそう語ったという。

「この一件の問題は、坂巻が自殺であること、およびその理由を分かった上で、阿久津が探偵行為を行っていたことだ。だとすれば、醜聞を暴き立てて学校にダメージを与える必要はない……違《ちげ》えか？」

榊は肩をすくめた。

「だが、阿久津が言うにはこうだ」

――事件をありのままに見るためには、事件にまとわりついた不純物を全て取り除かねばならない。遺跡から発掘した遺物を調べるには、遺物についた土を払わねばならないだろう？

ポアロの引用だね、と榊は言った。

「でもさ、その事件の場合には、犯人の可能性を消去するために探偵行為が必要だったんじゃないの？　確かに、探偵がみだりに事件関係者のプライバシーを侵害することは倫理規定により禁止されてるけどさ」

「問題は、その探偵行為によって心に深い傷を負って、引きこもってる少女がいることだ。名前は星影美空。坂巻の同級生だな。坂巻の送ったメールに、売春グループに所属していると書かれた少女の一人だ。ところが身辺は綺麗なもんだったよ。黒鉄学園に小遣い稼ぎ目的の売春グループがあったことは事実だったが、星影美空もその一員であるとか、売春したことがあるというような証言も証拠も出なかった。箱入り娘で門限も厳しくて、深夜に外出させたこともないってお墨付きまであった。

で、今度はこんな証言が出てきた。坂巻は星影美空に一方的な好意を向けていて、ストーカーまがいの行為に及んでいた、っつうな。想いを遂げられなかった逆恨みか、それとも本当に売春しているという妄想を抱いていたのか、本当のところは分からん。だが、彼女はマスコミにつけ回され、もしかしたら殺人犯かもしれないと警察にも嗅ぎ回られ、遂にノイローゼになっちまった。事件以来、ずっと家で引きこもっているそうだよ」

　黒崎はこらえきれずに舌打ちをした。

「その星影美空を引き込めるなら、彼女には探偵の倫理規定を争う利益があるね。精神的苦痛を負ったわけだし」

「そうなる」

　榊の目がすがめられた。

「なんだよ。俺に女子高生が扱えるのか？　って顔だな」

「別にそんなこと言ってないよ。でもまあ、怖がられないようにね。ジェントルに」

　ふん、と黒崎は鼻を鳴らす。

「じゃあ星影さんが協力してくれたとして、これで二人。あと四人はどうするの？」

「どう転ぶか分からんが、探偵助手の火村つかさに声をかけてみるのも悪くねえ」

「へえ。でも、助手が探偵を裏切るかな？」

「助手だからこそ、キッカケがあれば裏切るだろう」黒崎は笑った。「探偵助手なんてものはな、所詮《しょせん》探偵になれなかった人間の成れの果てよ。考えてもみろ。探偵大学校の卒業生は、探偵になれずともエリートの生活を保証されている。各分野の高度な教育を施されてるからな、仕事に困ることはない。それを、わざわざ助手になろうなんていうのは、探偵になる夢をよっぽど捨てきれないやつか、探偵の付き人をしているのが幸せだっつう変わり者くらいだ」

探偵試験の受験には年齢制限がある。助手を務めながら、探偵になるチャンスを狙う者もあろうが、火村つかさの年齢では、確か再来年がラストチャンスになるはずだ。

「偏《かたよ》った見方だね」

「そうかもな。だが、阿久津透は傲慢で高慢、自分が一番優秀であると思い上がっている。事件の解決にだけ興味があるとでも言うように、事件関係者を思いやることもない。そんなやつの下で仕事をすれば、不満の一つや二つは溜まる。探偵になれないという劣等感も付きまとっているだろうさ」

「まあ、寝返るかどうかは分かんないし、今は捕らぬ狸の皮算用にすぎないね。一応、候補にはしておこうか」

黒崎は頷いた。

「あと三人はどう?」

「ひどい事件は他にもあるが」黒崎は顔を歪めた。「三年以内、となるとな……。これは少し姑息《こそく》な手かもしれんが、同一の事件についてレベルの違う請求原因を複数付けることは可能か?」

「はは、何が姑息なもんかい。通常の民事訴訟等でも、考えられる法的構成を複数提示することはよくされるよ。一つの事件は実際には多くの論点を含んでいるからね。だからやってもいい。というより、私が許可しよう」

「だったらよ、相島早苗殺害事件について、三つの請求原因と、三人の訴人を立てる。これならどうだ？」

「おお！」榊は目を輝かせた。「いいねそれ、面白そうじゃん！　それなら、事件について考えうる可能性を列挙して、それぞれに原因を当てたらもっと面白いんじゃない？」

早口でそうまくしたてた後、判事としての立場を思い出したのだろう、額を叩いてから「今のは自分で思い付いたことにしといて」と言った。

こういうところが、この男の憎めないところだ――黒崎も思わず微笑んだ。

「ま、そんな具合で、六人集めてもらう必要があるわけ。三宮さんの件では、手紙を筆跡鑑定するための専門家が必要になるだろうし、通常の証人の手配もしてね。それが黒崎ちゃんと、原告側の弁護士の遠上《とおがみ》さんの仕事」

そういえば、と榊は続ける。

「相島早苗事件には目撃者もいるんだっけ」

「ああ。その男、職業が外科医らしくてな。何とかスケジュールを押さえちまわねえと」

「場所は法務省所管のセミナーハウスを一つ押さえてあるよ。泊まり込みで、二日から三日の短期間で終わらせちゃう予定。六人も訴人を立ててるから、日程の調整も困難を極めるでしょ。通常の裁判のように長い時間をかけず決着させてしまおう、って判断だね」

「セミナーハウスで行う、っつうのは？」

「探偵機関史上初の弾劾裁判であること、そして探偵が世論にもたらす影響を考えると、通常の公開法廷で行っちゃったら混乱を招くことは想像に難《かた》くないでしょ？　だから、郊外の研修施設の模擬法廷で、ひっそりと行うことにしたらしいね」

「郊外で、ということになれば星影美空も出てきやすいかもしれねえな」

「ああ、そうかもね」

黒崎はその後何点かの事務連絡を済ませると、榊と固い握手をしてから、榊の執務室を離れた。

黒崎は先ほどの榊の提案を思い返した。相島早苗殺害事件について、考えうるパターンを様々に列挙してはどうかという提案である。

——どのようなパターンが考えうるだろうか……。

裁判の結果、いかなる真実が明らかになろうとも、阿久津の探偵資格が剝奪されるようにしたい。

阿久津透は自白を否定して、無実を獲得した。

黒崎謙吾は自白を否定され、嘘つきとされた。

だが黒崎は知っている。

——あいつこそが嘘をついたのだ。だから阿久津透の本性を暴く。それも公判廷で明らかにする。自分と同じ屈辱を、阿久津にも味わわせてやる……。

それが黒崎謙吾を十九年間支えてきた執念である。彼を猟犬たらしめた情熱である。

あの事件の関係者で、声をかけられそうな人物は……。

まずは被害者の父親・相島雅夫だろう。事件当時は自宅で私塾を経営していたが、今では大手の塾で講師をしている。問題は、事件以来すっかり生気を抜かれたようになってしまっていることだ。

次に見込みがありそうなのは、神木柚月である。旧姓・渡辺《わたなべ》。結婚して今の姓になった。事件当時、十四歳であった彼女は、相島家の私塾の元生徒であり、阿久津透の友達だった。彼女も今では三十三歳で、一児の母だという。十九年という時間の流れを感じる。

あとは、当時の刑事裁判で阿久津の弁護を担当した弁護士・瀬川邦彦《せがわくにひこ》……いやしかし、今回の裁判でもまた阿久津の側に付くだろう。瀬川は阿久津源太郎の顧問弁護士である。瀬川自身としても、自分の弁護の間違いを認めることは出来ないはずだ。

「とすれば、やはり三人目は俺自身だ」

黒崎は一人呟く。煙草の煙を吐きながら、記憶を辿り始める。生涯最も長かったあの悪夢のような夏を。

相島早苗殺害事件、その記憶を……。

*

相島の家から他殺体が発見されたとの通報が入ったのは、二〇××年八月五日の午後二時五十六分のことだった。

黒崎が到着した四時二十分頃には、玄関先にも他の刑事の姿があった。午前中に降った豪雨のおかげで、未だに地面が湿っている。現場は離れとのことだったが、地面の状態を保存するべく、本宅の玄関から入って、本宅の廊下を通り離れに向かった。

本宅の玄関には外国語がびっしりと書かれた紙袋があって、中には保冷剤がたくさん入っている。ケーキでも買ったのだろうか。黒崎が現場の捜査に来て胸の締め付けられるような寂しさを覚えるのは、こういうさりげない生活の匂いを嗅いだ時だった。

本宅側の奥にある引き戸を開くと、正面に離れが見える。五メートルほどの距離で、本宅と離れの間には地面が露出していた。雨が降りやんだ後に通れば足跡が残る。残された足跡は、本宅から離れに向かう足跡が一つきりだった。今は本宅と離れの間にすのこが並べられている。

沓脱《くつぬぎ》には二足の靴が並んでいた。一つは星型の飾りが印象的なピンクの小さな靴。ラメ加工されているところまで含めて少女的である。この靴の小ささは先ほどの足跡のサイズには一致しない。もう一つはこれとは対照的な素っ気《そけ》ない茶色のスニーカーだ。どちらも泥がついていた。雨が降っている最中にピンクの靴の持ち主と思しき女の子が離れに移動し、止んでからスニーカーの人物が離れにやって来たと考えられる。

「この靴は？」

黒崎が尋ねると、現場にいた刑事——中野《なかの》という名前だった——から答えが飛んだ。

「ピンクの方は父親に確認を取って、被害者のものと確認されている。スニーカーは事件当時、相島邸に出入りしていた阿久津透という少年のものだ」

「阿久津？　何者だ、そいつは」

「知らないのか。阿久津源太郎の息子だよ」

「はん。あの大探偵様か。気に食わねえな」

黒崎は鼻を鳴らした。

「じゃあ、今回の事件もそのご子息様が解決してくださるんですかね」

「そう卑下《ひげ》するなよ。まあ今は無理だろうな。あの子は今頃病院だよ」

「とすると、そいつも……？」

「後頭部に裂傷がある。第一発見者が離れに立ち入った時、気絶して倒れていた。しかし、現場の状況から考えて、あの少年以外に犯人は考えられない」

「どういうこった？」

中野は黒崎を招いた。離れの玄関から短い廊下がまっすぐ伸び、突当たりを左に曲がると部屋が開けている。その部屋に入ると、見るも無残な光景が繰り広げられていた。

部屋は横辺が長い長方形の形をしている。南向きの壁には大きな暖炉、北向きには小さな窓が二つ、東向きの壁（黒崎が入ってきた開口部の脇）にはタンスがあった。しかし、何より壮観なのは西向きの壁にずらっと並べられた甲冑《かっちゅう》・刀・斧・銅像などの禍々《まがまが》しい物品たちだ。その壁に設けられたフックに、刀や斧が飾られていた。部屋の真ん中には、高さ四十センチほどのローテーブル。そして、暖炉の前には大きな血だまりが広がり、暖炉とテーブルの間には

相島雅夫発見時の離れ（甲1号証より抜粋）

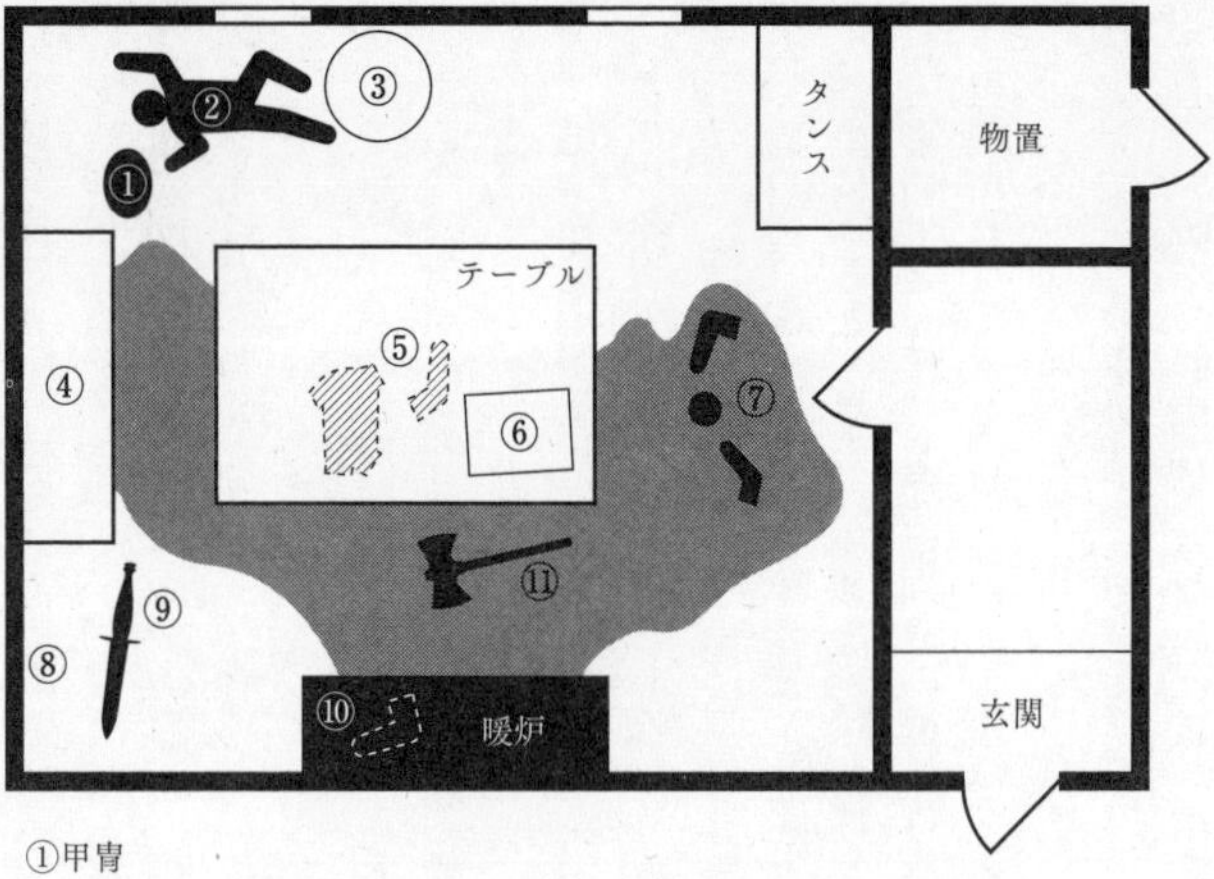

①甲冑

②気絶した阿久津透

③広げられた傘

④武具の飾り棚

⑤死体の胴体、右腕（テーブル下）

⑥被害者のスケッチブック

⑦死体の頭部、左脚、左腕

⑧壁掛け陳列

⑨剣

⑩死体の右脚（暖炉の中）

⑪両刃の斧

大きな斧が突き立っている。両刃の斧で、刃渡りが六十センチほどの大振りなものだ。マンガの主人公が持っているような大きさで、実用性があまりないように思えた。

窓の下あたりに、広げられ逆さに置かれたピンクの傘がある。サイズからして子供のものだろう。傘は石突きの部分を下にして置かれており、張られた布を器のようにして、血が溜められている。傘を利用して返り血や硝煙反応を防ぐならともかく、傘の内側に血を溜めるというのは初めて見た。

「首と四肢を切断されている」中野が報告する。「恐らく、暖炉の前の大斧を使ったんだろうよ」

死体はまだ運び出されていなかった。部屋の入り口付近に、切断された頭部・左脚と左腕が落ちている。腕は肩口から切り落とされていた。惨いことをする。

部屋の真ん中に置かれた、高さ四十センチほどのローテーブルの下に、白いワンピースを身に着けた胴体が見えた。といっても、ワンピースは血に染められてしまっているのが無惨である。背中のあたりに、剣で刺されたと思しき傷がある。あれが死因だろうか。胴体の傍には切断された右腕も転がっていた。

その白いワンピースの上には、黒い糸のようなものが無数に載せられている。

「おい、この黒い糸みたいなの、何だ」

「髪の毛だよ。犯人が切ったんだろうさ」

黒崎は顔をしかめた。どうにも、人から切り離された髪の毛は薄気味悪い。

「脚が一本ねえな」

「右脚だろ？　暖炉の中で発見したぞ」

黒崎は顔色一つ変えず、手袋を嵌めてから暖炉を覗き込んだ。熱はない。どのみち、この夏の盛りに暖炉をつけたりしないだろうが。身をかがめれば自分でも中に入れそうな大きな暖炉だった。薪《まき》が組み合わされた中に、少女の右脚がぽつんと置かれていた。

「被害者は相島早苗。九歳だよ。残酷なことするよな」と中野が言った。

「ああ。こいつはひでえ」と黒崎は舌打ちした。

「中に随分と灰が溜まっているが、犯人が燃やしたのか？」

「ああ、さっき相島雅夫に確かめたが、どうも昨日、阿久津少年が暖炉を珍しがって燃やすところを見せてもらったそうだよ。相島早苗も面白がって見に来たから、結構長い時間燃やしていたらしい」

「じゃあ、これはその時の灰か」

「恐らくそうだろうな。昨日暖炉を使った後に掃除はしなかったと証言しているから……だが、暖炉の中に入っていた灰の量なんていちいち覚えていられんよ。今日暖炉が使われた可能性も否定は出来ないな」

「おいおい、冗談はよせよ。このクソ暑いのに暖を取るでもねえだろ。それとも何だ、犯人も暖炉が物珍しくて、火を燃やして面白がっていたとでも？」

そこまでは言っていないが、と中野が苦笑した。

「念のために灰を成分分析に回しておくか」

「何か燃やされた可能性があるってか？　おいおい黒崎、お前も慎重だねえ」

ローテーブルの傍に四角い石が落ちていた。いや、よくよく見ると、シルバーのフレームの中に白い石が嵌め込まれたもので、上部には糸を通していたと思われる穴がある。ペンダントのトップの部分だけが落ちたものらしい、と黒崎は気付いた。被害者が身に着けていたものだろうか。紐はどこにも見当たらない。

足下には剣も落ちていた。全長一メートルほどの大振りな西洋刀で、鈍色《にびいろ》の刃にべったりと血が付着している。これもまた実用性が薄い武器に思える。

「被害者が身に着けていたワンピースと、胴体の同じ部分に刺されたような跡がある。犯人は剣で被害者を刺殺した後、そこにある斧で死体を切断したと見るのが妥当だろう」

黒崎は次に、西向きの壁を観察した。剣と斧は、ここに並べられたコレクションから取られたのだろう。

見込み通り、壁にフックが取り外された跡と思しき小さな穴があり、その傍に折れ曲がったフックが幾つか落ちている。あの刀と斧を壁に留めていたものだろう。

「剣を殺害に用いるには、壁のフックから剣を外す必要がある。このフックは折れ曲がっていて、偶然に壊れたものとはとても思えん。明確な意思を持って壊した。とすれば、犯人は殺意を抱いてこの剣を手に取ったってことになる」

「即断は禁物だぞ、黒崎」

中野は苦笑いしているが、考えていることはおおむね同じだと思われた。

これで死体と凶器を見た。

次に気になるのは、ローテーブルの上に置かれたスケッチブックだろうか。

スケッチブックの開かれたページには、クレパスで描かれた絵が残されている。子供らしい温かみがある絵で、お世辞にも上手いとは言えない。どうやら人間を描いたもののようだが、目の大きさは不揃いで、髪の毛も左右で長さが違う。手に至っては関節があり得ない方向に曲がってしまっていた。肌色で塗られ、黒で瞳が丸く塗りつぶされていることから、ようやく人間であることが理解出来る。人間もどきの上に「ゆづきお姉ちゃん」と不揃いな字で書かれている。右半分は血痕で覆われ、惨劇の記憶を留めていた。表紙をちらりと見ると、「さなえ」とひらがなで書かれていた。

黒崎はスケッチブックを手に取った。リング式のもので、広げるとかなり大きい。前のページの見開きに戻ると、上の面に山の絵、下の面に紫陽花《あじさい》の絵が描かれていた。

「すげえなこのスケッチブック。どのページも両面使われてやがる」

「普通は裏移りが気になって片面ずつしか使えないのにな。でも、被害者の部屋を見に行ったら、どの鉛筆にもエクステンダーがついていたし、チラシの裏に漢字の練習がしてあった」

「エクステンダーって何だ」

「見たことないか？　短くなった鉛筆を使いきれるようにつけるホルダーだよ」

「ああ、なるほど。つまり、もったいない精神の顕《あらわ》れってわけか」

「スケッチブックを両面使うのもそういうことなんだろうぜ」と中野が締めくくった。

「それにしても不思議だなあ」黒崎は顎《あご》を撫でながら、小さな画伯の絵を眺めた。「どうして八月なのに紫陽花なんだろう？」

「え？　向日葵《ひまわり》だろ？」

「は？　おいおい。紫色で塗られてるんだぞ。向日葵ってこたぁねえだろ」

「でも花の形は向日葵ですよ」

　そう言われてじっと見ていると、紫色に塗られているだけで、紛れもなく向日葵だと分かってきた。前のページを繰ってみれば、緑色で塗られた雪だるまや、金と銀のパンダ、ピンク色の月など、奔放《ほんぽう》な色彩感覚が生み出した作品が点在していた。大胆な筆致と色遣いがこのくらいの年の子供の絵の特徴だが、いくら何でも特異にすぎると思われた。

　このような色遣いを彼女が好む理由は、使っているクレパスにあるようだ。ざっと見て八十色くらいはある。赤や青だけでも五、六種類はあり、グラデーションが目に鮮やかだった。黒崎の目では、ピンク、黄色などの色の判別しかつかないが、目を凝らしてみればクレパスのラベルにはカーマインローズだとか、マンダリンオレンジだとか、聞いたこともない色の名前が書いてある。

　スケッチブックを元のページに戻す。次のページを開いてみると、リングに細切れの紙片が挟まっていた。どうやらページが破かれた形跡のようだ。

「おい、ここのページ、破れてるみたいだぞ」

「そうしてくれ。どうして、ここだけ破かれたんだろうな」

「被害者がダイイングメッセージを書き残していて、それを犯人が持ち去った、とか」

「おい、よせ。お前まで探偵の真似事か？」黒崎は頭を掻く。「ダイイングメッセージを隠したいなら、開かれてたページと同じように、血で塗りつぶせば済むじゃねえか。ここの床には十分すぎるほどの血液が流れてやがる。インクには事欠かねえ。ま、この流れに追従してみるなら、犯人も怪我を負って、犯人の血が問題のページに飛んだとかか？」

「それはないだろ。それなら血のついているページは全部持ち去るべきだ。右半分が血で汚れてたあのページもな。だって見ただけじゃ誰の血か分からないんだから。黒崎、お前頭鈍《にぶ》いんじゃないか」

「うるせえ」と言って中野を小突いた。

消えたスケッチブックのページの行方《ゆくえ》と、なくなった理由。この謎はぜひとも追う必要があるだろう。また、この議論では犯人が持ち去った可能性を検討したが、被害者が処分した可能性もないではない。

ローテーブルの脇にはバスケットが横倒しになっていた。どうやら被害者の持ち物のようで、クレパスやスケッチブックはこれに入れて持ち運んだのだろう。底面に少し土がついているのが気になるが、バスケットはキャンプなどにも使うものであるし、当然と言えば当然なのかもしれない。

マントルピースの上にはチョコレートの箱が載っていた。英語が書かれたパッケージで、外国のお菓子のようだ。そういえば本宅の玄関先に英語の書かれた紙袋があった。どうやら中身はこのチョコレートだったらしい。

開けてみると、中身はすっかり溶けていた。パッケージの絵を見る限り、元は一口サイズのチョコレートのようだが、三×五で並べられた十円硬貨ほどのサイズの紙のカップが、液体と化したチョコレートで満たされていた。夏の盛りであるから、溶けてしまっても無理はなかった。

「そのチョコレートは、被害者が好んで食べていたものだそうだ。この家によく出入りしている渡辺柚月という中学生の女の子が、今朝お土産《みやげ》に買ってきたんだと」

「段々被害者の行動が見えてきたな」黒崎は玄関先に戻ると、ピンクの靴を指し示しながら言った。「被害者はまだ雨の降っているうちに、傘をさしてこの離れにやって来た。持ってきたのは、今朝もらったお気に入りのチョコレートと、クレパス、スケッチブックだ。離れで遊ぶつもりだったんだろう。被害者はこのローテーブルでお絵かきをしていた。そこを後ろから剣で刺され、血はスケッチブックにも付着した……もちろん、血が付着したのは死体の切断時の可能性もあるが」

「大方そんなところだろう。問題は、阿久津少年がなぜここにいたか。犯人は誰なのか」

「足跡は一つしか残っていなかったな。あの足跡は誰のものだったんだ？」

「サイズと、靴底の模様が阿久津のスニーカーと一致している。スニーカーには長いこと使ったことによる細かい傷がついているから、じきに同一と断定されるはずだ」

「とすれば、雨が止んだ後に現場に入ったのはその小僧だけ」

中野が重苦しく頷いた。

「本宅から離れまで、並べられていたすのこは？」

「第一発見者の相島雅夫が並べたものだ。今日は下ろしたてのズボンを穿《は》いてたとか何とかで、離れに向かう時に並べた、と。死体を発見するとは思ってないから、偶然の行動だな。すのこは今日みたいに地面が泥になった時に備えて、本宅側の三和土《たたき》に常備してあるものらしい。五つ並べて壁に立てかけてあるんだとよ」

では、すのこルートも使えない。やはり、離れへ出入りできたのは阿久津だけになる。

「小僧は後頭部を殴られてるって言ったな。普通に考えれば、現場にいた犯人に頭を殴られて気絶した被害者の立場だ。しかし、その場合……」

「ああ」彼は大きく頷く。「足跡一つ残さず、その犯人とやらは一体どこに消えたのか……それが問題になる」

密室というわけか。それも足跡のない密室。

「小僧が殺人犯なら、そんな心配も無用だがな」黒崎は意地悪く言った。「雨が止んだのはいつか、照会しておく必要があるな」

今やらせてるよ、という言葉を聞きながら、黒崎は北向きの窓に向かう。二十センチ四方のガラスが引違いになっていて、二つの窓はいずれも全開にされていた。

「この窓は、最初から開いていたのか？」

「ああ。第一発見者が見つけた時からそのままだ」

黒崎は首だけ窓から突き出すと、外の様子を観察した。真下の地面は、ちょうど屋根の庇《ひさし》に遮られて雨の影響を受けなかったようで、すっかり乾いているように見えた。もしかしたら足跡も付かないかもしれない。顔を出したまま、左に視線を向けると、枝ぶりのよい木があって、枝は相島邸をぐるりと囲んだ塀の上にその腕を伸ばしていた。

「脱出ルートを見つけたぜ」黒崎は言った。「窓から抜け出せば、足跡を付けずにあの大きな木まで移動して、木に登って枝を伝って屋敷の塀の上に辿り着く。こうして外に逃げられるって寸法さ」

「ところが今のお前のように、その窓のサイズでは頭と腕を通すのが限界だ。肩は通らない。被害者と同じくらいの子供なら抜け出せるだろうが、一方で、その年齢の子供に、あの巨大な斧を扱えたとは考えられない」

「だろうな」彼のした反論はまったく予想通りのものだった。「窓が使えないなら、やっぱり玄関から出るしかねえな」

窓から向かい側を見ると、四、五階建ての高いマンションが建っているのが見えた。上層階の窓がこちらからもいくつか見える。

「あのマンションにいねえかな。目撃者」

「何て聞くんだ。木登りしてる人はいませんでしたか、って？」

うるせえよ、と突っ込みを入れ、ガリガリと頭を掻いた。

「暖炉はどうだ？」

「折り返しがあって外には出られない」

「チッ。だが、本当に密室だとすんなら……」

密室。探偵機関に嘱託されるべき知能犯罪の一つだ。迅速に県警から警察庁への通達を行い、探偵機関の派遣する探偵の手に事件を委ねる必要がある。黒崎が新任刑事の頃に設立された機関の存在が、彼は疎《うと》ましかった。

「気に入らねえな」

「何がだ」

「トンビに油揚げ攫《さら》われる気分だよ。目の前で気に入らねえ事件が起こって、犯人追いかけようとしたところに、いけすかねえやつらが事件を攫っていきやがる」

「仕方がないだろう。そういう仕組みなんだから。アタマ使うのが得意ですってやつがいるんだから、使ってもらえばいい」

黒崎とは違い、仕組みに順応する人間もいる。というより、慣れる人間の方が多数派だ。探偵をヒーローのように崇めるやつらまでいる。

黒崎は、事件も探偵も密室も全てが、気に入らなかった。

「ま、今回ばかりは機関に連絡する必要もないかもしれんぞ。何せ、あの名探偵の息子がいるわけだから。つい最近も、父親に協力して一つ事件を解いたらしい」

黒崎は鼻を鳴らした。

「今回の密室には、被害者と、気絶させられた少年が閉じ込められていた。カーの『ユダの窓』に出てくる型の密室だ」

「何じゃそら」

「少年が犯人と考えれば、密室の謎は存在しない。しかしこの型の密室では、第三者が少年に罪をかぶせるために、少年と死体を閉じ込めた、と考えられる」

「要するにヌレギヌかぶせてえってこったろ。ったく、なら最初からそう言えよ。作品の名前出すな。機関が出来てからどいつもこいつも話が回りくどくていけねえ」

だけど、と黒崎が続ける。

「んなもん、そのガキが犯人と考えりゃ済む話だろうが。ともかくは――第一発見者に話でも聞くか。事件関係者の動きを整理する必要がある」

黒崎は時間を確かめようとして、左手首を見たが、腕時計がない。今日はうっかり家に置いてきてしまったことを思い出した。離れの中を見渡したが、掛け時計も、置き時計の類も見つからない。舌打ちしつつ、脇にいる中野に声をかけて時間を確かめ、第一発見者の様子を聞く。

第一発見者は殺された娘の父親だという。

父親が見るには――酸鼻《さんび》を極めすぎていた。

相島雅夫は未だショックが冷めやらないという様子で、気もそぞろだった。

レンズの厚い黒縁《くろぶち》眼鏡《めがね》の向こうでは、自信を喪失した気弱な男の瞳が視線をさまよわせている。あまり好きなタイプではないな、と黒崎は思った。

しかし彼の憔悴《しょうすい》しきった様子は無理もない。一年前に妻の美佐子を病気で亡くし、この日再び、娘の無残な切断死体の第一発見者になった。愛しい家族を立て続けに亡くして、気持ちの整理も付かないのだろう。

それでも、犯罪者を捕まえるためには、情けをグッとこらえて、根掘り葉掘り質問をぶつけなければならない。

黒崎が強面で、声音も高圧的になりがちということもあり、尋問は中野に担当させた。

「今日は雨が止んだのを見計らって、柚月ちゃんと一緒に早苗の誕生日プレゼントを買いに行きました」

「出かけたのはいつ頃になりますか？」

「十時……四十五分過ぎだったと思います」

「『柚月ちゃん』というのは？」

「ああ……」相島のぼんやりとした顔は、まるで呆《ほう》けてしまったようであった。「近所に住む中学生で、渡辺柚月と言います。私と妻は、二年前まで、この家で私塾を開いていました。柚月ちゃんはその時の生徒で、今でも娘とよく遊んでくれていました」

中野は頷いて話を続けさせた。

「娘の誕生日が来週に迫っていまして。柚月ちゃんには、今日そのプレゼント選びに付き合ってもらう予定でした。娘の好きなチョコレートを買ってきてもらって、娘を家で遊ばせておくうちに、内緒で買いに行く計画です。ああ、もちろん、チョコレートの代金は渡しましたが……」

混乱しているのか、どうでもいいところに拘泥《こうでい》して話している。

「それで、十時四十五分頃、渡辺柚月さんと連れ立って買い物に出かけられた、と。帰宅なさったのはいつですか？」

「十四時四十五分頃だったと思います。帰宅して声をかけたのですが、誰の返事もなくて……阿久津君が来ているのにはすぐ気が付きましたが」

「ちょっと待ってください。それはどうして分かりました？」

「玄関のところの棚に、お金とメモ書きを遺しておいたからです。メモには、阿久津君宛てに、『早苗がジュースを飲みたがったら、これを使ってメロンソーダを自販機で買ってあげてください。阿久津君も何かどうぞ』と。ジュース二本分、三百円を添えておきました。帰宅した時、棚から硬貨が消えていたので、来たんだな、と」

阿久津は小学生の頃、この町に住んでいて、相島の私塾に通っていたという。彼はすっかり再会に気を許して、植木鉢の底に張り付けた合鍵のことも教えていたという。不用心極まりない。

中野は振り返ると、ビニール袋に入った数枚の硬貨を手渡してきた。話に出てきた三百円だろう。百円硬貨二枚、五十円硬貨一枚、十円硬貨五枚の計八枚だった。

「この硬貨はどこから？」と黒崎。

「現場の床に散乱していた」と中野が答える。

「それなら血の一つも付いていそうなもんだが……」黒崎は袋を裏返したりしながら硬貨を観察したが、血の一滴も付いていない。「奇跡的に難を逃れたみたいだな」

硬貨がなくなっていた一方で、阿久津の靴も、早苗の靴も、本宅の玄関にはなかった。二人して出かけているか、もしくは離れに向かったかである。そう考え、相島はひとまず離れを覗いてみることにしたのだという。

そしてその離れには娘の死体があった。

「すのこを敷きながら離れに向かい、早苗の名前と、阿久津君の名前を呼んだんですが、返事がなくて。離れに入ると、嫌な臭いがしました。湿っぽい風が顔に向けて流れてきて、その風に鉄臭い臭いが混じっているんです。廊下を歩いていくたびに、その臭いがどんどん強くなって……」

そうして。

「部屋に入ると、足元に……」

相島はくぐもった呻《うめ》き声を上げた。

「肌色の人形みたいなものが足に当たったんです。最初はマネキンか何かだと……でも、離れにはマネキンは置いていないし……そう思ってまじまじ見つめていると、それが……」

部屋に入ってまず足元に転がっているのは、頭部・左脚・左腕である。脚と腕は衣服一つ身に着けていないので、まるで人形のように見えたのだろう。

「頭はこう、うつ伏せに置かれていて。最初は早苗だと分からなかったんです。早苗は髪が長いですから、目の前にある短髪の首と、頭の中で繋がらなかったので……でも、近づいて、覗き込んでみたら……」

そこに自分の娘の顔があったというわけだ。

「お恥ずかしい話ですが、それですっかり怖気《おじけ》づいてしまって。あたりは一面血の海ですし、現場保存、というのでしょうか。ものに触ってはいけないと思い、そこから部屋の中を見渡すのが精一杯でした。すると、甲冑の足元、窓の下あたりに、阿久津君が倒れているのを見つけて……」

「彼はどんな様子でしたか？」

「ええと。右半身を下にして、横向きに倒れていました。黄色いTシャツの前後が真っ赤になっていて、白い靴下まで真っ赤でした。阿久津君の倒れているところには、血がなかったんですが、部屋の入り口からそこに向かうまでには血の海があって、駆け寄るのをためらってしまいました。阿久津君の名前を何度も呼びました。大丈夫かと声を掛けました。それを続けていると、呻き声を上げて、阿久津君が目を覚ましたんです。彼は意識もはっきりしないようで、しばらく手探りしてみたり、あたりを見回したりしていました。やがて、私の声に気付くと、『警察、早く、警察を』と言いました。それを聞いて、私は離れを出て、本宅に電話を掛けに行きました」

その時刻が十四時五十六分。帰宅したのが十四時四十五分で、離れを目指したのは帰宅後程なくしてらしいから、時間に不自然なところはない。

相島も携帯電話は所有しているが、あまり使わないようで、当日は帰宅してすぐ本宅の客間にカバンごと放置していたらしい。そこで、本宅の固定電話を掛けに行った。

柚月に見せるわけにはいかないと、相島は彼女を現場から遠ざけた。やがて警察が到着し、捜査が始まった。

あとのことは黒崎たちも知る通りである。

「警官が現場に到着した時、そこには怪しい人影はなかったんだな」と黒崎は言う。

「そうだ」中野は振り返って応じた。「まあ、万が一現場に潜んでいた第三者がいたとしても、そいつは第一発見者が電話を掛けに行ったあと、すのこの上を通って脱出できた。警察が到着した時にまだそいつが居残ってたとしたら、間抜けにすぎる」

「あのう」相島が間延びした声で言う。「もしかして私、何かまずかったでしょうか」

「ああ、いえ」中野は慌てて相島に向き直った。「こちらの話ですので」

黒崎はとりなすように慣れない笑みを浮かべる。第一発見者が警官であれば、密室が開いたあとで逃げ出したパターンを検討せずともよくなる。そういう意味では、残念だったとは言えるが……。

「あなたが現場に立ち入った時、阿久津以外の誰かが現場にいた可能性はありませんか？」

「誰か、ですか？」相島はううん、と唸《うな》りながら首を捻《ひね》った。「見当たりませんでしたけど

「甲冑の中に隠れていたりしてな」

いかにも推理小説らしい考え方を口走った黒崎を、中野が一睨みする。

「そういえば、こちらのスケッチブックなんですが」

中野はスケッチブックのページを開いて相島に見せる。べったりとした血の跡は犯行の残忍さを物語っており、父親が未だ興奮冷めやらぬ状態で見るには刺激が強すぎた。

「これは……」

黒崎はあえて血痕には触れず、絵の内容について尋ねる。

「ここに女の子が描かれています。残念ながら、絵の図版を全て見ることは出来ませんが、この女の子の絵に見覚えはありますか？」

「はい……。早苗の絵は独特なので、特徴は摑みづらいですが、朝、この絵をちょうど描いていたのを覚えています。『ゆづきお姉ちゃん』と書いていたのもその時ですね」

「それはいつ頃のことですか？」

「ええと、朝食を食べた後で、八時半頃だと思います」

「この、右側の見えなくなっている部分には何か描いてありませんでしたか？」

「いいえ。私が見た時には、まだ女の子しか描いていませんでした。右半分は真っ白だったので、これから何か描くのだろう、と」

この質問は後日、柚月にも行ったが、彼女は早苗が絵を描くところは見ておらず、血痕の下の図版にも心当たりがないのだという。十時頃、早苗と客間でやり取りした時に、早苗が嬉々として作品を見せてきたが、それはこの絵ではなかったらしい。惜しいことだった。

「なるほど。娘さんは絵を描くのは早い方ですか？」

「うーん、早い……でしょうね。大胆に色を塗りますし、早い時には三十分ほどでスケッチブックの片面を仕上げてしまう時もありました」

となれば、犯人がやって来た時には、持ち去られた次の一ページに何かしら新しい絵が描かれていたこともありうる。内容次第では、犯人が絵を持ち去る動機になりうる……。

「ああ、そういえば、離れにあった、あの甲冑やら、剣やら斧やらは一体……？」

「あれですか。コレクションなんです」

「あなたの」

「いえ、妻の……」

「奥さんの、だとぉ？」

黒崎は驚いて口を挟んでしまう。大声に驚いて相島が萎縮したので、中野に睨み付けられた。

「つ、妻はああいうのが趣味だったんです。妻の実家は実業家で、羽振りが良かったもので、刀も斧も、西洋からそれらしいものを取り寄せたんです」

それらしい、とは何だろう。何か具体的な物を念頭においた言葉のような気がした。

「妻が亡くなって、もう一年ですから、処分しようと何度も思ったのですが……」

相島は立ち上がると部屋を出て行き、隣の客間に向かった。黒崎はじめ刑事たちは、厳《おご》かに縋《すが》りついた。

　相島はよろよろと客間の縁側に歩いていくと、縁側沿いの地面に置かれた銅像に縋りついた。成人男性並みの背の高さで、剣を両手持ちにして真っ直ぐ前に向けている。顔の造作はかなりの美男子であるが、ギリシャ彫刻などとはまったく違う美男ぶりで、黒崎には何かのマンガのキャラクターのように思われた。大きく口を開き、鋭く前を睨み付けたその顔からは、戦いに赴く戦士のような、力強い気迫を感じ取ることが出来た。

「この銅像も、妻が大事にしていたものなんです。せっかく磨いたのに、外に出してしまっていたので、すっかり濡れてしまっています。柚月ちゃんとプレゼント選びをしている時、出しっぱなしだったのを思い出しましたが、ああ、もういいかと思って……あんなもの、どうなろうと別に構やしないと……」

　相島は銅像に縋りつきながら涙を流す。

「まだ一年、いえ、もう一年です。妻のことを忘れられないでいる間に、娘まで亡くしてしまいました……それも……あんな風に……妻が集めていた武器が使われて……妻からの天罰なのでしょうか……妻の大切なものをないがしろにして、あまつさえ雨ざらしにした報いなのでしょうか……」

　まるで目の前の銅像が妻か娘であるかのように、相島は銅像を抱きながらおんおんと泣き始めてしまった。娘の死は明白に何者かによる犯罪行為なのだが、今の彼の中では殺人犯に対する怒りよりも、嘆きや苦しみの方がよっぽど大きいのだろう。

もうこれ以上話を聞くのは無理だろう。酷にすぎる。
黒崎は、柚月にも事情聴取を行い、相島の証言の裏を取った。近所の住人の証言から、阿久津が相島邸にやって来た時間も判明。ほどなく気象台から当日の降雨についての情報がもたらされた。当時の降水確率は二十パーセントだった。
事件関係者の動きを整理すると、次のようになる。

九時～十時四十五分　激しい降雨（ところにより雷を伴う）。
九時半　柚月、相島邸に来る。柚月と早苗が本宅の客間で遊び始める。
十時　柚月、客間を離れて雅夫のところへ。
十時～十時四十五分　早苗、離れに移動（早苗の足跡がなかったことと、傘が使われていたことから降雨中に移動したものと見られる）。
十時四十五分　雨が止んだのを見計らい、雅夫と柚月が外出。
十時五十分　阿久津透、相島邸に来る（近所の住民の証言あり）。
?時?分　阿久津、離れに向かう（足跡から判明）。
十四時四十五分　雅夫と柚月、帰宅。雅夫が死体を発見する。
十四時五十六分　雅夫、本宅の固定電話から通報。

表を作って満足したところで、客間に怒号が飛んできた。

「黒崎さん！　黒崎さんいませんか！」

「おいおい何だってんだ。うるさいったらないぜ」

「黒崎さん……」呼びかけた巡査は息を切らしていた。「い、今、病院から連絡がありまして、阿久津透少年が、意識を取り戻したそうです……」

「じゃあ話を聞きに行くか。それにしても、それぐらいのことでぎゃあぎゃあ騒ぎ立てるんじゃねえよな。ったく、まだ頭にガンガン来やが……」

「そ、それが……阿久津透少年が……自白しまして……」

黒崎は動きを止めた。自白？

その言葉がゆっくり頭に浸透してくると、黒崎は笑い出しそうになった。

「これで探偵機関に連絡する必要はなくなったわけだな」

——そう、これは俺のヤマだ。

少年が犯人であるならば、そもそも密室などは存在しない。探偵に事件を横取りされることもないのだ……。


数日後、阿久津透の退院を待って取り調べが行われた。

「あの日、僕が相島さんの家にやって来ると、玄関先にメモと小銭が置いてありました。それを持って、早苗ちゃんを探したんです。その時はまだ殺意がありませんでした」

阿久津は非常に落ち着いており、屈強な男たちを前にしてもまるで動じる素振りがなかった。

中学生とは思えぬほどしっかりとした様子で、恐ろしい犯行の内容を語る時にすら柔和な笑みを絶やさぬほどであった。

「離れに向かったのは、十一時過ぎだったと思います。離れで言い争っているうちに殺意が湧いたんです。キッカケは早苗ちゃんが描いていた絵でした。あまりにもおぞましい内容で、僕の口からはとても言えませんが、名探偵の父を愚弄《ぐろう》する絵でした。そんな絵を描いたのが許せなくて、僕は離れの壁に飾られていた剣を手に取り、早苗ちゃんの背中を剣で刺しました」

解剖の結果、早苗の背中に残っていた刺突痕は、現場に残っていた剣と形状が一致し、凶器はその剣と断定された。死因は失血死、死亡推定時刻は九時半から十一時半までの幅で、十一時過ぎに離れに向かったのならば矛盾はなかった。

「問題の絵はどこにやった？」

「細かく千切って、窓から飛ばしてしまいました。あの日は、雨が降った後も強い風が吹いていましたから。現場の周辺に紙切れくらいは残っているかもしれません」

阿久津の言葉通り、相島邸の本宅の雨どいに紙片が引っかかっていたのも発見された。真っ白な紙片であり、何かの絵が描かれているのは確認できなかった。問題の絵の切れ端だと思われる。他の紙片はどこかに散逸してしまったのか、発見に至っていない。事件当日の風向きから考えて自然な位置から紙片が発見されたので、阿久津の話は十分に裏付けられたと思われた。

絵が消えていたことを現場の暖炉の灰と結びつける意見もあったが、灰の成分分析の結果、薪以外のものが燃やされた形跡はないと判明した。

「死体を切断したのは？」

「強いて言えば憎悪です。父親を愚弄されたのですから。ああ、でも、犯罪者の心理が興味深くなったというのはありますね。死体を切るというのはどのような気持ちなのか……あの現場にはおあつらえむきに凶器も用意されていましたから」

後頭部を打ったのは、死体切断に興奮しすぎるあまり気を失ってしまい、背後に倒れて甲冑の鉄靴にぶつけたようだと言う。鉄靴の足の甲に当たる部分に赤黒い血痕があり、阿久津の血液を採取して鑑定したところ、同一と断定された。

黒崎はさすがに吐き気を覚えた。

目の前の少年が得体の知れぬ怪物に見えた。少年犯罪は残虐の一途を辿っているが、黒崎が恐ろしいのは少年を犯罪に駆り立てるものが分からぬことだった。

取り調べはその後も続けられたが、何度繰り返させても阿久津の証言は変わらず、現場の状況と矛盾も起こさない。むしろ証拠が続々と阿久津の言葉を裏付けていく。剣もそうだが、斧も体を切断した凶器であると断定された。

剣や斧から指紋は発見されなかった。阿久津が、現場のタンスからタオルを持ってきて拭ったからである。実際にタンスを確認すると、確かにタオル一つ分の空きがあり、血が大量に付着したタオルがローテーブルの傍に投げ捨てられていた。

「協力的すぎる」

黒崎は中野にそう漏らした。喫煙室で煙草をふかしながら、考えているのは阿久津透のことばかりだった。

「それの何が悪いんだ」相手は煙を吐き出しながら言う。「自白も完璧、証拠も揃ってる。じきに送検だろうな。犯人が協力的なら、俺たちの仕事も楽になるじゃないか」

「協力的すぎて、不自然だ」

黒崎はかぶりを振った。

「あの消えた絵の一件、覚えてるだろ」

「ああ。それが？」

「看護師に向かってあの小僧が最初に言った言葉は何だか分かるか？『トイレに行きたいんですが、誰かついてきませんか？』だ」

「そいつは確かに、面白いな。でも、トイレに証拠を流されたら事だし、ついていかないわけにも……」

「違えよ。あいつは自分の便を調べさせるつもりだったんだ。絵を千切って飲み込んでおけば便になって出てくるからな……」

相手はぴったりと固まって、灰がぽろりとこぼれ落ちるまでそのままだった。

「それはまた何とも……徹底してるな」

「しかもだ。病院に着いた時には、あいつはもう病衣に着替えていて、服はそのまま残っていた。Tシャツズボン靴下一式全部だぜ。看護師が言うには、この衣服をきちんと保存しておくように進言したのはあの小僧だと言うんだ。自分の犯行を裏付ける証拠を、なぜ保存しておく必要がある？」

　中野は首を振った。聞き分けの悪い子供に呆れるような態度だ。

「なあ黒崎、お前考えすぎだよ。今のお前、まるで探偵みたいだぞ。機関が大っ嫌いなお前が、一番毒されてるじゃないか」

　黒崎はその言い方にカチンと来た。

「じゃあなぜ、剣にも斧にも指紋がついていない？　現場のタオルで拭ったのは明らかだが、自白するつもりならなぜ一度は隠そうと試みた？　それをなぜ即座に諦めた？」

「気まぐれにすぎんだろ」

「まだあるぜ。解剖から上がってきた所見だが、被害者は死後に何かで頭を殴られている」

「鈍器でゴツン、ってか？　いやお前、一番最初に鈍器で殴りつけて、意識を奪ったっていうなら分かるが、死んだ後に殴る道理はあるまいよ。大方首を切った後ぞんざいに投げたりして、どこかにぶつけたんだろ？」

「にしてもだなあ」

「それに、もし本当に殴られてるのなら、現場からは鈍器が見つかったはずだ。阿久津は離れに入った後、出られないんだから」

「まだあるんだぜ」黒崎はムキになった。「黒髪が切られていた件にもおかしなことがあった。早苗の黒髪は、うなじのあたりでバッサリ切られていた。しかし、斧で切断された位置はうなじよりも肩口に近い。髪が首を切った時に一緒に切れたのではないのは明らかで、むしろ、一度髪を上げて首を露出させてから切断し、後に髪だけまた切ったに違いない。しかし何でそんなことをする。髪が必要だったのか？　だったら、なぜ持ち去られていねえ？」

「そこまで来ると、考えすぎってもんだろ」

ううん、と黒崎が唸ると、その隙《すき》を縫って中野が言った。

「そんなことより、今、阿久津源太郎さんが面会に来てるんだよ。面白いもんが見られそうだ。案外、本物の名探偵にかかれば、お前の疑問も解いてもらえるかもしれんぜ」

「はん、名探偵様ねえ」

黒崎はくだらないというように吐き捨てて、また煙草をふかし始めたが、程なくしてヒステリックな叫び声が聞こえてきた。

「この恥さらしが！　もういい、勝手にしろ！」

取調室の扉が乱暴に開け放たれると、ダリのような立派な髭を生やした男が飛び出してきた。阿久津源太郎、齢《よわい》五十一。探偵機関の設立者にして、働き盛りの名探偵である。源太郎は大きく肩を上下させながら歯をぎりぎりと鳴らし、傍目《はため》にも分かるほどの怒りを発散していた。

刑事が源太郎をなだめ、源太郎は息子への罵倒《ばとう》を繰り返しながら連れていかれた。

黒崎は取調室の前に立った警官を捕まえて聞いた。

「おい、今のは？」

「ああ、大丈夫です。ちゃんと身体検査はしましたので、証拠隠滅の恐れは……」

「そうじゃねえ。何があったかと聞いてる」

「何があったかまでは……しばらく、穏やかな話し合いが続いていたように思うのですが、急にあのように……」

源太郎の名探偵としての直感が働いたのか、それとも証拠を摑んだのか……。黒崎は考えた。まあ、自分が高名な探偵であるのに、息子が犯罪者になれば怒りもするだろう。名探偵が取り乱す様子を見て、黒崎はやはり名探偵とはいえ人の子なのだと思った。そして、やっぱり自分の杞憂だったのだと安心した。

八月十三日。事件発生から十日と経たず、阿久津透は起訴された。

九月二十三日午前十時。××県地方裁判所、第三〇二号法廷。

阿久津透は十四歳であり、少年犯罪にあたるが、犯行が悪質を極めているため、検察官に事件が送致され、起訴された。

黒崎謙吾は検察側の証人として呼ばれ、傍聴席に控えていた。合議制事件――懲役一年以上の罪に関係する事件――のための法廷であり、傍聴席もそれなりに多く設けられているものの、少年犯罪なので、通常の傍聴人の列席は禁止されていた。列席を認められたのは、一部の警察関係者や、探偵機関の関係者、そして黒崎や相島雅夫のような検察側の証人のみであった。一部の証人に対しては、青少年保護の観点から、衝立《ついたて》が用意されていた。

阿久津源太郎は火消しに努めていたが、源太郎の息子が殺人を犯して裁判にかけられるとの噂は、恐ろしいまでのセンセーションを巻き起こした。ニュースは連日事件の報道で持ち切り、少年犯罪、小児性愛、そして――探偵機関。事件は様々な切り口で語られた。

正面の扉が開き、黒い法服を着た三人の裁判官が入廷する。

「起立」

廷吏の声に傍聴席の人々が立ち上がる。裁判官が座るのを待ち、腰を下ろした。

「これより、被告人、阿久津透に対する審理を開始します」

弁護士の瀬川邦彦をちらりと見る。四十代半ばで、物腰が柔らかそうだが、手強そうな印象を受ける。油断のなさそうな目つきが、そう思わせるのだろうか。柔よく剛を制す。そんな言葉が似合いそうな気がした。阿久津家の顧問弁護士ということで、今回の事件が発生するやいなや、源太郎に引っ張り出された男だ。実力があるのは間違いない。

主役の阿久津透はと言えば、仕切り柵に背を向けているため、表情は見えないが、身じろぎ一つせずに背筋をピンと伸ばしている。非常に落ち着いているように見えた。

突然、黒崎を嫌な予感が襲った。

「被告人、前に出なさい」

裁判長が言うと、拘置所の看守に挟まれて座っていた阿久津が立ち上がった。証人台まで進み出ると、人定《じんてい》質問が始まる。

「被告人の名前は？」

「阿久津透です」

「年齢は？」

「十四歳です」

「本籍は？」

以後、住所・職業と、阿久津は淡々と応じた。中学生とは思えぬほど、堂々としていた。

検察官による起訴状の朗読は簡潔なものだった。罪名および罰条は殺人および死体損壊。刑法一九九条と一九〇条である。

「では、被告人、前に出なさい」

裁判長は阿久津を再び証言台に立たせ、黙秘権の告知と罪状認否の質問に移った。

罪状認否というのは、被告人自身に「自分は有罪と思うか、無罪と思うか」と尋ねることである。

今回の場合は、阿久津は殺意を持っての殺人を認めているので、有罪であると考えた上で、自白したことをもって減刑を求めていくことになるだろう。

黒崎はそう、思っていた。

「全部間違っています。私は相島早苗を殺害していませんし、死体損壊もしていません」阿久津は毅然として答えた。「私は、自白を強要されたのです！」

傍聴席はがやがやという驚きに包まれた。黒崎もまた、予想もしていなかった発言に呆然としていた。

検察官は阿久津のこの発言に頭を掻いていた。動揺しきるというほどではない。ただ、やりづらいな、と舌打ちでもしそうな顔をしていた。

異様だったのは瀬川弁護士で、阿久津の言葉を聞いてなお目を閉じ、泰然自若《たいぜんじじゃく》とした態度を保っていた。阿久津の主張について事前に聞いていたのであろう。そうでなければ、これほど落ち着いていられるわけがない。

しかし、検察側としてやることは変わらない。被告人の有罪を立証する。法廷は程なく落ち着きを取り戻し、検察側の冒頭陳述に移った。検察側の考えるこの事件のあらすじである。このあらすじについて、弁護側も同意した部分が証拠として扱われ、証拠調べが行われる。

被告人が不同意を示したのは以下の事実である。
○被告人は離れにおいて、相島早苗の描いた絵を巡り諍《いさか》いが生じ、剣をもって同女を死に至らしめたこと
○被告人は斧をもって同女の死体を切断したこと
○被告人が任意に自白したこと
したがって、それ以外の証拠は全て双方から同意のあるものとして証拠調べがされた。その中には、阿久津の犯行を立件するものであると思われる、阿久津の衣服も含まれていた。なぜあれを残す？　弁護側の意図が分からなかった。

黒崎は検察側の証人として喚問され、捜査の内容と取り調べの様子を証言した。取り調べの様子はいたって平穏であり、むしろ被告人は協力的だった。黒崎は自分の知りうる事実を堂々と証言した。

弁護側の反対尋問は苛烈《かれつ》だった。確かに、自白についてひっくり返すことが出来なければ、阿久津がいくら否定しようが意味がないのだから当然だろう。

黒崎は平然と受け答え、瀬川弁護士につけ入る隙を与えなかった──つもりである。

予定されていた検察側の証人の尋問が終わったところで、瀬川弁護士から被告人質問の提案があった。提案が受理され、阿久津の証言を聞く機会が設けられた。

「あなたは」瀬川が尋ねた。「十時五十分に相島家に到着後、何をしていましたか」

「私は十一時過ぎ、本宅で相島早苗さんを探していました。すると、離れの方から物音が聞こえましたので、声をかけながら離れに向かったのです」

「どのように声をかけていたのでしょう？」

「『玄関先に書かれたメモに、早苗がジュース飲みたかったら買って来いって、小銭が置いてあったんだ。早苗もジュース、飲みたいだろ。どこにいるんだ、出て来いよ』……こんな感じです」

この証言は小銭が現場から発見されたことで裏付けられた。

「それで離れに入ったのですね？」

「はい。部屋の中から嫌な臭いが立ち込めていて、覗き込むとあの死体がありました」

「相島雅夫さんの証言と、あなたの見た光景は同一のものでしたか？」

「少し違います」

「と、言いますと？」

「私が部屋に入った時には、頭部も左脚、左腕も、足下には転がっていませんでした」

「それでは、あなたが見てから、相島雅夫さんが見るまでの間に、頭部・左脚・左腕を何者かが置いたということになりますね」

「異議あり」検事が立ち上がった。「今の発言は弁護側の誘導尋問です」

「異議を認めます。弁護人は質問を変えるように」

「分かりました」瀬川は頷いた。「では次に、あなたが気絶していた理由を説明してください」

「後頭部を強く殴られたからです」

廷内はざわめいた。

「後頭部を殴られた状況を説明してくださいますか？」

「私はローテーブルの下に、赤黒い切断面が覗いた塊《かたまり》を見つけて、それが死体ではないかと気になりました。暖炉からローテーブルのあるところにかけては血の海が広がっているので、血を踏まないように窓側から回り込みました。そして、ローテーブルの下を調べようとかがみ込んだ時、背後から殴られたのです」

「殴った相手の姿を見ましたか？」

「見ませんでした」

「それはなぜですか？」

「殴られて、少しふらついて歩いて、そのまま突っ伏してしまったからです」

「なるほど。それでは、あなたは殴られた後、どこに歩いていきましたか」

「離れの部屋の隅、甲冑のあるあたりまで歩いていきました。甲冑の側面に手を触れて体を支えました」

　この部分については後日、甲冑のベルト部分に阿久津の掌紋《しょうもん》が残っていたことで裏付けられた。

「なぜそちらへ向けて歩いたのですか？」

「壁には剣や斧などの武器があり、襲撃者に対し、これを用いて抵抗する必要があると考えたからです」

「しかし武器を手に取ることは叶わず、そのままあなたは気絶してしまった」

「そうなります」

　黒崎は鼻で笑った。都合のいい証言だ。こんな嘘、簡単に崩せるだろう。

　阿久津の証言が真実であるならば、そのためには二つの事実を立証しなければならない。すなわち、
○阿久津以外の第三者が現場に存在したこと
○当該第三者が離れから脱出する方法が存在すること
　しかし、そんな魔法は存在しない。黒崎は無駄な抵抗だと考えた。

　弁護側は続けて、検察側の証人である相島雅夫に再尋問を要求した。

「あなたに遺体発見時の状況について、もう一度確認したいことがあります」

　瀬川はそう言って、切断された部位の落ちていた位置や入り口から見えたもの、血痕の形状

などについて尋問した。相島雅夫に最初に事情聴取した時以上の情報は出てきていない。

証人の記憶を引き出したので、写真を提示してよいかと瀬川が申し出て許可された。

「証人。この写真を見ていただけますか」

瀬川が提示したのは、現場に最初に入った捜査官が撮影した事件現場の写真だった。写真には、暖炉からローテーブル、そして阿久津の倒れていた地点にかけての風景が写っている。

「あなたが事件現場に立ち入った時、血痕の様子は写真に写っているものと一致していたでしょうか？」

「はい」

「あなた自身の言葉で、血痕の様子を描写してください」

「はい？」相島は目をしばたたかせながら要求に従った。「……暖炉からローテーブルのあたりにかけて、血だまりが広がっています」

「写真の右側、甲冑の足元が阿久津君の倒れていた地点です。この付近の床はどうなっておりますか？」

「血痕一つ見当たりません」

「なるほど。ところで、阿久津君の衣服の状態を覚えておいでですか」

「Tシャツの前後に血が付いていました」

「それだけですか」

「ああ、靴下にも足の裏の一面にべったりと血が付いていました」

「この証拠品を見てくださいますか」

瀬川が引き寄せたのは、阿久津の衣服、それも、靴下であった。

「この靴下は、あなたが発見した被告人が履いていたものに間違いありませんね？」

「はい」

「ところで、このように足の裏まで血痕が付くのはどのような場合と考えますか？」

「分かりません」

「では、あなたの靴底に犬の糞《ふん》が付いていたとします。あなたはこの糞がどのような経緯で靴底に付いたと考えますか？」

「……踏んだのでしょう、もちろん」

「とすると、靴下の血痕についても、同様に踏んだと考えるでしょうね？」

「異議あり」

検事が異議を挟み、裁判長が認めた。

「では質問を変えます。いかなる経緯であれ、被告人の靴下に血が付きました。それでは、この状態で被告人が歩いたらどうなるでしょうか？」

「それは——足跡が付くでしょう」

「どのような足跡ですか？」

「血の足跡です」

「そのような足跡は現場に認められましたか？」

廷内は騒然とした。静粛に、と裁判官が鋭く言い放つ。

「……分かりません」

「では、もう一度現場写真をご覧ください。暖炉前の血だまりから、被告人の倒れていた地点にかけて、血の足跡を見つけられますか？」

「ありません」相島は弱々しく首を振った。

検事が異議を唱えたが、あえなく却下された。「ありません」この時には黒崎の頭にも結論が分かり始めていた。

「では、なぜ残っていないのですか？」

「分かりません」

「検察側の今までの議論の中で、血の足跡につき言及されたのをあなたは聞きましたか」

「いいえ」

「それでは、検察側の主張では説明の付かないことが、一つ出たことになりますね」

検察側は強く抗議したが、瀬川の相島に対する追及はまだ終わっていなかった。

「あなたにもう一つ確認したいことがあります。あなたが現場に立ち入った時、現場には第三者の姿はなかった。間違いありませんか？」

「間違いありません」

「調書によると、あなたは足がすくんでしまい、部屋の入り口に立ち尽くしてしまったようですね」

「はい」

「あなたはそこから動きましたか」

「一歩も動けませんでした」

「その位置から見えた範囲について教えてください」

「被告人の倒れていた地点から、西向きの壁や暖炉の中までよく見えました」

「ローテーブルの下はどうですか？」

「……早苗が倒れているのが見えました。しかし、あの小さな体の陰に隠れることは無理ですよ」

「補足説明感謝いたします。ところで、この写真を見ていただけますか？」

今度は暖炉の前の床を写した写真だった。両刃の大きな斧が床に突き立っている。これが何だというのだろう。

「この写真の斧が刺さっているあたりをよく見てください。床はどうなっていますか」

「……あっ。刺さっている位置とは別に、傷がもう一つついています」

「すると、この床には、現実に床に斧が刺さっている傷と、少しずれた位置の傷、この二つがついていることになりますね」

「はい」

「二つの位置関係はどのようになっていますか？」

「斧の刺さっている点を中心にして、直角に回転させた、という感じでしょうか」

「では、今刺さっている角度を『回転後』、そうでない方の傷を『回転前』とします。では次にこちらを見ていただきましょうか」

またしても写真の提出である。法廷内のモニターに一枚の画像が大写しにされる。先ほどの説明によると『回転前』の斧が立っているもののようだ。

写真は離れの入り口から、南向きの暖炉を写した構図だった。奥側にはコレクションの武具が見えるが、何よりも目立つのは暖炉と床に突き立った大きな斧である。

「この写真は、斧を『回転前』の角度にセットした上で、あなたが事件発見時立っていた地点から撮影したものです。目線の高さもあなたに合わせてあります」瀬川は大きく息を吸い込んだ。「暖炉の中は見えますか?」

「……? よく見えます」

その通りだった。回転前の角度では、観測者、斧、暖炉を結んだ直線と、斧の向きとがほぼ平行になる。面に見えた風見鶏が正面を向けば一本の線にしか見えなくなるように、この角度では、斧は視界を遮らない。

「この暖炉の中に人は隠れられそうですか?」

「無理だと思います」

「それでは、こちらはどうでしょうか?」

二枚目の写真は、『回転後』の斧の様子を写したものだった。

「……そんな馬鹿な」

「さあ同じ質問をいたしましょうか。証人――暖炉の中はよく見えますか？」

「……半分以上、見えません」

廷内にざわめきが広がった。

二枚目の画像を見る。回転後の斧の向きは、観測者と暖炉を結んだ直線と垂直の関係にある。斧は広い刃を向け、一つの面となって視界を遮っていた。

「具体的にどのあたりが見えないのですか？」

「暖炉の中の左半分です」

「斧の刃の陰に隠れて見えない、ということですね？」

「……はい」

「背丈が低い人間であれば、その陰に隠れられるでしょうか？」

「分かりません」

「この斧を突き立てたことによる傷は、被害者の死体を切断した時に付いたと見られる多くの細かい傷からかなり離れた位置についていました。ということは、死体を切断後、この位置に斧を突き立て、次いで斧を回転させたことになります――斧の刃が暖炉を隠すように」

瀬川の長台詞《ぜりふ》を誰も止めなかった。検察官すら呆然として聞いていたようだった。

「あなたは事件当日、警官から、暖炉の中には右脚が投げ込まれていたと知り、暖炉の中には投げ込まれた脚の他には何もない――なかったはずだと思い込んだのではありませんか？　斧の刃で暖炉が見えなかった事実が、事後に与えられた情報により歪んでしまったのではないでしょうか？」

「異議あり。裁判長、弁護人は自分の勝手な推測を証人に押し付けて――」

検事は汗を拭き拭き声を上げ、異議は通ったものの、瀬川の勢いは止まらなかった。

「あなたは離れに向かう際、すのこを敷いて行った、そうですね？」

「はい」

「あなたは事件発生を確認後、本宅の固定電話で通報した。相違ありませんね？」

「はい」

相島の声が震えた。

「それでは、あなたが現場を離れた後であれば、それがいかなる人物であれ、すのこを渡って離れから脱出できたと思いますが、どう思われますか？」

「分かりません」

「質問を終わります」

検事は弁護人が証人の口を通じて勝手な憶測を語らせていることを厳重に抗議し、証人に尋問する中で立て直しを図った。しかし、検事がメンタルを落とさずに反論の用意を重ねても、相島の自信の喪失だけはどうしようもなかった。相島の受け答えは精彩を欠き、血の足跡について検察側から納得のいく説明が付くこともなく、公判はだらだらと進行していった。

やがて裁判は終了した。

判決は無罪判決――。瀬川邦彦による最終弁論、そして何より、自白を強要されたと主張する阿久津の態度が中学生のそれとは思えぬほど堂々としていたことが、裁判官の心を摑んだ形だ。

昭和二十九年三月十八日、名古屋高等裁判所で出された判例に、「その態度が堂々としていることをもって被告人が嘘をついていないことの証拠としてはならない」という旨の判示がある。しかし、わざわざそうしてはならぬと書いてある事実が、やはり心情的には好印象を与えるものであることを裏付けているではないか。阿久津の堂々とした態度は、それ自体証拠とはならないものの、良い印象となって判決の助けになったのだろう。

そのように、黒崎は若干僻《ひが》み気味に考える。

裁判を終えて、阿久津は弁護人の同伴のもと、県警本部に来庁した。今度は容疑者としてでなく、探偵として情報を提供するためである。

黒崎は取り調べを担当し、自白を強要した警察官として、内部処分を下された。もちろん黒崎が自白を強要していないことを、共に取り調べをした刑事も見張りの係官も知っているわけだが、裁判の結果が先述のように落ち着いた以上、警察としても何らかのケジメをつけざるを得ない。そういう理屈だった。

だから黒崎は、以下で語ることを目の前で見たわけではない。後で、立ち会った他の刑事から教えてもらった話である。

阿久津透はこの来庁時、裁判で提示された推理を即座に否定した――というのだ。

応接室のソファに、瀬川と阿久津が並んで腰かけていた。二人が勝利を称《たた》え合うのを、警察官たちはそれぞれの感情を胸に見つめていたという。

「いや、この度は、とんだことで」

出迎えの警部は汗を拭いながら言った。探偵機関との関係調整が仕事で、阿久津源太郎への対応にあくせくしていたという。彼の息子に冤罪をかけるなど、いわば一大不祥事なのだ。

「まさか源太郎様のご子息ともあろうものが、裁判だなどと。おぞましいことです。あり得ないことです。ところで、阿久津君も未だ探偵ではないとはいえ、源太郎様の手伝いを幾度もしていると聞いています。そこで、そのう、今回の事件の犯人像について、ご意見を――」

「透です」阿久津はいらだたしげに言った。「父に対してのように『様』を付けろとまでは言いませんが、僕にも名前がありますので」

警部は目をぱちくりとさせた。

「……透さん。ぜひ、ご意見賜《たまわ》れないでしょうか」

その笑顔には何が悲しくてこんなガキに「さん」なんぞ付けないといかんのだ、という感情が迸《ほとばし》っていて、非常に見ものだったらしい。

「とはいえ、語るべきことは瀬川さんが最終弁論で述べてくださったこととあまり変わりありませんよ」

「しかし、あれはもともと坊ちゃんの手柄でございます」瀬川は法廷での緊張から解放され、本来の喋り方に戻っていたようだ。「ここでは、坊ちゃんに花を持たせることにいたしましょう」

瀬川はそっけなく言うと、阿久津にバトンを渡した。坊ちゃんという呼称は、瀬川が二十数年来、阿久津家の顧問弁護士をする中で、阿久津透を子供の頃から見知っていることによるのだという。

「では僕の口からまとめましょうか。さて、僕は何者かに頭を殴られて気絶しました。この事実を裏付けるには、僕以外の第三者が現場にいたことをまず立証しなければなりません。そこで、僕は証拠物件として、自分の靴下を見せてもらい、気が付いたのです。僕は血だまりを踏みませんでした。それにもかかわらず、血が付いているということは、僕が倒れた後に第三者が靴下に血を付けたということになります。その意図は明らかです。僕に濡れ衣を着せようというなら、死体の切断行為をしたのに血一つ踏んでないというのは不自然ですから。僕のTシャツの前後に血を付けたのも同様の理由でしょう。

しかし、血の足跡を偽装しなかったのはミスでしたね。僕が犯人であると仮定するなら、死体を切断した位置――暖炉の前から、僕が倒れていた位置に移動するまでに、血の足跡が付かねばなりません。でも、現場写真に写った当該箇所の床は綺麗なものだった。ここに、僕は第三者の存在を立証する証拠を見付けました。靴下に血が付き、なおかつ血の足跡が付いていないとすれば、『①犯人が僕を抱えて、血だまりに付けて、倒れている箇所まで運びなおした』か、『②道具を使って靴下とTシャツに血を塗り付けた』かであり、いずれにしても第三者が存在したことになります」

「お見事です」警部がおべっかを言った。

「それでは、第三者はいかにして、あの密室から姿を消したのでしょう。面倒なので、この第三者すなわち犯人を、これからXと呼びましょうか」

「またベタなことをおっしゃいますね」

瀬川はやや冷笑的に言った。

「窓からの脱出は、窓が小さくて不可能。煙突は中に折り返しがあり、天井に上がることは出来ない。であれば、脱出ルートは玄関扉しかない。あとは、足跡を付けずに脱出する方法でした。

さて、足跡を付けずに脱出出来る時間帯は二つありました。一つは、雨が降っている間。あの日の雨は相当激しかったですから、五分もあれば足跡は消えてしまうでしょう。ですが、この可能性は否定できます。十一時過ぎ、僕が現場に立ち入った時点で、Xが現場に潜んでいたことは、僕が後頭部を殴られたことから確実ですから。

とすれば、もう一つの時間帯――すなわち、すのこが敷かれた後、それを渡って逃げるルートです。無論、第一発見者である相島雅夫さんの目をいかに欺くかが問題です。隠れ場所トリックが必要ですね」

警部は頷いた。

「隠れ場所として真っ先に思いつく甲冑は、掌紋の件で否定できます。僕が後頭部を殴られて、側面のベルトのあたりに手を置いたのですが、甲冑の構造上、あの部分に触れずに甲冑を着脱することは不可能ですから。

そこで、僕は隠れ場所そのものを探すのではなく、現場の不自然さを探しました。ようやく見つけたのが、あの斧の傷だったのです。わざわざ斧を刺し直したのは一体なぜか？　それはXは、暖炉に隠れるべく、斧の陰に身を潜められる角度に調整したからです」

「法廷でお見せした二枚の写真はこの推理を基に撮影いたしました」

「……幾つか疑問があります」警部が口を挟んだ。「暖炉の中に身を潜めたのはいいとしても、発見者が部屋の奥まで来て、暖炉を覗き込んでしまったら元の木阿弥《もくあみ》なのでは？」

「Xは血だまりを部屋の入り口付近まで広げた上で、被害者の頭部・左腕・左脚をそこに投げ出しておきました。言うまでもなく、発見者に奥に立ち入るのを躊躇《ちゅうちょ》させ、Xの都合のいい位置から暖炉を覗かせるためです」

「ちょっと待ってください。発見者が警官であれば、その狙いは成立しません。ということは、第一発見者が相島雅夫であることを予測していた——ということですか？」

「この事件の面白いところはそこです。Xは雨が止み、離れに閉じ込められてしまった時追い詰められたことでしょう。恐らく、こんな手を使ってまで自分の足跡を残したくなかったのだから、靴にかなりマズい特徴があるのでしょう。そこで、足跡を付けずに脱出する方法を考えました。すると、僕が早苗に声をかけながらやって来るので、慌てて物陰に潜んでやり過ごした後、殴り倒します。しかし、僕が来たのはXにとって一つの幸運でした。僕が本宅側の扉を開け放ったので、離れの玄関から本宅の中、つまり本宅の三和土にあるすのこを視認することが出来たのです。そこで、このすのこを本宅側から誰かに敷いてもらい、脱出する方法を考えたのです。

さて、ここで重要なことは、第一発見者が誰であろうと、すのこを敷いてやって来るとは限らないことです。しかし、相島家は現在、妻の相島美佐子を一年前に亡くし、相島雅夫と相島早苗の二人暮らしです。そして相島雅夫が買い物から帰宅すれば——もちろん、それは娘とかくれんぼをするような心持ちかもしれませんが——家の中にいるはずの娘を探し始めるでしょう。柚月もいますが、彼女は離れに飾ってあるものを不気味に感じているので進んで近づきません。となれば、離れを見に来るのは相島雅夫である公算が高い。そして、彼は事件当日下ろしたてのズボンを穿いており、泥ハネを気にしてすのこを並べることは確実だった。彼が第一発見者になると見越していたからこそ、彼の娘の切断死体による心理的障壁も作りうる、ということです」

警部は嘆息しながら椅子に深く座り込んだ。

阿久津は自信ありげに小鼻を膨らませて、話の総括に入ろうとしていた。

「さて、ここまでの話をまとめますと、Xの人物像は次のようなものに——」

「すみませえん、検察庁から関係証拠が返却されましたので、お持ちしましたあ」

間延びした女性警官の声が室内に響き渡る。男たちがじろりと彼女を見た。

「あっ、ごめんなさい。もしかして、いいところ、でしたかあ？」

「いや、構わんよ」警部は答えた。「持ってきなさい」

話を遮られた阿久津は不服そうにソファに座り込むと、目の前に証拠品の入ったプラスチックケースが置かれるのをぼうっと眺めた。中に今回の事件の証拠がひしめいていた。

阿久津はいきなり立ち上がった。

「そんなバカな」

阿久津はそう早口で呟くなり、プラスチックケースから硬貨の入ったビニール袋を取り出し、ひっくり返しながら何度も観察した。

「どうしました坊ちゃん」

「瀬川さん。硬貨に血が付いていないんです。硬貨に血が付いていないんですよ」

「それがどうしたのでございますか」

まるで錯乱状態に陥ったような中学生探偵を前にして、瀬川はうろたえた。

「馬鹿だ。ああ僕は馬鹿だ。まんまと嵌められたんじゃないか……ああクソッ」

「あの、坊ちゃん――」

「考えてみれば不可解な点がいくつもある。いくつもいくつもいくつもだ。

どうしてXはスケッチブックのページを持ち去った？　どうしてペンダントの紐だけわざわざ持ち去った？　切断時にローテーブルの下に押し込めながら切ったとは考えられないのに、なぜわざわざ胴体をローテーブルの下に押し込めておいた？　どうして僕が部屋に入った時には頭部も左腕も左脚も置かれていなかったんだ？」阿久津は一息つくと、続けてこう言い放った。「どうして、いくらでも付けられたはずの僕の指紋を、剣にも斧にも付けなかったんだ？」

阿久津の唇が震えた。苦しげに額を押さえながら、テーブルの上に突っ伏した。

「瀬川さん――」

瀬川は「どうしました」と心配気に聞き返した。

「今までお話ししたのは、Xが僕に信じさせたかった結論です」

「は？」

阿久津は顔を上げた。どこか鬼気迫る表情だったという。

「Xは僕のことを利用したのです。さっきまで僕が語った推理は、全てXに誘導されたものでした」

瀬川と警部は顔を見合わせて黙り込んだ。

「僕は二か月前、〈DL8号事件〉を解き明かしました。DL8号機のアリバイトリックのあの事件です。その時の推理の記録は、父の成果として公表されていますが、世間では僕が解いたものであることは周知の事実です。とすれば、〈DL8号事件〉の記録を通じて、Xは僕の思考の癖を読み取ることが出来ます。Xはそれを利用して、靴下の血痕から斧の傷に至るまでの、しち面倒くさい手がかりの数々を作り上げたのです」

「そんなことが……」

瀬川はそのまま口を噤《つぐ》んだ。探偵のパーソナルデータと扱った事件の記録が世間に強い興味を持って共有されている時代なのだ。それが悪用されないとは限らない。

「では、今までのトリックがダミーであるとして——本当にXが使ったトリックは、いかなるものなのでしょう？」

瀬川が促すと、阿久津は少し逡巡《しゅんじゅん》してから頷いた。

「先ほど、Xが足跡を付けずに脱出出来る時間帯は二つあると言いました。一つには雨が降っている最中、もう一つはすのこが敷かれた後。Xが後者を信じさせたかったとすれば、答えは前者です」

「それは、いくら何でも乱暴ですな」

「根拠もあります。僕には常々疑問だったのですが、Xは現場にいて僕を昏倒させたにもかかわらず、いくらでも付けられたはずの僕の指紋を剣と斧の柄《え》に付着させていないんです。僕に濡れ衣を着せたいなら、凶器に指紋を残すべきです。その一方で、服と靴下に血を付けるというような回りくどい偽装工作を行っています。僕を犯人に見せかけようとするXを人形師にたとえるなら、ここに明白な糸のたわみが見えるんです」

だとすれば、と阿久津が言った。

「ここにXの隠したかった真実があるのです。Xが指紋を残せなかった理由——それは、僕が昏倒した後、Xは既に現場にいなかったからです」

応接室を沈黙が包んだ。

「しかし、これだけでは僕が不審を抱くには足りませんでした。今、決定的におかしいと思ったのは、この血の付いていない硬貨の一件です。僕はこの硬貨が証拠物件として回収されており、『硬貨を持って被害者を探していた』という法廷での僕の証言が裏付けられたことを知りましたが、それはあの血みどろの現場に硬貨が散らばった際に血が付いてしまったからだと思っていたんです」

「そこがよく分からん。なぜ血が付いていないといけないんだ？」

「僕は離れに向かう時、硬貨のことと、それが玄関にあったこと、ジュースを買うように言われていること、つまり目的も所在も大体口にしながら向かいました。ここで、硬貨を持ち去り、元の場所に戻してみるとどうなるでしょうか。硬貨が離れに存在せず、その上で僕が硬貨の証言をするとなると、僕は正当な目的があったわけでもないのに離れに向かったものであり、しかも嘘をついていることになります。Xは僕を犯人と見せかけたいので、僕の証人としての信用性を毀損することには一定の効力があります。逃げるついでに硬貨を元の場所に戻せればベストということです。

しかし、硬貨に血が付いていれば別です。あの血みどろの離れに硬貨が転がれば、血が付くのは避けられません。血が付いてしまえば、離れに硬貨があったことは疑いなくなってしまうので――事件当日、相島雅夫が硬貨を玄関に放置してから、血が付きうる場所とタイミングは離れの現場以外にありませんから――たとえ硬貨が離れの外から発見されても、それがもともと離れにあったことは分かってしまうのです」

「坊ちゃんの推理をまとめると、Xにとっては硬貨を持ち去ることに効果があるが、硬貨に血が付いている場合のみ持ち去れない、ということでございますね」

「そういうことです」

「であるに、坊ちゃんの推論とは違い、硬貨には血が付いていないにもかかわらず、持ち去られずに残っていた」

「はい。ですから、持ち去りたくても持ち去れなかった理由を考え出さなくてはなりません」

「一応反論しておきます。坊ちゃんの推論は、Xが硬貨が離れの床に落ちたことに気が付かなかったとしたら、そもそも問題にはなりませぬ。この点はどうでしょう？」

「離れの明かりは僕が入室した時点でついていました。そして、百円玉二枚、五十円玉一枚、十円玉五枚の計八枚の硬貨が、頭を殴られた僕の手から飛び散ったとすれば、床やテーブルとぶつかって騒々しい音を立てたことは想像に難くありません。硬貨が落ちたことにXが気が付かなかったことはあり得ないでしょう」

「Xは耳が聞こえなかった。これでは？」

「やれやれ。Xは僕の声を聴いたからこそ、咄嗟《とっさ》に隠れることが出来た——自明の理ではありませんか。これから述べますが、Xが本当に使うトリックでも、僕の声を聴くことが前提条件になることに変わりはありません」

阿久津の言葉に納得した様子で瀬川は頷いた。

「ちょっと待ってください」警部が言った。「それよりも、硬貨を持ち去るわけにはいかないのでは？　持ち去れば、必ず透さんの不審を買うではありませんか。透さんの証言をもとに、硬貨が持ち去られたと分かればXは結局自分の存在を知られることに——」

「つまり、Xが僕を警戒していたなら、持ち去るわけにはいかない、と」阿久津は笑った。

「しかし、なぜ警戒する必要がありますか？」

「は？」警部は素《す》っ頓狂《とんきょう》な声を上げた。「なぜって、透さんが高名な探偵の息子だから……」

警部は言葉を切った。

「まさか――」

「そうなんですよ。Xにとって、僕は事件現場にいきなり現れた『ただの中学生』にすぎなかったはずです。強固な密室状況を前に、そんな中学生の証言が警察に頭ごなしに認められることを、あるいは、中学生自身の頭脳が自分に迫ることを想定する必要はまったくないのです。その場合、先ほどの推理の通り、硬貨を持ち去る、ないし、元の場所に戻すのがベストです。しかるにそうなってはいない。したがって、Xは僕が探偵であることをあらかじめ知っていたのです」

「硬貨に血が付いていない、という出発点から随分と飛躍しましたな」瀬川が言った。「しかし、これで事件の前提を大きく改めなければならないわけですな。硬貨の一件は、犯人が現場にいなかったこと、または、坊ちゃんの素性を知っていたこと、これらのうち少なくとも一つを意味する」

「事件を再考するキッカケとしては十分でした。Xは雨が降っている間に離れを抜け出していた……そう考える根拠は他にもあります。それはあのスケッチブックの持ち去られた一ページです。

もし、Ｘが僕の考えている通り、雨の降っている最中に脱出したとすれば、犯行時刻はかなり早かったはずです。被害者が最後に生きているのを目撃されている、十時直後でしょう。Ｘは迅速に切断を済ませ、雨の降っている間に脱出する……これが事件のあらましです。つまり、被害者が絵を描けた時間は、当初考えられていたよりずっと少なかった」

「それが？」

「本来なら被害者は次のページに絵を描いているはずなのに、白紙のページが生まれてしまうのです。Ｘは死亡時刻を少しでも誤魔化すため、ページを持ち去ったのです。Ｘが隠したかったのは、ページに書かれた何かではなく、ページに何も書かれていない事実そのものだったのです」

「なるほど――しかし、Ｘが降雨中に脱出したことを証拠が論理的に示していても、坊ちゃんは『自分が離れに入った時Ｘが現場にいた』と証言していたではありませんか」

「さあ、そこです」阿久津は大きく頷いた。「根本的なところまで遡《さかのぼ》りましょう。なぜ、僕たちはＸが現場にいると思ったのか――。その推測は、三つの事実を基に構成されているのです。

第一に、離れに向かう僕の足跡が残っていること。雨が降り止んだ後でなければ足跡は残りません。よって当然の帰結ですね。

第二に、僕が離れに立ち入った後、後頭部を殴られていること。

第三に、僕の服と靴下が血で汚れていたことが、僕を昏倒させた後Ｘが現場で行った偽装工作であると考えられること」

「随分呆気《あつけ》なくおっしゃりますが、壁としては大分厚いように思います」

「解けてみれば脆《もろ》いものです。僕はこの密室をいわゆる『逆密室』だと考えます。つまり、密室の中に、いかに密室を構成するものを持ち込むか、がカギになっているのです。そして、そのカギというのは」

「ジョークとしては絶品でございますな」瀬川は嘆息しながら言った。「カギは坊ちゃん自身。事件を解かせるところまで含めて、Xは坊ちゃんという探偵で密室を構成した……」

探偵の存在そのものが密室作りに利用される——考えてみれば、ここまで皮肉なこともあるまい。

「まんまと嵌められたというのはそういうことです。さて、それじゃあXの作り上げた三つの壁を順番に崩していきましょう。

まず一つ目。僕が離れに向かったこと。これは簡単ですね。僕がそもそも離れに向かったのは、被害者の姿を探している時に、離れから物音が聞こえたからです。Xは僕の声を聴き、僕が家にやって来たことを悟り、物音を立てて離れにおびき寄せた。これが全ての起点です」

「なるほど。まあ、これはよろしい。おびき寄せればいいだけですから。それよりも問題なのは、第二の点です」

「僕の頭を殴ったことですね。では、僕が死体を発見した時のことを思い出してみましょう。最初に見つけたのはローテーブルの下の胴体でした。それを調べるべく、窓側から回り込み、ローテーブルの近くでかがみ込んだところを、後ろから鈍器で殴り付けられた。

しかし、僕はこの時背後から忍び寄る犯人の姿を視認したわけではありません。それならば、犯人が部屋の中に入っていなくてもいいということになりませんか？」

「うーむ。理屈の上ではそうでございますが、部屋の中に入らず、どうやって殴ると？」

「もはや殴るという表現は不適切でしょう。犯人は、僕に鈍器を投げ付けたのです。ローテーブルの下を覗き込むためにかがみ込むと、ちょうど現場の窓に背を向けることになります。Xはこの窓から、僕の頭めがけて鈍器を投げ付けた……」

窓の外の地面は庇の雨よけに守られて泥になっておらず、足跡を付けないことも出来そうだった。そして、離れの脇に立つ大きな木に登れば塀を乗り越えることも可能だった。窓のサイズが小さく、通り抜けられないと考えられていたため、窓から逃げた可能性は排除されたが、降雨中に犯人がこの窓の外に移動したと考えるならば、脱出ルートとして復活するのである。

「しかし、それだと問題が一つありますな」と瀬川。「離れから鈍器らしきものは発見されなかった。だからこそ、坊ちゃんの言うXとやらが持ち去ったと考えられていたわけですね。ところが、坊ちゃんの説明の通りなら、Xは鈍器を投げた後、離れから鈍器を回収できないことになります」

「その通りです。だから、鈍器は離れに残っていたんですよ」

警部はかわいそうなことに、目を白黒させていた。

「鈍器がないと思われたのですから、鈍器には見えないものが鈍器であるに違いありません」

「それは一体――」

「首です」

周囲がどよめいた。

「それは――何ともグロテスクな」

「僕が現場に立ち入った時は、まだ入り口付近に頭部・左脚・左腕が落ちておらず、第一発見者が来た時には現れていた。これは大きな違いです。とすれば、鈍器には見えず、現場にあっても鈍器とは思われない物として、被害者の首を考えるのは不合理とは言えないのではないでしょうか」

「は、犯人……いやXは、後ろから透さんを『殴って』気絶させるために、首を切断して持ち出したというのですか？」

「はい。そして、のちに述べる理由で、左腕と左脚も一度持ち出したと思われます」阿久津は眉根を押さえた。「僕は切断行為の理由を、斧を床に突き立てるためである、と倒錯的に考えてしまいました。Xの、自分が現場にいたと思わせる術中にはまって、床の傷などという細かい手がかりに気を取られたのが失策でしたね……。切断行為の理由は、被害者の部位がトリックに必要だったから。こう考えた方がよっぽど自然というものです」

「早苗の頭部に死後殴られた傷がありましたが、あれは坊ちゃんの後頭部にぶつかった時に出来た、ということですね？」

「そうなります」

瀬川が呻いた。

「被害者の髪が、明らかに斧で首を切断した時とは別のタイミングで切られたという件もありましたね。つまり、犯人は髪をうなじからバッサリ切らねばならない理由があった。これも、頭部が投擲《とうてき》されたことに関係があります。たとえば、長い髪をそのままにして投擲したとしましょう。髪の毛は風の抵抗を大きく受け、軌道が逸れるかもしれませんね。つまり、ボールとして利用するには、出来る限り形が球状である方が良い。そのためには頭髪が邪魔だったわけです」

「なるほど……それで、左腕と左脚を持ち出したのにはどんな意味が？　あんまり聞きたくないですが……」と警部がこわごわ尋ねた。

「第三の壁が残っているでしょう。僕の衣服、靴下に血を付けたことです」

「……それとどんな関係が？」

「分かりませんか？　切られた部位にはそれぞれ切断面があります。つまり――腕と足は刷毛《はけ》に、使ったんですよ」

「そんな阿呆な」と瀬川が叫んだ。

「現場の窓の傍に、開かれた傘がありましたよね。傘を広げ、血を中に入れる。その姿はまるで大きな器です。腕と脚は筆、開いた傘はインク壺。倒れた僕は、血のインクを塗り付けるカンバスだ」

「そんな三題噺みたいに言われましても」

「相島雅夫の証言では、僕は右半身を下向きにして横に倒れていたらしいですから、Tシャツの前面にも後面にも血を付けることが出来ました。足の裏を窓に向けて倒れていたおかげで、靴下にもたっぷり血を塗ることが出来た」

「どうしてわざわざ切断した四肢を？　その、刷毛として使うなら、別に四肢でなくてもいいかと」

「僕に首を投げつけて昏倒させる際に、僕が正確にどの位置に倒れるかは予測できません。よって、ある程度の長さがあるものを用意する必要がある。しかし、そうしたものは持ち込むのも持ち出すのも目立ちます。あるいは離れに投げ捨てたとしても、家人は離れにあったものを把握しているはずですから、警察の捜査でいずれ不審を誘う。とすれば、離れにあってしかるべきもので、かつ、長さを確保出来るものとして、被害者の手足を選んだのではないでしょうか。

長さの確保、という点については、腕と脚を紐で繋げたのでしょう。被害者のつけていたペンダントですが、紐だけが盗まれていましたよね？」

「紐は手足を結ぶために持ち去られた……」

「はい」阿久津は額を押さえた。「誤認を誘う意味では、あえて胴体をローテーブルの下に押し込めたのも効果的でした。バラバラ殺人と密室と聞いて探偵機関の探偵なら真っ先に想起する『死体を分割し、外から密室に運び入れるケース』を、あのローテーブルの下に胴体があることで、ダメ押しで否定しているのです。あの狭さに、外から死体をピンポイントで収める方法など思いつきませんから。かくして、捜査陣の頭から、『他のパーツを一度外に持ち出すことにより生まれるメリット』という発想がオミットされてしまうのです」

　ううん、と警部は唸った。

　さて、と阿久津が続ける。

「恐らく犯行の順序はこうでしょう。雨が止む前に、被害者が離れに向かいます。ほどなく犯人は被害者を剣で刺して殺害し、斧で首と四肢を切断します。剣を引き抜くタイミングか、切断のタイミングで、傘を器にして血を溜めておきます。斧を床に突き立てて、あの忌々しい床の傷も残しておかなければなりませんね。頭、左腕、左脚を抱えて離れの玄関から窓の外に回り込んだ場合、血痕が垂れてしまう恐れがありますので、バスケットに入れて離れの窓からあらかじめ外に出しておいたと考えるのが妥当です。バスケットの底面についていた土は、この時のものでしょう。雨が止む前に離れを出ないといけませんから、Xは気が気ではなかったかもしれませんが、小学生の子供の体で、しかもあの大型の斧ですから、切断に時間がかかりすぎることはなかったでしょう。

　さて、雨が降っているうちに離れを抜け出すと、窓の外、つまり離れの裏手に回り込みます。この時の足跡は激しい降雨によってすぐ消されてしまいます。雨が止んで、僕が早苗を呼んでいる声が聞ごえると、窓のあたりから物音を立てて、僕を呼び寄せます。これで、僕の足跡が本宅から離れに向けて残ります。僕が死体を発見し、ローテーブルに近づいたところを、被害者の頭部を投げつけて気絶させ、窓から手を入れると左脚と左腕を紐で結びつけたものを使って衣服を血で汚します。作業が済んだら、紐を外して腕と脚を離れの中に投げ込む。この時、第一発見者である父親の心理的障壁とするために、入り口の近くに投げることがポイントです。全てが済むと、Xは処分が容易な紐だけは持ち去り、木を登って塀を越えるルートで脱出する。こうして、Xは離れの密室から脱出したわけですよ」

驚くべきことである。警部は嘆息した。とはいえ、あまりにも目まぐるしく変わる構図に戸惑っていたのも確かだった。

「ですが——もしXが、ダミーの密室トリックを阿久津さんに解かせて、その裏に本物の密室トリックを隠していたとして、そんなことをした目的は何なのですか？」警部はまさか、と言いながら息を吸った。「探偵機関、ひいては警察への挑戦でしょうか？」

「いえ。もっと実利のある理由です。Xは徹底して、『Xは第一発見者が来るまで現場にいた』と信じさせました。しかし、Xが離れの窓の外から偽装工作を行っていったとしても、僕たちが信じていたよりずっと早く現場を離れることが出来たでしょう。第一の密室トリックを前提にすると、十四時四十五分以降、通報時間から考えれば大体十五時までXは現場にいたことになります。一方で、第二の密室トリックでは、僕が現場に立ち入ったのが十一時頃ですから、それからたっぷり偽装工作の時間をとっても十二時にはXは現場を離れられる——つまり、Xは十五時付近にアリバイを作りに行くことが出来るのです」

「探偵の推理を利用して、アリバイを作ったということですか」

「そういうことです」阿久津は頷いた。「以上のことをまとめると、Xの人物像は次のようになるでしょう」

警部は傍らの刑事に指示を飛ばし、メモの準備をさせた。探偵の推理はこれからの捜査の指針になるからだ。

「第一に、十五時前後にアリバイの『ある』人物です。十時から十二時にかけてアリバイがないと言い換えてもいいですが、先ほどの推理により、アリバイが存在することの方が重要と言えるでしょう。

第二に、僕が探偵の息子であると知り、更に僕が夏休みにはこの町に逗留していると知っていることです」

「しかし、その条件には実質的に意味がないですな。探偵機関のデータベースには簡単にアクセス可能で、坊ちゃんが阿久津源太郎の息子であることは、先の〈DL8号事件〉の事件報道で世間に知れ渡りました。坊ちゃんがその時のインタビューで、『昔過ごした町でゆっくり静養したい』と言ったのですから、逗留先も、調べれば容易に突き止められるでしょう」

阿久津は苦笑した。

「他にも、不確かではありますが、列挙出来る条件があります。第三に、第一段階の密室トリックを構成することが可能な人物ですね」

「と言うと？」

「Xはまず、第一の密室トリックを僕たちに信じさせたいわけです。そうしますと、第一の密室トリックがそもそも実現不可能な場合には、この狙いは外れてしまうわけです。具体的には、すのこが確実に敷かれると知らなければ、架空の犯人の逃げ道がなくなってしまうわけです。Xは本宅から離れに向けてすのこが敷かれることや、第一発見者になる蓋然性《がいぜんせい》が最も高い相島雅夫が新調したズボンを穿いていることをあらかじめ知っていた可能性があります」

「しかし、第一の密室トリックの時も気になりましたが、ズボンなんてどうやって……」

警部はこの時は首を捻ったきりだったが、後から相島雅夫への事情聴取をやり直すと、ズボンが新しいことを柚月に指摘され、ズボンについて話しながら外出したという。その時の会話が届いていた可能性は否定できない。

「第四に、窓から首を投げ付けて僕の頭に命中させられたのですから、コントロールもよく、肩も強い……野球のピッチャーの素質がある人物かもしれません」

「ここまで来ると妄想ですな」瀬川は笑った。「だが、ピッチングマシンや機械仕掛けがあるわけでもなし。腕や肩の怪我で、そもそも投擲ができなければXに成り得ないでしょう」

「また、靴についてですが、第一の密室トリックの段階では、Xは絶対に足跡を遺すわけにはいかない、靴に重大な特徴がある人物と言えたかもしれません。しかし、Xは早々に現場を脱出しており、雨に流されると予測できたとはいっても、一度は靴跡を地面に遺しています。本当に靴跡を遺すのが怖い人物であれば危険は冒さないでしょう。靴に特徴がある可能性は五分五分ですね」

「となると、実質的に意味があるのはアリバイの条件くらいで、Xの正体は杳《よう》として摑みどころがないということになりますね」

阿久津は苦しげに呻きながら頷いた。

「透、透はここか」

その時、阿久津源太郎の野太い声が飛んだ。源太郎は息を切らせながら応接室に入ってきた。

「父さん、仕事は」

「今しがた、衆人環視の電車内で起きた毒殺事件を解いて出張から帰ってきたところだが――おい、そんなことはどうでもいい。お前がここに来ていると聞いて駆け付けたんだが……」

「はい、はい、そうなんでございます、源太郎様」警部は慌てて立ち上がった。「今、ご子息が事件を解決なさったところで……」

その言葉を聞くと、源太郎は大きく目を見開いた。阿久津の方を向くと、まじまじと自分の息子の顔を見つめながら言った。

「お前が？」

「そうです、父さん。少なくとも、犯人の使ったトリックだけは解き明かしました」

「……そうか」

「父さん」阿久津は立ち上がると、父親の前に立ち、懺悔《ざんげ》するような弱々しい声で言った。「僕はあまりに未熟でした。父さんの仕事に、探偵の仕事に憧《あこが》れて、父さんの手伝いをさせてもらえることにも誇りを持っていました。しかし、僕は犯人にそこをつけ込まれたのです。探偵気取りの未熟さに。僕の推理を誘導して、Xは捜査の手を逃れようとしました。……父さん、僕は父さんの手伝いをやめて、今後、探偵大学校を卒業して一人前の探偵になるまでは事件の捜査に関わらないことにしますよ」

源太郎は沈痛な面持ちで息子の決意を聞いていた。

「……そうか」

源太郎は息子の肩に手を置くと、警部と瀬川に一礼し、応接室を静かに去っていったという。

＊

黒崎が長い長い回想を終える。

彼はいつの間にか阿久津透の探偵事務所の前に来ていた。無意識が彼をここまで導いたのかもしれない。猟犬としての本能が、ここまで彼を運んできたのかもしれない。

事務所の扉が開き、阿久津透が現れた。

黒崎の胸に郷愁が込み上げる。確かにあの中学生の面影があるが、体つきは成長し、顔つきも引き締まっていた。男としても探偵としても脂の乗った、真っ盛りの時期である。

阿久津は自分を見つめる視線に気が付いたのだろう、黒崎と目を合わせると、それまでの無表情はどこへやら、鬱陶《うっとう》しいまでの笑みを浮かべた。

「やあやあ、これは懐かしい。黒崎謙吾さん。あなた、黒崎謙吾さんですね」

「そうだ」

「よく覚えていますよ。まだ中学生だった頃、早苗ちゃんの事件でご一緒した刑事さんだ」

「ああ、覚えているだろうとも。さぞ無能な警官としてご記憶だろうさ」

「いえいえ、そんなことありませんよ。いやしかし、僕もあの時はXに騙《だま》されかけ、危うく術中に嵌まるところでしたから、無能というのならこの僕の方――」

「大人ァ騙くらかすのはそんなに楽しかったかよ」

阿久津がぴたりとその饒舌《じょうぜつ》を止めた。その目と口元に浮かんでいた悪戯《いたずら》めいた笑みの色が鳴りを潜める。

「黒崎さん……なんのことだか分かりませんよ。早苗の事件のことを言っているなら、勘弁してください。僕もあの事件では深い傷を負っているんですから」

阿久津は感情のない声で言う。黒崎は思わず鼻で笑った。

「さあどうだかね。自白は上手かったなあ。お前が犯人でないならあの事件は密室になる。探偵機関に協力要請を出して他の探偵が来れば、お前が解決の主導権を握ることはもうあり得ない。だから一度自白して、他の探偵が介入するのを防いだ」

「自白はあなたに強要されたんです。お忘れですか？」

「密室を作ったのは探偵が解くのにおあつらえむきの事件だからだ」

「血の足跡の一件で、Xの存在は立証されたではありませんか」

「おう、あの回りくどい手がかりか。あれは面白かったなあ。だが、お前が自分で靴下脱いで血に浸して垂らさないように持ってきて履き直す、こういう単純な解をわざと言っていない」

「それは真実ではありませんからね」

「ラストの台詞は良かったなあ。未熟な探偵が自己の未熟さを省みて、謙虚に修業を積むことを決意する。おお、涙が出るよ。まるで演劇じゃねえか。お前が書いて、お前が演出し、お前の思い通りに運んだ芝居だ」

阿久津は口を引き結んでようやく黙った。黒崎は阿久津に顔を近付けると、息のかかる位置で恫喝した。

「阿久津透。お前のやったことは全て分かった。たった十九年だ。たった十九年で全て摑んだ。お前は大したやつじゃない」

「十九年とは長い時間ですよ。そういうのはたったとは言わない。黒崎さんも苦労人ですね」

「今、お前の弾劾裁判の準備を進めている。じきに苦労も報われるさ。お前がこの十九年間何を隠してきたのか。法廷で全て暴いてやる」

「あっは。それは楽しみですね」

「ははは。俺も楽しみさ。楽しみで楽しみで仕方がない」

「あはははははははははははは」

「はははははははははははははは」

二人の男の高笑いが夜の闇にいつまでもいつまでも響いていた。

第四章　生ける屍の死

＊　二月

時は満ちた。満ちたのだ。

黒崎からの電話を受けた三宮雄人の気分はどこまでも晴れやかだった。

朱莉を死に追いやったあのにっくき男を、ようやく糾弾《きゅうだん》することが出来る。あの男の悪事を世に知らしめることが出来る。そう思うと、彼は今にも笑い出してしまいそうだった。

深夜、うねうねと蛇行《だこう》した山間の道路を登りながら、三宮は山の上の実家に帰ろうとしていた。山の下で少しひっかけてきた酒が、余計に気分を良くしていた。

二月の下旬のことだ。山中はまだ少し肌寒く、三宮の吐く息はほんのり白かった。

もちろん朱莉が殺人犯であったことを正当化するつもりはない。しかしそれ以上に、不正な手段をもって妻を死に至らしめた阿久津の存在を、三宮は許すことが出来ない。阿久津が妻に匿名で送り付けた手紙は、誰にも手を触れさせせぬよう、金庫の中に厳重に保管してある。四ケタのダイヤル錠の答えは誰にも教えていない――。

金庫に保管する前に一度、こっそり取り寄せた阿久津の書き物と比較して、簡単な筆跡鑑定を行ってもらった。阿久津のものに九分九厘間違いないだろうという回答だった。その瞬間から、三宮は阿久津の悪行を確信し、以降金庫の中で証拠品を大切に保管してきたのだ。その時の筆跡鑑定の専門家を裁判に召喚する準備も出来ている。抜かりはなかった。

黒崎からの電話を切ると、三宮は笑い始める。道路の上で手を広げ、来るべき勝利の時に向けて湧き上がる情動を発散した。車のヘッドライトに照らされて、まるで脚光を浴びた舞台俳優のように、三宮の気分はどこまでも晴れやかだった。

＊　三月

ふと思い出した、などという言葉を軽々しく使ってはならない――神木柚月は、高校生時代の文芸部の顧問にそう教えられたことがある。

人の記憶が想起される瞬間には、多くのきっかけが作用している。空気の匂い、雲の形、誰かが発した言葉、気怠《けだる》く開いたメール画面、時計の文字盤。この世界の多様性の中で、その人物の記憶の引き金を引いた何かが必ずある。そうした複雑性を切り捨てて、『ふと』などという二文字を無自覚に使うことなど、絶対にあってはならない。

その教師は、自分の思った通りに物語を書いてくれる執筆マシンが欲しいというような口吻《くちぶり》で、どんな小説でもケチをつける類の男だったので、柚月はあまり得意ではなかった。しかし、人間の記憶にまつわる彼の言葉には、どこか真実を突くようなものを感じていたので、あの可愛らしい天使のことを思い出した今その瞬間、何が自分の脳に作用したかを考え始めた。

まず目に飛び込んでくるのは、愛おしい娘の背中。愛美《めぐみ》の背中であった。しかし、娘の背中ならそれこそ飽きるほど――どれほど見ても飽き足らないほどに見てきた。何がそこまで重大に作用したのだろう。背中、だけではまだ足りない。

柚月は次に、空気の匂いを嗅いだ。これから雨が降りだすよ、と知らせるようなすえた匂い。そう、これからきっと雨が降る。じっとりと肌にまとわりつくような湿気は、激しい通り雨を予想させた。雨。これも恐らく重要だろう。

最後に、柚月はもう一度娘のことを考え、なぜあの可愛らしい天使のことを思い出したかを完全に理解した。愛美は今年で三歳になる。背中のこともこれではっきりした。柚月があの少女――相島早苗と出会ったのは、まだ柚月が小学生だった頃、そして、早苗が三歳だった頃だった。彼女と同じ大きさと雰囲気をまとった背中を見て、彼女のことを思い出したのである。

彼女。十九年前の雨の日に、九歳にしてその幼い命を絶たれた、相島早苗のことを。

「ママー、ママー」愛美は振り返った。「おなかすいたー。おやつ食べたいー」

はいはい、と応じながら、柚月の心はまだ過去をさまよっていた。なぜ思い出したのかを理解すると、今まで忘れていたことが罪深く思われた。

仕方がなかった。彼女には彼女の生活があった。結婚があり、夫との生活に疲れ、それに慣れると今度は子育てが始まった。彼女には彼女の生活があった！　どんなにか愛おしい旧懐の天使のことであっても、四六時中彼女に思いを致しているわけにはいかない。

だけど、早苗のお父さんは、もしくは、あの刑事さんは――ここまで考えると、柚月はこらえきれなくなって、一目散に自分の書斎の棚に向かった。愛美のおやつのことは頭から完全に消え去っていた。引き出しの一段目は、日常的に使うもので、綺麗に整理整頓されていたが、彼女が開けたのは引き出しの二段目だった。そこはいつか使うかもしれないもの、という程度の秩序に委ねられた、完全な無秩序状態にあった。しまったことすら忘れているうちに潰れてしまった近所のスーパーのポイントカード、何かの書類を捨てた時に外したペーパー・クリップ、新しく気に入ったものを買ったために使われなくなってしまった残り七枚程度の動物型ポストイット。その無秩序の海の中に、求めるものはあった。

彼女は一枚の名刺をつまみ出すと、スマートフォンから急いで電話をかけた。

「――もしもし」

「黒崎さんですか」

彼女は黒崎の返答を待たず、さっそく用件を切り出した。

「私、やります。あなたのおっしゃっていた、裁判。やります」

電話の向こうはしばらく無音だったので、柚月は通話が切れたかと思い、一度耳からスマートフォンを離そうとした。それを押しとどめるように、勢い込んだ返答が届いた。

「本当かい」

「ええ、ええ。もちろんです」

「そいつはありがたい。大きく前進だ」

黒崎の声は本当に嬉しそうで、長年の念願が叶った男の喜悦に満ちていた。

スケジュールの調整や、当日へ向けての準備など、事務的な会話をいくつか交わすと、柚月は電話を切った。満足感に満たされていた。

「ばあっ」

その声に驚いて振り向くと、目の前に黄色と黒のまだら模様の、大きな蜘蛛《くも》が現れた。「ぎゃっ」と潰れたカエルのような声がして、これが自分の声かと驚く。柚月は目をつむって、思わず手を振り回してしまう。彼女がようやく目を開いたのは、火のついたような愛美の泣き声を聞いたからである。

愛美は床に尻餅《しりもち》をついてわんわん泣いていた。床の上には、プラスチック製のおもちゃの蜘蛛が投げ出されていた。柚月は蜘蛛のおもちゃを見て、すぐに目を逸らした。おもちゃと分かっていても、気分の良いものではない。虫は苦手なのだ。

愛美は柚月が電話を始めて、寂しかったのだろうか。おやつが食べられなくて不満だったのかもしれない。ともかく、イタズラを仕掛けようとしたのだろう。まさか、こんな風に自分が突き飛ばされるとは思いもよらずに。

でも、虫嫌いはどうにもならない。虫は次に何をするか分からない。何を考えているか分からない。その分からなさが、生命に関する危機以上に虫に対する恐怖を惹起する。その意味で、柚月があの事件での阿久津に感じる不気味さは、虫に関する嫌悪とよく似たものだった。

柚月は愛美に謝りながら、虫が苦手なことをどんな風に伝えようかと悩み始めた。愛美といると、四六時中考えることがあって、退屈などとは無縁だった。

——でも、しばらくは早苗のためにも、戦ってあげなくちゃあね。

彼女はそう考えながら、これからまだまだ大きく育っていく自分の娘の頭を撫でていた。

＊　四月

相島雅夫が妻と自宅で私塾を経営していた頃は、生徒一人一人の名前をそらんじることが出来たし、勉強の合間に家庭の事情の悩みを聞くこともしばしばだった。

それが今はどうだろうか。

教材を手早くまとめて教室を後にする。教室前の廊下を歩くと、子供たちでさえせかせかと歩いている。進学塾だからか、生徒たちもどこか殺気立っているように見える。

生徒一人一人の顔が見えた私塾の頃と異なり、進学塾の世界史講師として受験勉強のテクニックばかりを教える日々。娘を失って以来、娘と同年代の子供と接することが怖くなった。ちょっとした弾みで早苗のことを、あの事件のことを思い出してしまうからだ。中高生なら、どうにか相手が出来た。子供から大人へ成長するエネルギーは、早苗とは別物だと思えた。

質問のある生徒は、質問用の応接室にあとで勝手にやって来ることになっている。教室では、黒板を自分で消すことも、生徒と談笑することも必要ない。生徒たちはテクニックだけ受け取ったら、満員電車の中に単語帳を読みに帰っていく。自分からは何をする必要もない。せめて登壇する時だけは、自信に満ちたカリスマ教師の振りをして、この受験戦争のモーセの役割を演じてやればそれでいい。難関私大で過去に一度だけ出たことのある単語を点取り虫たちに覚えさせ、論述のコツと称して定石を叩き込む。

彼らは喜び勇んで「難関校対策補習講座」という題の、塾が設けた特別講座を受けに来る。相島はこの言葉遣いからして気に食わなかった。補習というのは出来の悪い生徒に施すものではないか。

相島は次第にこうした生徒たちと塾とに嫌気が差し、営業スマイルだけは磨きながら、心を閉ざしていった。

だからその日も、相島は足早に立ち去ろうとしていた。

「よお、しばらくだな」

塾のエレベーターホールに、黒崎が立っていた。しつこいほどよく見る顔だった。

「黒崎さん。こんなところにまで……」

「話があってよ。もう授業は終わったんだろ？」

黒崎も定年間近のはずで、相島とあまり年は変わらないはずだが、相島は彼のことが苦手だった。出会うきっかけとなった事件の苦さもあるが、強引にこちらの心の中まで押し入ってくる強気の態度が気に入らなかった。相島の最も苦手なタイプだった。

「黒崎さん、まだ仕事があるので申し訳ないですがお帰りを……」

「弾劾裁判の開廷が決まった」

相島は驚いた。二年ほど前から黒崎がそうした動きをしているのは知っていたが、いよいよ実現しようとは。相島は取り急ぎ、同僚の塾講師に、自分のところに来た質問を代わりに見てもらうよう頼み込んだ。

エレベーターで降りる間、黒崎とは一言も言葉を交わさなかった。沈黙が重い。八階から一階まで、光が点滅して流れていくのが永遠に続くように感じられた。相島は重い口を開くと、自分でも分からないままこう言った。

「――すみません」

「何に謝ってんだ？」

「いえ……なんとなくです」

黒崎は息を吐いた。

「謝ったのは、さしずめ、裁判の準備は本来自分がやるべき仕事だと思っているからだろ。遺族がやるべきことだと、な」

相島が何も言わないでいると、黒崎の大袈裟な舌打ちの音がエレベーターに響いた。

「あんただってあの裁判で証言台に立たされて、随分絞られたじゃねえか。悔しくねえのか？」

「私はそういう時、悔しいと思うより一刻も早く忘れたいと思う人間なのです。あなたは十九年も経っても変わりませんね。全身から生命力が立ち上っている」

「ようやく多弁になりやがって」と黒崎が毒づいたところで、エレベーターが一階に着いた。

「もう春だぜ。お前も少し明るくなれ」

「四月となれば受験まで一年をとうに切っています。受験生も講師も人並みに浮かれている場合ではないのですよ」

「お前らは試験を基準にしか時間を計れないのか。世界にはグリニッジ標準時っていうありがたい基準があるんだぞ」

「センター試験が標準時なんですよ」相島は言った。「彼らにはね」

二人はビルを出ると、塾の近くの喫茶店で弾劾裁判のあらましや事務連絡をやりとりし、用が済んだらすぐに別れた。互いに長く同席したくない相手だった。

――自宅に戻ると、相島は数年ぶりに物置、正確には物置としている一室の扉を開いた。

独り身には広すぎるあの家は売り払い、アパートに単身引っ越してきた。もう一度伴侶を作る元気も気力もなかった。相島は家族を亡くしてから、ただただ人生を長い余生と思って暮らしている。

物置の中には、娘の早苗と妻の美佐子の思い出の品が保管してある。スケッチブックや美佐子のコレクションの武具の一部等、事件の証拠品となっているものはもちろん警察に押収されたままだ。物置にあるスケッチブックも、事件当日に使っていた一冊ではなく、それより前の作品たちだ。

相島が手に取ったのは、早苗の健康診断表だった。早苗の成長の過程がそこには記されていて、健康診断表は六年間の記録を書き込むようになっていた。相島早苗、三年生。身長百三十五センチ、体重三十キロ。しかし、その次の四角に目を移すと、三年分の空白が続いていた。この健康診断表の空白は二度と埋まることがない——そう気が付いた日は、日がな一日空を眺めていたものだ。

——もしペンダントの伝承が本当であれば、早苗がそこにいて話を聞いてくれるかもしれない、目の前に現れてくれるかもしれない、そんな妄想もあって、空を見上げていた。

妻の旧家は地主の血筋で、家系に代々伝わるペンダントがあった。凜音という神様の伝承を孕《はら》んだペンダントだ。それを身に着けて死んだ者は蘇るという。美佐子は死ぬ直前に、自分の形見としてそれを早苗にプレゼントした。早苗は妻が亡くなってからも、それを肌身離さず大切にし、あの日には。

血みどろの離れにぽつん、と。

紐を外された石だけのペンダントが。

そうして結局、二人とも蘇りはしなかった。

残されたのは、どう処分していいのやら分からない妻のコレクションだけ。

相島はふうと息を吐きながら、物置の扉を閉めた。何度となく見た光景だった。

黒崎の言う弾劾裁判で何が明らかになろうと——きっと見ることはやめないだろう。真実を明らかにすることが心の慰めにはなっても、本当の意味で救われることはない。妻と娘が戻ってくることはないのだから……。

死。死ぬとはどんなことなのだろうと考える。この年になれば、死ぬかもしれないと思ったことくらいある。朝の講義に出勤していたある日のこと、缶コーヒーを飲もうとして、突然遠近感がなくなり、中身を服にこぼしてしまった。大丈夫ですか、という後輩の笑い声を聞いて、私も年かなと微笑み返そうとしたが上手くいかない。顔の筋肉が下がって、呂律《ろれつ》も回っていないという。後輩がすぐに救急車を呼んでくれて、診断の結果、脳梗塞《のうこうそく》と分かった。

脳の病気の徴候は、自分をよく知る人がすぐに気付いてくれるという。そういう意味で、症状が出たのが職場だったのは幸運だったと、後から胸を撫で下ろした。

今はどうだろう。今、突然死の徴候が現れたら――。表を走る車の音が途端に大きく聞こえた。いつもは気にならない、とんとんと何かを叩くような、もしくは足音のような、階上の住人の物音が気になった。ここには多くの人間がいる。しかし、彼を見てくれる人間は一人もいない。誰にも知られず、ひっそりと、電話をかけて人を呼ぶ暇もなく、自分は死んでいくのかもしれない――。

相島は思わずかぶりを振って、早く寝てしまおうと思い直す。携帯電話をいつもよりベッドサイドに引き寄せると、胸に芽生えてしまった恐怖から逃げるように、眠ろう、眠ろうと唱え続けた。

しかし、どうしても眠れなかった。

瞼の裏に中学生の阿久津透がいる。

彼の想像の中の阿久津は、どこまでも冷たい目をしている。感情さえ感じさせない目で相島を見つめながら、何度も彼の娘を殺す。斧を振り下ろし、剣を振り下ろして。

何度も。

何度も。

何度も。

この十九年間、眠れぬ夜はいつもその光景がチラついて、どうしても、眠ることが出来ない。

＊　五月

このままこの部屋にこもったきりは嫌だ。

このまま何も変わらないのは嫌だ。

このまま逃げ続けるのは嫌だ。

——黒崎謙吾っていうあのおじさんは、ずるい人だ。自分がそう心の奥底で思っているのを、的確に突いてきたんだから……。

星影美空はこの一年間、家に引きこもっていた。部屋に籠城はしていない。トイレも行けば風呂にも入る。しかし髪を手入れするのは面倒になってしまったし、美容に凝るのもやめてしまった。食卓を囲んでいると息が詰まるので食事の時間はずらしてもらっている。両親は初めの一か月ほどは、学校はどうしたとか受験はどうするとか、熱心に説得していたが、今ではすっかり諦めてしまっている。

何が自分をここまで怖がらせているのかは分からない。あの事件以来、人前に出るのが怖くなった。好奇の目、不審の目、厭《いや》らしい目。何より怖かったのはカメラのレンズだ。記者とカメラマンが学校の周辺にへばりつき、生徒たちは常に質問の矢に晒された。

坂巻が死んだ時、メールがばらまかれた。美空は週刊誌に、売春疑惑を書きたてられた。記事に美空の名前こそなかったが、読む人が読めば彼女と分かった。坂巻に告白されて振ったことを話して、ようやく坂巻が逆恨みしたと認めてもらえたが、一度人口に膾炙《かいしゃ》した噂の火は消されることがなかった。坂巻は学校に対する大いなる復讐と共に、美空に対するちっぽけな復讐も遂げたわけであった。

それ以来、会う人会う人から向けられた視線の数々。心を最後に叩き折ったのは、父親が美空に向けた不審の目つきだった。家族だけは最後まで信じてくれると思った。厳しい門限で彼女を家に縛りつけておいた癖に。もちろん、両親が近所の好奇の視線と戦い続け、疲弊していた時のことだということは承知している。それでもやはり大きな衝撃だった。

しかし、記憶にひしめく多くの双眸《そうぼう》の中に、どうしても忘れられない一組のそれがある。その目はひとえに無感動だった。まるでもう全てを諦めたとでも言うように。歯を剝き出して笑う時も、目だけは感情が浮かんでいない。芝居がかった身振りも台詞も、象皮のように硬くなった心を隠す虚飾じゃないかと思った。

その男の名は阿久津透といった。探偵機関に所属する一流の探偵。クラスの片隅で目立たないように過ごしてきた星影美空とは真逆の存在だった。

それなのに、なぜこんな目をしているのか、不可解だった。

先月頃から黒崎という刑事がしつこく家を訪ねてくるようになった。刑事と分かると、母は強く突っぱねたようだが、訪問を重ねるうちに母は気を許したようで、いつの間にか美空の部屋の前までやって来るようになった。扉越しに説得された。弾劾裁判のために君の協力が必要なのだ、と。何でも、美空の関わった事件は探偵が暴くべきことでないことまで暴き、プライバシーを過度に侵害した事例と認定出来るかもしれないらしい。美空にはよく分からなかった。

もうすぐ五月。美空は学校に行かないうちに高校三年生となった。同級生たちは進路をとうに定めているかもしれない。じきに夏休みになれば、受験勉強に打ち込む者が増えてくるだろう。そんな中、自分はこうして部屋にこもって、一日中パソコンやゲームを弄《いじ》って過ごすのだろうか——。その焦《あせ》りが、何度か美空に参考書を開かせたが、すぐにやめてしまった。学校を思わせるものに触っていると、あの事件のことを思い出すからだ。

このままこの部屋にこもったきりは嫌だ。

このまま何も変わらないのは嫌だ。

このまま逃げ続けるのは嫌だ。

こんな、生ける屍みたいな人生はもう嫌だ。

結局、そんな焦りが、美空にこの部屋の扉を再び開く決意をさせた。

この裁判はマスコミにも秘密にしてひっそりと行い、事後の取材などの応対は全て偉い人や黒崎自身が引き受ける。美空には一切手を出させない。黒崎はそう強く請け合ってくれた。

――でも、人前に出るのは、やっぱり怖い。

――慣れてみれば、いいのかな。

心が迷った時、恐ろしい考えが頭をよぎった。

「……今月、頑張って、学校に行ってみようかな……」

口に出した途端、恐怖に身が竦んだ。でも、このまま何も出来ないのは、嫌だ。

まずは、最初の一歩を踏み出してみよう――美空は部屋を出て、震える足取りで母のところに向かった。

＊　六月

事務所を離れて二か月経ったある日の夜、火村つかさは夢を見ている。

探偵大学校で、阿久津と出会った頃の夢。

「阿久津さん、で合ってますよね」

駅まで向かう道すがら、集団から一人離れて歩いていた阿久津に声をかけた。彼は目を丸くして火村つかさの顔を見た。そのままニヤニヤと笑う。彼の顔はまるでチェシャ猫のようだ。

「驚いたな」

「どうして？」

「次に僕に話しかける酔狂な御仁《ごじん》が現れるなら、ゼミの飲み会の誘いか、OB・OG会の会員登録といった事務連絡だろうと思っていたからさ」

彼女は目頭を押さえてため息を吐いた。

「……あなた、友達少ないでしょう」

阿久津は肩をすくめた。

探偵大学校では学期ごとにゼミを履修することが義務付けられているが、一年生の最初のゼミ、その自己紹介において、阿久津はいきなり不興を買った。

自己紹介の内容は、名前と探偵になりたい理由、必ずしも探偵志望でない場合は探偵大学校に来た理由を話す、シンプルなものだ。

つかさはあらかじめ用意した答えを反芻していた。兄が警察官となって、探偵と警察の協力関係に興味を持った。自分も探偵になり、兄と共に犯罪者と戦っていきたい。月並みな理由だが、自分の心境を正直に表したものだ。

教授は不幸にも、名簿順に阿久津透を最初に指名した。

――君はなぜ、探偵になりたい？

教授のその問いに、阿久津は首を傾げながら、心底舐《な》めきった口調で言った。

――失礼ながら、問いの意味が分かりません。

――僕は生まれながらにして探偵だったのであって、国に探偵として認められるために、ここに資格を取りに来たにすぎません。

講義室の空気は凍った。教授が名簿を二度見して呻き声を上げた。阿久津という名字に気付いたのだろう。初回のゼミ後の懇親会は、出身地の話や憧れの探偵トークなどで大いに盛り上がったが、阿久津透だけは隅の席で、まずそうな顔をしてウーロン茶を啜《すす》っていた。

懇親会の帰り道。二次会に参加しないメンバーは、団子になって大学の最寄り駅まで歩いていた。

つかさは集団から離れて一人ぽつんと歩く阿久津に何となく興味を抱いて、話しかけてみたのである。一回くらいは「馴染めない人にも気を遣う出来た子」程度に見てもらえるだろう。後々集団に溶け込むにしても、試しに話してみるのも悪くない。

——まあ、思った通りの皮肉屋だったわけだけど。

「ところで、僕の利き手は分かるかい？」

彼の言葉は唐突だったが、そういえばここはそういう学校だったと思い直し、彼の「テスト」に答えてやる気になった。

「左」

「根拠は？」

「腕時計を右手にしていた。ウーロン茶のグラスを左手に持っていた」

「手から分かることはそれだけかい？」

つかさは阿久津の手を見ようとしたが、彼は既にポケットに手を入れていた。さすがに抜け目ないなと思ったが、顔が少し焼けていることに気付くと、その両手を見た時の記憶が蘇った。

「私の記憶通りなら、両手の甲がやや日焼けしていた」

「そこから導き出されることは？」

「……手だけが外に出て日焼けするような仕事……まさか阿久津家の御曹司《おんぞうし》が、建設現場の作業員、とかでもあるまいし」

阿久津は首を傾げて続きを促した。

「分かった。両手の甲だけが外に出ると言えば、海水浴ね。あなたは新生活を迎える前、多分三月の休みに、海水浴をしに行った。この時期に海水浴となると、オーストラリアとかじゃない？」

つかさは自分の推測にそこそこ自信があったので、この名探偵二世を前にして自分の推測を語ることに、何のためらいも感じていなかった。

今から思い返せば、これも探偵助手としての大事な才能の一つだった。

「五十点だな」

「はい？」

「観察力は十分だった。しかし、君は正直すぎる。犯人はある一定の方向に人の思考を誘導したがっているものだよ。君は犯人が僕たちに何を見せたいのか、どう思わせたいのか、鏡のように探偵に教えてくれる」

「クリスティー『エッジウェア卿の死』」

「ご名答。座学《ざがく》はよくしているらしい」

探偵エルキュール・ポアロが、いわゆるワトソン役にあたるヘイスティングズを評して言った言葉である。原典のこの台詞を読んだ時は、もはや褒められているのか馬鹿にされているのか分からないと思ったが、阿久津の引用の仕方は明らかにつかさを馬鹿にしたものだった。

「それで、今の話の本意は？」

「君は探偵助手向きだね」

「そうそう。最初からそう言えばいいのよ」

「最初から素直に言っていれば、僕は怒られなかったのかな？」

「怒るに決まってるでしょ。馬鹿じゃないの」

つかさの声が自然と大きくなった。この男と話していると疲れる。

「それだったら、回り道をしてでも言いたいことは全部言っておいた方がすっきりする。違うかい？」

大学沿いの自然が多い歩道に、彼らはいつの間にか二人きりになっていた。集団は足早に行ってしまったのか、それとも気付かぬうちに二軒目にでも入ったのか。

阿久津は街灯の下で、感に堪えぬとでもいうように、熱を帯びた口調でまた、「驚いたな」と口にした。

「今度は何に驚いちゃったの」

「僕は生まれてからこの方、一人で探偵をするものだと思っていた。いいや、中学生の時には、それは確信に変わったと言ってもいい」

「その話、長くなる？」

つかさの不平にも答えず、阿久津は興奮した調子で続けた。

「僕は生まれながらにして探偵だった。ただ社会的にも認められるためだけに、父親の口利きでここに来たにすぎない。だから、探偵と探偵助手などという関係性も、便宜上のものでしかないと思っていた。この国の『探偵』になる以上、助手を取るのは強制なのだから仕方ない──僕はそんな風に思っていたんだ。大体、ポアロの探偵譚も、ヘイスティングズの出てこない話ばかりじゃないか。探偵に助手が絶対に必要だとは、僕にはどうしても思えないんだよ」

「自信満々でよろしいこと。それで、今の話の本意は？」

「僕は今初めて、自分から助手が欲しいと思った」阿久津は顎を撫でてから、少し言い直した。

「つまり、君を助手に欲しいと思ったんだ」

「それ、口説《くど》いてるつもり？」

「口説く？」阿久津は目を見開いた。「そんなつもりはまるでなかった」

「口説くほど魅力のある女じゃないって言いたいのね」

「そんなことはない。僕は簡単な事件より難事件に惹かれる方だ」

「何でもいいけど」

つかさは右手をグッと握り締める。言葉を選ぶのに手間取った。

「あなたは今、とても残酷なことを言っているのよ。探偵になることを夢見て入学した同期に、自分が探偵になるから、君は助手になれと言っている」

「探偵に『なる』じゃあないよ。もう探偵なんだ。そして、君は僕の助手になるべきだ。なぜって、君の頭脳は探偵向きじゃないからね」

彼女は諦めると、阿久津に帰りの電車を聞いた。自分と同じ路線であり、同じ方向だったので、彼女はルートを誤魔化して、一駅歩いて帰ることにした。気まぐれを起こして話しかけたことを、少し後悔していた。

だが、不幸なことに、彼女は言われっぱなしではいられない性格だった。

翌週、ゼミの教室に入った彼女は、ぽつりと空いていた阿久津の隣の席に収まると、彼にこう尋ねた。

「それで結局、あなたの手の甲はどうして日焼けしていたの？」

「社会勉強のために、建設現場でアルバイトをしたんだよ」

「そう」つかさはこんなやり取りをあと何十回すればいいんだろうという、心地よい退屈さを感じながら答えた。「それは意外な真相ですこと」

つかさが目を開けると、見慣れた白い天井があった。頭が気怠い。夜遅くまで書類を作成して、帰宅したのは深夜三時だった。まだ頭の芯にぼうっとした熱が残っている。

――この頃、あいつの夢をよく見る。

弾劾裁判の日取りまであと一か月。阿久津のことを考えることが多くなったからか。

時計を見ると朝の五時だった。この時期にもなると、この時間でもだいぶ空が白み始めている。このまま起きてもいいが、出社まであと少し眠ることも出来た。

最近、つとに眠りが浅い。

阿久津透の事務所を辞めて、つかさが再就職先に選んだのは、他の探偵事務所での探偵助手職だった。結局、探偵の夢を諦めきれなかったのだ。探偵資格には年齢制限があるが、助手として優秀な成績を収めれば、特例での試験を受ける芽が出てくる。ゼロに等しい可能性だが、つかさはこれに賭けている——とも言えるし、ただ、慣れ親しんでしまった探偵助手の職から離れたくないという消極的な思いゆえなのかもしれなかった。

今の事務所の所長は好々爺《こうこうや》で、物腰の柔らかさから特に人気が高い。助手も二十名ほど採っている大手の事務所で、ここに転がり込めたのは運が良かった。

阿久津の事務所にいた時のことは、笑い話として語っている。探偵が一人しか助手を採らないというのは珍しいことだ、などとみんな驚いては、つかさを慰めてくれる。つらかったね、これからはみんな一緒だからね。そう言われるたび「自分はつらかったんだ」と納得する。麻痺した心では、傷ついていることにさえ気付けないのだろうか。

取るに足らぬ空虚なやり取り。

プライドを傷付けられる日々。

舞い込む事件に胸を躍らせる。

阿久津の言動に振り回される。

それでも犯罪者を追う情熱に感銘を受けた。

だから兄を見殺しにしたのは許せなかった。

しかしそれももうすぐ終わる。阿久津透と裁判でもう一度対峙《たいじ》して、つかさはつかさなりのけじめをつけるのだ。そうして綺麗さっぱり忘れて、新しい人生を――。

その時、思った。

――阿久津はどうなるのだろう。

裁判に敗《ま》ければ、探偵資格を剝奪されるという。

――探偵じゃ、なくなるということか。

しかしそれが何だというのだろう。彼は生まれながらにして探偵だと言っていたではないか。それならば、国の資格くらい奪われたところでどうということもないのではないか。

いや、それはどうだろう。

公の法廷で一度名誉に傷を付けられたのならば、いくらその優秀さを知っていようと、警察も依頼人も仕事を持ち込もうとは思わないのではないか。中学生の頃は、父・源太郎の手伝いをしていたというが、これは父の後ろ盾があってのことである。それならば、彼がいくら自分は探偵であると言い張っても、彼はもう「探偵」のままではいられないのではないか。

阿久津透は、探偵ではなくなるのではないか。

彼が探偵でなくなったら、どうなるのだろう。

つかさには分からなかった。

もうすっかり眼が冴えてしまって、眠ることは敵わない。

＊

七月　1

阿久津家の豪奢な応接室で、瀬川が阿久津透と向き合って座っていた。阿久津の目をじっと覗き込み、念を押すように言った。

「つまり、十九年前から一切主張は変わらない——これでよろしいのですな」

「ああ」脚を組んだまま、阿久津は尊大そうに答えた。「そのように手配しろ」

瀬川は「かしこまりました」と一礼し、書類の整理を始める。一枚の小さな紙片が目に留まった。ある店の使用済みの預かり証で、検察側の新証人、宇田川朴人《うだがわぼくと》と戦うための武器だった。

「お前は」

「はい」瀬川は手を止めた。

「聞かんのだな」

「何をでしょう」

「僕が殺したのかと一度も聞かない。何をしたのかと一度も聞かないじゃないか。僕の父は違う。十九年前に面会した時、真っ先に聞いた。『育て方を間違えた』とまで言われたよ」

彼は笑った。瀬川には、その自嘲的な笑みが寂しそうにも見えた。

「親でさえ疑ったのに、お前は、聞かなかった」

瀬川はフッと微笑むと、阿久津にもう一度向き直った。

「坊ちゃん。わたくしめは弁護士でございます。そして源太郎様は探偵です。探偵の仕事は疑うことでございますが、弁護士の仕事は信じることです。信じることに坊ちゃんの言葉以外は必要ありませぬ。だから私は問わぬのです。だから私は戦えるのです」

阿久津はしばらく目を見開いていたが、やがて微笑むと、「驚いたな」と言った。

「お前は十九年前から何も変わらない。いや、むしろ美しく老いたな」

「まさか。ただ醜い老弁護士ですわい」

「いや美しい。白髪が美しい。その心意気が美しい」阿久津は目を閉じた。「僕もそのように老いたかった。あのファム・ファタールと老いたかった」

瀬川はその時の阿久津の表情を忘れることが出来なかった。じっと瞑目して、口の端に笑みを浮かべている。思い出を取り出して、懐かしむ男の姿だ。穏やかで、優しい。同時に、ひどく孤独にも見えた。十九年前の刑事裁判でも、そしてこれから起こる弾劾裁判のいかなる場面でも、彼の目の前で阿久津がこれほど感傷的になったことはなかった。自分の弱さをさらけ出して、この一人の老弁護士に縋ることはなかった。

――それほどまでに坊ちゃんが隠し立てする真実とは一体何なのだろう？

ただ坊ちゃんの盾であれと願う一人の弁護士の心に、小さく無粋で不遜な好奇心が芽生えた瞬間だった。

＊　七月　2

「マズった。週刊誌が嗅ぎつけたとよ」

黒崎は煙草を持った手で無造作に頭を掻きながら言った。

「随分軽く言っていますが」弁護士・遠上蓮《れん》は呆れながら言った。「大丈夫なのですか。今回の参加者には、あの引きこもりの女の子がいるのでしょう？」

遠上と黒崎は旧知の仲だった。弾劾裁判の原告側代理人を務める予定である。十数年来の付き合いにもかかわらず、態度が堅苦しいのは彼の性格だ。

裁判までいよいよ二週間というところ。遠上の弁護士事務所のオフィスに座った黒崎は、いきなりその知らせを持ち出したというわけだった。

「万が一取材が来た場合にも、黒崎さんと私で対応することにしていますが、私たちで星影さんを守りきれるかどうか」

「訴訟参加者のことが割れて、いきなり嬢ちゃんのところに行かれるのが一番マズい。セミナーハウスにまで連れてくれれば、山奥だしよ、どうにかなるかもしれねえが」

「すると――このことをあらかじめ伝えておきますか？」

「いや、そっちの方がマズかろう。ショックを与える可能性がある」

「親御さんに伝えて、身辺を警戒してもらうくらいに留めておきましょうか……」

「裁判の当日は、車を手配して、そのまま送ってもらうことにしてある」

「手回しがいいですね」

黒崎は満更《まんざら》でもなさそうな反応をしたが、すぐに真面目《まじめ》な表情に戻り、身を乗り出した。

「もう一つあるんだ。会場のセミナーハウスのことでな。訴訟のことが突き止められたとなると、会場の件が漏れた可能性も否定できねえ。そうだろ？」

「ですね」

「そこで、代わりの会場を用意するのはどうだ？」

「そんなに都合よく代替地がありますか？」

「もともとの会場は法務省所管の施設だったが、他の施設ならどうにかなった。ある私大の施設で、名前は〈せせらぎの丘〉だ。裁判は七月末から八月アタマだから、学生どもの合宿も集中して、これ以外の候補がない。ただ、ちょっとした問題があってよぉ……」

黒崎はバリバリと頭を掻いた。

「貸し切りに出来ない？」

「いや、貸し切りだよ。その私大はまだ夏休みに入ってないから、先方も喜んでた」

「設備が不十分？」

「いんや。会議室もあるし、むしろ模擬裁判場なんてのを付けているところらしい。法学部のゼミとかが使う用だとか。その点、前の会場より良くなっているぜ。お前の大好きな、備え付け冷蔵庫の中のビールも、夜食のルームサービスだって取り放題さ」

「それは嬉しいな。じゃあ、立地ですか?」

「前のところよりやや山奥に入るが、駅からの距離はあまり変わらんな」

「じれったいですね。結局何ですか」

遠上は身構えて黒崎の答えを待っていた。もしかしたら、派手な事故物件かもしれない。

「地盤だ」

「は?」と遠上は言った。

「建っているところが旧河川跡らしい。つまり地盤が緩い。耐震対策とか、今はうるさいだろ? それで、来年には改修するかもしれない、そんな施設なんだ」

「え?」

「ん?」

「いえ……意外だったので。地盤、ですか。それは確かにちょっと嫌ですが、私たちは建築家ではありませんし、土地の品定めをしているわけでもない。二泊三日、裁判をして帰ってくればいい。その三日の間に地震が起こるわけでもないでしょうし、気にすることはないのでは?」

「そうか?」

「平衡感覚が狂うくらい建物が傾いているというなら、別ですが」

「現地を見てきたが、実生活には支障ねえよ」

黒崎はようやく意を決した。

「じゃあ、場所は〈せせらぎの丘〉で決まりだな。それなら取材陣を撒《ま》けるから嬢ちゃんのためにもいい」

「はい。協力してもらう以上、星影さんのことは私たちで守りましょう。いいですね、黒崎さん」

「ああ。もとよりそのつもりだぜ」

さて、と黒崎は言った。

「次はお前の話を聞こうか」

「はい。阿久津透対策の必勝法ですね」

遠上は笑った。

「方策は一つしかありません。相島早苗ちゃん殺しで挙げられる訴因は三つ。当該事件の訴訟請求人が三人だからです。通常の訴訟でも考えうる法的構成を並べることがよくされます。今回の場合はつまり、事件の真相を類型化して、一つ一つに訴因をあてはめればいいのですよ」

「三つ――で、収まるのかよ？」

「正確には四つです。まず一つの分岐は、X犯人説が真実であるか否か。真実なら一つ目、真実でないならそれ以外の三つになります。一つ目は、X犯人説が正しく、Xはまだ捕まっていないだけとする説です」

「だから、それはねえって言って」

「まあ落ち着いてください。あくまでも可能性ですから。それに、この立場は阿久津側が主張してくるものです。私たちがカバーするのは他の三つになります。

X犯人説が偽である。これが他の三つの前提です。そしてその場合、『本気でした推理が間違っていた』か、『偽の解決を意図的に作り上げた』の二通りに分岐します。前者を具体化したのが第一のケース——『阿久津が真実真剣に推理し、X犯人説を主張した場合』になります」

「ああもう、持って回った言い方しやがって。要するに、推理を間違えたってことだろ？」

遠上は苦笑しつつ頷いた。

「だがよぉ、ただ間違えたくらいで罷免させられるのか？」

「今回のケースはただ間違えただけじゃありません。十九年間その誤りを放置して、しかも誤りを認めようとしなかった。そこに通常の推理の間違いとは違うポイントがあります」

「なるほどな」

「続けます。あとの二つは、阿久津が偽推理をした目的は何か、で分岐します。いや、誰が犯人か、と言った方が分かりやすいでしょうか。その分岐は、殺人犯は阿久津以外か、阿久津か、です。

第二のケースは、『阿久津が何者かをかばって推理を行った場合』です。この場合、Xを犯人とする推理を行うことで、X以外の真犯人を隠匿したことになります。探偵には真実追究義務が課せられていますから、意図して真実を隠蔽《いんぺい》した場合には義務違反になり、罷免事由にあたります。

第三のケースは、『阿久津が殺人犯であり、自分の罪を免《まぬが》れるためにX犯人説を主張した場合』です。殺人を行い、その上死体損壊まで行ったとなれば、『探偵の威信を著しく失うべき非行』にあたるのは言うまでもないですね？」

「第二のケースがだいぶ広いな」

「そこはかなり無理をしています。しかし、本当にXが存在し犯人であったら、結果は阿久津の勝訴になります。ゆえに、私たちの戦略としては、Xと阿久津以外の人物を全て包摂してしまえば良いのです」

「俺たちが攻めるのは第二、第三のケースになるか。阿久津が証拠に手を加えたことを立証しよう、って言うんだからな」

「ええ。ですが、第一のケースを挙げることも無駄ではない。初めての裁判である以上、当日はどう転ぶか分かりません。勝ちパターンを一つでも多く持っておくに越したことはない」

遠上はニヤリと笑うと、椅子にもたれかかって言った。

「もちろん、こんなお粗末な分類で『網羅しました』などと言えば探偵には怒られるでしょうね。しかし、彼らは解くために物を考える。一方、弁護士は勝つために物を考える。勝つためにはこれで十分と私は踏んでるわけです」

「さすがだな」黒崎も笑った。「当日もその調子でよろしく頼む」

「ええ」遠上はそう受け答えてから、呆れたような声音で続けた。「それにしても――黒崎さんの見つけてきた榊遊星って裁判官ですが、彼はとんだ難物ですね」

「ああ、ほんとにな……お前にも、苦労かけるな」

「本当ですよ。今度うまい寿司くらい奢ってください」

「俺はお前より安月給だっつーの」

遠上は首を捻り、とぼけたような顔をする。実際、彼の事務所は結構潤っているらしい。

「三回ほど公判前整理手続を開きましたが、榊さん、その度に僕たちの仕事を増やしてきます。何だかよく分からない質問をしてくるもので。『ちょっと聞いてみただけです』というのがお家芸らしいですよ」

遠上は憎々しげな顔をして、オフィスの机からホチキス止めされた書類を二つ投げ出した。

「聞いてくださいよ。今回の追加発注です。チョコレートとペンダントが現場にあったでしょう？　あれを一から調べさせられました」

黒崎は書類を手に取る。一つ目にはチョコレートの情報がびっしりと記載されている。今は倒産している海外の会社の製品で、その会社の略歴が引用されていた。チョコレートは十九年前に日本の輸入食料品店等で販売されていたらしい。事件当日に神木柚月が購入した店は相島家の最寄りから二つ隣の駅の免税店で、そこも十三年前に移転済だという。

「これ、追跡調査面倒だったろ」

「判事の仰《おお》せのままに、ですよ」

報告書はそれ以降も続いていた。当該商品は十九年と半年前に日本に輸入され、販売が始まった。人肌でも溶けず、口の中で転がしながら食べる、まるでキャンディのようなチョコレートであること。それゆえキャッチコピーは、半ば自虐的に『夏場でも溶けない！　手が汚れない！』だったこと。早苗はチョコレートを噛むのに何だか罪悪感を覚えるタチだったようで——よく虫歯が出来ていたからだそうだ——硬く溶けない、飴《あめ》のように食べるしかないこの製品を愛食していたらしいこと。もちろん、チョコレートに口どけを求める向きにはまったくヒットせず、海外の会社が潰れたのもそれが理由だという。

「報告書に対して、あの人何て言ったと思います？」

黒崎は先を促した。

「ご苦労様でした、だけです。何か分かったんですかと聞いたら、非常に参考になりましたよ、ですって。人が下手《したて》に出てればいい気になって……」

温厚な性格の遠上が、眉をぴくぴくと動かしているのを見て、黒崎は忍び笑いを漏らした。天性の変わり者。そういう意味では、彼は求める人物を正しく見つけたらしかった。

「それと、もう一つの方を見てみてくださいよ。なかなか笑えますよ」

黒崎はもう一つの報告書を開いた。ペンダントの出自に関する報告だった。

「鎌倉新仏教の時代から連綿と続く、土地神信仰のストーリーです。あのペンダントの中には凜音という神様の骨が砕いて混ぜてあるんですって」

パラパラと報告書をめくり、眉唾《まゆつば》ものの転生信仰について読んでいく。黒崎もいつしか、変な笑いが込み上げてきた。

「こいつはいいなァ。これなら、あの可哀そうな娘も生き返らせてもらえるぜ」

「まったくです。人を小馬鹿にしているとしか思えませんね。化けて出て死者に入り込むなど、まるで妖怪沙汰です」

遠上は笑い出す。黒崎は遠上につられて、あっはっは、と高らかに笑い始めた。

＊　七月　3

幽霊の僕――火村明は河口湖の湖畔にいた。七月なので日差しが眩しく、合宿か何かだろうか、高校生や大学生、若い人の姿が多い。

優子と初めて二人で旅行に来た土地だ。思い出の地を訪れても、生きていた頃のような爽やかさは感じられない。木々や水面が揺れているのを見て、風が吹いているのに初めて気が付く。風の爽やかさや日差しの強さを、肌で感じられたらどれだけ素晴らしいだろう。

「人生とは孤独であることだ。誰も他の人を知らない。みんなひとりぼっちだ。自分ひとりで歩かねばならない」

ヘルマン・ヘッセの名言を口に出しても、ベンチでイチャついているカップルには聞こえない。

ふう、とため息を吐く。

ユーレイ――早苗は呼べばすぐに来てくれるので、孤独を紛らわすにはちょうどいいが、どうも呼ぶ気になれなかった。凜音が天上から水鏡で見てくれているのだろうが、どこか監視されているようで、落ち着かない。

カップルを見たせいか、あの日の優子の面影が、脳裏にまざまざと蘇った。

優子は大きく伸びをしながら息を吸い込んだ。全身で湖畔の空気を味わっている。息を吐くと、僕に微笑みかけて「連れてきてくれてありがとね」と言う。

「学生の時に合宿で来て以来かな。あの頃となんにも変わってないね。カチカチ山のロープウエイ、懐かしいなあー」

無邪気に話す優子は見ていて飽きなかった。

「明君は、学生の頃の思い出とか、ある？」

んー、と少し考えた。そりゃあもう、口に出すのも恥ずかしい思い出まで、いっぱいあるが。

「妹絡みの話なんだけどさ、学生の頃、三国志とか戦国武将が大好きだったんだよ」

「初めて聞いた。その頃好きだった戦国武将は誰だったの？」

「織田信長だ。彼にちなんだオリジナルの名言もあるんだよ」

「何それ。変なの」

「昔、妹がしつこい男に言い寄られて困ってたから助けてやったんだ」

「退かぬなら殺してしまえ悪い虫」

「言い得て妙だな。昔の僕も、織田信長もせっかちだった。さすがに殺さなかったけど、かなりキツく懲らしめたから、ちょっと噂になってね。それから、僕はシスコンだの何だのとからかわれてさ。気にしたあいつが、僕に謝ってきたんだ」

「今でもちょっとシスコンは入ってると思うよ」

彼女からの忌憚ない評価だ。それだけに、心に刺さる。

「それで？　謝ってきた妹さんに、明君は何て言ったの？」

「織田信長でも、家族くらいは大切にしただろうさ」

優子はぷっと噴き出した。

「変なの。ホトトギスは殺しちゃうのに？」

学生の頃の幼い自分を笑われたようで、どこかいたたまれない気持ちで湖に視線を移す。湖面には波紋一つなく、眺めていると気持ちが落ち着いてくるようだ。

「だけど、その後歴史の授業中に、織田信長には妻が九人いたと聞かされた」

「あれま。一夫多妻制の名残だね」

「そのあたりからよく分からなくなった。タイムスリップ出来るようになったら、織田信長に聞いてみるよ。家族のことは大切ですか、って」

「それ、すんごく怒られそう」

「言えてる。ま、よくある学生の黒歴史だよ」

「黒歴史なんかじゃないよ。誰かのためにそうやって行動を起こせるのが、明君のいいところだよ。私は、そう思うけどな」

優子が照れたような口調で言う。それを指摘すると、唇を尖らせて怒られる。

「あ、でも、時々危なっかしい時もあるから、何かある時は私にも相談してよね。約束」

彼女は小指を立てて差し出す。

「……ああ、約束だ」

指切りをして、互いに微笑み合った。

僕は自分の小指を見つめた。

もう、優子はここにいない。僕も幽霊になってしまった。あの日した約束は、今も有効だろうか。

――優子、お前は今、どこにいるんだ？

岸の鉄柵にもたれかかって、黄昏れてみる。

「優子……お前だったら、どうする？　あの子のこと……星影さんのこと」

五月、私立黒鉄学園の教室で星影美空を見て以来、あの子のことを追いかけていた。

無論、変な意味ではない。教室を飛び出した時の思いつめたような様子が気になったし、教室で交わされていた噂話も気になった。

彼女は教室を飛び出し、女子トイレに駆け込んだ。ついていこうとした時、個室の中から呻き声が聞こえた。僕はそこで足を止めて、中の様子を見るのはやめた。そんなところ、誰だって見られたくはない。

高校で起きた転落事件の顚末は覚えている。美空は売春疑惑が持ち出された女子高生の一人だった。だけど、それは死んだ生徒が逆恨みして流した噂で、事実無根だと判明したはずだ。阿久津が事件を解決するところを、僕も間近で見ていた。

なのに、どうしてこんなことに。

「うん、学校、大丈夫だったよ。明日からも頑張る」

家に帰った美空は、母親にひきつった笑顔で伝えていた。母親は美空の前では笑顔でいたが、一人になると、涙をぽろぽろ流し始めた。「良かった、本当に……」と気の抜けた声で言う。

娘が不登校になって、どれだけの心労を抱えていたのだろう。それを感じているであろう美空は、今、どれほどの決意と覚悟を持って、学校に通い始めたのだろう。

美空は部屋に戻ると、すぐベッドに横たわった。体をダンゴ虫のように丸め、耳を塞いで目を閉じていた。

事件の後、関係者がどういう生活を送っているのか。

事件の後、人々はどう生きていくのか。

僕はそういうことを、一度も考えてこなかった。

警察も探偵も、事件が起きたその時一度限りの付き合いに過ぎない。日々新たな事件に関わるから、全ての事件のアフターフォローをしているわけにはいかない。美空は、そうやって僕らの手から零れ落ちてしまった女の子だ。

――阿久津はこのこと、知っているのだろうか。

今すぐに阿久津の事務所に行って伝えてやりたいと思った。だけど、それが何になるだろう。阿久津が生徒相手にもう一度謎解きを聞かせても、噂を完全に消すことは出来ないだろう。僕らはカウンセラーでも精神科医でもないから、彼女の心の問題に向き合うことも出来ない。結局、それぞれの職業でやれることを、やれる範囲でやっていくしかないのだ。

頭では分かっている。仕事をする中で、そういうもどかしさを感じることは何度もあった。そんなことは、とうに分かっている。

それでも、何かを探している。

美空はそれからも気丈に学校に通い続けた。

なぜだか、彼女のことが気になって仕方なくなったのだ。早苗たちが手頃な「転生先」（つまり死体）を見つけたら呼び出してもらえることになっている。

ある時、黒崎という刑事が美空の家を訪ねてきた。美空の母の受け入れが良いのを見ると、何度も訪問を重ねているようだ。

黒崎は美空の部屋の前で、扉越しに会話をしていた。

「裁判の日取りが決まったんだ。嬢ちゃんの協力が要るって話は、前にもしたよな。大丈夫だ。マスコミの対応は俺一人でする。会場も山奥だから……」

黒崎が見ている資料を読んで、阿久津の弾劾裁判の話を知った。あの男が弾劾される？　あまりに荒唐無稽な話で、ついていくのに精一杯だった。

黒崎は阿久津が過去に解決した事件の関係者を追っているらしい。

「おい、あんた何言ってんだよ。星影さんは外に出るのだって一苦労なんだぞ、そんなの行けるわけないだろ」

僕は目の前で睨みつけて食って掛かるが、当然、聞こえていない。

「……私、やります」

美空が気弱な声で答えた。僕は驚いて、扉の向こうにすり抜け、美空の部屋に入る。美空はまっすぐに扉を見つめ、唇を固く引き結んでいた。膝の上に置いた手は震えている。やっとの思いで口にしたのだろう。その決意の強さが、伝わってくる表情だった。親でもないのに、僕は無暗に安心した。自分が思っているより、この子は強い、と。

黒崎が帰った後、黒崎が渡した手紙を読む美空の顔には輝きがあった。生きる目的を見つけた人間の目だ。


ところが、七月に入り、暗雲が垂れ込めた。

新聞記者から、自宅に電話がかかってきたのだ。

母親が料理中だったので、運悪く美空が電話を取った。美空が青ざめ、過呼吸になるのを見て、母親が飛んで行って電話を叩き切った。押し問答しているうちに、焼き鯖は黒焦げになってしまった。焼き鯖は美空の好物だった。

美空はまた部屋に閉じこもった。

——どうして、僕には何も出来ないのだろう。

途方に暮れていた。自分の無力さを痛感した。全てが上手くいくと思ったのに、どうしてこうも、彼女は苦しまなければいけないのだろう。

顔を上げると、早苗が僕の顔を覗き込んでいた。

「ちょっと、明クン、また女の子のストーカーやってるわけ？」

彼女は呆れたような顔で僕を見下ろしていた。

「……うるさい、ほっとけ」

「そんなに気になるの？　あの女の子が」

「……なあ、本当に方法はないのか？　僕たちの声を届けたり、あるいは何かに触れたり、出来ないのか？」

「ない」

早苗はばっさりと言い捨てた。

「だから、感情移入しすぎない方が身のためだよ」

その時、美空が部屋から出てきた。Tシャツと半ズボンの素っ気ない服装で、手に何かを隠すように持っている。

一階に降りた彼女を見て、母親が声をかけた。

「美空、どうしたの？　やっぱり何か食べる？」

「ああ、お母さん……あの、私、先にお風呂入っちゃうね。気分転換にもなるし」

彼女は台所の方に声をかけた。母親は「あんたお風呂長いもんね。ゆっくり入って来なさい」と笑顔で応える。母親には、もう動揺の色はない。娘の前で少しでも気丈に振る舞おうとしているのかもしれなかった。

分かった、と美空は手を上げた。

その手を見て、僕はハッとした。

小指の脇が黒く汚れていたのだ。美空は右利き。書き物をしたら、あのように手が汚れる。

僕は二階の美空の部屋に急いだ。机の上に、便箋が一枚、素っ気なく置かれている。

『お母さん、お父さん、ごめんなさい。もう耐えられません。

阿久津さんがどれだけすごくても、人の見る目は変わりません。

私は人の目が怖いです。いつも、いつも、誰かに見られているような気がします。そんなことはないとみんな言ってくれますが、でも、ダメでした。

頑張ろうと思ったのに、出来ませんでした。やっぱり、私はダメな子です。

先立つ不孝をお許しください。

星影美空』

「これ……」

いつの間にか早苗が背後にいた。目を丸くしている。

僕は頭をブンブン振り、美空の部屋を飛び出した。一階の浴室に飛び込む。

手遅れだった。

美空は裸で浴槽の中に入り、眠っているかのように目を閉じていた。左手首から血が溢れ出している。まだ水と血が入り混じり始めている段階だった。まだ美空は死んでおらず、気を失っているだけかもしれないが、あの血の出方では時間の問題だ。

「うわぁぁぁぁぁぁ！」

僕は美空の体に触れようとした。手が空を切る。分かっているのに、何も出来ないことが許せなくて、目の前が真っ白になった。

浴槽の傍に血の付いたカッターナイフが落ちていた。

「なんでだよ、どうしてだよ……全部、全部上手くいきかけていたじゃないか……ようやく踏み出せたんじゃないか！　どうして！」

目の前の光景が嘘ならいいのに、と願った。

「早苗！　今すぐ凜音に連絡しろ！　この子の魂を……美空の魂を抜いてくれ！　そしてすぐに体に戻すんだ！　この子を死なせちゃダメなんだ」

「それは無理だよ。明クンだって分かってるでしょ。凜音様が死体から魂を抜くには、その死体がペンダントをつけていなくちゃダメなの」

「ふざけるなよ……！　そんなんで納得できるわけないだろ！」

僕は早苗に食って掛かる。見た目は小学生だが、精神年齢は二十代後半――それでも、僕より年下のはずだ。それなのに、超然としていて、僕の大声にも動じる様子がなかった。

「明クンの気持ちは分かるよ……それでも、ダメなの」

僕は美空の顔を見た。苦しみながらも、前に進んできたのに。それがこんな形で終わっていなんて、許せない。

「……凜音のところに連れて行ってくれ」

「明クン、それって……」

「この子に転生する。構わないだろ。自殺した高校生だ。まだ誰にも見つかっていない。お前らがこの前してくれた講義にも、当てはまってる」

早苗は僕の顔をまじまじと見つめて、「本気なんだね」と頷いた。

「分かった。また目を閉じて。すぐに連れて行くから」

天上の世界で、凜音は額に汗して働いていた。

「まったくもう、あなたも神遣いの荒い人ですね！」

凜音は怒鳴りながら手を動かしていた。彼の脚元には円形の水鏡が出来ていた。鏡には美空の死んだ浴室が映っている。凜音の両手から糸のようなものが伸び、水鏡の中に続いていた。

早苗は僕を送り届け、事情を伝えた後、すぐに浴室へと引き返した。死体が発見されたら、すぐに転生を中止するためだ。

「まだなんですか、凜音さん。星影さんは確かに長風呂ですが、せいぜい一時間です。それ以上かかったら、心配して母親が見に来ます」

「分かってます！　死体の修繕はやることが多いんです……傷口の縫合、血液の補充、各器官の再起動。どうにか、あと数分で終わらせますから」

風呂に入ってから五十分余りが経っている。ギリギリだ。

僕は祈るような気持ちで凜音の作業を見守っていた。

彼は両手から伸びた糸を、パチン、と切り落とした。上がった息を整えている。

「終わりました。あなたの準備さえよろしければ、いつでも」

「もとより覚悟は出来ています」

凜音は頷くと、深呼吸をして、両手を前にかざした。僕の体がぼうっと光を帯びる。

始まった。そう直感が告げる。

「我が御名《みな》のもとに、転生の儀を執り行わん」

シャラン、シャラン。

凜音は鈴を鳴らしながら舞いを始めた。中性的な顔立ちは艶《つや》やかな色をたたえ、まっすぐ伸ばされた腕の先から鳴る鈴の音が耳に快い。美しかった。

「天界の扉よ、神の声を聞き届け道を開かん！」

――シャラン。

「彼岸《ひがん》に坐す魂の名は火村明。

此岸《しがん》に留まる死者の名は星影美空。

今ここに、火村明の御魂《みたま》を星影美空の御身《おんみ》に宿さん！」

凜音のその声を聴くと同時に、僕の意識はすうっと遠ざかっていった。

目を覚ます。水の感触が手を流れる。浴室の明かりに目が眩んだ。ああ、ようやく帰ってきた。五感のある世界。手で触れ、嗅いで、感じることの出来る世界。血の臭いが鼻をついて、やるべきことを思い出す。

体が赤い水に浸っていた。流れた血は体に戻さず、新しい血を作るというのは本当らしい。左手首には傷一つなかった。まずは証拠隠滅だ。風呂の栓を抜いて、血の混じった水を処分する。

僕はゆっくり立ち上がり、手を握ったり開いたり、足を上げたり下ろしたりしてみる。うん、動く。指はしなやかで、男のごつごつしたそれとまるで違っていて、病気じゃないのかと疑う程に美空の身体は繊細だった。浴室の壁には大きな鏡があり、その細い全身が映っていた。僕は思わず目を閉じたが、もう自分の身体になった以上嫌というほど見ることになることは疑いない。

彼女の人生を引き受けるとは、そういうことじゃないのか。僕は目を開け、もう一度自分の体を見た。

「せっかくだからもっとマジマジ見ればいいのに。これからその身体でお風呂入るのもトイレ入るのも明クンの役目なんだよ」

　思わず振り返ると、早苗がニヤニヤ笑っていた。

「どうやら上手くいったみたいだね。お母さんもまだ気づいてない。栓抜いたのはファインプレーだよ」

「……いつからだ？」

「へ？」

　僕は早苗に向き直った。

「いつから、お前の計画通りなんだ？」

　僕がそう言うと、早苗はくすっと笑った。

「えー？　それ、なんの話？　明クンはひどいなあ。アタシだって、目の前で人が死ぬところを見ちゃって深く傷ついてるのに」

　裸の少女と幽霊が浴室で疑惑をぶつけ合う。これほどシュールな絵面もないが、やめるつもりもなかった。

「お前と凜音で下界散歩をした時に、黒鉄学園に行ったのは偶然じゃない……。お前が勉強のためにあそこに行っていたのもそうだ。お前は、星影さんに前から目をつけていた」

「どうして？」

「黒崎とかいう刑事が企んでいた、阿久津の『弾劾裁判』だよ。あいつの動向を追っていれば、誰が参加するのか分かる。お前はそこで星影美空の名前を知り、追いかけた」

「だから、それってなんのため？」

「この子が自殺する恐れがあったからだ」

早苗がようやく言葉を切った。

「ここからはただの想像だけど、弾劾裁判の開催準備はかなり困難を極めたんじゃないか？もともと、そんな法律はないからな。色んな無理が通って開催に至ったことくらい分かる。その中で、参加者の一人が死ねば、どうなるか」

「……最悪、中止まであり得るかもね」

早苗は肩をすくめた。ほとんど認めたに等しい。

「そこでお前は、星影さんが自殺したとしてもリカバーが利くようにした。星影さんの体に誰かを転生させてしまうんだよ。そのために選ばれたのが僕だ。そこで、お前は僕と星影さんを会わせた。僕が元々星影さんを知っていたことも、お前にとっては好都合だったろうな。お前の計画通り、まんまと僕は星影さんに感情移入して、こうやって転生を自分から申し出た」

「……で？　それが正解だったら、どうするの？」

「お前を殴ってやりたい気分だよ」

彼女に手で触れられないと分かっていても、この怒りだけはどうしようもない。

「明クン、あのさあ、正義漢ぶるのもいいけど、アタシが何をしようとしなかろうと、星影さんが死ぬのは変わらなかったんだよ。アタシたちは決して現実に干渉できない。それは、嫌というほど分かってるでしょ？」

早苗の声はぞっとするほど冷たかった。

「だからって——」

「美空？　美空、どうしたの？」

僕らは言葉を切った。浴室の扉を見ると、母親が外に立っている。心配そうに胸を押さえているのがシルエットで分かった。

「どうしたの、誰かと電話でもしてるの？」

「あ、ううん、違うよ。歌、ちょっと、歌を歌ってて」

生前の美空の様子はずっと見てきた。彼女の喋りの特徴を再現することは出来る。ちらっと浴槽を見る。血が混じった水は全て抜けたようだ。まだ内側に残っているから、後で洗剤を使って掃除しておこう。

「ごめん、もうちょっとかかる。さっき、間違えて栓に足引っかけちゃったんだ。それで、今お湯足してるところ」

母親は扉の向こうで快活そうに笑った。

「あんたってドジねえ」

あはは、と僕は笑った。扉の向こうから母親が消えると、すぐに浴槽の掃除を始めた。体についた血も洗い流したけれど——血の臭いだけは、なかなか消えてくれなかった。

カッターナイフはタオルに包んで浴室から持ち出す。明日、近くのゴミ捨て場に捨てて来ようか。自分からゴミ捨てを申し出るのがいいかもしれない。

美空の部屋に入ると、彼女を喪った切なさが再度襲ってきた。

机の上に置かれた遺書を見る。

「それ、どうするの？」

早苗がまた背後に立っていた。もうすっかり慣れてしまって、特に驚かない。

僕は無言で遺書を二つ折りにすると、引き出しの中にあった封筒の中にしまい、引き出しの奥に隠した。

「なんで捨てないのさ。遺書なんて、特Aクラスの危険な証拠だよ。自分が死んで入れ替わってること、万が一にもバレていいの？」

「いいわけがない」

僕はぴしゃりと言い放った。早苗がグッと息を吞み込んだ。

「だけど、あの子の死を知っているのは僕だけだ。あの子の死を弔えるのは僕だけなんだ。忘れていいわけがない。……この遺書は、ずっと持っておく。僕が『星影美空』として生きる間、彼女のことを忘れないように」

「甘いなあ、明クンは。いつかその甘さが身を滅ぼさなければいいけど」

ほっとけ、と吐き捨てた。

「一度死んだ身とはいえ、人の命を駒のように扱いやがって」

「あれ、怒ってる？」

「怒らないと思ったのか。お前は僕の命を手駒のように扱った。こんなことをされて腹の立たんやつがいるとは到底思えないな」

　第一、と僕は続ける。

「お前も霊体なんだから、もしもの時にはお前が転生すれば良かっただろうに。さっさと僕を手放して、僕を妹と恋人に会わせてくれるべきだった」

「ギブ&テイクってやつだよ。裁判には、キミの妹のつかさちゃんも参加するよ」

「つかさが来るのか⁉」

　僕は思わず立ち上がった。

「ここで嘘ついてどうするの。ね？　明クンは妹に会いたいから蘇らせてほしい。アタシは蘇るついでに阿久津への復讐をしてほしい。しかも、明クンだって阿久津に見殺しにされた一人なんだから、復讐したい気持ちはあるでしょ？　じゃあ、何も文句を言われる筋合いはないよね？」

　妹に会えるのは嬉しいが、こいつのペースにだけは乗せられたくない。

「契約というのは条件を正しく提示して交わされるものなんだ。僕は優しい大人だから教えておいてやろう」

「分かったたって。悪かったと思ってるよ。でも自ら星影美空に転生しろだなんて、ご冗談」早苗は盃を持つような形で手を差し出した。まるでその手の平の上に僕を載せているかのように。

「下界になんか降りてどうするの？　全ての盤面を見渡し、盤面を操ることが出来る位置。現実に及ぼす力は微弱でも、手元にちょうどいい駒も手に入った。それなら自分から降りてあげる道理はないよ。アタシはゲームの観測者として、ずっと下界を楽しく眺めるの。自分の復讐が正しく成し遂げられるか、それを、ここからずっとずっと楽しく観劇するの」

子供らしい自己中心主義だ。目の前の九歳の姿のままの少女を観察しつつ思った。

「ゲーム、ね」

「ゲームだよ」早苗は上唇を舐める。「アタシが死んでからずっと、この世はアタシのゲーム」

この子は、若くして命を絶たれ、ろくに心を養うこともないまま、神様に師事するようになった。

「でも、アタシはずっと、この世界と関係のないプレーヤーにすぎなかった。目の前で景色が流れていくのを、ただただ、ずうっと見ていたの」

しかし、同時に彼女は寂しかったのだろう。死んでからのたった五か月だけでも、その寂しさ、無力感の一端は理解することが出来た。美空のために何もしてやれない、やるせなさも。

だから、僕は早苗のことを責めながらも、彼女の気持ちを理解できた。

「ゲームを動かすには駒がなくっちゃいけないからね。明クンを蘇らせたのは、ようやく指せた最良の一手の一つだったってわけ」

僕は天井を見上げながら、冷静になることにした。

「まあ、そう悪くはない取引だ。この裁判に参加すればじきにつかさに会うことが出来る。つかさはおそらく、弾劾裁判に参加し、阿久津から探偵の資格を奪うことで、復讐を成し遂げようとしているんだろう。裁判に参加することそのものが、つかさの復讐を止める一助になるかもしれない」

「でしょでしょ！」

「あまり調子に乗るな」僕は触れないことを分かりつつ、早苗の額にデコピンを食らわす。

「しかしそれも全てはお前の態度次第だ」

「……どういうこと？」

早苗は一瞬、借りてきた猫のようにおとなしくなった。

「こましゃくれた小娘がようやくおとなしくなったな」

「……だって、そんなに怒ることないじゃん。明クンがこれから行く裁判には、きっとあのペンダントも出てくると思うよ。アタシの事件の証拠品だから、十九年ぶりにね。その身体が不満なら、ペンダント持って自殺すれば、身体を替えることだって――」

僕がよっぽど怖い形相をしていたのだろう。早苗は「なんでもないです」と叫んで、ブンブンと首を振った。

「僕は星影美空の人生を生きる。彼女が果たせなかった思いを、絶対に遂げてみせる。それが彼女に対するせめてものはなむけだ」

早苗は「やっぱ暑苦しい正義漢だよ」と小さく呟いた。聞かなかったことにしてやる。

「というわけで、お前には僕が星影美空として立派に生きる第一歩をとことんサポートしてもらう。お前の立派な働きぶりは、僕が数十年後に死んだあと、じっくりと凜音様に奏上してやるとしよう」

「……う」早苗はまばたきをした。「脅迫ってやつ？」

「まさか」僕は言った。「誠意を見せろってことだよ」

それから裁判の期日までの一週間は、あっという間に過ぎた。

「美空、準備できた？」

玄関の方から母親の呼ぶ声が聞こえる。僕はスーツケースに着替えやドライヤーを詰めながら答えた。

「ちょっと待っててー」

「お迎えの車、来ちゃってるのよ！」

急いでスーツケースを引き、玄関に向かった。

「裏口ね」

「分かってる」

玄関のすぐそこには張り込んでいないが、その近くに記者が潜んでいるのを迎えの刑事——黒崎が確認していた。それを知って、黒崎は車を裏口に回させていた。お久しぶりです黒崎さん、と心の中だけで呟く。本人に言っても変な顔をされるだけだ。

「美空」

母の、といっても僕の母ではないが、母の温かい声がした。僕の胸元の飾りのリボンを整えて、一つ頷くと、優しく微笑んだ。

「うん！　これで大丈夫。立派よ、美空」

僕は頷く。

「行ってくるね、お母さん。ちゃんと自分なりのケジメ、つけてくるから」

トラウマを乗り越えて美空が一歩踏み出したとしたら、彼女は、どんな言葉を母親に伝えるだろう。やっとの思いで考え出した言葉を、ようやく伝えることが出来た。

母親は満面の笑みを浮かべた。目尻に少し涙が浮かんでいる。これが少しでも、星影美空の体を使わせてもらっている恩返しになればよいが。

美空の机の上に、新しく花瓶を置いた。家族には気分を変えるため、と言っているが、本当のところは美空への献花のつもりだ。少しでも、弔いになってくれればと願う。

「そういえば早苗よ。お前、年齢と発達段階に応じた化粧の仕方を心得ているんだったな」

「はい？」早苗は目を丸くした。

「それが誠意というものじゃないか？　裁判まであと一週間ある。それまでにこの星影美空をプロデュースしてみせろ」

彼女は驚いてしばらく言葉を失っていたが、やがて心底楽しそうな様子で笑った。

「たまにはいい思い付きを言うんだね」

さてそういうわけで、僕こと星影美空は今ではナチュラルメイクを施され、黒髪は美しく整えられ、水色のワンピースで清純派のコーディネートにまとめ上げられた。早苗の戦略には、僕にはよく分からないカタカナ語がひしめいていて、僕の装甲にもそれらのカタカナ語が施されているらしいが、面倒なのでワンピースと言って済ませる。

自分も晴れやかな気持ちになって、家を出た。

黒崎は僕の姿を見て、目を丸くした。ああ、いいね。そういう反応を待っていた。前に会った時とは、全然印象が違うだろう。

僕は黒崎を執事のように扱いながら、令嬢よろしくワゴン車に乗り込んだ。

「あなたが星影美空さんですか」

助手席には既に男が一人乗車していた。黒崎と同じくらいの年だ。

「初めまして。黒崎君の友人で、遠上蓮と言います。原告側代理人——ああ、分かりにくいですね。つまり、君たちサイドの弁護士ですよ」

「初めまして。星影美空です」

「何だか黒崎さんから聞いていた印象と違いますね。随分と美人さんだ」

はにかむように笑う技術もこの一週間で会得した。その成果を発揮しながら僕は言う。

「自分なりに、けじめをつけたいと思ったので……ちょっと、気合いが入りすぎちゃったかもしれません」

遠上は「お似合いですよ」と軽い口調で言って、ナビの操作を始めた。

黒崎は未だにきょとんとしていたが、記者から逃れるという大目的を思い出したのか、ほどなく車を発進させた。

もうすぐだ。

もうすぐ、つかさと再会できる——。その確かな予感に、僕はそっと、両の手を握りしめた。

第五章　再会、そして逆転　―一日目―

僕は夏の山が好きだ。優子と河口湖に行ったのも、山の空気を吸いたかったからだ。夏の熱気も、森の緑の中ではどこか爽やかに感じられる。

七月三十一日。セミナーハウス〈せせらぎの丘〉が僕らを出迎えた。

山地の一角。人里から隔絶された林の中にそびえる三階建ての建物だ。想像していたより大きく、玄関の広さや、床から天井までガラス張りになった食堂の様子を覗くだけで、随分金がかかっているのが分かる。私大だからお金をかけているのだろうか。というか、今の大学生、こんなところに泊まってるんだな。羨ましい。

後続の車からは、運転席から初老の男性、後部座席から三十歳前後の女性がそれぞれ降りてきた。黒崎からもらった訴訟参加人の名簿と、早苗からの情報を合わせると、相島雅夫と神木柚月の二名と見て間違いないだろう。柚月は手首に綺麗な真珠のブレスレットをつけていた。

神木柚月は車を降りるなり、「きゃあっ」と悲鳴を上げながら尻餅をついた。その拍子にスーツケースを蹴り飛ばしてしまう。

「だ、大丈夫かい」

「え、ええ。その、虫が飛んできたので、びっくりしてしまって」手でパタパタと煽ぎながら答える。「虫が苦手なのは、相島さんも知ってますでしょ？」

車の上の方に茶色い影が見えたので目で追ってみる。影が手近な木に止まると、どうやらクワガタであることが分かった。あれで驚いていたら、この三日は大変かもしれない。ムカデとかデカい蜘蛛とかいるだろうし。

「ああ、そうでしたね。しかし、まだなおってなかったとは。重症ですね」

「三つ子の魂百までって言いますもの！」

柚月はそう言い返して、地面に倒れたスーツケースをひっ摑み、ずんずんと歩いて行ってしまう。相島はふう、とため息を吐きながら、車のトランクにもたれかかった。淀んだ目というか、疲れきった男の目で、僕たちの姿を認めるなり取り繕《つくろ》ったように笑ったのが少し恐ろしかった。

僕たちは挨拶を済ませながら、セミナーハウスの玄関に向かう。僕、黒崎、遠上、神木柚月、相島雅夫。まだ五人しか到着していないようだ。

ロビーは何組かのテーブルとソファがある他は広々としている。知らない部屋に入った時はもちろんのこと、こういう無駄に広く、誰が遊んでいるか分からないような知恵の輪パズルなどがおざなりに飾られているロビーの光景を見ると、「ああ旅行に来たな」という感覚が込み上げる。山や海など、普段見ない光景を見るのも楽しいが、やはり旅先の拠点を得た時が一番安心する。

ここまで来たら、行った地方にしかないドリンク探しとか、売店のアイスを攻略するとか、普段の旅行でこなしているルーティンに入りたくなるが、はしゃぐのはまだこらえた。

玄関には恰幅《かっぷく》がよく、生え際の後退した男性が立っている。

「お待ちしておりました！　私は当館の管理人の金杉《かねすぎ》と申します。金が好きなおじさんで、カネスギと覚えてください！」

金好きおじさんは自分でツッコミは入れるわ自分で笑い始めるわで騒々しかった。若さと元気に溢れたパワフルな大学生たち相手の商売をするうちに、段々とこんな芸風になっていったのかもしれない。僕は感慨に打たれながら、親父ギャグに戸惑う女子高生らしい愛想笑いをした。

「それではまず皆さんをお部屋にお連れして……代表の黒崎様というのは、い、い……？」

「ああ、俺だ。ひとまず各部屋に荷物を置かせてもらって、その後に例の部屋を見せてもらおう」

「残りのお連れ様は？」

「じきに到着する」

かしこまりました、と金杉は答えて、てきぱきと僕らを部屋に案内した。二階にずらりと部屋が並んでいる。

「この二泊三日は皆様の貸し切りとしていますので、どの部屋を使っていただいても構わないのですが、連番ですと煩《わずら》わしいでしょうからある程度散らしてみました。どうでしょうか」

二階には二百一号室から二百二十六号室までの二十六室がある。東向きに二百十五までの十五室、西向きに十一室だ。西向きの四室分は自動販売機や椅子、テレビなどが置かれた休憩スペースになっている。部屋割りは次のようになっていた。

二百一号室　瀬川
二百三号室　遠上
二百五号室　黒崎
二百七号室　今本《いまもと》
二百九号室　宇田川（二日目から）
二百十一号室　三宮
二百十三号室　榊
二百十五号室　相島
二百十六号室　神木
二百十八号室　火村
二百二十号室　星影

「あの、この、今本さんと宇田川さんという方は？」僕は遠上に尋ねる。
「今本さんは三宮雄人さんが呼んだ筆跡鑑定人ですね。宇田川さんは相島早苗の事件の新たな証言者です」

新しい証人……。

僕らは部屋に荷物を放り込むと、再び一階に案内された。正面ロビーから右手には食堂があるのだが、案内されたのは左の方だ。いくつかの大きな部屋があり、〈会議室1〉〈会議室2〉と書かれたプレートの隣に、次のように書かれたものがある。

〈模擬裁判場〉

扉を開くと、簡易な作りながら、判事席、検事・弁護士席、仕切りを挟んで傍聴席が並んでいる。もちろん本物の法廷に比べれば迫力も荘厳さもなく、傍聴席などは十席ほどパイプ椅子が並べられている程度だ。

「うちの大学は特に法学教育に力を入れていまして、夏には法学系のゼミ、大学院生がこぞって模擬法廷を利用するほか、秋の文化祭では法学研究会の模擬法廷演劇が目玉です。そこで、我がセミナーハウスでは通常の会議室のほかに、模擬法廷を置いております」

「なるほど」相島が言う。「少々奇特ですね。こういう施設はいつでも必要なわけではないでしょうから」

遠上は笑って、「そのおかげで私たちも助かりましたけどね」と言った。

「各席や仕切りは床に固定されていないので、簡単に運び出せます。会議室がご入用の時は臨時の会議室に変身するというわけです」

取り外し可能ですらあるとは。簡素も簡素な法廷だが、黒崎はキュッと目を細めながら、うっとりしたように笑った。

「重畳《ちょうじょう》、重畳。我が宿敵を討ち取るのに十分な舞台だぜ」

「おっ、やってるね！」

その時、模擬法廷に入ってきた男が一人。くりくりした目が印象的で、声も陽気だ。

「んだよ榊、もう着いてやがったか」

「はっはっは、警察の証拠保管室を朝一で開けて、いの一番に着いてたのさ。警察車両で凱旋《がいせん》したよ」

「あの……榊さんはどうしてそんなものをお持ちで？」

柚月が小首を傾げながら尋ねた。榊の手元に目を移すと、裁判官が裁判中に静粛を求めて叩く木槌――ドラマやゲームでよく見るものだ――を握っているのが見えた。

「ああ、これかい！　いいでしょ。今日の裁判のためにわざわざ外国から取り寄せたんだよ。ガベル、っていうんだけどね、日本の裁判じゃあ叩かないんだよ」榊は木槌を軽く振った。

「そもそも私はこれを叩いてみたくて裁判官になったのにさ。日本じゃ使わないって聞いた時は移住まで考えたよ。でも、今回はある程度まで私の自由になる裁判だから、君たちさえよければ使わせてもらいたいと――」

「あのなぁ榊、お前……」

「ねーいいでしょ、黒崎ちゃん。一生のお願いだからー」

「……はぁ、もう何でも好きにしろ」

「やった！」

小さくガッツポーズを取ってから、ああそうそう、と榊は続けた。

「前の予定会場だったセミナーハウスあるでしょ。あそこにダミー班を偵察に向かわせといたんだけど、やっぱりうじゃうじゃいるみたいだね、記者たち。まだ会場変更には気付いてないっぽいけど」

「陽動作戦か、さすがだな」

「黒崎ちゃんの判断のおかげでしょ。この宿を見るのも午前中には飽きて、今まで観光に出てたんだ。ここの名産のびわが――」

「運び出した証拠は？」

榊はよく喋る口を閉じると、胸ポケットから鍵を取り出して言った。

「鍵をかけた私の部屋の中に厳重に保管してあるよ。係官も一人付けてあるから心配なし」

黒崎が「それを先に言え」と短く言い捨て、そっとため息を吐いた。

下界の様子を見てきた早苗から、榊は相当の変わり者と聞いていたが、傍若無人な振る舞いはまさしく大物といった風情だ。

「一度見せてもらっても構わねえな？」

榊は頷き、榊の部屋にその場にいた全員――黒崎と相島、柚月、遠上、僕――を招いた。金杉もついてきた。

榊は係官に命令して、手狭な部屋の中に四つのケースを並べさせた。奥行五十センチ程度のプラスチックケースである。陽炎村童謡殺人事件、私立黒鉄学園転落死事件、FOB連続見立て殺人事件、相島早苗殺害事件。四つの事件の証拠品がそれぞれ収められている。凶器だけでなく、衣服や微細証拠品など、遺留物の数々がひしめいていた。

「あと足りないのは、陽炎村事件の告発の手紙くらいだね」榊は言った。

「三宮さんがじきに到着すれば、持ってきてくれるはずだ」と遠上が応じる。

「ありがてえ」黒崎は言いながら、白い手袋を嵌めた。「中身も見せてもらっていいか」

「何なりと」

黒崎は相島早苗殺害事件の証拠保管ケースに手をかけた。阿久津透が事件当時着用していた衣服と靴下およびスニーカー、早苗のスケッチブック、クレパス、血が付いた傘、土が付いたバスケット。凶器の剣と、切断に使われた大振りの斧は、ケースに入りきらなかったらしく、梱包された上で榊の部屋の隅に運び込まれていた。

黒崎の手が、保管ケースの中から透明なビニール袋を一つ取り出す。中には小さな石のようなもの。シルバーのフレームに白いストーンが嵌め込まれている。

優子が持っていたペンダントと似ている。

「あ、懐かしい」

背後で早苗が言った。会話は出来ないが、目配せを送る。

「間違いないよ。あれはアタシが十九年前につけていたペンダント。正確には、紐がなくなって、ペンダントトップだけになってるけどね」

では、あれが現世にたった一つだけ残った凜音の骨の残滓《ざんし》だ。凜音の世界と現世を繋ぐ、最後の鍵。

黒崎は満足げに頷いた。傍目からでも高揚が伝わり、戦場に赴く武士のように見える。

「あっ、それよりみんな」榊はもう飽きたとでも言うように話を変えた。「三階にはもう上がった？」

「いえ、私たち、まだ着いたばかりで」と柚月。

「だったらさ、ちょっと見に行こうよ。面白いものが見られるから。面白いよー、まるで残虐博覧会だからね！」

「さ、榊さん、ですからあれは……展示前のもので、人にあまり見せるわけには」

榊は金杉の抗議もかまわず、その場にいた全員を先導して三階に向かった。柚月は「残虐博覧会」という言葉にやや怯えていたようだが、結局おずおずとついてきた。

三階には東側にぶち抜きの広い宴会場があり、宿泊用の部屋もいくつかあるようだった。

「阿久津君の部屋はこの階みたいだね」と榊は言いながら、三百一号室のプレートを示した。

「どうするか迷ったのですが、皆さんと同じ階に置くのもどうだろうかと思いまして」

しかし、榊の言う面白いものとはもちろん、他の客室と何ら変わりない阿久津透の部屋ではなかった。彼の目的地は、その部屋の隣、三階の西向きの端の一室だ。ネームプレートは外され、「関係者以外立ち入り禁止」の札がドアノブに下がっている。端っこの部屋が倉庫に使われているのだろう。

「榊さん」遠上はジトッとした目つきで榊を見た。「思いっきり立ち入り禁止とありますが、まさかあなたここに入ったのですか？」

「何しろ朝早く着いちゃって暇だったから。売店で買えるアイスの種類も暗記済み」

僕はアイスに反応して、思わず口を挟む。

「旅行先で買うアイスは、格別ですよね」

僕が思わず口に出すと、榊はくるりと振り返って言った。

「分かっちゃう？　夏場に買うアイス、旅行先で買うアイス――星影さんなら、三大アイスを挙げるとしてもう一つ何を挙げる？」

「深夜のコンビニで買うアイスですね」

榊は口元に笑みを浮かべたまま黙ったので、あれ、何か間違えただろうかと自分の中の美味《うま》いアイス体験を思い出そうとした。

「――分かってるねえ」

「それは良かった」

「はっはっは」

「ふふふ」

この人、変わり者だけど気が合うかもしれない。つまり僕も変わり者ということか？　と内心でツッコミを入れる。

「……それで、この部屋には何があったんだ？」

黒崎がイライラした声音を出した。

「これは失礼。じゃ、お目にかけよっか」

「あの、榊さん……」金杉はため息を吐いた。「はあ。もういいです」

榊は扉を開け放った。

陰惨で冷たい。それが目の前の部屋に対する第一印象だった。

室内はほかの客室と変わらぬ広さで、倉庫として使われているようだった。

部屋の中には所狭しと東西の拷問器具がひしめいていた。西洋のギロチン、アイアン・メイデンから、江戸時代の石抱きの刑に使われていたと思しき石板まで。ところどころ焼け焦げた十字架と、壁のフックに引っ掛けられた槍のセットは魔女狩りの磔《はりつけ》を想像させた。その傍の、槍より少し高い位置のフックには日本刀まで飾られていた。

「ふふふ……見てしまいましたね……」

背後からぬらあっと現れた影に、僕と柚月は手を握ってうひゃあと女のような悲鳴を上げてしまった。女のようなというか、今の僕は女なのであるが。

「うちの大学では、文化研究の一環として大学の敷地内に博物館を置いているのですが、その特別展示で拷問器具の展覧会を予定してましてね。ここでは、夏季休業中にその博物館に運び入れる予定の展示物を保管してあるのですよ」

「それはまた」相島が言う。「少々……いえかなり、奇特な話ですね」

「いえね。博物館には置けるだけのスペースはなく、今の時期はまだセミナーハウスでの合宿もありませんので、保管しておいてもいいと考えていたのです。しかし、急きょそちら様の予定が入ったものですから。ああいえ、責めているわけではなく……」

金杉は慌てて取り繕った。

「そちら様の宿泊が終わる頃に、大学と博物館も夏季休業期間に入りますので……。その時に博物館に運び入れる予定なのですよ。この度の特別展示の目玉はアイアン・メイデンとギロチンでございます。ほら、もうそれ用の準備もしていまして」

金杉が指さした方を見ると、部屋の中心にはでんと構えたギロチン台が、キャスター付きの台車に載せられていた。いつでも運び出せるようにしてある、というわけか。

それにしても物々しいギロチン台である。人一人寝そべることの出来る大きなサイズの台だ。寝そべった人間は、木の板に穿《うが》たれた丸い穴から首を出し、そこに刃が降りてくる……。刃が斜めになっているのは、首を切断しやすくし、罪人の苦痛を減らすためであるというが、蛍光灯の光をてらてらと反射しながら血を求めているその刃は、背中にぞっとするような寒気を残していった。

「す、すごい、この刀。本物ですよ」

僕は少し背伸びをして、壁の高い方のフックに掛けられた刀に手を伸ばす。火村明だった頃よりも随分背が低くなったから、こんな動作も大変だった。しかしやはり、僕も元は男の子なものだから、こういうものを見るとちょっと興奮してしまう。

「はい、正真正銘本物でございます。何しろ、今回の特別展示のウリは、過去に実際に使われた拷問器具、処刑器具ですので——」

腕に感じる感覚がびっくりするほど重くなった。

「その刀は、江戸時代の首切り役人が実際に使っていたものでして……」

「あ、もういいです」と僕は早口で言った。同時に刀を元の位置に戻す。柄《つか》を窓の方に向けて置いてあったと思うので、その通りにする。

改めて見ると、確かに槍などは大分古ぼけている。刃先にも少し錆《さび》が浮いてしまっているし、何より磔にして火炙《ひあぶ》りにした人間を突くための道具であるためか、柄の部分が異様に長い。全長二メートルは軽くあるだろう。それに引き換え、日本刀とギロチン台はよく手入れされているようだ。

「どうだい！　面白いだろ！」

榊は無邪気な子供のごとく目を輝かせながら言った。

「ああ……まあ。今回の一件に役に立つことはなさそうだがな」

黒崎が冷静に言い添えると、えー、と榊はむくれる。遠上はその様子を見て、額を押さえながら小さく首を振っていた。

……なるほど変わり者であることは重々分かった。しかし、これが本当に優秀な男なのだろうか？

僕は内心首を捻った。

榊の思い付きで始められた奇妙な見学活動を終えて下に降りると、一階のロビーでは更に役者が増えていた。

壁にもたれかかって腕組みをし、眉根を深く寄せたがっしりした体格の男が一人。黒崎が声をかけたので三宮雄人であることが分かった。彼の脇には眼鏡をかけた中年の男がいて、恐らく筆跡鑑定の専門家の今本と察せられる。

ロビーのソファに深々と腰を下ろし、尊大に脚を組んだ男。阿久津透だった。上下を黒い背広で整え、キザなシルクハットまで合わせている。こちらの感情を逆撫でするコーディネートを、あえて選んできたとしか思えない。ズボンのベルトからチェーンが一本伸び、ポケットに繋がっているが、その銀色のチェーンがまたキザだ。服装は鬱陶しいが、荷物は小振りなスーツケース一つだけだ。

その向かい側には、落ち着いた様子で椅子に深々と座っている白髪のお年寄りが一人。

「おお、瀬川邦彦さんじゃん」背後に憑いた早苗が言った。「阿久津透の十九年前の刑事裁判で弁護士だった人だよ。阿久津家の顧問弁護士らしくて。もう六十過ぎだから、体に鞭《むち》打って動いているようなもんじゃないかな」

――何だ、いたのか早苗。

「何だいたのか、って顔だね。あ、そういえば、今キミはアタシが見えてないふりをしないといけないんだから、何も言い返せないよね。今のうちにたくさん悪口言っとこ」

やーい明クンのオタンコナス、明クンの妹ストーカーなどなどあらん限りの悪口を耳元で注ぎ込まれる。周りに誰もいなかったら、今すぐにでも言い返してやるんだが。

早苗のことは気にせず、もう一人の役者に目を移す。

今、ロビーの扉が開き、ちょうど部屋に入ってきた女性——よく見知った顔だ。

つかさ。

火村つかさ。

ようやく会えた。少し近付けば触れられる距離に、あれほど言葉を交わしたかった妹がいる。幽霊として見ていた時と違い、本当に近付けば触れられるのだ。

僕の足は一歩、前に出ていた。しかしそこで立ち止まる。こんなこと、どう説明すればいい。目の前にいるこの女子高生は、実は君の兄が転生した姿で、こうして再会を果たすことが出来たのだとでも？　凜音のこと。早苗のこと。どんな風に説明すればいい？

美空として生きるのに精一杯で、つかさと会った時のことをまるで考えていなかった。とんだ間抜けだ。

その時。

首筋に強烈な視線を感じて振り返る。

振り返った時点では誰もが下を向くか誰かと話すかしていて、僕の方を見ている様子は微塵《みじん》もなかった。しかし、確かに視線を感じたのだ。

その視線に気を取られている間に、つかさはずかずかとロビーの奥に歩いていき、阿久津の隣の席に陣取った。

「お久しぶりね、阿久津。元気にしてた？」

阿久津はゆっくりと目を見開く。

「ああ、久しいね火村つかさ。今では大手の探偵事務所でバリバリやっているそうじゃないか」

「おかげ様で。あんたも仕事は順調なようじゃない。先日も密室殺人を一つ解いたとか。ご精が出ますねえ」

「前にも言った通り、探偵には本来助手の存在は不要なのさ」

「でも、探偵は資格を失えば探偵ではいられない」

つかさは立ち上がると、声を荒《あら》らげた。つかさの眼の中には、炎がめらめらと燃え上がっているかのようだった。

「あんたはこれから、探偵でなくなる」

「全ては正当な裁きのもとに」阿久津は笑った。「しかし勝つのは僕だよ」

「虚勢を張るのはやめなさい」つかさは言った。「あんたは必ず負けるわ」

榊が阿久津とつかさの間に立ち、パンパン、と手を叩いた。

「はい、二人ともそこまでにしようね。それ以上の論戦はぜひ法廷で」

まったくもって不穏な成り行きである。謎の視線の正体も分からぬまま、訴訟参加人の間には険悪な雰囲気が立ち込めていた。

訴訟の一日目は、もうじき始まる——。

刑事訴訟の手続きに沿って進行する裁判は三日にかけてスケジュールが組まれていた。

【一日目　冒頭手続き
　　　　審理①陽炎村童謡殺人事件
二日目　審理②私立黒鉄学園転落死事件
　　　　審理③ＦＯＢ連続見立て殺人事件
　　　　審理④相島早苗殺害事件
三日目（午前中）判決申し渡し】

さて。午後二時。役者が全員揃って、模擬裁判場に集められた。

本物の法廷では、傍聴人が出入りする扉と被告人や裁判官たちが出入りする扉は分けられているが、手狭なこの模擬裁判場には出入り口は一つしかない。傍聴席代わりのパイプ椅子十席が部屋の入り口近くにずらりと並び、仕切りの柵を隔てて、裁判のセットが配置されている。検事席と弁護士席が向かい合い、部屋の中心に証言台が構えている。裁判官席は部屋の一番奥に配されていた。

傍聴席には、僕、火村つかさ、三宮雄人、相島雅夫、神木柚月、黒崎謙吾、筆跡鑑定人の今本次郎《じろう》が列席している。皆、程度の差こそあれ緊張した面持ちである。

遠上蓮と瀬川邦彦は、刑事裁判で言う検事席と弁護士席にそれぞれ陣取り、視線で火花を散らしていた。遠上の方の机には、陽炎村と黒鉄学園の事件の証拠保管ケース、計二つが載せられている。

　仕切りの向こうで、傍聴席に背中を向けて座っているのが、被告人の阿久津透である。

　裁判官の席は未だに空席だった。

「起立！」

　係官の声に驚いて振り向くと、部屋の扉のところに榊遊星が立っていた。砕けた口調で話す道化者の表情はどこへやら、黒い法服を身にまとった榊はキリリと引き締まった表情で、いかにも厳粛な裁判官といった様子だ。服装と雰囲気というのは不思議なものだ。

　傍聴人たちが立ち上がり、榊の着席を待って腰を下ろした。

「それでは、ただいまより、本邦初の探偵弾劾裁判を開廷する！」

　僕は、榊遊星のよく通る声を聞いて、いよいよこの時が来たのだ、と身の引き締まる思いだった。

　阿久津透の姿を見る。表情は見えないが、背筋は上から吊られたようにピンと立ち、不気味なまでに落ち着いた様子だ。

　そして、傍聴席に目を転じると、つかさの姿が目に留まる。彼女は燃えたぎるような瞳を、阿久津透に向けていた。

　その眼を見て、もう一度決意を新たにする。

　――僕は必ず、妹の復讐を止める。

　――そのために、ここに戻ってきたのだ。

阿久津に対する人定質問を終えると、原告側代理人による訴状の朗読がなされた。それぞれの事件についての原告側の主張を簡単にまとめると以下の通りである。

①被告人は陽炎村事件の解決に際し、犯人に告発文を送り死に至らしめ、推理による解決を放棄した。よって探偵の義務に著しく違反した。

②被告人は黒鉄学園事件の解決に際し、不必要にプライバシーを侵害した。よって探偵に課される注意義務に著しく違反した。

③被告人はFOB事件の解決に際し、故意に解決を遅延させ、犠牲者を増やした。よって探偵の職務を甚《はなは》だしく怠った。

④—1　被告人は相島早苗殺害事件において、推理の誤りを認めずに十九年間放置した。推理の修正は任意に行えたにもかかわらず、被告人は何らの措置も講じていない。よって探偵の職務を甚だしく怠った。

④—2　被告人は同事件において、真犯人の存在を隠匿するためにXを犯人とする一連の推理行為を行った。思うに、探偵には真実追究義務が課されるのであり、故意に真実を隠匿することは許されない。よって探偵の職務上の義務に著しく違反した。

④—3　被告人は同事件において、相島早苗を殺害し、その死体を損壊した。殺人犯が探偵にふさわしくないことは言うまでもない。よって探偵としての威信を著しく失うべき非行にあた

る。

僕には、相島早苗殺害事件について三つもの訴因が掲げられている理由が分からなかった。早苗曰く、六人集めることがこの訴訟の条件だったというから、遠上たちも無理をしたのだろうか……？　同じ思いは黒崎以外の傍聴人も共有していたようで、僕らは困惑したように視線を交わし合った。

ついで被告人に対する黙秘権の告知がなされ、最後に被告人に対して事件に対する陳述が促された。

阿久津はそれぞれの事件について簡潔にコメントした。全体的な主張としては、自分の解決行為はいたって正当なものであるというものだ。それぞれの事件に関わる主張は次の通りである。

①犯人・三宮朱莉を自殺に至らしめた事実はない。

②自分の推理は全て必要不可欠だった。不用意にプライバシーを侵害した事実はない。

③自分は正当な手がかりをもって天童勇気を犯人と指摘した。証拠の捏造には手を染めていない。

そして、④に対する主張は次の通りだった。

「自分はXの存在について正当に立証した。Xが見つかっていないのはひとえに警察の無能にすぎない。あまつさえ全ての証拠が僕のデッチ上げのように言われるのは甚だ心外というものだ」

黒崎が鋭い抗議の声を上げ、榊に注意された。瀬川は一言も口を挟まずにこの挑発的発言を聞いていた。さながら死地に赴く武士の忠義である。

……ほどなく、陽炎村童謡殺人の審理が開始された。

遠上蓮の冒頭陳述では、犯人・三宮朱莉に送られた告発の手紙について、当該手紙の筆跡が阿久津透のものと一致することを証明すべく、筆跡鑑定の専門家を召喚すると主張された。

一方、瀬川邦彦は筆跡鑑定の結果については強調せず、訴因の「告発の手紙をもって死に至らしめた」点を捉え、自殺に至らしめようとする意思まであったかに注目してほしい、と促した。連続殺人の次なる犠牲者を未然に防いだことも強調した。

まずは事件のあらまし、あるいは三宮朱莉の事件中の様子を確認するため、三宮雄人が証人喚問された。

証人は一人一人宣誓を行う。その時、宣誓書に判を押さねばならない。僕も事前の説明で、判子を持ってくるように言われていた。

「あれ?」

三宮が声を上げた。

「どうかしましたか」

「ああいえ。名前の欄が空白になっているので……」

三宮が宣誓書を榊に見せた。

「ふむ……確かに、名前が書いてありませんね。今回は予定通りの証人しかいない、迅速な裁判なので、名前を打ち出しておくように言ったのですが……」

「もももも、もしかして」係官が前に進み出て、裁判官席に泣きついた。「私のミスでありますか？」

「そういえば、書類は全て君に任せてありましたね」

「は、はい……」

「仕方ありません。申し訳ないですが三宮さん。今ペンと机を持ってこさせますので、判子の隣に名前の記名をお願いします」榊は係官の方を見ると、こう言った。「……ふふ、君の次の給与査定、楽しみだね」

係官は大汗を掻いていたが、僕は僕で「危ないところだった」と心の中で汗を拭っているところだ。星影美空に転生してから一週間。ほとんどをファッションやら過去の話や弾劾裁判にまつわる事情を早苗から聴取することに費やしていたが、「星影美空」の名前くらい書けないとまずいと筆跡を徹底的に真似る練習をした。筆跡を虫眼鏡で拡大して、細かい特徴までなんとか真似た。

今、証言台では三宮雄人が、運ばれてきた机の上に宣誓書を載せ、左手で紙を押さえてサインを書いていた。問題は、あのような衆人環視の状態において、流暢《りゅうちょう》にサインを書けるかどうかだった。自分の名前なのだから書くのにまごつくわけにもいかない。

それにしても、法服を着た榊の口調は、法廷外での様子とは打って変わってフォーマルになっており、違和感は尋常ではない。だが、あの人を舐め切った口調で公判廷にも出ていたのならば、法曹界を追放されかねないであろうから、こっちが表向きの顔なのだろう。

さて。審理①では、三宮雄人の次に、筆跡鑑定の専門家・今本次郎が召喚され、阿久津透の筆跡と告発の手紙の筆跡が一致することを、しんにょうのはらい方やら漢字のハネの部分などを要所要所取り上げながら解説した。瀬川の反対尋問も大した効果を上げなかった。

むしろ、瀬川の功績は次の二点に求められる。第一に、阿久津の被告人質問を通じ、阿久津に犯人を自殺させる意思がなかったことを印象付け、連続殺人を止めた功績を強調したこと。第二に、犯人が自殺した探偵機関の実例を種々列挙し、阿久津の行為にそれほどの悪質性がないことを主張したことだ。

引き続き行われた審理②では、私立黒鉄学園での転落死が扱われた。星影美空に横恋慕していた男子生徒・坂巻の自殺事件——。

原告側の主張は、阿久津が推理行為によって不必要に事件関係者のプライバシーを侵害したという点にある。阿久津の推理行為が正当なものであったのか、それを証言するため、事件関係者の代表として美空が呼ばれたわけだ。美空と顔を合わせることを避けるためか、審理②の局面では多くの供述書類が証拠として提出され、果たして売春グループ、いじめ、体罰、あるいは坂巻の美空に対する片思い等を解き明かすことが、坂巻自殺説を立証するために必要であったかにつき激論が交わされた。僕は証人として証言台に立ち、案の定サインを書かされたが、自分ではなかなか上手くやれたと思う。

僕は証言台で自分の事件後の様子を語った。周りの見る目が変わらなかったこと、精神的に落ち込み、うつ状態になったこと。阿久津の表情はぴくりとも動かず、反応は読めなかったが、つかさは目を見開いて、後ろめたそうに唇を噛んで俯いていた。妹も僕と同じで、事件の後の関係者をじっくりと追ったことがなかったのかもしれない。

「探偵裁判という新形式を考えるにおいて、この審理はとても興味深いものだったと思います」と榊は審理の終了後にコメントした。「探偵が当時所持していた情報をクロノロジカルに捉えつつ、そこから導き出しうる推論を第三者の目から精査する。まさしく推理に純化した探偵の特性を鏡のように映し出す訴訟の形と言えるでしょう」

第一日目の審理を終えると、午後七時になっていた。皆は模擬裁判場から食堂へとガヤガヤと移動する。

僕が「ああ一仕事終わった」と山菜の天ぷらに舌鼓を打ち、「女子高生じゃなかったら飲むんだけどなあ」と内心で愚痴ってお茶を飲んでいると、ヌッと机の下から早苗が現れて茶を吹き出しかけた。その時立てた下品な音は誰かの咳でありがたくも掻き消された。

「あっはは、驚いた？」

――お前、今までどこにいたんだよ。

僕は目力《めぢから》で頑張って伝える。あれだけ興味を抱き、僕を送り込んでまで成立させようとした裁判を見にも来ないのはおかしいではないか。

「今と同じ。判事席の下で体育座りして隠れてたんだよ。幽体とはいえ、物を挟んでれば見えないのは、今のドッキリで伝わったでしょ？」

何でまた、と目配せする。

早苗はその場でくるくる回りながら答えた。

「だってホラ、裁判ってのは真面目に進行しないといけないからね。そのくらいは九歳児でもわきまえてますよって。アタシの姿が絶えず見えたら落ち着かないでしょ？　だから、判事さんの下で『傍聴』してたってわけ」

彼女の声を聞いていたら茶がまずくなってきた。ここに十数人集まっていなければ、すぐにでも皮肉の応酬を繰り広げるところだ。

食事を済ませると、遠上が「六人の訴人は八時に一階の会議室2に集合すること」と事務連絡を告げた。

「まずは三宮雄人さんと星影美空さん、お疲れ様でした。大役を果たしましたね」

遠上の労《ねぎら》いの言葉に迎えられ、僕はじんわりと胸が温かくなるのを感じた。三宮は毅然として頷いていたが、気持ちは同じのようだ。

しかし、黒崎の冷めた声が響いた。

「今日の審理は結局」黒崎はこめかみを揉みながら言った。「決定打にはなりそうもねえな」

「そんな」と僕は言った。「頑張ったのに」

「嬢ちゃんはよくやってくれたよ。家にいた頃とは大違いだわな。堂々と、ハキハキ喋っていて、立派なもんだったぜ」

口が悪い男だからこそ、褒められて悪い気はしない。

「しかし、勝利という点から見ると、やや足りないのは事実なのさ」

「と言うと？」と三宮。

「まず審理①だ。筆跡鑑定の結果は崩されなかったが、阿久津に殺意があった等、『職務上の義務に著しく違反した』事情までは示せたとは到底思えねえ」

「事例の列挙が効きましたね」と遠上。

「……推理小説でも、ラストで犯人、よく死んでますものね」柚月はぽつりと言った。

「阿久津が告発の手紙を送った、という事実はそのまま自殺に至らしめる意思があったことに直結はしねえわな。むしろ、物証がないからこそ、自白を促した可能性の方が取りやすいわな。手紙の文面自体からも犯人の心情を過度に圧迫する表現は見当たらん。まったく忌々しいこった」

「あるいは」遠上が言った。「証拠を見つけるのを怠っていた、という事情があれば先ほどの義務違反、あるいは『職務を甚だしく怠ったとき』でも攻められました。ところが、阿久津君が犯人の自殺直後に状況証拠を大量に挙げている以上、職務を怠っていたとは言えません」

「三宮さんを容疑者から除外した利き手に関する手がかりの検討からしてそうですね」つかさが言った。「実務上、昨今では利き手にまつわる推理の価値は逓減《ていげん》しています。探偵機関が設立されて、探偵の目を欺こうとする犯人達がまず最初に考えた手でしたから。利き手と逆の手の訓練をしたり、利き手が本来と逆であると思わせるように事件関係者の前で行動しておいたり。ですから状況証拠としてすらもはや利き手に価値はない。それでも、阿久津は裏の検討まで完璧にやってのけて、犯人の利き手が右であることをしつこく証明してみせた」

「それ一つとっても、職務を怠っていた、とはとても言えねえわな」

そんな、と三宮が声を震わせた。

「それでは——それでは朱莉が浮かばれないではないですか」

「いんや」黒崎は立ち上がった。「あんたの放った矢が重要な先鋒《せんぽう》であることに変わりはねえさ。あんたはとても良くやってくれたぜ」そして、力強く頷く。「あんたの妻の仇は、明日しっかり取ってやる。安心しろ」

口こそ悪いものの、その眼光に宿る決意は本物である。三宮はホッと息を吐いて、「信じますよ」と答えた。彼も、肩に重荷を抱えていたんだろう。

「それで、私の件は……」

「審理②ですね」遠上が僕の言葉を引き取る。「探偵倫理規定には、『探偵は、過度に事件関係者のプライバシーを侵害してはならない』、という規定が設けられています。君、もしくは学園関係者のプライバシーが侵害されたことが、これに当たるならば義務違反になる。ところが、今回の事件ではこれに真っ向から抵触するようなもう一つの規定があります」

「『探偵は考えうる限りの可能性を検討し、消去し、それが唯一の解答と信じられるような解決を行うよう努めなければならない』ですね」

つかさが指摘すると、遠上は頷いた。

「阿久津があらゆる可能性を検討し、『坂巻自殺説』に辿り着いたことはこれに当たるとも言えます」

「この規定が問題になることはあまりありません」つかさは続ける。「なぜなら、実務では消去法がなじまないケースが往々にしてあるからです。倫理規定の起草者も、この点に鑑《かんが》みて、強行規定にせず、『～よう努めなければならない』という努力義務規定として、この規定を置いたと考えられています。倫理規定の基本理念・目的、あるいは探偵かくあるべしという方針を表明したものにすぎず、違反したからといって当然に刑事責任を問われることはありません」

「さすがに探偵助手だけあって詳しいですね」

遠上は言って、僕の方に向き直った。女子高校生に嚙んで含めるように、ゆっくりと言う。

「法律が課す義務には、今言った努力義務と、『しなければならない』と断定された通常の義務があるのです」

そのくらい知っている、何せ前世は刑事だったんですから――とは口が裂けても言わない。僕は初めて聞いた知識を咀嚼《そしやく》しているような顔を作って答える。

「えっと、じゃあ、プライバシー保護の方が通常の義務で、消去法を要求するのが努力義務、って、ことですね。それなら、プライバシーの方が優先されそうですけど……」

「そうですね。しかし、ここが今回の弾劾裁判が初めてのものであることの厄介《やつかい》さで、この規定が訴訟の俎上《そじよう》に載ることが今まで無かった。努力義務違反で刑事責任を問うことは出来ないにせよ、行政指導の対象にはなります。まったく守らなくていいわけでもない。文言上は努力義務でも、ここに重み付けをすることもありうるかもしれない。今回の事案において二つの義務のどちらが優先されるか——少なくとも、榊さんはどう考えるか。最終的には、私たちには分からないのです」

「この事案が」つかさが割って入る。「少なくとも消去法に馴染むことも判断の要素としては大きいですね。坂巻自殺説は当初誰もが考えたことでしたが、坂巻名義の告発メールが一斉送信されて殺人事件の可能性が生じ、動機を持つ人間も雨後の筍《たけのこ》のごとく生じました。転落死の状況からは自殺とも他殺とも分からなかったので、動機を持つものを一人一人洗っていく……捜査手法としてはいたって正常なものでした」

ですが、と言って、つかさが立ち上がり、僕に向けて頭を下げた。

「もちろん、星影さんの私生活に深く立ち入ってしまい、傷つけてしまったことはお詫びいたします。本当に申し訳ありませんでした」

「えっ」

僕は、なぜ妹が僕に頭を下げているのか、とひとしきり困惑してから、自分が星影美空当人であったことを思い出した。

「そんな！　やめてください、つか……火村さん。あなたに謝っていただくことではありません。私の心が弱かったのがいけないんです」

僕の言葉に反応して彼女が顔を上げる。いいえ、と彼女は首を振る。

「あなたは強い人だと思います。こうして、裁判に堂々と立ち向かわれたのですから」

つかさは優しく微笑んだ。

それは兄の僕に向けていた笑みとは全てが違っていた。「もう兄さんはしょうがないな」と呆れた時の微笑み。高校の文化祭の演劇を観に行って「観に来ないでって言ったのに」と不満げに漏らしながらはにかんだ微笑み。探偵助手の仕事、頑張っているらしいじゃないかと食卓で声をかけて「兄さんは最近どうなの？」と聞いて誤魔化した時の微笑み。そのどれとも違う。それらとどう違うのかを言葉にすることは難しかったが、きっと彼女が母になった時、こんな微笑みを浮かべるのだろうと思った。

彼女に、復讐などさせてはならない。

その気持ちを新たにする。

何にせよ、と黒崎が声を上げた。

「勝負の行く末を決めるのは明日になりそうだぜ」

「そうなりますね」と遠上が応じる。「明日は、審理③で火村つかささん、審理④で黒崎謙吾さん、神木柚月さん、相島雅夫さんに証言していただきます。明日の午前中に、宇田川朴人さんが到着して、彼も証言台に立つ予定です。それでは、明日の証人の皆さんに、当方の手札あるいは戦略についてお話しします」

そうして、遠上は長い話を始めた。訴状朗読の際には意図が分からなかった三つの訴因について、その三つが事件の勝ちパターンを網羅していることを聞かされ、いたく驚いた。つかさや三宮、柚月なども同様だったらしい。僕たちの感心の表情を見て、黒崎と遠上は鼻高々といった様子だった。

次いで、遠上は宇田川朴人という証人がどのような証言をするのかについて話した。

「それ」つかさはガタッと立ち上がる。「本当ですか?」

「大マジさ」と黒崎は笑う。

驚くべきことだった。そんな証言が出てきたのならば、もはや阿久津が証拠に手を加えたことは疑いようがない――。

打ち合わせが終わる頃には午後九時をまわっていた。

＊

「……おおい、ユーレイ。おらんか、ユーレイ。早苗、来てくれ早苗」

自分の部屋に戻ってから、とある重大な事柄に気が付いて、ベッドに倒れ込んだ。問題の解決策を考えた末、悔しいが早苗を呼ぶしかないという結論に至ったのだ。

はいはい、と早苗の気怠い声が答えた。

「呼ばれて飛び出て～早苗ちゃ～ん」

「早苗」目の前に現れた早苗に正座で向き直る。「僕は大変なことに気が付いたんだ」

「お、なになにシリアスな顔して。何か新しい手がかりでも見つけた? それとも……ま、いいや。言ってみ言ってみ」

「この部屋、風呂がついていない」

「ん？」早苗が首を捻る。「うん」

「つまり風呂は一階の大浴場のみ」

「ん？」早苗は目を瞬く。「うん」

「ピンチだ。ぜひ協力してほしい」

「うん!?」早苗は顎を突き出す。

ごめんごめん待って、と早苗が手を振った。

「ちょっと分かるように説明して」

「事の重大さが分からないのか。風呂は大浴場しかないんだぞ。女風呂の大浴場だ。僕はそこに入るしかない自分の体を見るのはさすがに慣れたが、他の女性は……。うっかり入りに行って、つかさや柚月さんと居合わせたらどうなる！　僕は妹の裸を見るわけにはいかない！　まして柚月さんなんて美人までいて……ぶっちゃけちょっと色気を感じている。しかし、他人の妻の裸を見るなんて……」

風呂は十二時までしか開いていない。残り三時間もないので、ちょっと焦ってきた。

僕の危機を理解することもなく、早苗は腕を組んで、はあ、と深いため息を吐いた。

「……男ってみんなこうなの？」

「いやしかしだな」

「あんさあ、ドーテーってわけじゃないんでしょ？　彼女いたんだから。いちいちこんなことで呼び出さないでくれる？」

「だが女風呂だぞ。童貞か非童貞かじゃないだろ。侵されざるべきサンクチュアリだぞ」

「明クン言ったよねー。これから星影美空の人生背負っていくって。正義漢ぶってさー。じゃあさ、今後の人生で旅行とかレジャーとか行った時どうするの？　多分同じ理由で更衣室とかもダメでしょ。いちいちそれ出来ませーんって言ってくの？」

僕はあまりに真っ当な指摘にたじろいだ。

「そ、それは……ゆくゆく慣れていく」

「じゃあ頑張って。今日が最初の一歩」

うむむむ、としばらく唸りながら考える。

「ううん、やっぱりダメだ。今日だけ、今日だけは鉢合わせを避けたい。早苗、頼む。女風呂を看視して、つかさと柚月さんの入浴が終わったら呼びに来てくれ」

「えー、イヤだよ、めんどくさい。お風呂なんて一日入らなくてもいいじゃん」

「ここまで来るのも大変だったし、裁判はやっぱり緊張して汗を掻いた。花の女子高生が風呂に入らないのもちょっと不自然じゃないか？」

今度は早苗がうむむむ、と唸る番だった。

「……はぁ。分かったよ。女風呂の様子を見て報告すればいいのね？」

「頼んだ！　一生恩に着る！」

「アンタ一回死んでるじゃん」

早苗の呆れ声は階下にゆっくりと消えていった。一階の大浴場に向かったようだ。これで本日最大の危機は回避されるだろう。

ベッドに倒れ込んだまま、天井を見つめて今日のことを考える。

今日は色々なことがありすぎた。裁判、謎めいた拷問器具の「保管庫」、あるいは妹のこと。

――あんたはこれから、探偵でなくなる。

ロビーで阿久津と再会を果たし、憎しみのままに言葉をぶつけていたつかさ。

――殺してやる。

阿久津の探偵事務所で発せられたあのつかさの言葉。

あの時、火がついた感情は今なお力強く、つかさの心に根を張っているようだ。

身近な人の死は人間を変える。僕は優子を失った経験から、それを身をもって知っていた。

しかし、その一方で、僕つまり星影美空に向けて優しい微笑みを浮かべるつかさの姿も浮かぶ。身近な人の死は人間を変える、それでも、変わらないものもある。

つかさの復讐は絶対に止めなければならない。僕のために復讐するようなことは。

しかし、僕が生きていることを妹にどう伝えて良いのかという段になると――僕にはまるで考えつかなかった。いつ、どんな風に話せば、僕が星影美空ではなく、火村明であると、つかさに信じてもらえるだろうか。

……先ほどから同じような思考を三回は繰り返している。僕は舌打ちをしながらベッドから跳ね起きた。

「だめだ、こんなことをしていても始まらない」

部屋を出て、気分を変えることにしよう。早苗からの報告は上がってこないが、まあ探させるくらいさせてもバチは当たらないだろう。

部屋を出ると、間の悪いことに阿久津とすれ違ってしまった。

「あ。阿久津さん……」

「やあ、星影さんか。今日はご苦労様だったね」

彼は平然とした顔で首を傾げる。こんな風に無邪気な顔をしていると、果たして弾劾されるほど悪い奴なのだろうかという心持ちが湧いてくる。

「……あはは、いいんですかね。仮にも敵同士が、こんな風に話してて」

「世間話くらいなら構わないだろう」

――こいつが早苗を殺したんだろうか？

いや、人を殺しておいてなお、こんな顔が出来るのが恐ろしいのかもしれない。

「じゃあ、一つ世間話でもしましょうか」

彼は微笑んで続きを促した。

「阿久津さんは本当に、相島早苗さんを殺害したんですか？」

「さあ、どうだろうね。それを考えるのが、君たちの仕事じゃないのかい。というより、これは世間話の範疇《はんちゅう》をアッサリ逸脱しているよ」

「そうでしたね」

「君は随分面白い女性になったね」彼は口説くような口調で言う。「物怖じせずに話し、気の利いたジョークも飛ばすようになった。今日の証言のように、閉じこもっていた時期があるとは思えないくらいだ」

「そのまま私の以前の話をすると、原告側の訴人たる私を過度に精神的に圧迫することになって、世間話の範疇をアッサリ逸脱しますね」

くすくすと阿久津が笑った。

阿久津は三階の自分の部屋に帰るのだろう。階段に向かう廊下を二人で並んで歩いた。

「変なものだね」

「……何がですか」

「隣に人がいるなんて、久しぶりなんだ」

声が弾んでいた。心なしか、さっきよりも顔が爽やかに見える。本当に喜んでいるのか。

「この前まで、隣には僕のワトソンがいてくれてね」

瞬間、息が詰まった。

「……火村、つかささんですか」

「ああそうだ。僕の生涯でたった一人、ワトソンに欲しいと思った人間だよ」

兄としての警戒心が働きかけたが、明らかにそういう意味とは取れなかった。

阿久津は視線を落として、目を細めた。口の端に弱々しい笑みを浮かべる。まるで何かを懐かしむように。急に阿久津が老け込んで見えた。

僕は唾を呑んだ。

「他の助手を採ろうとは思わなかったんですか」

「僕のような優秀な探偵に、本来助手は必要ないんだ。君がご執心の相島早苗の事件だって僕一人で解いたんだよ」

左様でございますか、と受け流そうとした時、阿久津が言った。

「しかし、隣に空白が出来て、途端に事務所が広くなった。それで思い知ったよ。隣で僕の話を聞いてくれる人がいることが、どれだけ心強かったのか」

僕は何も答えられなかった。

阿久津は伏し目がちに絨毯《じゅうたん》の赤を見つめている。なんとなく、彼は今、僕を見ていないと感じた。絨毯の向こうに、遠い日を見つめているような気がする。

僕は何も言えずに、ただただ立ち尽くしていた。

「君は」

不意に、阿久津は僕を振り向いた。僕の思考はそこで途切れ、彼の言葉に引き込まれていった。

「君は、罪の形を知っているかい?」

「形……形ですか」呆然として答える。「罪に、形など定まっていないと思います」

「生真面目な答えだ。もっとジョークの勉強をすべきだね」彼は笑う。「それは半分、正しい。

だが僕の中には手触りがあるんだ」

阿久津は天井を見上げながら、真面目くさった顔で言った。

「そいつは長い棺の形をしている」

ならば彼の抱える棺には。

無垢《むく》な少女の死骸が入っているのだろうか。

「棺は必ず二人以上で運ばねばならない。だからこそ、罪は一人で抱えることが出来ない。一人で抱えていれば、いずれ疲れて蓋《ふた》が開く」

「それは自白ですか？」

「世間話をしようと言ったはずだよ」

彼が最後に浮かべたのは、いつも通りのニヤニヤ笑いだった。先ほどまでの言動をまるで感じさせない、チェシャ猫の笑みだった。

「変な話をしたね。忘れてもらって構わない」

阿久津は階段を上がって三階に向かっていた。

僕は大声を上げて、その背中を呼び止めた。

「あの！」

阿久津はぴたりと立ち止まった。階段を上がろうとした姿勢のまま、彼は背中で僕の声を聴いているようだった。

「どうして……どうして私に、そんなことを言うんですか」

顎に手をやって、「んー」と唸っていた。

「さあね。君がかつての助手と似ていたからかもしれない。顔とかじゃないんだけど、雰囲気とか、話し方とか」

まさか、兄妹だとバレているのか？　さすがにそれはないだろうと内心で打ち消す。

「なんですかそれ。口説いてるんですか？」

「口説く？　そんなつもりはまるでなかった……ああ、久しいな。彼女ともこんな会話をした覚えがあるよ」

こいつは僕の知らないいつかさのことを知っている。それでいて、あれほど傷つけながら、自分は超然として立っている……。

我慢ならない、と思った。

「阿久津さんは……阿久津さんは、自分の助手である火村さんにあんな仕打ちを……彼女のお兄さんを見殺しにして、本当に、心が痛んでいないんですか？」

たっぷり一分以上の時間が流れただろうか。僕にはそれ以上に長く感じられたが、阿久津がゆっくりとこちらに顔を向けると、止まっていた時間が動き出した。

「僕は職責を全うした。その結果、誰がどうなってしまっても、僕の関知するところではない」

彼の表情を窺うことは出来ない。

阿久津は階段を上がりきり、自分の部屋の扉に手をかけていた。階段を駆け上がると、その手を押さえ、僕は尋ねた。

「本当のことを聞かせてください」

「本当のこと？　それを知ってどうするというんだい？　君ごときが真実を求めたところで、何も変わったりしないよ」

「阿久津さん。あなた、その挑発的な発言でわざと私たちの敵愾心《てきがいしん》を煽ってませんか？　実は何かを隠していませんか？」

「君もしつこいな」

阿久津は声を荒らげ、僕の手を振り払った。ようやく感情を表したようだ。

「名探偵は自分で見つけた真実に嘘なんてつかない。ついてはならないんだ。隠し事？　それは僕に言っているのかい？　大した根拠もないくせに、随分と偉そうに言ってくれるじゃあないか」

「じゃあ聞きます。本当に、阿久津さんが相島早苗さんを殺害したんですか？」

彼は呆れたようにため息を吐くと、蔑むような目でこちらを見下ろした。

「答えられないね」

「では別の質問を。あなたは本当に」僕は一呼吸おいて、彼に質問を投げる。「つかささんの心を傷付けたことに、何らの呵責《かしゃく》も感じていないのですか？」

「君もしつこいね」

阿久津は眉根を寄せて、吐き捨てるように言った。さっきよりは本物の反応に見える。

「僕は論理に従って解答を出した。その結果として、つかさの兄貴が死んでしまった。僕にとってはそれだけだ、それだけのことなんだ」

「本当ですか？　私と話しながら、つかささんのことを想うほど思い入れがあるのに？」

阿久津は僕をキッと睨み付け、十以上も年下の少女に指を突き付けた。

「どうやら本当に探偵の真似事がしたいらしいから、探偵の倫《みち》を説いてやろう。まず問う。君には覚悟があるのか？　どんな真実が現れようと、足を止めぬ覚悟が？」

「覚悟——ですか？」僕は面食らった。

「ああそうさ、覚悟だ。探偵は真実に向けて足を踏み出したら、足を止めることは許されない。足を止めることは、真実が暴かれることを望む全ての人に対する裏切りだ。探偵という馬を止めるのはただ一つしかない」

阿久津は一歩距離を詰めた。

「論理がその歩みを誤りと証明する時のみだ」

そうして、先ほどまで浮かべていた笑みなど掻き消えてしまった険しい顔で、質問を突き付けてきた。

「君にはこれから、いかなる真実に気付き、それに絶望しようと、歩みを止めぬ覚悟があるかい？」

即答することが出来なかった。

阿久津はやがてニコリと笑う。

「……いや、世間話にしては脱線がすぎたね。大人気《おとなげ》なく噛みついてすまない。今日は疲れただろうから、君も部屋でゆっくり休みたまえよ」

阿久津はベルトにつけたチェーンをくいと引っ張る。チェーンに引きずられ、右ポケットから銀色の鍵が出てきた。チェーンの先にはリングが付いていて、そこに二つ鍵がついている。大きい方は「三〇一号室」というキーホルダーのついた鍵で、一目でこの部屋の鍵と分かる。もう一つはその鍵よりも小さいもので、一体何の鍵だろう、と思った。

彼は鍵を開けて部屋に入り、ほどなく鍵のかかる音がした。

「何さあいつ。あれって何？　自白？　それとも自己の正当化？　悲劇ぶっちゃって。しかも探偵の倫を説く、だって？　あーもう何さ、最悪」

振り返ると早苗がいた。

「報告に来たよ。二人ともお風呂上がったから、早く入っておいで」

廊下の掛け時計をちらりと見ると九時半を回っていた。

僕は阿久津の部屋から離れて、自分の部屋に戻る。トートバッグの中にシャンプーやバスタオル、着替えなどを詰め込んで、風呂に行く準備をしながら、早苗に質問した。

「阿久津は、本当にお前を殺したのか」

彼女はぱちくりと目をしばたたかせながら、僕の方を見た。

「……は？　何その質問。あいつに情でも動かされた？」

「……そういうわけじゃない」

「あー、やだねえもう。ま、いいや。明クンには答えを教えておいてあげるよ」早苗は腕組みをして、得意げに胸を反らした。「何せ、アタシは絶対に阿久津が予想できない目撃者だから。答えは全部知ってるわけ」

「どういう意味だ？」

「ホラ。アタシは死んだ時に身に着けていたペンダントの効力でこうして霊体になったわけじゃない。でも、阿久津はペンダントの能力を知らない。だから、『幽霊』の存在を知らない阿久津は、『幽霊』を騙すための工作をする理由がないの。つまり、アタシの目の前でやったことは全部誤魔化しや嘘のない本物……ってわけ」

「……なるほど。幽霊の目を絶えず気にして暮らす奴はいないからな。しかし、ペンダントの歴史を知っていたなら、転生出来ると信じていたかもしれない」

「明クンだって、彼女さんにいくら言われたってペンダントのこと信じなかったくせに」

それを言われると立つ瀬がない。

「じゃあこれはどうだ。阿久津は幼い頃に死んでいて、そこに何者かの魂が入った。つまり、今『阿久津』とされている人物は、転生についてよく熟知している。だとすると、早苗の幽体が見ていることを承知の上で、お前を騙す工作も行った」

「たまーにアクロバットな発想出してくるよね。でもそれも無理。凛音様の仕事量が減ってるのと、ペンダントの数が限られているのは話したでしょ？　そうそう都合よく幽体になった死者はいないよ。アタシも昔、明クンが今言った説を思い付いたから、凛音様にも確認したよ。阿久津が生まれたのは三十三年前。それから先、初めて幽体として凛音様のもとに来たのはアタシだった」

ふむ。それでは、確かに阿久津が早苗の目を意識していた可能性はなさそうだ。

つまり。

今からなされる証言は――事件の真実である。

「アタシが幽体として目を覚ますと、まず最初に飛び込んできたのは、大きな斧をふりかぶってアタシの体に振り下ろす阿久津透の姿だった」

ここまでは前にも聞いた話だ。僕は一言一句聞き洩らさぬように集中する。

「アタシの首筋に斧が刺さったんだ。アタシはびっくりして、床に寝そべったアタシの体から思わず目を逸らした。怖かったから。カランって、床に何かが落ちる音がした。音のした方を見ると、血がべったりついた剣が落ちてた。九歳のアタシは、アニメでよく見る幽体離脱でも起きたのかな、と夢でも見ているような気持ちだった。それが、視界の端に血溜まりが見えた時には、生々しい現実の臭いがしてもうパニックだった。

阿久津はそれから色々なことをやったよ。もちろん、どんな目的で動いているかは分からなかったけど。刑事裁判を幽霊の体で『傍聴』しに行ったり、阿久津が推理するところに立ち会ってようやく、点が線に繋がっていったの。でも、離れに『出た』アタシは、目の前で繰り広げられる事態をその点として一つ一つ、脳に焼き付けるように覚えていたんだ」

早苗の喉がごくりと鳴った。

「これから、阿久津の行動を一つ一つ言っていくよ。起こった順に。少し長くなるけど。まず、阿久津は首を切った。髪を上に全部上げて、アタシの首筋を露出させてからね。あは、今は事もなげに話してるけど、現実にはキツかったし、おっかなびっくり見てたよ。次にアタシの『立っている』近くまで来て、暖炉に火をつけてたね。靴下を脱いで、床に広がった血を付けると、それを履かずに甲冑の足元に運んでおいた。タンスからタオルを一枚取り出して、剣の柄と斧の柄を拭った。部屋の入り口にあったバスケットからスケッチブックとクレパス、チョコレートの箱を取り出した。スケッチブックとクレパスはローテーブルに置き、チョコレートはマントルピースの上に置いた。スケッチブックは、右半分にエメラルドグリーン色の太陽、左半分に柚月お姉ちゃんを描いたページが開かれていたけど、右半分は血で汚れちゃってた。阿久津は窓を開けて、外の様子を見た。次に、アタシの体のところにまたやって来て、また斧を振り下ろした。今度は四肢をバッサリ。もうこの頃には、阿久津のシャツの前面は返り血でビショビショだったね。この時また斧の柄を拭ったかな。アタシの首からペンダントを取って、その紐を外した。紐をバスケットに結わえ付けた上で、中に左脚・左腕・頭部を入れた。そしていったん窓の外に降ろして、紐を引いてまた室内に戻した。バスケットの底面に土が付いているのをよくよく確認していたみたいだから、それが目的だったんだろうね。中身を取り出すと、タオルで手を拭いて、バスケットの血痕を軽く拭っておいた。バスケットはローテーブルの脇に横倒しにした。窓を指さして、そこから放物線を描いて、位置を確かめるような素振りだった。

左脚と左腕を紐で結わえ付けて、跡がうっすら残るようにしてからすぐほどいた。左腕の掌《てのひら》は床の血だまりに浸けて、血で汚しておいた。筆に使ったように見えるようにね。

それまでローテーブルの上に置いてあった八枚の硬貨を持つと、部屋の中を歩き回りながら一つ一つ置いた。何度も、首の後ろを叩いて、その拍子に手を開く、ってジェスチャーを繰り返してたよ。殴られた時に散らばっても自然な位置を探してたんだろうね。硬貨は全て、血痕のないところに置かれた。

一度玄関に出たので追いかけると、本宅の玄関の方を観察していた。アタシの靴と阿久津の靴、二足の靴があって、阿久津の足跡が本宅から離れに向けて付いていた。阿久津はアタシの傘を持って部屋に戻ると、傘の内側に血を掬《すく》い上げ、器のようにした傘を窓の下あたりに置いた。手に付いた血はまたタオルで拭った。

斧を持ち上げて、床に叩き付けた。部屋の入り口に行って暖炉の方を見た。つま先立ちになっていた。阿久津は中学生の頃から身長の高い方で、つま先立ちすると、大体お父さんと同じ背の高さになるんだ。阿久津はもう一度斧を持ち上げて、今度は違う向きに、振り下ろした。この時点で斧についた自分の指紋を拭いなおしてたかな。

暖炉の火を消して、ある程度時間をおいてから、暖炉の中に右脚を放り込んだ。暖炉はその後にやって来た黒崎さんも触ってたけど、その時にはすっかり冷えてたみたいだから、みんな燃えてたことにはまだ気が付いていないと思う。ローテーブルの下にアタシの胴体と右腕を押し込めて、少し角度を調節したりした。

部屋の入り口に左腕と左脚を放り出した。

首を持つと（さすがに早苗の声が震えた）、アタシがつけていたヘアゴムでアタシの髪の根元を結んで、ポニーテールの部分を右手で摑んだ。それを思い切りよく後ろに振り回すと、ポニーテールが長い紐のようになって、円軌道を描いた首が阿久津の後頭部に当たった。つまり、自分で自分の頭の後ろを殴ったんだね。阿久津は後頭部を触って、自分の手に血が付いているのを確認した。自分の手に付いた血を、甲冑の鉄靴になすり付けてたね。後々の自白で、倒れ込んで靴に頭をぶつけたって言い訳するためだよ。

アタシの長い髪を西の壁面に掛かっていた小さなナイフで切って、胴体の上にバラ撒いた。当然ナイフの指紋は拭った。

最後に、阿久津は部屋の中を見回すと、一つ頷いて、足に付いた血を丁寧にタオルで拭ってから、足跡を残さないように甲冑の付近まで移動し、甲冑の足元に置いていた靴下を履き、そこに横向きで横たわった。

それから何十分、何時間経ったかは分からない。離れには時計がなかったし、アタシは阿久津の行動から目を離すことが出来なかったんだ。そして、やがてお父さんが来て、アタシの死体を見つけたの」

僕は言葉を失っていた。

ようやく口を開いて、こう言った。

「そいつは……ほとんど全てじゃないか。阿久津が相島早苗殺害事件の解決を偽装したと仮定した時、あいつがしたと考えられていること……ほとんど全てだ」

厳密には、スケッチブックの消えた一ページを破るところを早苗は見ていない。しかし、彼女はそれ以外はほとんど全てを見ていた。阿久津透がXの正体を暴くために使った手がかりは、全て自分自身で撒いたものだった。

「そう。だからこそ、アタシはずうっと言ってきたでしょ、阿久津は悪人だって。あいつがアタシを殺したんだ、って」

先ほど会議室2で行われた打ち合わせによれば、宇田川朴人の目撃証言は、早苗が話した時点の次——すなわち、第一発見者が現場に立ち入った「後」の目撃証言であるという。二人の記憶を合わせれば、阿久津が証拠の捏造をしたことは見事に立証されると言ってよい。

「信じてくれる？」

「阿久津の要領を得ない話よりは、よほどな」

そっかぁ、と彼女は笑った。あどけない顔を笑みで緩ませながら、ふわふわ嬉しそうに空を舞う。

阿久津は何も語らずに、今日までやってきたのだろう。一人で棺を抱えて。

でも、彼女は彼女で、何も語れずに今日まで過ごしてきた。死んでしまった彼女の話を、誰も聞いてくれなかったから。彼女もきっと、寂しかったのだ。

振り子のように心が揺れる。

目の前にいる少女のことを信じてやりたいとは思う。

だがそれ以上に、阿久津の捨て台詞のことが気になっていた。

——僕にとってはそれだけだ、それだけのことなんだ。

あれは、現実のやるせなさに納得のいっていない男の態度と声音だ。そう断じることもまた危険だぞ、と一方では自省しながらも、やはり他方ではその言葉の裏を覗いてみたいという好奇心が疼《うず》いていた。

「その話、法廷で証言できれば完璧なのにな」

「あはは、幽霊がどうやって証言すんの。冗談はそこまで」早苗は腰に両手を当てて威張る。

「でも、先に答えを教えてもらった気分はどう？　最高でしょ？」

「真実が分かってもどう証明していいのか分からないんじゃ、微妙だな」

「でもでも、今の話から逆算出来ることもあるはず」

「ああ、あるな。暖炉が事件当日使われたという情報はまだ出てない。確か、事件の前日にも暖炉を燃やしたから、たとえ事件当時に暖炉を使ってもその時の灰と交ざってしまうんだったな。そこに何か大きな意味があるのかもしれない。真相をカンニングした僕は、『事件当日、暖炉が燃やされた』という証拠を見出すべきだろうな」

「おお……頼もしく見えるよ、珍しく」

じゃかあしい、と言い返しながら、着替え等を詰め込んだトートバッグを肩に掛け、風呂を目指して部屋を出た。

階段を降りて行くと、踊り場で人とすれ違った。

「ああ、星影さん」

つかさだった。

「火村さん。お風呂はもう入って来たんですか？」

「ええ。入って来て、アイスを食べながらロビーで涼んでたの」

風呂上がりのアイス。そういえば、家族旅行の時は兄妹揃って食べていた。

彼女の顔はどこか思いつめた様子だった。

「……火村さん。大丈夫ですか？」

「え？」つかさはバッと顔を上げて、目をしばたたいた。「ごめんなさい。何か言った？」

「いいえ。何だか上の空のようで、どうしたのかなあ、と」

「……お風呂上がりにアイスを食べていたらね」つかさは目を伏せた。「兄のことを思い出してしまったの」

息が詰まった。

「お兄さん、ですか」

「ええ。私たち兄妹、二人ともお風呂上がりのアイスが大好きでね。よく一口ずつ交換したり、二つ食べてみたい味がある時は兄と分担して買ったり、私が『兄さんの食べている方がやっぱり良い』とワガママを言ったりしたなあ。売店でアイスのケースを見た時、ああ、もう一つしか選べないのかって、何だか切なくなっちゃって」

こんな時、星影美空ならどう答えるべきなのだろう。

いや、違うかもしれない。

つかさは今、僕のことを思い出している。このめくるめく回想が、再び僕の死の記憶を想起させ、阿久津への恨みを燃やさないとは限らない。

今こそ、火村明として話すべきなのかもしれない。

そう決意しかけた時、つかさが言った。

「ねえ」つかさが僕の目を見た。「阿久津、勝てる見込みがあると思う?」

「え?」僕はすっかりペースを乱された。

どうだろう。早苗の話を聞いた後では、勝ち目があるとは到底思えない。というよりも、早苗からされた話が事実であるなら、阿久津は間違いなく罰せられるべきではないか。

「私、阿久津は絶対に負けると思う」

「なぜですか」

「遠上さんが策士だから。確かに三つの訴因は、探偵の基準からすれば不十分な事件の分類。だけど、勝つためにはあれが最良の手だと思う。どんな風に訴訟が転ぼうと——証拠の捏造が露見しようと、もしくは推理がただの間違いだろうと、負けてしまう。あれじゃあとても歯が

立たない。まして

「……宇田川さんですか」

「そう」つかさは弱々しく頷く。「証拠の捏造に手を染めたことは、十中八九、宇田川さんの証言で立証されると思うの」

「しかし、始まってみなければ分からないじゃないですか」

既に阿久津が証拠の捏造をしていたと聞かされている僕の反論は、まったく説得力がなかっただろう。

「あなたは生まれながらにして探偵だった人間が探偵でなくなったら、どうなると思う？」

「探偵機関の探偵は各種分野の教育を施されていますし、再就職先には困らないんじゃ……。もちろん、名誉に傷は付くかもしれませんが」

「そういうことじゃないの。探偵機関の探偵は、つまり職業探偵でしょ。阿久津は違う。彼は自分が探偵をするのは宿命だと言っていた。探偵であることは、職業という以上に、彼のアイデンティティーなの」

「よく、分かりません。どうしてそこまで思い込めるのか」

「そうね。例えば、あなたは生まれながらにして女の子でしょ？」重大な事実誤認だった。

「それが突然、男の子として暮らせと言われたらどうなる？」

「どうにか生きていけますよ。銭湯に行くのは気恥ずかしくて苦労しますけどね」

僕がいつも通りの軽口で答えてしまい、案の定つかさは面食らっていた。幸い、しばらくしてつかさはくすりと笑ってくれた。

「あなた、面白いこと言うわね。……たとえが悪かったかも」

それは違う。悪かったのは、転生済みという異常な境遇の方である。

「裁判が始まれば、きっと阿久津は探偵でなくなってしまう……その時、あいつはどうなるのかな……あいつは探偵でなくなったら、私はどうなるのかな……」

つかさは遠い目で天井を見上げた。

「でも、探偵をやめさせるのもいいかもしれない。この裁判、三年の時効制限があるのに、六人も人が集まったんだよ。あいつはそれだけの数の人間を苦しめてきた。三年より前に遡れば、もっと多く、ううん、三年の中でもあなたの学校の関係者を合わせればもっと飛躍的に増える。あなたを苦しめてきたことだって、申し訳が立たない」

謝らないでくれと言いかけた時、つかさが続ける。

「この裁判であいつを止めるのも……いいのかもしれない」

放っておけばどこかへ消えてしまいそうな――そんな儚《はかな》げな様子を見て、僕はこらえきれなくなった。

トートバッグを放り捨てると、つかさの体を抱きしめる。

「きゃっ」

「しっかりしてよ、つかささん」声の震えが止まらない。自分の声が甲高すぎて、現実感がまるでなかった。「もちろん、阿久津さんは昔の同僚だったんだから、思い入れもあるかもしれないけど……今は、自分のことだけを考えてよ。それじゃあ、つかささんはずっとつらいだけだよ」

つかさの体を抱く腕に力を込める。僕の胸元につかさの頭が埋もれているほど、彼女の体は小さい。この女の細腕でも、強く抱きしめれば折れてしまうのではないかと思うほどだ。それでも、僕は腕に力を込めざるを得なかった。強く捕まえておかなければ、どこかへ行ってしまいそうな気がしたから。

「阿久津さんがこれからどうなるか。それはあの人自身が何とかするよ。だから、つかさが全部背負うことはない」

僕の胸の中に顔を沈めて、つかさはフフッと笑う。

「星影さん、お姉さんみたい」

「えっ？」

「言葉遣いとか、抱きしめ方とか、今の『つかさ』っていう呼びかけとか。全部全部、私の兄さんにそっくりなの」つかさははにかんだ。「変なこと言ってごめんなさい。十以上も年下の女の子にお姉さんだなんて」

今なら、言えると思った。

だけど、勇気がなかった。

「ご、ごめんなさい。会ったばっかりなのに、急に名前なんて、その」

「どうしてすぐに謝るの？　あなたの悪い癖だよ」つかさは鈴を転がすように笑う。「じゃあ私も、美空ちゃんって呼んでいい？」

「……はい」

「高校生でちゃん付けなんて、子供扱いされてるって思ったりしない？」

「他の人にされたら嫌かもしれません。でも火村さんのそれは、何だか温かいです」

「じゃあ美空ちゃんね」

「はい」

「美空ちゃんは、ずっと一人で戦ってきたんだもんね。だから、同じような思いをして、苦しんでいる人の気持ちが分かる。それってすごいことだよ」

「そんな――」

僕はそんな経験をしていない。その称賛を受け取るべきなのは僕ではない。星影美空の死を想って、悔しくなった。

「……美空ちゃん、何があっても、つらくなったら、またこうしてくれる？」

「……はい。こんなことでよかったら」

「ありがとう」

彼女はどこか吹っ切れたように笑って、二階へ上がっていった。僕はその背中に声をかける。

「明日は大変なんですから、ゆっくり休んでくださいね！」

「あはは、本当に優しいね。今度はお母さんみたい。――美空ちゃんも、今日は疲れただろうから早く寝るんだよ」

つかさは手を振って行ってしまった。

つかさの優しい口調も、美空を肯定したことも、全部彼女を勇気付けるためのものだったような気がする。そう思うと、僕の顔をした美空が彼女を励ましたのか、僕の方が励まされたのか、よく分からない。

つかさの心に寄り添った栄誉を与えられるべきは、やはり星影美空である。

僕ではない。

僕は、ただの意気地なしだからだ。

早苗のことだから、からかってくるかと思ったが、彼女もこの時ばかりは黙っていてくれたのがありがたかった。

トートバッグを床から拾うと、階段を下りて、風呂に浸かりながら明日の裁判に思いを馳せた。

風呂を済ませると、一階のロビーに移動した。ロビーには誰の姿もない。涼みがてらどこかに座って、冷たいものでも飲みたい。一階にある自動販売機で宿付近の山系の水を使ったというサイダーを購入して、ロビーの椅子に腰を落ち着ける。一階の自販機にだけは温かい商品もあって、そこにも一つ気になるものがあったので、風呂上がりでない時に試してみたい。

ロビーには三脚のテーブルと、十二の一人掛け椅子がある。一つのテーブルに対し、椅子が片方に二つ、反対側に二つ向き合うように並べられている。僕は自動販売機から一番近い椅子に座っていた。

真向かいの席には、早苗が座り（幽霊なので本当の意味では座れないが）、不良学生のようにテーブルの上に足を投げ出していた。行儀が悪い。いくら幽体ではテーブルが汚れないからといって、気分を害することには変わりなかった。

「で、明クンはどうするわけ？」

「どう、って何がだ」

僕はここが自室内でないことを忘れて早苗と会話し始めてしまう。

「阿久津、アタシ、つかさちゃん。三人とそれぞれお話しして、明クンはこれからどうするのかってことよ」

「別にやることは変わらない。星影美空として証言し、役目を全うする」

その時、ロビーに別の声が響いた。

「――星影さん？」

椅子から飛び上がるほど驚いた。

「……誰と話していたんだ？」

背後に三宮が立っていた。そこの自動販売機に売っていたコーンポタージュを持っている。いかつい顔に似合わず可愛い嗜好《しこう》だ。

「い、いや、独り言です。あはは」

「そうか、それならいいけど……」

君も眠れないのか、と呟いて三宮はつかつかと歩いてくる。早苗の「座って」いる椅子を回り込んで、早苗の隣の椅子に座った。彼は斜めに体を向けると、頬を掻いた。

「何だか寝付けなくってね……誰か話し相手でもいるかなと降りてきたんだ」

右手で缶を開けて一口飲み、「熱ッ」と漏らした。

「私はさっきお風呂に入って来たので、涼んでるところです」

「風呂か。そういえばまだ入れてないな」

「もう十時半過ぎてますし、今なら空いているかもしれませんよ」

それもそうだな、と三宮は言う。彼は缶を右の手に持っていた。それがひどく気になった。

やがて、何が気になるのか分かった。

「三宮さん」

「ん？　何だい」

「三宮さんは今日の法廷で証言しましたね」

「ああ。まったく、互いに疲れる一日だったね」

「宣誓する時、係官のミスで私たちは宣誓書にサインをすることになりました。その時三宮さんは左手で紙を押さえ、右手で書いていた。今も飲み物を自然に右手で持っていますね」

ぴくり、と三宮の頬が引きつった。

「ところで、あなたが巻き込まれた事件では、『利き腕の問題からあなたが犯人である可能性が排除された』と言います。阿久津が証明した犯人の利き手は右です、すなわち、必然的にあなたの利き手は左である——いえ、左だったことになりますね」

「…………」

「なぜ利き手を変えたのか。あるいはその必要があるのか……ちょっと考えてみたんです。ところでこんな話をご存じでしょうか。いわく、肉体ではなく、本質はその魂にあると」

ギクリとしたようなその表情を見て、僕は確信を深めた。舌で唇を湿して畳みかける。

「もう一つ気になっていることがあるんです。どうしてあなたはその席に、つまり私の斜め向かいの席に座ったんですか？　年下の女子相手に勘違いされてもいけないので、隣の席には座りにくい。それなら向かい側の席を取ろう。そこまでは自然です。でも、私の向かい側の席に座るなら、私の真正面に座ればいいじゃないですか。

あなたの持っているコーンポタージュは自動販売機で買ったものです。つまりあなたと私はこのテーブルに向けて同じルートを歩いた。私が今座っている席がそのルートにおける最短距離、私の隣が二番目の距離。三番目は私の向かい側です。しかし、あなたはわざわざ四番目——一番遠い席に座ったのです」

「……僕がコーンポタージュを持っていたからって、そこの自販機で今買ってきたとは限らない。別のルートを辿ったかもしれない。例えば、ちょっと前に買ったポタージュを持って来たとかね」

「温かい商品はこの階の自販機にしかないんです。それに、あなた『熱ッ』と言いながら飲んでたじゃないですか。よって、その缶はそこの自販機で今しがた買ったもの。ゆえに、あなたは私と同じルートを歩いた」

三宮は黙りこくってしまう。

「では、わざわざ椅子を回り込んでまで、その席に座った意味は何でしょう？」

二番目に近い隣の席だけでなく、三番目に近い真正面の席まで避けたのはなぜか？

まるで——。

まるで、僕の真向かいに座っている早苗が見えたみたいではないか。

「こう見えて、明クンって結構鋭いからね。ねえ、三宮雄人クン」早苗がくすくすと笑った。

「そうだよ、明クン。キミも気付いた通り、彼はキミと同じく、転生者なんだ」

早苗の姿が見えるのは、幽霊もしくは転生した後の人間だけだ。三宮には早苗の姿が見えていた。だからその席を避けてはす向かいに座ったのだ。もちろん幽霊はものをすり抜けるので、早苗がいた席にも問題なく座ることが出来る。しかし、早苗が足をテーブルの上に載せているのを僕が嫌に思ったのと同じように、同じ席に着くのは抵抗があるだろう。自分の体を幽霊が突き抜ける形になるのだから。

ロビーに全員が集まった時、誰かの強烈な視線を感じたこと、夕食中、早苗がテーブルから首を出してきて僕が茶を吹き出しかけたタイミングで、咳をした誰かがいたこと、この二つを思い出す。視線を感じた時もまた、早苗がくどいほどに僕に話しかけていた時である。この二つの出来事は、僕以外に早苗が見えている人物がいることを示していたのだ。

そしてその人物とは三宮雄人だった。

しかしここで終わらないのが厄介なところで、今度は「じゃあ、この人物の中に『入って』いるのは誰でしょう？」という設問が現れる。

しかしその解もシンプルだった。この裁判で扱われる事件は三年が時効。そして、三宮の利き手が変わったのは、陽炎村童謡殺人解決後のことである。すなわち、三宮の体に転生者の魂が入ったのは事件解決後から今日までの間だ。

そして、凛音の話が真実であれば、その間にペンダントを持って死んだ人物――心当たりは一人しかいない。

「……気付くの遅いよ、バカ……」

三宮が顔を歪ませて泣く。男の髭面をしていてなお、その様子からは昔の面影が滲んでいた。

今はただ、この「再会」の感動を嚙みしめていたい。

「ごめん、遅くなった」

――優子。

僕は愛しい彼女の名を呼んだ。

再会の余韻に浸ってしばらくあと、早苗が事態の説明を始めた。

「『本物の』三宮雄人は、ちょうど優子ちゃんが殺された日に交通事故に遭ったんだ。黒崎さんと携帯で通話しながら、薄暗い山中の車道を歩いていたせいでね」

「なるほどな」僕は頷いた。「お前は裁判がきちんと開かれるよう、星影美空が自殺した時に僕の魂を彼女に転生させた。それと同じ理屈が、三宮雄人の時もあったわけだ」

僕はようやく男言葉を解禁して喋ることが出来た。三宮──いや、もう優子と呼ぶべきだろう──も、いかつい顔にそぐわない女性言葉で喋り始めていた。互いに、早苗くらいしか前世の自分のまま話せる相手がいなかったのである。それが、今すっかり解放されて、和やかなムードが広がっている。

「しかし今、交通事故と言ったな。凜音の話では、誰かに見られた死体には転生させられないんじゃなかったか？　交通事故には、轢いた相手がいるだろう。殺人事件と同じ理屈だ」

「ところが」早苗が応える。「殺人事件とまるで違う部分もあるの。誰かをナイフで刺したら、ああ殺しちゃったって分かるよね。ところが、車で轢いたとしても、死んだかどうかはすぐには分かんないでしょ？　おまけに、三宮が死んだのは轢き逃げだった。救護も通報もせず逃げちゃうんだから、本当に相手が死んだか確信はない。おまけに、轢いた相手は車から降りようともせずに立ち去っちゃって、三宮の顔すらろくすっぽ見ちゃいない。将来的に生き返った三宮こと優子さんと再会しても、『バ、バカな……！　あいつは死んでいなかったのか。もしあいつがあの時のことを憶えていたら……もし俺の顔を見ていたら……轢き逃げがバレてしまう！』的な愁嘆場《しゅうたんば》が繰り広げられることはないね。だって顔知らないもん。ま、後から新聞やニュース見て、交通事故の報告がないことに驚くかもしれないけど、そんなの取るに足らないでしょ？」

「バッタリ会って、みたいなことがないのは、優子にとっても安心だな」

「それにしても」優子が言った。「早苗ちゃん、まるで見てきたように言うよね」

「実際見てきたんだって。ほら、明クンは、アタシが黒崎さんを追いかけて、裁判の件を熱心に追い回して盗み聞きに励んでいたのは知ってるでしょ？　同じようにして、黒崎さんが名前を挙げてた三宮もつけてみたわけ。そしたら目の前で、ブブー、キッキー、ドッカーンって。さすがに驚いたよ。目の前で人が飛んだからね。そのまま車に乗っていた二人も見たよ」

そう言ってから、早苗は落語紛《まが》いの動作で車中の二人を表現し、交通事故の一幕を演じてみせる。

「『お、おい……今の、人じゃないか？』

『そんなことないわ！　きっと野良犬か何かよ！』

『いや……あれは人だ……人が倒れている。ど、どうしよう、人を轢いてしまった。救急車、救急車を呼ばないと』

『馬鹿！　何言ってるの！　そんなことしたらどうなるの？　きっと、警察が来て、二人共、事情聴取されるわ。私とあなたが、こんな山中に二人きりで車に乗っていたのを話すことになるのよ。あなたの奥さんに……奥さんにどう説明するつもりなの？』

『それは……』

『ねえ、逃げましょうよ。早く、誰か来るかもしれないじゃない』

『しかし……』

『いいから！　早く！』」

早苗はどこで覚えてきたのか女の艶っぽい声やヒステリックな喚《わめ》き声をせっせと演じ、慌てふためく男の姿を表現した。しかし九歳の女の子の姿でこれをやられても台無しである。「またこの子は、変なテレビの影響受けて」とぼやく親の気持ちを味わった。

「その小芝居まだ続くのか」僕はげんなりして口を挟んだ。

「ま、二人は不倫中のカップルだったから、その道ならぬ関係を知られないため逃げたってことを分かってもらえばオールオッケー。陽炎村の近くにあるコテージでしっぽりしけこもうとしてたみたいだね」

「だからお前は、そういう言葉をどこで覚えてくるんだ」

「それでね」優子がとりなすように言う。「早苗ちゃんはすぐさま凛音さんのところに飛んで行って、三宮さんの体を修繕してもらったの。そこに、私が転生させられたのよ」

「もちろん凛音様の修繕にはそこそこ時間がかかるけど、車が通ることが著しく少ない山道だったことが幸いしたね。そういう道だからこそ、三宮も無警戒で歩いていたわけだし。こういう事情で、優子さんを転生させるまで三宮の死体はめでたく誰にも発見されずに済んだ」

「全然めでたくねえよ。人が死んでんだぞ」

「ちなみにカップルは秘密を共有することに耐えられなくて別れちゃったみたい。ハハ、ザマミロだね」

若くして死んだ少女には倫理観がすっかり欠如しているようだ。

「三宮を裁判に参加させるには生き返らせなきゃいけない。だけど、その時手元にあったのは優子さんの魂だけだった。だから転生させたってわけ。自分で行かなかったのは星影美空の精神状態も不安だったから。一度転生すれば死ぬまで体から出られないから、アタシは天上に留まり続けることを選んだの」

その言い様《よう》に、早苗に対する怒りが再燃した。前も怒りをぶつけたが、今度のは尚更ひどい。

美空と優子――二人のための憤怒だからだ。

僕は立ち上がる。椅子がガタッと音を立てた。

「お前は――そうやって何度も何度も僕たちを手駒のようにもてあそびやがって。お前は最低な奴だよ。阿久津よりよっぽどひどい」

早苗が虚を衝《つ》かれたように目を見開いた。早苗が激昂《げっこう》するであろう言葉を意図的に選んだつもりだったが、それがもたらした効果は予測とは正反対だった。

早苗はすっかり項垂れてしまう。髪の毛が長いので、前に垂れた髪に隠れて、表情は見えなくなった。

――言いすぎたか。

早苗の実年齢が見た目よりずっと高いことを意識しつつも、しょんぼりとした少女の姿に僕は胸を痛めた。

優子が慌てて口を挟んだ。

「あっ、だ、大丈夫だよ明君。確かに少し理不尽だとは思ったけど……いつか明君に会えるって思ったら、我慢できたし。……うん。もちろん、三宮として火村明君に会いに行こうとしていたのであって、こんな形で、二人とも死んでからの再会とは思わなかったけど」

「それもそうだな。でも、火村明と三宮雄人だと男と男になるし、こうして僕が女の子になったのは正解かもしれんぞ。……うん。性別は逆転したけど」

「うん……」自分で言っていて悲しくなってきたのか、優子のフォローも段々と下火になっていく。「そりゃ転生した後は大変だったけど……話し方練習したり、筆跡真似たり、おまけに三宮さんの家、陽炎村の名家だから人間関係めんどくさくて……ああ、あと最悪だったのは金庫の鍵かな……三宮さん、証拠の告発手紙を金庫にしまってたから、それを取り出さないといけなかったんだけど、金庫、ダイヤル錠で。四ケタだから一万通り……うん。体を引き継いでも、もちろん番号は知らないし、三宮さん用心深くて携帯にも部屋のどこにもメモ残してないし……どこまで試したか分からなくなって朦朧《もうろう》としながらダイヤル回して……おまけに9752番だったから半日かかっちゃったし……あれはしんどかったなあ……ははは……」

早苗をかばうつもりが、優子も色々思い出してネガティブモードに入ったみたいだ。

しばらく優子をなだめていたが、その間も早苗は顔を上げなかった。

ロビーの時計が目に入った。十一時十五分。

「あ。優子、風呂入ってないって言ってたよな。あと少しで風呂の時間終わっちゃうぞ」

「ほんとだ。でも、困ったことがあって」

「何だ？」

「んーほら。大浴場だと、他の男の人の裸を見ることになるし……」

それを聞いて、僕はプッと吹き出した。

「な、何で笑うの！　あッ、そういえば明君はお風呂入ったんだよね！　そういうの気にしないんだ！　そうだよね、男の子はむしろ喜んで見に行くよね！」

髭面の男に嫉妬されている状況にますます笑えてしまい、目から涙がこぼれるほど笑ってしまった。思えば、転生してから先、これほど笑ったのは初めてかもしれない。

「違う違う。早苗に女風呂を見てもらって、他の女性が全員入り終わるのを確認したんだよ。それで、僕は最後に一人で風呂に行ったんだ」

むきになって拳を振り上げていた優子はピタリと静止した。

「……なるほど。その手があったか」

「賢いだろ」

「うん……うん？　ただ悪知恵が働くだけじゃないかな」

「早苗に今から男風呂を覗いてもらうか」

「アンタら、まだアタシをこき使う気？」

早苗の沈んだ声がした。二人して早苗の方を見た。やはり表情は見えない。早苗は背中を向けると、左手を力なく持ち上げて、ひらひらと振った。

「……もう疲れたからさ。アンタたちで何とかしなよ。じゃ、アタシ行くから」

呼び止める暇もなく、早苗はロビーの壁をすり抜けてどこかへ消えてしまった。

「……言いすぎたかもね」と優子。

「……ふん。少しくらいお灸をすえた方がいいだろ」

　僕は少し罪悪感を覚えながら言う。幽霊が現実に干渉するための方法は限られている。その機会を生かしてみたい気持ちも分かる。それでも、僕らを利用する姿勢は許しがたいし、三宮と美空、二人の死者に対してなんの敬意も払っていないのが承服しかねる。

　優子は肯定も否定もせず、曖昧《あいまい》に微笑んだ。

「それで目下の問題だけど、風呂はどうする？」

「うーん。まず男湯の様子を見てみよっか」

　ロビーを出て、大浴場に行く。優子が男湯ののれんをめくり、中に入った。しばらくして戻ってくる。

「どうだった」

「無理そう」優子は首を振った。「お風呂の中からずっと陽気な歌が聞こえてきて……あの声、金杉さんだと思う」

「……従業員の風呂の時間って、普通客の時間が終わってからじゃないのか？」

「だよね。金杉さん悪い人じゃないんだけど」

　このままここで金杉が出てくるのを待つ……というのも微妙な線だ。その時ピンと来て、僕は女風呂に入ってみた。誰もいない。

「優子。良い手がある。もう女性は全員風呂から上がってるから、サクッと女風呂に入ってこいよ」

「それは……見つかったらまずいんじゃ」

「大丈夫。僕がここで見張って、抜け出すタイミングも、万一アクシデントが起こって誰か入ってきた時の対応も何とかしてやる」

優子はしばらく悩んでいたが、さっぱりしたい気持ちが勝ったのだろう。急いで部屋に取って返し、バスタオルを取ってくると、女風呂に入った。

僕はロビーから持ってきた椅子に腰かけ、売店で買ったアイスを食べつつ見張った。優子は十五分ほどで素早く出てきた。本当はもっと入っていたかっただろうが、そこは我慢してもらう。

悪戯をして逃げる子供のように、僕たちは優子の部屋に駆け込んだ。

「ありがとう明君」優子は言った。「おかげでさっぱりしたよ。変わったことなかった？」

「なかったよ。金杉はまだ風呂に入ってるみたいだし……」

「良かった」

優子はそっと僕を抱きしめる。

「……今は、私の方が背が高いね」

声も体も、男のものだった。でも、小首を傾げる仕草は、優子のそれだった。

「ああ、まさか優子を見上げることになるなんてな」

優子の笑顔が、少しだけ歪んだ。

「もう、会えないと思ってた……」

「これも──回り回って、早苗のおかげだな」

僕の髪の毛を撫でながら、優子は言った。

「早苗ちゃんは、確かに私たちを利用したよ。そのことには怒っていいと思う……でもね、私、思うの。あんな風に強がってるけど、早苗ちゃんは寂しがってるんじゃないかって……」

「……分かってる」

僕は優子の手の感触にそっと体を委ねた。

頭の中を駆け巡っていく三人の顔。阿久津。つかさ。早苗。それぞれが痛みを抱え、それぞれが懊悩《おうのう》している。三人とも放っておけそうもなかった。僕は、どうすればいいだろう。

だが、そんな悩みにもかかわらず、僕は何もかも大丈夫だと信じていた。優子との再会に、すっかり心が温かくなっていたからだ。

──大丈夫、明日は全てうまくいく。

そうして僕は生まれて初めて死を体験して以来、最も安らかで、楽天的な眠りについた。

第六章　トライアル＆エラー　―二日目法廷―

翌朝。僕はこっそり自分の部屋に戻り、昨晩優子の部屋にいたことはおくびにも出さなかった。何せ今の僕と優子では、かたや花も恥じらう女子高生、かたや妻を失った四十過ぎの中年男である。会っているのが見つかったらどんな騒ぎになるか。

食堂にはずらっと人が揃っていた。寝ぼけまなこを擦《こす》り擦り朝食を口に運ぶ者。姿勢をぴしっと正してしかつめらしい顔で食べている者。彼らの顔を見回しているうちに、僕は一人いないことに気が付いた。

「あれ。阿久津さんいませんね」

「寝てるんじゃないですかね」と柚月。

「さすがのあいつも緊張したんだろうさ。食事も喉を通らんということだろう」と黒崎。

「朝起きてこない人がいる場合は、映画だと大体部屋で死んでますよね！」と空気を読まず金杉。

場の空気が白ける。金杉ですら、自分のつまらない冗談を信じていないように思われた。

「……じゃあ私、声かけてきます」

つかさがそう言って食堂から出ていくと、僕はアジの開きと格闘しながら考えた。

どのみち、阿久津はまだ寝ているか、皆と雁首《がんくび》揃えて朝食を食べる気分ではないかのどちらかだろう。それよりも、僕には今朝から一度も早苗の姿が見えないのが気にかかった。

……やはり昨晩、キツくあたりすぎただろうか？

まったくもってシャクではあるが、次に会った時は潔く謝ろう。僕はそう密かに決意して、朝食を終えた。

自分の部屋に戻ろうとしたが、阿久津とつかさのことも気になって、三階を覗きに行く。

「――あんた、これは一体どういうことよ！」

つかさの激した声が聞こえて、僕は慌てて、しかし足音を立てぬように階段を上がる。廊下を覗くと、三百一号室の前につかさと阿久津が立っていた。つかさは阿久津の胸倉を掴んでいる。僕の方に背を向けていたので、表情を窺い知ることは出来なかったが、胸倉を掴んだその手はわなわなと震えていた。

阿久津はつかさの耳元で何か言った。ここからでは聞き取れない。もう少し近寄ってみようかと思ったところで、阿久津がつかさの肩を押して、体を突き放した。

「つかさ。今は僕らの裁判を終わらせることが先決だ。少しは冷静になりたまえよ。そんな風に血の上った頭で、今日まともに証言が出来るのかい？」

つかさは傍目から分かるほど体をわなわなかせていた。

「――覚悟してなさい」

彼女はそう言って、ぐるりと振り返った。ギュッと眉根を引き寄せて、険相を露わにしていた。

――やっぱり、お前にそういう顔は似合わないな。

話に加われるなら、そんな軽口を叩いて妹を和ませてやったところだが、ずんずんと肩を怒らせてこちらの方へ歩いてくるつかさを、物陰に身を潜めてやり過ごすのが関の山だった。

つかさが行ってから、三百一号室を再び見ると、阿久津の姿は既になかった。

……案の定、かつての探偵と探偵助手の間には、埋めようとしても埋めきれない溝があるようである。

彼らが何について口論していたかは分からずじまいだった。だが、僕が死んだ事件の裁判と、阿久津自身が殺人犯と疑われる事件の裁判……今日のプログラムには波紋の種火がよりどりみどりなのだから、内容は大体想像がつく。

いや。むしろつかさのあの態度を見るに。

――もしかしたら、つかさは阿久津の口から何か、とんでもないことを聞いたのではないか。

そんな妄想すら浮かんでくる。

……僕は今日、証人ですらないので、つかさのためにしてやれることは何もないかもしれない。

それでも、戦わなければならないのだ――。僕は思いを新たにした。

八月一日午前十時。セミナーハウス〈せせらぎの丘〉一階模擬裁判場。

傍聴席には、昨日と同じく僕、つかさ、優子、柚月、相島、黒崎、今本がずらりと並んでいる。

昨日と異なるのは、今日の午前九時に到着した本日の証人、宇田川朴人の姿もあることだ。精悍《せいかん》な顔付きの、三十八、九歳の男で、聞けば国立大学の医学部を出た医者だという。今日の日中だけという約束で、どうにか宇田川のスケジュールを押さえたと言っていた。黒崎は、銀縁眼鏡がいかにもインテリらしい。

やはり、早苗の姿は見えなかったが、昨日の裁判と同じく、裁判官席の下にでも隠れているに違いない。今出てこられても謝罪の言葉を口にする機会はないし、今は裁判を見守ることに集中しよう。

瀬川邦彦は緊張した面持ちで法廷左手の被告側代理人の席に。対峙する遠上蓮は静かに瞑目《めいもく》して原告側代理人の席に座っていた。仕切りの向こうには、阿久津透が背を向けて座っている。

——昨日と変わらぬ光景だ。

もちろん、僕や優子にとっては昨日の裁判が山場だった。しかし、阿久津透の弾劾裁判においては今日こそが山場——相島早苗事件の帰趨《きすう》が、阿久津の処分の分水嶺となる。否《いや》が応《おう》でも緊張すると言うものだ。

扉が開き、榊遊星が入ってくる。

「起立！」

係官の上ずった号令で、全員一斉に立ち上がる。榊は傍聴席や弁護席をくぐり抜け、裁判官席に悠然と座った。

さて、名探偵弾劾裁判——二日目の開廷である。

初めに審理されたのは「『ファンタジー・オブ・バース』ファン交流イベント連続見立て殺人事件」における阿久津透の探偵行為の当否についてである。要するに、僕が殺された事件のことだ。

火村つかさが証言台に立たされ、遠上の質問を通じて阿久津の探偵行為のあらましについて証言がなされた。

原告側は、阿久津のストーブの残量および倉庫のポリタンクの残量について、ホテルの事務員・江島《えじま》タカの供述書を提出し、「阿久津が故意に犯人に証拠を残させ、その際に一人の男を非道にも見殺しにしたこと」を強く主張した。

一方、瀬川邦彦は、つかさへの反対尋問で、阿久津透の犯罪者を憎む情熱を証言させたり、「逆トリック」を巡る探偵機関の実例を示しつつ、「阿久津透の行為は故意に見殺しにしたなどという悪質なものではなく、一般の逆トリックの範疇に含まれうるもの」であることを印象付けた。

もちろん、榊がどう考えるかは最後まで分からないが——裁判の進行を見るに、被告側がかなり頑張って押し返したのは確かだった。やはり本丸は相島早苗殺害事件ということになりそうだ。

　午前中の審理が終わり休廷に入ると、原告側の打ち合わせに充《あ》てられている会議室2に、原告側の訴人六名と遠上、そして宇田川朴人の八名が集められていた。

「よくやってくれました火村さん」遠上はつかさを労った。「これで少なくとも、阿久津が証拠に手を加えうる探偵であることを裁判官に印象付けられたでしょう」

　つかさは「お役に立てたのなら良いのですが」という控えめなコメントを返している。

「さあて、いよいよ」黒崎は唇を舐めた。「メインディッシュだな」

「宇田川さん、長らくお待たせしてしまいました。ようやく出番です」

　部屋の隅に座っていた宇田川は立ち上がった。

「ええ。喜んで協力いたしますとも」宇田川は両手を後ろ手に緩く組んだ姿勢で、にこりと笑いながら首を傾げた。「……市民の義務ですからね」

　わざわざ忙しいスケジュールを縫ってまで証人として呼び寄せたのは、彼がとてつもなく重要な証人だからである。

　十九年後にようやく証言することになったのは、宇田川自身、自分の目撃したものが重大な意味を秘めているとは気づかなかったからだ。宇田川は浪人生時代に事件の起きた町に住み、件《くだん》の光景を目撃したが、受験を乗り切ると医大生として忙しい日々を送り、その時の記憶を顧みることがなかった。新たな証言を、しつこく、しつこく、丹念に追い続けた猟犬の執念が実を結んだのだ。

彼が見たのはあまりにも一瞬の一幕だった。

しかし、その光景の持つ意味が、これから事件の様相を一変させるのだ。

「ご協力痛み入ります。何せあなたは」遠上は宇田川を示して言った。「阿久津の捏造の瞬間を見た、超重要証人ですからな」

八月一日。午後十二時三十五分。第二日目法廷、再開。

名探偵弾劾裁判は刑事裁判と同様に進行する——そして、この度の相島早苗事件の「再審」は、言わば刑事裁判に準ずるものとなる。そこで、まずこの件について、原告・被告双方から冒頭陳述が行われた。

初めに原告側、遠上蓮の冒頭陳述である。

「まず、原告側が起訴している事実のあらましをお話しします。

被告人阿久津透は、小学生時代からの知人である相島早苗が殺害された事件に際して、十九年前、推理を行い真犯人Xの存在を立証しました。被告人は当時、我が国の探偵資格を所有しておりませんでしたが、被告人はこの十九年を通じて二百二人、探偵資格を取得後にも六十七人、本日までの三年間に六人のX候補につき無罪の申し立てを行い、当該候補らがXではあり得ない旨、立証しております。

被告人は十九年前の自らの推理行為は正当かつ無謬《むびゅう》であるとして争っております。しかし、原告側は、被告人が示すXなる人物は存在しない——と主張します。

証拠調べにおいては、被告人の推理行為の進行と、『被告人が主張する通りなら、Xはどのように動いていたはずか』にご注目いただいた上で、宇田川さんの話をよく聞いていただきたいと思います」

簡潔な冒頭陳述であり、かつ、やはり宇田川の証言が鍵になることが確認された。

次いで、遠上は相島早苗殺害事件の証拠品を提出した。警察の証拠保管室から運び出され、榊の部屋に厳重に保管されていたプラスチックケースを、自分の机の上に載せる（斧と剣は物騒なので、結局榊の室内に残されているようだ）。先ほどまでのFOBの事件の審理に使われていたケースは、休憩時間の間に榊の部屋に戻されていた。

遠上は同時に、阿久津透の推理行為を手短にまとめた資料を提出した。早苗は（幽霊として）十九年前の裁判を傍聴していたので、又聞きした僕も大体の流れは知っていたが、推理の流れと証拠品がよくまとめられていた。

○第一の密室トリック
　第一発見者（相島雅夫）到着まで現場に留まり、すのこルートを渡って脱出。
　――根拠　・阿久津透証言「背後から殴られた」
　　　　　・血の足跡の不在→Xは現場にいて偽装工作を施した。第三者の存在の立証。
　？隠れ場所は？
（否定）甲冑の中→阿久津、後頭部を殴られた時にベルトに掌紋を残す。掌紋に乱れなく、事後に甲冑を身に着けた痕跡なし。

(答え) 暖炉の中↓斧の角度を「調整」した床の傷。死体のパーツを用いて第一発見者の位置を操作。
○第一の密室トリックの否定
X は離れの外にいた。
——根拠 ・凶器に指紋がない↓斧と剣共に。
・八枚の硬貨が持ち去られていない。
結論 凶器に指紋を付けたくても付けられず、硬貨を持ち去りたくても持ち去れない。したがって、後頭部を殴った時点で室外にいた。ないし、阿久津の素性を知っていた可能性の示唆。
○第二の密室トリック
降雨中(十時四十五分まで)に離れを脱出、木登りルートで外に脱出した。
補足 各種の偽装工作は離れの裏窓から行ったものである。
(各種偽装工作)
①阿久津の足跡(土)↓襲撃時間を降雨後に確定させる。
②後頭部を殴る↓切断した首を持ち出し、窓から投擲する。
③阿久津の衣服に血↓切断した腕・足を用い血を塗り付ける。
もちろん、スケッチブックのページが一枚はぎとられていたこと、胴体がローテーブルの下

に置かれていた理由など、阿久津の推理は他にも種々の細かい点にわたったのであるが、大筋をおさらいするにはこれで十分だった。

続いて、被告側の瀬川邦彦から冒頭陳述が行われた。

「皆さん、坊ちゃ――これは失礼――阿久津透さんが行った推理行為はまったくもって正当なものであります。

十九年前の相島早苗さん殺害事件におきまして、阿久津さんは推理行為を行い、真犯人Xの存在を指摘いたしました。Xはその後十九年間にわたる警察の捜査を通じてなお、未だ見つかっておりません。

なお、当該推理行為は阿久津さん自身が刑事裁判にかけられる、大いなる受難の中で行われたものであること、および、阿久津さんは推理行為後、一度はXの術中に嵌まり間違った結論に飛び付くところであったと、自らの未熟さを反省していることにご留意なされますよう。もちろん、だから間違っているというわけではありませんが――この公判中明らかになった事実を基に、阿久津さんが推理を修正し、Xの正体に辿り着くこともありうることを主張します」

つまらんハッタリだな、と黒崎がぼそりと呟き、榊に注意される。

さて、いよいよ証人尋問である。

宇田川は証人台に立ってなお、後ろ手に手を組んだ姿勢を崩さず、非常にリラックスした様子だった。

榊の問いに答えて、宇田川は名前、住所を答え、宣誓書を読み上げた。なお、宣誓書は代わりのものを用意できなかったので、証人が自分でサインをする仕様のままである。

事務的な手続きを終え、遠上蓮の質問によって証人尋問が開始された。

「あなたは、二〇××年八月五日正午頃から、自宅で受験勉強をしていましたね」

「はい」

「当時、あなたは浪人生で、相島さんの家の近くに一人暮らしをしていましたね」

「はい」

「当時の住所を教えてください」

宇田川は住所を答える。三〇三号、と言っていたので、マンションの三階にあたるのだろう。

「あなたの当時の自宅は、相島邸から見てどのような位置にありましたか？」

「相島さんの家の真向かいに建つマンションの三階です。窓から相島さんの家の裏手に建てられた離れが見えます」

「裁判長、ここで図面を提出し、証人の自宅と相島さんの家の位置関係を明確化しようと思います」

「提出を認めます」

質問以前の図面や写真の提出は、証人の記憶を歪める可能性があるため認められないが、今回は先に証人の言葉を引き出しているので問題ない。

遠上が図面を提示する。大きな模造紙に印刷したもので、ホワイトボードにマグネットで貼り付けた。これが本物の法廷ならモニターに表示されたのだろうが、ホワイトボードで代用せざるを得ないところが、いかにも学生のための模擬裁判場である。

図面には、事件当時の相島家周辺の地図が描かれている。本宅と離れの位置関係の他、相島家の周辺にいくつか建物があるのが見て取れた。

「こちらまで来て、あなたの家があったところに、『証人』と書き込んでください」

「はい。では、筆記具を貸していただけますか」

「え？」遠上は目をしばたたいた。「胸ポケットにペンをお持ちではないですか。それで構いませんよ」

「ああ、これですか。これはペンではありません」宇田川は胸ポケットからペンのようなものを取り出した。その先端を引っ張ると、ぐんと伸びて長い棒になった。「指示棒ですよ。ほら、病院でレントゲン写真やCT画像を指し示すのに使う」

「……なるほど。分かりました。係官、ペンをここに」

ペンを受け取った宇田川が図面に書き込んだ。彼の言った通り、道路を挟んで相島家の裏手と真向かいになっている。相島家の塀越しに、離れを見ることが出来た、ということだ。

「問題の日、あなたは家で何をしていたのですか？」

「正午頃から自室で受験勉強をしていました」

「それがどうして、離れの様子を見たのでしょう」

「私が勉強机を置いていたのは、窓の目の前でして、お恥ずかしながら、気が散った時に顔を上げると、窓の外に相島さんの家の離れが見えるのです」

「あなたの部屋の窓から、離れはどの程度見えますか？」

「塀で囲まれていますが、離れの窓が少し見えます」

「先ほどの図面をご覧ください。本宅と離れの間に、少し隙間があるのが分かりますね？」

「はい」

地面が露出している箇所。すなわち、阿久津の足跡が残っていた部分である。

「ここは見えましたか？」

「いいえ。離れの建物の死角になって、窓から見ることは出来ませんでした」

第一の密室トリックで、Xが脱出したとしても——それを宇田川が見ることは物理的に不可能だった。一方、正午頃から勉強を始めたなら、第二の密室トリックにおいて、既にXが脱出していてもおかしくない時間だ。つまり、この証人は各密室トリックが使われたことを示す目撃証人としては使えず、阿久津たちの武器にはならない。

「さて、あなたは正午からいつまで勉強していましたか？」

「十六時までです」

「その時間に止《や》めたのはなぜですか？」

「窓の外を見ると、警察官がたくさん相島さんの家にいるのが分かって、落ち着かなくなったからです」

「正午から十六時まで、何か変わったことはありましたか？」

「はい。何か大きな声が相島さんの離れの方から聞こえました」

「なぜ聞こえたのですか？」

「暑くて、窓を開けていたからです。真夏の盛りでしたからね。貧乏浪人生ですから、冷房もケチっていました」

「その大きな声が聞こえた時間を覚えていますか？」

「はい。十四時四十五分頃です」宇田川は眼鏡のブリッジを押し上げた。

十四時四十五分頃に、離れから大きな声が聞こえた。その時刻は、相島雅夫が第一発見者として現場に立ち入った時間である。それは相島雅夫の悲鳴である公算が高い。

「随分正確に覚えていますね。何か理由があるのですか」

「私は当時受験生でしたから、時間配分を考えて問題を解くのが肝要でした。それで、勉強机にはいつもデジタル時計が置いてあったのです。大きな声が聞こえた時も、時計を咄嗟に見たのです」

「それはどんな声でしたか」

「男性の驚いた声です。悲鳴のような、怯えた声でした」

「その大きな声が聞こえてから、何か変わったことはありましたか？」

「はい。離れの窓の向こうで、誰かが動くのが見えました」

「待ってください。離れの窓はどのような状態でしたか？」

「開け放たれていました」

「遠くから見て、開いていると分かるものでしょうか？」

「窓が閉まっている場合、光が反射して離れの中が見えない――私の三階の部屋の窓と離れの窓はそのような位置関係にありました。私が離れの中の様子を見ることが出来た事実そのものが、窓が開いていたことをすなわち意味しています」

理屈っぽい喋り方をする男だ。僕は宇田川のあまりの饒舌さをむしろ怪しみながら聞いていた。

「では、離れの窓の向こうで動いていた誰か――それが誰か分かりますか？」

「はい」

「その人物はこの廷内にいますか？」

「はい」宇田川は被告人を指し示した。「彼です」

廷内はざわめいた。

「なるほど。それでは、当該人物が離れの中でどんなことをしていたか、見ましたか？」

「はい。離れの窓のすぐそこに、甲冑が飾ってあるのですが、その甲冑の側面に手を押し付けていい、い、い、い、い、い、い、い、いました」

さて、僕はこの時、前日の説明会で遠上から説明された原告側の戦略――宇田川の証言がもたらす事件の新たな局面についての解説を思い出していた。

宇田川は「大きな声が聞こえた」「十四時四十五分」の後、阿久津透が甲冑に手を押し付けていた――すなわち掌紋をつけていた旨を証言した。これが何を意味するか。

まず、これが阿久津透の証言と完璧に矛盾することは明白である。阿久津は後頭部を殴られた際、甲冑に手をついて、その時に掌紋が残ったという証言をしている。その時刻は少なくとも、降雨後から相島雅夫が発見する時点まで――すなわち、宇田川の証言する時刻と矛盾するのだ。

では、なぜそのタイミングで掌紋を付けたのか？　阿久津が気絶していなかったとすれば、掌紋を付ける機会はいくらでもあった。なぜ、その時でなければならなかったのか。遠上は――いや、遠上と黒崎は、その答えにも辿り着いていたようだった。

「ここからは、阿久津が証拠を偽装したという前提のもと話を進めるぜ」黒崎はそう言っていた。「阿久津は第一の密室トリック、その否定、第二の密室トリックという構造を作り上げ、第一のそれとして暖炉の中に隠れるというトリックを提示した。阿久津は切断された死体のパーツを部屋の入り口に置くことで、第一発見者となる相島さんの立ち位置を調節したんだったな」

「しかし、これが一つ間違うと大問題なのです」遠上が不敵に微笑む。「ある程度、相島さんの心理を読み取ったとはいえ、絶対ではない。相島さんが予定より一歩でも踏み出した瞬間、暖炉の中という脆弱《ぜいじやく》な隠れ場所は崩壊してしまう」

「私には、そんな勇気ありませんでしたけどね」

相島が自嘲気味に言うのを、遠上がなだめながら続ける。

「そこで、彼は逃げ道を用意しておいたのです。それが『甲冑の中』というもう一つの隠れ場所です。

どういうことか。つまり、第一発見者が現場に立ち入った時点では、『暖炉の中』と『甲冑の中』という二つの密室トリックが併存した状態なのです。そして、阿久津は相島さんの様子を観察して、もし予定通りの位置に留まれば、『暖炉の中』のトリックを提出する——その時には、甲冑に掌紋を付け、『甲冑の中』を否定する。一方、予定通りの位置に留まらず、暖炉の中を見られる位置まで入って来たなら『暖炉の中』を否定し、『甲冑の中』を提出する。この場合は何も手を加えないで済みますね。斧の床の傷は残りますが、あんなものはわざわざクローズアップされない限り誰も気にはしない。隠れ場所トリックは、ただでさえ発想勝負になりがちで、推理にも説得力を欠いてしまう。だから、消去の手順を作ることで、自分の推理の信ぴょう性を高める狙いがあったのでしょう」

「んでもって」黒崎は煙草をくわえて笑う。「あいつが少なくとも一つの証拠に手を加えたことが立証出来るって寸法よ」

「それだけではありません。この掌紋問題はより恐ろしい疑念を提示します。仮にXが存在していたとすれば、甲冑から暖炉へ、暖炉から甲冑へと、まるで霧のように隠れ場所を移動出来るわけもない。二つのトリック問題を解消するには、第一の密室トリックにまつわる全ての推理が、阿久津透のフィクションだったと結論せざるを得なくなるのです」

黒崎はその総括を聞きながら呵呵《かか》大笑《たいしよう》している。遠上もどこか誇らしげな表情だ。彼らときたら、打ち合わせの時から勝負を制した気になっているのである。

　しかしこの時、僕は黙っていたが、ある一つの可能性が見落とされているのに気付いていた。少々複雑ではあるが、「第一の密室トリックにまつわる部分だけは阿久津透の狂言であり、その否定から第二の密室トリックに至る部分は真実である」という可能性である。これは非常に些少な可能性ながら成り立ちうる。例えばこういう事情を想定すればいい。Xが実在し、Xは第二の密室トリックで阿久津透を罠《わな》に陥れ、密室に閉じ込めた。目覚めた阿久津透はサア大変、切断死体と共に密室に閉じ込められてしまったことに気が付くことになる。このままでは自分が犯人にされかねない。そこで、さしあたってダミーの密室トリックをこしらえて、架空の犯人の脱出ルートを作り上げた――それが甲冑と暖炉のトリックなのであると。阿久津透はその後、裁判で無実が確定し、窮地を脱すると、閃きを得て、Xが使った本物のトリックを暴いた。こういう筋立てである。もちろんこの筋立てでは、一度自白したことが上手く説明できず、やはり全て狂言芝居であると考えた方が合点がいくのだが、可能性としては存在しうるだろう。

　だが、それは現実の理《ことわり》においてである。実際には、その理外《りがい》の事情を――つまり、死者の証言という面妖な事情を、僕は知ってしまっているので、阿久津透が証拠全てに手を加えたことが分かっている。先の筋立てはそもそも成り立たないのだ。とはいえ、そんなことを説明しても詮ない。そこで、僕は黙って、二人の男に気の早い凱歌《がいか》を謳《うた》わせておくことにしたのだった。

　その凱歌を、相島の陰気な声が遮った。

「しかし……そう上手くいくでしょうか。あの瀬川って人は……手ごわいですから……」

「ふん。ま、俺とあんたはあいつに法廷でこっぴどく絞られたからな」

黒崎は顔をしかめた。

「だが恐るるに足らん。どうせやつは阿久津家の腰巾着《こしぎんちゃく》よ」

……さて。今までは黒崎たちの思惑通りであるが、果たして、これからもそう上手くことが運ぶものだろうか？

法廷では今まさしく、瀬川邦彦による反対尋問が開始されようとしていた。

「宇田川さんにお聞きします。あなたは受験勉強を始める際、先述のマンションに居を構えられた。その理由を教えていただけますか？」

「と、言いますのは？　……ああいえ、質問の意図が分かりません」

「これはしたり。あの町で暮らすこと、いえ、あの町を選んだ理由はありますかな？」

「それでしたら。静かでのどかなところですから、落ち着いて勉強するのに適していると思ったからです」

「なるほど。それにしては郷里と随分離れているようですね」

「異議あり。弁護側は本件と関連性のない尋問を繰り返しています」

「異議を認めます。弁護人は質問を変えるように」

「失礼。証人は主尋問において、『窓の向こうが見えた以上、離れの窓が開いていたに違いない』というような証言をなさった。間違いありませんか」

「はい」

「窓が閉まっていると、離れの中の様子は見えない。間違いありませんか?」

「はい」

「閉まっているとどう見えるか。開いているとどう見えるか。こうしたことを知っているということは、あなたは離れの窓を何度も見る機会があったのでしょうか」

「ええ、まあ」宇田川は少し引きつった笑みを浮かべた。「お恥ずかしながら、事件当時は気が散りやすく、外を気ままに眺めることがしばしばありました」

「なるほど。ところで、相島さんの家の隣には、有名な女性芸能人が住んでいたのですが、その家は見てみたことがありますか?」

「は?」宇田川は予想外の質問にたじろいだのだろう、突っぱねることもせず答えてしまう。

「いえ……ありません」

「すると、あなたは相島さんの離れの窓にだけ興味があったのですね」

「異議あり」と遠上が声を上げ、それが受理された。

何かおかしい。柔和な態度なのに、瀬川の態度にはどこか迫力がある。遠上は額を拭っていた。この薄気味悪さを、彼も味わっているのだろう。

「では質問を変えます。あなたの事件当時の視力はいくつでしたか?」

「細かいことはよく覚えておりませんが、両目とも〇・〇一を下回っていました。ですが、眼鏡をかけると一・五くらいの視力はありましたよ」

「眼鏡ですか。コンタクトレンズは着けますか」

「着けません。苦手なので着けたこともありません」

「二〇××年八月五日、予備の眼鏡は所有していましたか」

宇田川はしばらく考え込んでいた。

「……ああ！　思い出しましたよ。浪人生で金もなかったので、他の眼鏡を買う余裕もなく、事件当時使っていた眼鏡の一代前のそれはフレームの錆がひどく、捨ててしまったんです」

「なるほど。ではお聞きします。あなたは、事件当日、離れの窓を眼鏡をかけて見たのですかな？」

宇田川が答えようとした時、瀬川は重苦しく告げた。

「老婆心で教えて差し上げましょう。偽証には罪が適用されます。よく考えて答えるのですな」

宇田川は息を詰まらせた。

瀬川は崩れたリズムを逃さずに、畳みかけるように証言台の前に進み出て、一枚の紙片を取り出した。

「証人、この書面に書かれた署名について、自分のものであるか確認してください」

宇田川は震える手で紙片を受け取り、それを緊張した面持ちで眺めた。

「……間違いありません」

「弁護人」榊が弾んだ声で聞いた。「その書面は何ですか？」

「これは証人が〈オヤマ眼鏡店〉に眼鏡の修理を頼んだ時の預かり証です。こう記載されています――『フレーム修理、一年間保証いたします　二〇××年八月五日　午前十時三十六分お預かり　受け取り可能日時　二〇××年八月七日』」

しん、と廷内が静まり返った。

「すると」その沈黙を自ら打ち破ったのは瀬川である。「あなたは、事件当時、唯一の視力補助用器具である眼鏡を、修理のために〈オヤマ眼鏡店〉に預けていた。そうなりますかな？」

「……はい」

「では、どのように離れの窓を見たのでしょうな？」

「……」

「おや、どうしました？」

「……」

「質問を変えましょうか」瀬川はうなだれる宇田川の顔を覗き込むようにして言った。「あなたの趣味はバードウォッチングだそうですが、これは十九年前も同じですか？」

異議あり、異議あり！　遠上の怒号が法廷に鳴り響いたが、今となってはもう遅かった。

「異議は認めません」榊はすげなく却下する。「反対尋問は今とっても面白……いえ、重要な局面に差し掛かっています」

「さあ、どうなんですかな、宇田川さん」

宇田川はあんぐりと口をあけながら視線をさまよわせていたが、ふふっ、と笑ってわなわなと肩を震わせ、しまいには「あーっはっはっはっは!」と大声で高らかに笑い始めてしまった。

「い、いいい、いいでしょう。お話しします、お話ししますよ。法廷では真実を話さないといけないのですものね。お話ししましょう、ええお話ししましょう」

完全に頭に血が上ってしまったらしく、どれだけお話ししてくれるんだという感じになっている。

「それが賢明でしょうな」老弁護士はふてぶてしく笑うと、満足したように自分の席に戻った。

「さて、それではどこから聞きましょうか。まず、あなたが何を使って離れの窓を見たのか、それを証言してください」

「双眼鏡です。眼鏡は事件前日、八月四日の夜七時半頃に自分で踏んで壊してしまったんです。今すぐにでも修理に持ち込まなければ、と思ったのですが、〈オヤマ眼鏡店〉のフレーム修理の保証書がどこかにあったと思い出して、家の中を探し回っているうちに、閉店時間の九時を回ってしまったのですよ。仕方ないので翌朝起きてすぐに店舗に向かって、修理をお願いしました。それから七日に受け取るまで眼鏡なしで生活する羽目に陥ったわけですよ。あれには参りましたねぇ。眼鏡がないとろくに見えませんから、勉強していてもストレスが溜まりますし」

「……そして勉強もせず、双眼鏡で離れの窓に注目していたのですね」

「正確には違います」

「では、どのように違うか詳しく証言してください」

「私は十二時に帰宅すると、相島邸を双眼鏡で観察し始めました」

いきなりとんでもないことを言い出すので、まともに聞いていたらこちらの正気が保《も》ちそうになかった。

「肉眼でしたが、双眼鏡のピントを合わせれば関係ありませんからね。すると、相島邸の本宅、その庭に銅像のようなものが見えるではありませんか。おお、あれこそ私の求めてきた、麗《うるわ》しの銅像ではないか！　やはり、あれはここにあったのだ！　私は快哉《かいさい》を叫びながら、それを当初の目的通り盗みに行くか考えました。逡巡しながら部屋で過ごしているとあっという間に時間は過ぎ、その時刻は十四時四十五分。開いた窓の向こうから、何と大きな声が聞こえてきました！　この声をキッカケに、私は離れに初めて双眼鏡を向けたのです！」

廷内を静寂が包んだ。今度は驚きのためではない。呆れ返っていたのである。何せツッコミどころしかない。この証言を引き出したはずの瀬川ですら、眉根を押さえて思案顔である。喜んでいるのは我らが無邪気な裁判長閣下くらいなものだ。

「ええと……では。あなたは十二時に帰宅して以降、ずっと離れを観察していたわけではないのですね」

「はい。十四時四十五分直後の一度きりです」

「窓がいつ開いたかも分からないのですね」

「盗むか否か悩むのに夢中だったもので」

窓を開ける瞬間を見ていれば――そしてそこに阿久津透の顔を認めていれば、早苗の話が裏付けられたというのに。今となってはただのないものねだりにすぎないが。

「……次にいかせていただきましょう」瀬川は苦虫を噛み潰したような顔をしている。「銅像とおっしゃいましたが、その銅像は相島家のどこに置かれていたのですか？」

「本宅側の、縁側のある部屋――その部屋の前の庭に置かれていました。噂に聞く通りの見事な立ち姿でしたよ」

早苗の母のコレクションの銅像である。男が剣を持って、前に大きく突き出している銅像――。それが普段は離れに置いてあったことも、相島雅夫の証言とか、彼が警察の事情聴取中にそれに泣きついたことなどを通じて裏付けが取れている。

――しかし、その銅像を宇田川が欲しがっていた？　一体全体どういうわけなんだ？

「先ほどあなたは、その銅像を自分が求めてきたものと言いました。では、なぜその銅像が欲しかったのですか」

「マニアだったら欲しくなるでしょうね、もちろん。何せ、〈ファンタジー・オブ・バース〉の発売時、世界でたった一つだけ作られた、主人公フレイの銅像ですから！」

それを聞いて、僕の思考が固まった。

「なっ……」

次の瞬間には、転生とか裁判とか星影美空らしい落ち着いた振る舞いとかそういう重大ないくつもの事情を差し置いて――僕は絶叫していた。

「「「なんですってえええええええええええええっ！」」」

傍聴席を見渡すと、三宮こと優子と、つかさもあんぐり口を開けて目を回していた。

「ほらほら、静粛に願いますよ」

榊がカンカンと木槌を打つ。

僕の頭は混乱していた。なぜ、ここでその名前を聞く？　なぜ、自分と優子が死ぬきっかけになったゲームの名前を？

転生してなお、悪夢のように追いかけてくる……。前世の因果からは逃れられないというのか。

「ははは、驚きましたか。あなた方もＦＯＢのファンのようですね。高校生のお嬢さんは世代的にリメイク版から入ったのですかな。しかし、午前中にはＦＯＢに見立てた殺人事件の話をしていましたが、胸が痛いですね。これでまた、偉ぶった評論家たちのゲーム批判が始まると思うと――」

「証人は質問にだけ答えてください」

瀬川のドスの利いた声でようやく宇田川は黙った。先ほどこってりと絞られたのが効いたらしい。

「ええと……してその、フレイとやらの銅像ですが――」と瀬川は聞く。

「ムッ、フレイのプロフィールについてお尋ねですね。身長百七十二センチ体重六十三キロ誕生日八月二十日ちなみに八月二十日というのはインドでパールシー新年と呼ばれている記念日でありましてゾロアスター教の信者たちが新年を祝う日です炎の戦士ということでゾロアスターつまり拝火教《はいかきょう》の記念日からちなんだのであろうとマニアの間ではもっぱらの噂でしたが六月十三日号のゲーム雑誌に掲載されたFOBリメイク版発売記念インタビューで制作者の発言により裏付けが――」

「証人は！」温厚な瀬川が遂に怒声を上げた。「聞かれたことにだけ！　答えるように！」

「……はい」

心なしか、宇田川の体が小さく見えた。

「そのキャラクターの銅像が、あなたがあの町を転居先に選んだ理由ですね？」

「はい。相島美佐子さん、ハンドルネーム〈ミサ〉が住んでいると突き止めたので。すなわち、〈ミサ〉が抽選で当てた完全限定生産のフレイ像があると知っていたからです」

ミサ。どこかで聞いたことがあると思ったら、天童勇気が「解決編」の時に口走っていた名だ。伝説のプレーヤー〈ミサ〉に会ってみたかったと。

「あなたはその銅像――いいえ、フレイ像を盗む機会を窺っていたと」

「はい」宇田川は胸ポケットから指示棒を取り出して引き伸ばすと、それをレイピアのように構えて言った。『冥界の魔王ゾルキーアよ！　汝《なんじ》にどれほどの挫折を与えられようと、俺が足を止める理由にはならん！　正義を捨てる理由にはならん！』」指示棒をたたむと、胸ポケットに納めなおす。「最終決戦に向かう前の、フレイを再現した銅像です。魔王の正体、その結末と相まって忘れがたいシーンですよ。何としても自分の手中に入れたかった。ええ、そう思っていましたとも。何せ、さすがに金属で作る以上、体重の再現は無理でしたが、身長まで等身大で精巧に作られ、勇者の伝説の剣も完璧に再現されているシロモノですから――」

「……十九年前、この証言をしなかったのはなぜですかな？」

「当然じゃないですか！　覗き見てしまったことを自分から言うなんて、後ろ暗い気持ちになったからですよ」

これ以上進めても泥沼と分かったのだろう。瀬川は反対尋問を打ち切った。

事実、瀬川の目的は達せられたのだ。証人が隠し事をしていたことを示し、信頼性を大きく毀損した。だが、双眼鏡で覗いた以上、眼鏡で見るよりもハッキリと離れの中の様子を覗けたとも主張でき、遠上の提出した掌紋捏造説はまだ完全には死んでいない。

困った成り行きで、しかも、どこかネジの外れたお祭り騒ぎだった。


十五分の休廷中、原告側請求人六名と遠上蓮、計七名は再び会議室2に集合した。宇田川は全メンバーからの信頼を失ったので、早々に部屋から閉め出された。

「くそっやられた」黒崎が机を叩く。

「向かいの家の出来事にしてはよく見てるな、と思っていましたが……」遠上はそう言うなり、弱々しく首を振った。「いや、やめましょう。気が付けたはずだ、などと言っても虚しいだけです。これからどうすべきかを考えなくては」

「しかしよォ、今から新証拠を提示出来るか？」黒崎は灰皿に煙草を捨てた。明らかに喫《す》う量が増えている。「無理だろ」

途端に会議室の中はガヤガヤと騒々しくなった。僕はおずおずと手を挙げて、「あのう」と声を上げた。全員がバッと振り返り、優子だけが心配そうにこちらを見てくれる。自分を気遣う人がいることにとても安心して、肝《きも》が据わってきた。

「一つ、気が付いたことがあるんですけど」

「何だ」

「出来れば、黒崎さん、神木さん、相島さんには席を外していただきたいんです。これから私の言うことに、記憶が影響されては困るので……」

黒崎は不満そうな顔で僕を見てから、柚月と相島と連れ立って会議室の外に出た。

「それで？」優子が言う。「君の言う、気が付いたことっていうのは、何だ」

「新証拠です。少なくとも、十九年前の刑事裁判と今の裁判のどちらにおいても、検討されていない証拠です」

「ふむ」遠上は顎を撫でた。「しかし、まったく新しいものでは裁判官も面食らいますし……」

「大丈夫です」僕は言った。「多分、榊さんは薄々感づいていると思います。ですが、この証拠を提出して何が変わるのかは分かりません。もしかすると、こちらにとってさらに悪い状況になる可能性もあります」

「ああもう、じれったい」つかさが身を乗り出した。「それで美空ちゃん。何なの、その証拠って」

「チョ、コ、レ、ー、トです」

法廷が再開される。

二人目の証人として、遠上側は黒崎謙吾の尋問を要請した。

「あなたは二〇××年八月五日、午後四時二十分頃に相島邸に到着し、離れの捜査を開始された。間違いありませんか」

「おうよ」

「離れには暖炉がありましたね。そのマントルピースの上に、何かありましたか」

「ああ。相島早苗が現場に持ち込んだと思われるチョコレートの箱が置かれていたぜ」

「証人は推測を交えずに事実のみを語るように」榊が厳しく言った。

「マントルピースの上にはチョコレートの箱がありました。ヘッ、これでよろしいですか、裁判長閣下」

「では、あなたは現場で捜査に当たった際、そのチョコレートの箱を開けてみましたか？」

「ああ」

「チョコレートはどのような状態でしたか」

「全部溶けきってたな」

「当日の気候を覚えておいでですか」

「ああ、雨も降っていたせいで、嫌になるほど蒸し暑かったのを覚えてるぜ」

遠上の質問はこれで終わった。瀬川の反対尋問は、遠上が何を考えているか読みきれなかったのか、証人の証明力について通り一遍の質問をして終わった。

次の証人は神木柚月だった。いきなり証言台に立たされて緊張しきっている。

「離れにあったチョコレートについて覚えていることはありますか」

「はい。私は現場に入れさせてもらえませんでしたが――はい、私がその時中学生だったことを考えれば無理もないでしょうし、見るも無残な光景を見ていたらトラウマになっていたかもしれませんので、良かったとは思いますが――」

「証人」榊が再び注意する。「証人は質問されたことだけに答えてください」

「は、はい！」柚月が答える。「あのチョコレートは私が事件当日購入したものです。相島さんに頼まれて早苗ちゃんへのお土産として持ってきました」

「どこで購入されたのですか？」

「相島さんの家の最寄り駅――その二つ隣の駅に、大きな駅ビルがある、いえ、あったのですが、そこにあった輸入食料品の店です」

「いつ購入されたのですか？」

「事件当日の朝です。早苗ちゃんの家に行く前に……時刻ということでしたら、開店直後の九時です」

「二つ隣の駅、とあなたはおっしゃいましたね。なぜそこまで買いに行ったのですか」

「早苗ちゃんが好きな物なのですが、そのチョコレートは海外の製品で、それも相当の変わり種なので、そこの店でしか売っていないからです」

「本宅の玄関に、その店の名前が入った紙袋があり、中にたくさんの保冷剤がありました。あなたが持ち込んだものですか？」

「間違いありません。あのお店はチョコレートを買うと、バカみたいに保冷剤を付けてくれたんです。あのチョコレートに限って、そんな必要はまったくなかったのですが」

「ほう、まったくない。それはなぜですか」

「あのチョコレートはそうそう簡単に溶けないからです。ああ、先ほど『変わり種』と申し上げたのも同じ理由です――ん？」

ここまで言って、柚月もようやくなぜこんなことを言わされているか気が付いたようである。

「なるほど。では、どのような点で『変わり種』なのでしょう」

「あのチョコレートは、それこそ飴玉みたいな代物《しろもの》で、口の中に入れてもなかなか溶けないくらいに硬いんです。ほら、チョコレートって大抵口溶けを大事にするでしょう？　その点あのチョコは最悪で、キャンディみたいにずっと舐めていないとなかなか溶けないの。人の体温くらいじゃそうそう溶けませんのよ。それだから売り文句が『夏場でも溶けない！』だったくらいで――」

榊が再びマシンガントークを遮ったが、目的は見事に達せられた。

「なるほど。しかし、離れのマントルピースの上にあったチョコレートは溶けていたようですが」

遠上はくどいほどマントルピースを強調してみせた。

「さっき聞いていて思いました。おかしいなあって」

さて、僕が会議室2で提出した思い付きは以下のものである。

そもそも思い付きのキッカケは、昨晩早苗に聞いた、離れの暖炉が燃えていたという情報だ。遠上がチョコレートについて調べたという資料を見せてもらって、ごく単純なことに気が付いた。名探偵ならばすぐに気が付いたかもしれないが、僕はいかんせん名探偵ではないので、卑怯にも答えをカンニングしてから逆算したのだ。

現場にあったチョコレートは溶けていた。しかるに、榊の「ちょっと聞いてみただけです」から引き出されたチョコレートの追跡調査によると、このチョコレートはなかなか溶けないことこそがウリだという。

チョコレートは神木柚月が事件当日に購入して持ってきたものである。そして、玄関先の紙袋には保冷剤が入っていた。とすれば、持ち込まれるまでに溶けた可能性をほとんど消去することが出来、同時に、チョコレートの特徴により、離れに長いこと放置されていたゆえに溶けたのではないことを示せる。

それらが導き出す結論はこうだ。チョコレートには何らかの熱が加えられた。

そして、離れに存在した熱源とは——暖炉にほかならない。

こうして、新局面がもたらされる。事件当日、離れでは暖炉が燃えていたのではないか。

これは阿久津透がした推理でも挙げられなかった点である。挙げなかった以上、気が付いていなかった可能性が高い。仮に気が付いていて意図的に無視していたのだとしても、それは「阿久津の隠したかったこと」に繋がり、やはり新展開をもたらす。

チョコレートが日本に輸入され、相島早苗が気に入ったのが事件の半年前というなら、阿久津透がチョコレートの特徴を知らなかった可能性もありうる。ゆえに、夏場に放置されていたから既に溶けているだろうと、迂闊《うかつ》にもマントルピースの上に箱を置いたまま暖炉を使ってしまったと考えられる。盗みを働こうとして現場を覗いていた目撃者という、予測不能の事態を除いて、阿久津透が犯した唯一のミスがこれではないのか――僕はそういう思い付きを、遠上たちの前で披露したのである。

いずれにせよ、事件当日に暖炉が燃やされていた。このことが意味するものを、僕はまだ分かっていない。当たり前だ。僕は名探偵ではない。全てを理路整然と解説することは出来ない。僕に出来るのは、思い付きを臆面もなく口にすることだけだ。僕の美点であり欠点である。

瀬川はおもむろに立ち上がり、反対尋問を開始した。不意の一撃を食らったはずなのに、瀬川はいたって冷静だった。

そして、その反対尋問は簡潔ながら大きな波紋を呼ぶことになる。

「あなたはよく相島さんの家に出入りしていました。間違いありませんな？」

「ええ。はい」

「ところで、あなたは離れの暖炉の使い方を知っていましたかな？」

「いいえ。相島さんが触らせてくれませんでしたので……」

「とすると、相島雅夫、相島早苗、神木柚月、被告人の四名のうち、暖炉の使い方を知っていたのは誰でしょうか」

「……相島雅夫さんです」

遠上はあんぐりと口を開けた。瀬川はここで反対尋問を早々に打ち切る。廷内は騒然となった。

「やられた」隣の優子が呟く。

「私たちはなぜ暖炉が燃やされたかを考えていた……でも、瀬川さんは誰が暖炉を燃やしたかを考えたんですね」と僕。

「だが、瀬川の主張は『X実在説』だ。いくら何でも、Xを相島さんと見るのは……」

見ると、傍聴席の相島雅夫はまだよく事態を呑み込めていない様子で、久しぶりに地上に出たプレーリードッグのようにきょろきょろと周りを見回している。十九年前の刑事裁判では尋問でいじめられ、今回は犯人呼ばわり——なるほど瀬川邦彦に対するトラウマが育ってもおかしくない。

やはり。

ダメだったのか。

自分でも、ワケの分からないハッタリをかましただけで、この憶測がどこに繋がるのかが分からなかった。それが、このような事態を招いてしまった。やはり思い付きだけでは阿久津には届かな――。

　悩んでいたその時に、高笑いが響いた。

「――アッハッハッハッハッハ！」

　重苦しい法廷の空気を吹き飛ばすように、狂った笑い声を上げ続ける男。

　それは阿久津透だった。

「静粛に！　静粛に！」

　榊の声が響いた瞬間、阿久津はおもむろに立ち上がって、証言台に座っている柚月を脇にのけると、証言台を左の拳で強く叩いた。

「裁判長。私はただいま神木柚月さんがなされた証言――いえ、両弁護士が主張しようとする憶測に厳重に抗議します」阿久津は胸を反らした。「裁判長。私に証言をさせてください」

　法廷中が色めきたった。

　遂に、遂に阿久津透がその口を開くというのか。

　それならば、僕の思い付きも満更捨てたものではないというものだ。

「被告人。あなたに発言を許可した覚えはありませんよ」と榊。

「被告人質問というのがありますね。裁判官、検察官、弁護人はいつでも被告人に質問して供述を求めることが出来る。これにより、私に発言の機会を与えていただきたい」

　阿久津は頑としてそう主張した。

「裁判長。私は構いません」遠上は立ち上がって、机に手をつき身を乗り出している。

「……同じく」瀬川は苦い顔をしながら言った。

「ふむ」榊は満足そうに、そして楽しそうに頷いた。「それでは発言を許可するとしましょう——神木柚月さん、ありがとうございました。下がってよろしいですよ。さあ、被告人、証言台へ」

阿久津透は証言台に立った。今までは証言台に立たされてものらりくらりとかわしてきた男が、自分からここに立った。一体どんな証言がなされるのか。否が応でも緊張が廷内を包む。

「では被告人」遠上が口火を切る。「被告人は両弁護士が主張する憶測に抗議すると言いましたね。その憶測とは何でしょうか」

「無論、チョコレートの一件から、離れで暖炉が使われていたと邪推し、あまつさえ暖炉を使えたのが相島雅夫さんだけであるという印象を与えることで、同人を犯人と強調する憶測です」

「なるほど。その憶測に反する事実を、あなたは証言出来るということですか」

当然、遠上はイエスを期待して聞いたに違いない。ところが、阿久津の回答は完全にそれを裏切った。

「事実ではありません」阿久津は言った。「論理です」

「は?」

「今からあなたたちがした憶測について批判をします。言わば推理に対するダメ出しです。それをもって私の証言に代えます」

廷内は静まり返った。

遠上は脱力したように肩を落として机に両手をつき、味方であるはずの瀬川ですら、頭を抱えて聞いている。

「裁判長。私は何かおかしなことを言っているでしょうか」阿久津はニタリと笑いながら言った。「私は現在、国家に認められた機関の資格を持ち、論理を武器に犯罪者と戦う探偵であります。これはすなわち、医者に対する医師免許、弁護士に対する弁護士バッジのようなもので、推理に関して私が専門家であることを示していると言えないでしょうか。つまり、今後探偵資格裁判において、『探偵の推理』というのは専門証人の一類型として力を持ちうる」

屁理屈だが、今回の裁判が弾劾裁判のテストケースであることを突いてきた。

「おお！」榊は喜色満面の笑みである。「なるほど。それも一興――いえ、一考に値する意見です。では、被告人に証言を認めます」

「裁判長！」

遠上は情けない声を上げたが、榊はちっちっと人差し指を振った。

「法と裁判の黎明において、正しい結論に導くのは裁判官の役割です。本裁判では、私の決定に従っていただきますよ」

遠上は潰れたカエルのような呻き声を上げた。

「……では被告人」遠上は苦りきった顔で続けた。「被告人の言う、憶測に対する批判について、詳しく説明してください」

尋問には一問一答式と物語式供述の二パターンがある。遠上は今後者を選んだのだ。要するに丸投げである。

阿久津透は咳払いを一つすると、「さて――」と続けた。

「師シャーロック・ホームズ曰く――『ひとつの正しい推理は、第二、第三の推理に繋がっていく』。その意味で、暖炉が燃やされていたという推理は、他のいかなる推理にも繋がっていかないどん詰まりの推理です」

……もう頭が痛くなってきた。何が悲しくて、僕は法廷で名探偵のウザったい引用を聞いているのだろう。

「暖炉が使われたとすれば、それはなぜなのかを考えてみましょうか。これを聞けば、暖炉が燃やされた理由がそもそも存在し得ないこと――すなわち暖炉が燃えていたという推理が第二の推理にすら繋がらないことをお分かりいただけるでしょう。

第一に、何かを燃やした可能性。しかし、これは警察の捜査により、灰からは薪以外の成分は検出されなかったことから否定されます。

第二に、何かを乾かした可能性。しかし、僕は雨の降った後に現場に入っていますし、Xは雨の降っているうちに現場を出てしまったので、乾かすべきものが存在しないことになります。

第三に、煙草かパイプを喫った可能性。しかし、喫煙の常習者がライターを持っていないとは考えにくく、現場に煙草の灰は残っていませんでしたね。これも違います。

第四に、明かりに利用した可能性。事件当日は大雨で、薄暗かったですが、離れの電気は容易に点けることが出来ました。停電が起こった形跡もないでしょう。真夏の盛りにそんな必要がないことは言うまでもないでしょうね。

第五に、暖をとった可能性ですが、これも一度検討しておきましょう。

第六に、死体を温めることで死亡推定時刻をずらそうとした可能性も一度検討しておきましょう。しかし、電気毛布に包むなどの手段ならともかく、暖炉の傍に置いておくくらいのことで有意な差が生じるでしょうか？　まして、本当に死亡推定時刻を誤認させたいなら、死体をバラバラにしたりして、部屋の中に散らす行為は矛盾しています。

第七に――考えにくいですが、早苗から何かを聞き出したくて、拷問を行った可能性はどうでしょう。しかし、死体から火傷《やけど》の痕跡は発見されなかった。そうですね？」

「……ハイ。ソウデスネ」と遠上は棒読み口調で答える。

「よろしい！　ではこれで、『殺人犯が現場で火を必要とする七つの理由』の検討は終わりました。どうです？　暖炉を燃やした理由は存在しないでしょう。

あなた方の論理は隙だらけだ。まず暖炉がついていたことに対し、相島雅夫さんの名前を引き出そうとした我が弁護人への批判をします。暖炉の使い方を知っていた？　だから何だというのです？　暖炉のつけ方など、調べて練習すれば誰でも『知る』ことが出来る。もしくはこう言ってもいい。犯人は必要に迫られて暖炉を燃やさねばならなくなって、適当にやっていたら火がついてしまった。こう考えて何の不自然がありましょうか？」

この時点で阿久津はいったん口を閉じ、長い息を吐きながら天井を見上げていた。やれやれ、ようやく長い話も終わったか、と遠上が口を開きかけたその時、阿久津が再び言った。

「しかし、これだけ可能性を列挙しても満足しないかもしれない。よろしい、ならば、『何かを燃やそうと思ったが、燃やすのを中断して何もせず火を消したのだ』という説を検討しましょうか。では、何を燃やそうと思ったというのだろう？　現場からなくなったものはなく、犯行で使った手袋があったとしても持ち出した上で処分した方が安全だ。燃やすとすれば、問題のスケッチブックなども考えられますねえ。しかし、お説の通り相島雅夫が犯人ならば、早苗の大切な絵を燃やそうと思った理由が分からないではありませんか。神木柚月の姿と、エメラルドグリーンの太陽を並べた素敵な絵を」

阿久津透は遠い目をして言った。

「全てを説明出来る推理でなければ、軽々《けいけい》に口にしてはならない――僕が最初に教わった探偵としての教訓です」

黒崎は目を細めて阿久津の背中を眺めている。彼にも、昔日の事件の記憶がよみがえっているのかもしれない。

確かに、阿久津は可能性をよく列挙していた。火を押し付けて拷問をする可能性など、自分ではとんと見当もつきそうにない。その点、名探偵らしい指摘であった。

しかし本当にそうなのだろうか。早苗の証言が阿久津が暖炉を燃やしたことを示している以上、暖炉を燃やす意味があったのだ、と考えるべきではないのか。

その時、僕が目を留めたのが第二の可能性である。第三から第七の可能性は確かに考えにくく、第一の可能性はより実現性の低いケースまで検討された。しかし、第二はどうなのか。現場には濡れたものはなかったはずだから、暖炉は燃やされなかったという論理はあまりに転倒している。

発想を逆転させよう。

暖炉が燃やされたのならば、現場には何か濡れたものがあったのではないか？

果たして、その濡れたものは何で、それはなぜ濡れたのか。

恐らくこれが鍵になる。僕がその鍵を探し始めた時、遠上のよく通る声が響き渡った。

「――ようやく」遠上はいつの間にか胸を張り、表情もイキイキとしていた。「墓穴を掘ったようですね」

「質問以外は口にしないように」といたって冷静に榊。しかし、彼の眼差しを見る限り、彼も遠上の気付いたことに気付いているように思われた。

「申し訳ありません。被告人。あなたの推理――いえ、当方の推理に対する批判はよく分かりました。そこで、一つこちらから質問があります。よろしいですか」

「……ええ。構いませんが」

阿久津は怪訝そうな顔つきをしている。

「被告人は今、スケッチブックの絵について、神木柚月の姿を描いたものを取り上げましたね」

「はい」

「その絵について、もう一度詳しく覚えていることをお話しください」

「スケッチブックの左側に、女の子が一人描かれています。人間とは思われないほど歪んだ形ですが、その上に『ゆづきお姉ちゃん』と書かれているのでそれと分かりました。そして、彼女の右側にはエメラルドグリーンの太陽が描かれていました。これは、大きな丸の周りに、小さな三角形が取り囲むように描かれているので、奇妙な色で塗られていても太陽と分かったわけです」

「正確な描写ですね」遠上は頷く。「裁判長。今、被告人は自分の記憶に基づき絵の内容を描写しました。そこで、被告人の証言と照合するため、問題の絵を見せたいと思いますが、いかがでしょうか」

「いいでしょう。許可します」

遠上は白手袋を嵌めると、プラスチックケースの中からスケッチブックを取り出し、当該ページを探り当てる。遠上は小さく頷くと、阿久津にそのページを向けた。

「さあ証人」遠上が笑った。「あなたが言った絵は、これのことですか?」

遠上が見せたそのページには、『ゆづきお姉ちゃん』というあどけない文字と、小さな女の子らしい人間の形が描かれている。しかし、その右半分は。

血痕が覆っていた。

「あ、ああああああ……ッ!」

僕の口から思わず息が漏れた。

「そうだ！　そうだ！　そうだった！」黒崎は席から立ち上がり、仕切りをバンバンと叩きながら言った。「はっはは、やっちまったな、遂に尻尾摑んだぞ小僧」

お前何で、と黒崎が言った。

「血痕の下に何が描かれてたか知ってんだ？」

遠上はスケッチブックをトントンと叩きながら畳みかけた。

「被告人――あなたは雨が止んだ後、離れに入ったと証言しております。その時、既にXによる凶行は終了しており、現場は血塗れであった、と。さておかしいですねえ。スケッチブックに血が付いたのは、疑いなく、凶行の時です。しかるに、あなたの証言通りであれば、あなたは今ご覧になっている血が付着した後のスケッチブックしか見ていないはずなのです」

さあ被告人。

「どう、説明なさいますか？」

こんなものは質問の範疇を逸脱している――そうした抗議は誰からも挙がらなかった。甲冑の掌紋、双眼鏡、チョコレート。いくつもの証拠が挙がったが、未だ阿久津を糾弾し、その悪事を立証するには足りなかった。

しかし、ようやく彼自身の口から決定的な手がかりが飛び出したのである。エメラルドグリーンの太陽。それはまさしく、秘密の暴露であった。

誰かの笑い声が聞こえた。

阿久津透だった。阿久津透が、この事態の深刻さにもかかわらず、楽しげに、肩を震わせて笑っていた。

「アハ、アハハッ！　アハハハハハハ！」

それはあの笑いだった。阿久津がいつも上機嫌に浮かべる笑い声。チェシャ猫のように残酷で無遠慮なその笑いが、法廷内を悪意で覆っていく。瀬川の顔からは血の気が引いていた。

「――そうだよ」

彼は悪びれもせずに、そう言った。

「そうだよ。僕が、早苗を殺したんだ」

「坊ちゃん！」瀬川は叫んだ。「法廷での発言は全て証拠として採用されるのですぞ！」

「僕が早苗を殺し、その死体を切り刻んだ。その上でXという架空の存在を持ち出して事件を『解決』した」

どこかから笑い声が聞こえた。黒崎が肩を震わせて笑っていた。全身から随喜《ずいき》がほとばしっているようだ。

「は、ははっははは、おいおい何だこれは。おい。随分あっけないラストじゃないか。十九年間粘っておいて、つまらないミスをしちまったなあ、おい」

榊はカンカンと木槌を打ち鳴らす。その顔は厳粛だった。

僕はその時、榊の顔をずっと見ていた。眉根を寄せて、じっと阿久津を観察している。明らかに納得のいっていない様子だった。実を言うと、僕も同じ気持ちだった。この裁判の何かが引っかかった。今までの成り行きの何かが気にかかった。それがどんなことであるのか、今の僕にはまだ分からない。ただただ、阿久津透の吊り上がった口元を見ていることしかできなかった。

榊は黒崎を諫《いさ》めてから、法廷に告げた。

「判決は翌日言い渡します。それまで、皆さんは各部屋で待機していてください」

こうして、二日目の法廷は終わりを告げようとしていた……。

その時だった。

第七章　斜め屋敷の犯罪　―二日目―

――その時。

その時である。

世界が揺れた。

それは大いなる運命の慟哭《どうこく》と言うべきものだったのか、それとも、このままでは終わらせないというような何者かの強力な意思だったのか……無力な僕らは、そんな解釈をして自分を慰めることしか出来なかった。

初めは縦のかすかな揺れ。パイプ椅子から立ち上がりかけて、周りの様子を窺った。皆も怪訝な顔であたりを見渡していた。

そして、足元がぐらつくほどの衝撃が訪れた。

「うわっ！」

誰ともなく叫び出す。僕はすぐさましゃがみ込む。パイプ椅子にも、取り外し可能な仕切りにも体重を掛けられない。ただただ姿勢を低くしてやり過ごす他なかった。まだ慣れていない女性の体に、力を込めづらい。

「地震だ！」誰ともなく言った。

「冗談でしょう」と遠上。「本当に地震が来るなんて……」

「相当大きいです……黒崎さん！　あなたも早く姿勢を低く！」相島が言った。

「ふざけるな！　あと少し、あと少しじゃねえか！　……ぐっ……」

初めは強がりを言っていた黒崎も、怖気づいたようにしゃがんだ。

「係官！　君が一番ドアに近い！　ドアを開け放つんだ！」

係官は震え上がっていたが、榊の命令で機敏に反応した。

榊は判事席に摑まりながら立つと、

「ドアの外には出ないでね！　装飾品の多いロビーより、今はここの方が安全だ！　その場で揺れが収まるのを待って！　ドアを開けたから、閉じ込められる心配はないからね！」

榊の力強い声はこの非常事態において、逸《はや》る心をよく鎮《しず》めてくれた。

瀬川や遠上は、それぞれ机の下に隠れ、柚月や宇田川は悲鳴を上げながら「私も入れて！」「私もだ！」と机に這《は》い寄る。

建物が大きく軋《きし》む音。脳ごと体を揺すられるような際限のない感覚。蛍光灯が明滅して、最後にふっと消えた。悲鳴が上がる。途切れることのない叫び声。仕切り柵が倒れ、パイプ椅子が倒れ、騒々しい音が鳴り響く。

大地の咆哮《ほうこう》。

女性の細腕で地面にしがみ付きながら、想起したのはそんな言葉だった。

永遠とも感じられるほどの時間が過ぎ、揺れは静かに収まっていった。仕切りや椅子はなぎ倒され、世界は恐ろしいほどに静かだった。自分のしたことを一瞬で忘れ去ってしまったかのように、世界は沈黙を保っていた。

「……終わったか？」

優子はゆっくりと立ち上がる。

「え、ええ、そうみたいね……」

足が震えて、上手く立ち上がれない。

立ち上がった瞬間、強烈な違和感に襲われた。眩暈《めまい》にも似た感覚。僕はぐらっと倒れ込んだ。優子がそっと駆け寄ってきて支えてくれた。

「何があったの……」つかさは女の子座りでへたり込んでいた。

もう夜になっていた。折しも降ってきた豪雨も相まってすっかり薄暗い。おまけに電灯まで消えたとなると、もう身動きも取れないほどだ。

「携帯持ってる人は、もう電源を入れちゃって！」榊が言った。「裁判は休廷にするから。で、誰か携帯のライトを照らして、僕に貸してくれないかな。このままじゃ動けない」

榊の声に応じ、「じゃあ私が」と僕はスマートフォンを取り出した。

ライトで照らして榊の位置を確認し、彼に手渡した。

「ありがと」榊は微笑んだ。「さ――まずは状況だけでも確認しないとね」

キビキビと動く榊の後ろ姿を見てから、互いに顔を見合わせる……誰もがこの事態に困惑していた。やがて、示し合わせたわけでもないのに、何人かがばらばらと外に出た。

「くそっ……あと少しだったのに、くそう……」

黒崎が床を何度も叩く。拳が打ち付けられる音が、部屋の中に虚しく響き渡った。彼がこの裁判だけに賭けてきていた必死の思いに気付き、僕はほんの少しだけ同情する。

「皆さん！　皆さん！　大丈夫ですか！」

懐中電灯を持った金杉がバタバタと走って来た。

「今、事務室でラジオの電波を拾っています。大きい地震があったようですね」

金杉が次いで挙げた震源地の名前はこのセミナーハウスのごく近くだった上、震度もかなり大きかった。

「とにかくさ、中の人間を早く外に避難させない？」

「外は雨がかなり激しくて。それに……」

「それに？」

「玄関扉が開かないのです――。外開きの大扉なので、向こうに何か倒れているのでしょうか。窓を割れば外に出られますが、今は中にいるのが賢明かもしれません」

「……一理あるね」

その時、ピカッとホールの大窓の向こうが瞬くのとほぼ同時に、ドォンッと凄まじい音が鳴り響いた。模擬裁判場から女性陣の悲鳴が聞こえる。

「やれやれ。雷まで落ちてくるとは。それもかなり近いね」

「……やはり、中に留まりましょう。今、地下の非常用電源設備を起動させています。じきに電気が使えるようになると思います」

パッと電気が点いて、場の雰囲気がようやく少しだけ弛緩した。

その時、柚月が手首に着けていた真珠のブレスレットが、パツン、と弾けた。この不吉な成り行きに拍車をかけるように。

「あっ」

真珠が床にボトボトと落ちて、同じ方向に向けて転がっていく。転がっていった真珠は、やがて西側の壁に当たり、止まった。

それが。

僕の記憶を喚起《かんき》した。

真珠の落ちているところまで行って、無作為に二粒を拾い上げる。

「星影さん、どうかしましたか」と榊。

「榊さん。地震が起きてから、頭が少しくらくらしませんか」僕はさっき立っていた位置に戻りながら言う。「揺れたせいかもしれませんが、どうもさっきから視界がおかしいような。全てが歪んでいるような、そんな気持ちになるんです」

僕はその場にしゃがみ込み、そっと二粒の真珠を置いた。力を加えずに手を放す。

真珠は緩やかに、先ほどと同じ軌道を辿って転がっていった。

あ、あああ、と、風船から空気が抜けていくようなしおれた声が背後で上がった。

「冗談だったんです」遠上が言った。「冗談だった。本当に地震が起こるなんて思わなかったんです。口は災いの門だ。許してください、許して」

「遠上さん、何を言ってるんですか」と柚月。

「おい、落ち着け遠上。お前が悪いわきゃねえだろうが」

「黒崎ちゃん。彼は一体何を？」

「……俺たちは急きょ、会場のセミナーハウスをこの〈せせらぎの丘〉に変更した。俺はその変更を遠上に相談する時、ここの地盤がひどく緩くて、地震が起きたら大変なんじゃねえか、という不安を口にしたのさ。俺たちは結局、そんなのは杞憂だと笑い飛ばしたが……今……」

まさしくそれが現実になったというわけか。

「ちょ、ちょっと待ってください」つかさが声を上げた。「地盤が緩い？　ということは、今この宿は……」

「……火村さんも、今真珠が転がっていくのを見ていましたよね。つまりこの建物は」

「――傾いているのね」と柚月が言った。

まるで柚月の言葉が合図だったかのように、僕の視界がぐらあっと歪み出す。地震の直後に覚えた違和感。世界が曲がっているかのような感覚。全ては本物だったのだ。

この屋敷は、本当に傾いていた。

遠上が腰を抜かして座り込む。その言葉のもたらした衝撃が、ゆっくりとその場にいる人々に伝わっていった。

「金杉さんが言った扉が開かない、って話も、建物が傾いているのが原因かもね。扉が大きく歪んじゃったのかな」

「外に出る方法も考えておかなくてはなりませんね」金杉は落ち着かない様子で額を拭っていた。「ひとまず、一階のホールか食堂に集まりましょう」

金杉は従業員に指示し、地下の避難物資を食堂に運ばせていた。ミネラルウォーターや乾パン、アルファ米の炊き込みご飯などが豊富に用意されている。毛布や、携帯トイレ、おむつなども部屋の隅にそっと置かれていた。

「安心して。僕たちがここにいることは法務省が把握してるから。じきに助けが来ると思うよ」榊は物資を見ながら言った。「従業員は何人いる？」

「私を含めて十五人です」

「こっちは十三人。計二十八ってことだね。いない人は手を挙げて。いないよね？」

「全員揃っております」と瀬川が応じた。

榊遊星、瀬川邦彦、遠上蓮、阿久津透、火村つかさ、黒崎謙吾、相島雅夫、神木柚月、三宮雄人、星影美空、今本、宇田川、法廷の係官。これで十三人だ。

「二十八人なら、ここにある物資でどうにかまかなえるね。じゃあ私は宿泊客十三名の点呼等の指揮を執るよ。金杉さんは従業員全十五名を頼むね」

分かりました、と金杉が応じる。

「あの、私たち、このままずっとここにいなきゃいけないんですか」柚月は不安げに榊に縋りついた。「お願いします、主人に連絡を取らせてください。娘と一緒に留守番してもらってるんです。もし、もし娘に何かあったら」

「落ち着いてください」金杉が言った。「震源地はここの近くです。あなたの家の方までは揺れていません」

「本当ですか？　本当に？　ああ……良かった……」柚月は胸を撫で下ろしたが、それでも食い下がった。「でも、やはり夫は心配していると思うんです。連絡を取りたいんです。部屋に戻らせてください。携帯を取って来なくちゃ」

柚月は今すぐにでも部屋に戻らなければ世界が終わってしまうとでもいうような哀れさを声から滲ませていた。そういう声が一つ上がると、追従する人も次々に出てくる。

榊はやがて根負けし、取りに行きたい荷物がある者は、急いで取ってくるようにと命じた。しかし一度に全員が動くと人数の掌握が難しくなるので、部屋に戻り荷物を持ってくることを強く申し出た神木柚月、相島雅夫、阿久津透の三名が部屋に戻った。

三名がホールを離れると、金杉は気を揉み始めた。一方の榊は悠然として、動揺した素振りをまったく見せなかった。彼の様子を見ていると、危機的状況にもかかわらず、自然と安心感が湧いてきた。紛れもないリーダーの素質だろう。

三人が姿を消してから三十分ほどが経過した。待たされている者は気が気でない。

黒崎がしびれを切らしたように言う。

「おい、あいつら、荷物取りに行くのにどんだけ時間かけてんだ」

「確かに、少し心配だね」

「良かったのか榊。あんな自白した後で、阿久津を行かせて……」

「緊急事態だからね。平時ならいくら私だって、被告人を一人で行動させたりしないよ。だけど、こんな災害の前じゃ、彼も同じ人間だ。違うかい？」

その時、黒崎がハッと息を呑んだ。

「おい！　榊、遠上！　お前ら、事件の証拠保管ケースはどこに！」

「どこに、と言われても」遠上が言った。「私たち全員、着のみ着のままで模擬裁判場を出たじゃないですか。だからまだ――」

そこまで言って、遠上が唾を呑んだ。

「馬鹿野郎！　やっぱりあいつを一人で行かせるべきじゃなかった！」

黒崎はダンと床を蹴るようにして模擬裁判場へ走っていった。

「黒崎ちゃん、だから単独行動は……！」

「ダメです榊さん。あいつはトサカに来たら話聞くようなやつじゃないんです」と遠上。

榊の制止も虚しく、黒崎の姿が消えていった。報告を待ちますか、と榊もしぶしぶ言う。

五分ほどして黒崎が戻ってくる。

手ぶらだった。

肩を大きく上下させて、ギリッと唇を噛んだ。ホールの壁に拳を叩きつけ、大音声《だいおんじょう》で叫んだ。

「あのクソッタレにやられた！　持って行かれたんだ！」

「要するに、模擬裁判場に証拠保管ケースはなかったんだね」

「ああッ、クソッ、そうだよ！」黒崎は榊に詰め寄った。「どうするつもりだ！　証拠を処分されたらあいつの自白も元も子もないんだぞ！」

「黒崎さん！　少しは冷静になってください。阿久津は今たまたま姿が見えないだけで、彼が持ち出したという証拠は何も……」

「ハン！　疑わしきは罰せず、ってか。ご立派なこった」黒崎は瞳に炎をたぎらせている。

「諦めきれるわけないだろうが。十九年間つけ回してようやく尻尾出しやがったんだぞ、クソッ。とにかく榊、俺はここを離れる。いいな？」

「しょうがないな、黒崎ちゃんは。じゃあ代わりに、三人を見つけたら、早く戻るように言って――」

窓の外がピカッと明滅する。程なくして大音声が響いた。またざわめきが上がる。

しかし、そのざわめきを切り裂くような声が一つ――建物のどこかから悲鳴が聞こえた。黒板を爪で引っ掻くような甲高く耳障りな悲鳴。榊と黒崎はハッと顔を上げる。

「おいまさか」

「やれやれ。冗談も大概にしてほしいね」と榊。

「今の悲鳴は誰ですか」と遠上。

「女性の声だね。恐らく神木さんだ」

「上階から聞こえました」と金杉。「何かあったのかもしれません。早く人を」

「ひとまずは柚月の部屋に行ってみるか」と黒崎。「荷物を取りに行ったなら、まだそこにいるはずだろ」

「独断専行は禁止だよ。大勢動かすのは危険だから、先遣隊を結成しようか」

榊は宿泊客の避難指揮を金杉に委ね、自分と黒崎を先遣隊とした。緊急事態に備え、金杉はマスターキーを榊に預ける。

「私にも行かせてください。女性の部屋に入るのなら、助けになるはずです」

僕はそう申し出た。ひどく嫌な予感がしたからだ。

「待ってください」椅子に座り込んだつかさが上半身を前傾させて言った。「女性が必要でしたら私が行きます」

「大丈夫です、つかささん」

「美空ちゃん、あなたを危険な目に遭わせたくないの。お願いだから、私に代わりに行かせて」

「だってつかささん、今立てないでしょう」

つかさが呆けたような顔をして僕を見つめていた。

妹は雷が大の苦手なのだ。小さい頃はよく怖い怖いと泣き付いてきたし、今でも怯える癖は抜けていない。雷などがあると、光と音の到達速度にどれほど差があるか嬉々《きき》として計測したり、遠くで雷が光るのを窓から楽しく眺めていた僕は、神経を疑うとまでつかさに言われたものだ。

　つかさは口を開いた。

「何で――」

　そのことを、と唇が動く。

「火村さん、そうなの？」と榊。

「へっ、ああ。はい、情けないことに……」

「よし。じゃあ、星影さんを連れて行こう」

　未だ混乱しているつかさを残して、先遣隊三名は二階に上がった。


　二階に上がると、先ほどの悲鳴が嘘のように森閑と静まり返っている。ざあざあという雨音まで聞こえるのが不気味なほどだ。

　――第一、雷鳴に悲鳴って、ベタなサスペンスじゃないんだから。

　軽口を心の中で叩いてみても、心臓は早鐘を打っている。

　神木柚月の部屋は、西向きの部屋の一番端、二百十六号室だ。

　僕は榊と黒崎に目配せすると、互いに一つ頷きあった。

　僕はコンコン、とドアをノックする。

「神木さん！　大丈夫ですか！　悲鳴が聞こえたので、様子を見に来たんです！　神木さん！」

ドアに右耳を押し付けて耳を澄ませると、ううん、という寝起きのような呻き声が聞こえた。まさかこんな時にのんきに就寝していたわけでもあるまい。

「神木さん、中で倒れてるんだと思います」

「よし、ドアを開けるぞ」

ドアノブに手をかけて回す。押しても引いても開かない。

「榊、マスターキーを寄越せ。鍵がかかっている」

「ふむ。金杉さんの判断は正解だったね」

榊がマスターキーを手渡す。ガチャッと音がして鍵が開いた。

「中は危険かもしれねえ。嬢ちゃんは下がっていてくれ。まずは俺が中に入る」

黒崎は率先して部屋の中に入った。口の悪さはひどいものだが、さすがこういう時は頼りになる。僕も前世は刑事だったのだが。

黒崎が部屋に立ち入ってしばらくすると、「おい！　しっかりしろ！」という声が聞こえた。

榊と僕は顔を見合わせて、一斉に部屋に入った。

部屋の真ん中で、柚月は喘《あえ》ぎながら倒れ込んでいた。あたりにはペットボトルやメモ帳、鞄から飛び出した衣服が散乱している。窓から覗く土砂降りの空が、不安を更に煽ってきた。

「柚月さん！」

僕は思わず駆け寄って、彼女の横に膝をついた。

「黒崎さん、これは？」

「分からねえ。どこか傷つけられているようには見えない。脈もある」

「誰かに襲われたんでしょうか？」

「隠れられそうなところは全部見た。トイレもクローゼットもベッドの下も。だが怪しい影は一つもねえな。扉を開けてから誰か出てきたか？」

「いえ……誰も」

黒崎は舌打ちした。

「クソが。俺は密室が大嫌いなんだよ。……いつもいつも、俺の手から事件を奪っていきやがる」

「ほ……星影……さん？　ああ……黒崎さんも……」

彼女は息を乱れさせながら、呆然とした目で僕のことを見つめた。

「喋らなくていいですから……落ち着いて」

「とにかく、ベッドに運ぼう」

「……ク、ク、クワガタ」

「え？」

てんてこ舞いになっている僕たちの合間を縫って、柚月の一言が耳に届いた。

あまりにも意味不明で、この場に似つかわしくないその響きに、僕は思わず息を止めた。

「クワガタが……大きなクワガタが……窓の外に……」

柚月は真っ青な顔でうわごとのように続けた。

「おい何の冗談だ。神木さん、あんた何を言って」黒崎はまくしたてようとしてから口を閉じ、同一人物とは思えぬほどに優しい声で語りかけた。「大きいって、どのくらいの大きさだったんだ？」

柚月はうっすらと目を開けて黒崎を見る。

「そうね……ちょうど、黒崎さんくらい」

「は？」

黒崎は言葉を失った。ジョークでも言おうとしたのかと思ったが、人間大のクワガタというジョークは面白くもないし、何よりそんな余裕が彼女にあるようには見えない。

「クワガタ……そう……そうよ……クワガタを見たじゃないの……」彼女は目を閉じると続けた。「あ、あ、あの日も……」

あの日？

あの日とは、何のことだ。

「ありがとう――もう大丈夫」柚月はゆっくり体を起こすと、榊に向けて弱々しく笑顔を作った。「すみません榊さん。ご心配おかけして……携帯で家族に連絡を取ろうとしてたんですけど……でも繋がらなくて……」

「気持ちは分かるよ。でも、一度ホールに戻って来てもらってから、連絡を試みるべきだったね」

「申し訳……ありません」

「そうして連絡を取ろうとしていたら、外に……その、大きなクワガタが見えた、と？」

「はい……」

「この部屋の荒れようは？　随分荷物が散乱しているみたいだけど」

「虫が苦手なので……それに、大変大きかったので、驚いてこんな風に……多分、驚いた拍子に鞄をひっくり返したのだと。ああ、榊さん。私いつもこうなんですのよ。この前だって蜘蛛のおもちゃに驚いて娘のことを突き飛ばしてしまって――」

「落ち着いて神木さん。大体の事情は分かったから。さ、みんなのところへ帰ろう」

榊は優しく声をかけ、未だ虚脱している柚月に手を伸べた。立ち上がる拍子によろめいたので、とっさに僕が支える。榊と手分けして、柚月に手を貸し、避難場所であるホールまで彼女を歩かせた。

そうこうしている間に、黒崎は柚月の部屋の窓の鍵を調べていた。鍵はかかっていない。黒崎は窓の向こうを憎々しげに見つめている。

大方、クワガタの怪人ならば、ここから入って、飛んで逃げることが出来たとでも思っているのだろう。

まるで悪夢のような夜だった。

ホールに戻ると、ソファをベッド代わりにして柚月を寝かせた。

阿久津と相島は戻っていないようだ。

「まだ戻ってきていないの、彼らは」

「ああ……ずいぶんかかっているな」と優子。

「ここに戻ってくる時、相島の部屋も見たが、そこにもいなかったぜ」と黒崎が言った。「ったく、どこに行ったんだかな」

今度は阿久津の部屋を見に行こう、と意見がまとまりかけていた時、ホールの向こうから足音が聞こえてきた。

「ああ皆さん、お待たせして申し訳ありません」

相島の声だった。

「相島さん。探していたんですよ。単独行動は慎んで——」

榊は息を呑んだ。

いや、榊だけではない。

彼がホールの電灯の下に姿を現した時、ヒュッと風を切るような悲鳴や、従業員たちのざわめき、男たちが身構える音が一斉にホールにさざめいた。

というのも。

「恐縮です。忘れ物を取りに行っていたもので」

そう機械のように応じる相島には。

手、顔、服に。

至るところに。

血、血、血が。

まだら模様のようについていたからだ。

「相島さん、あんた……」

「裁きは受ける覚悟です。助けが到着した暁《あかつき》には、しかるべく自白いたします」

黒崎は三階に駆け上がって行った。榊の制止が虚しく響く。

まさか。

まさか。

僕は黒崎の後に続いた。「星影さん！」という優子の声が後ろから追いかけてくる。

階段にはポツリ、ポツリと、相島が垂らしてきたのであろう血の跡が残っている。それを逆から辿っていった。

呼吸が浅くなる。事件現場なんて、幾つも見てきたはずなのに。これから目にするであろうことを思って、屋敷の傾きのせいもあって、どんどん気分が悪くなる。

三階に着くと、三百一号室の扉と、倉庫の扉が開け放たれていた。血の道しるべは、倉庫の扉に僕らを導いていた。

「明君——」優子が僕の服の裾を摑んできた。

「優子。怖いなら見ない方がいい」

彼女は少し逡巡していたが、やがて肚を決めて、首を振った。

「ううん、行く。一人で行かせる方が怖い」

「今の僕はか弱い女子高生だからな」

倉庫の中を覗き見ると、まずしゃがみ込んだ黒崎の背中が見えた。その背中はふるふると震え、こめかみには青筋が浮いている。

「まだだろうが」黒崎は誰にともなく言った。「まだ、決着はついてないだろうが。言いたいだけ言ってはいさよならかよ。俺とお前の関係ってそんなもんかよ」

相島のあの様子から見るに、間違いなく阿久津は殺されているのだろう。倉庫の床に血痕が飛び散っていることもそれを裏付けている。

だが、死体が見えないのが奇妙だった。

アイアン・メイデン、大量の石板、絞首台。数々の拷問器具があるいは倒れ、あるいはその衝撃で壊れていた。阿久津と相島が争った跡と考えるよりは、地震でこうなったと見るのが妥当だろう。

部屋の入り口付近に、見覚えのあるプラスチックケースが横倒しにされていた。早苗の事件の証拠保管ケースだ。中身が床に散乱して、証拠品にも一部血がついてしまっている。スケッチブックの表紙が血に浸ってしまっているし、中学生の頃の阿久津の衣服にも血が新たに飛び散っている。凛音の骨入りペンダントも、部屋の真ん中のあたりで血に浸っていた。

だが阿久津の死体は見えない。

倒れた拷問器具たちは、大きいものでも、建物の傾きにしたがって窓側に向けて倒れている。ここから広く視界を遮ることが出来るわけではない。唯一視界を遮るものと言えば、しゃがみ込んだ黒崎の背中だが、それが作る死角に覆い隠されるほど阿久津の体が小さいはずもなく——。

え？

僕はギロチン台に目を留めた。キャスター付きの台車に載せていたのが災いしたのか、ギロチン台は倉庫の窓の方へ向けて転がったらしく、ブチ破られた窓を乗り越えて、四分の一ほどが外にはみ出ていた。

そのギロチン台の刃が下がって。

その刃に血がついていた。

昨日宿に着いた時にも、一度この部屋は見に来た。しかしその時はあんな血はついていなかったし、ギロチン台の刃はもちろん上がっていた。

僕は倉庫の中に一歩、二歩と入って、黒崎の背中の向こう側を覗き込んだ。

「星影さん——」と背後から優子の声。

「優子」僕は素早く言った。「見るな」

床の上に、サッカーボールくらいの大きさの物体が一つ。

阿久津透の首だった。

「出来の悪い生徒には、補習をしなくてはなりません」

倉庫の中に朗々と響き渡ったのは相島雅夫の声だった。振り返ると、榊と瀬川と共に、背後に彼が立っていた。彼は無表情のまま、まるで講義でもするように続けた。

「阿久津君は私の生徒でした。私の生徒の不手際ですから、私が正すのが道理です。彼は小学生の頃から歴史が苦手でした。なので、彼の悪心を正すと共に、歴史の補習を受けさせたのです」

誰もその言葉を遮るものはなかった。僕も榊も優子も、固唾《かたず》を呑んで彼の独白の続きを待っていた。黒崎でさえ、阿久津透の首を見つめたまま黙って聞いていた。

「歴史を肌で感じること。歴史を身をもって感じること。それこそが最大の学習方法です。ですから、彼にハンムラビ法典を教えてあげました。『目には目を、歯には歯を』。これはやられたらやり返せという意味ではなく、過度な報復を禁じるものです。目を潰されたら相手の目を潰す以上のことはしてはいけない。阿久津君は娘の背を剣で突き、首を斬り、四肢を斬りました。ですから私はそれ以上のことはしません。しかし、首を斬ったところまでは良かったのですが、ギロチンを使った時の衝撃のせいか、台車のキャスターのロックが外れて、あのように。体は外に飛んで行ってしまいました」

相島は日本刀を拾い上げて、言った。

「榊さん。もう玄関扉を出ることは出来るようになりましたか?」

「出来ないよ。どうしてかな?」

「早くあの林の中を探して、彼の手足を斬りに行かねばならないからです」

その言葉を合図にしたように、黒崎が床を蹴って、相島に飛びかかった。程なくして相島は腕を背中までねじり上げられ、床に引き倒される。

「黒崎さん、痛いです」

「黙れよこの薄汚い殺人犯が」黒崎が言い捨てた。「俺のこともその刀で切り刻むか？」

「なぜ黒崎さんを傷つけるのですか？　あなたに復讐する理由がありません。むしろあなたは娘のためにずっと奮闘してくださった。感謝しているくらいです」

「その感謝を！　お前はこんな形で返すのか！　これからだったろうが……これからだっただろうが！」

黒崎の口から唾が飛んだ。唾が顔にかかっても、相島は冷たい無表情のままだった。

「全て終わったではありませんか。阿久津君は自白しました。彼は私の娘を殺したと言ったのです。復讐するには十分な理由です」

貴様ァ、と黒崎が声を荒らげる。

「相島さん。手足を斬りに行くのはやめようか。ハンムラビ法典は、過度な復讐を禁じるんだったね？　それなら、それ以下の復讐でもあなたの教えは伝わるんじゃないかな」

榊の言葉にああ、と相島が息を漏らした。黒崎に抵抗しようとしていたのが、途端におとなしくなる。

「一理ありますね」

しん、と沈黙が広がった。

榊遊星、恐ろしい男だ。目の前の殺人犯が吐く言葉を捕まえ、最も有効な言葉でその心の牙を抜いた。

「おい相島。せっかくだからよ、一つ言っておきたいことがあるんだ」

「何ですか」

「俺は出会った時からお前が嫌いだったんだ」

「奇遇ですね」相島は自嘲気味に笑った。「私も苦手なタイプでした」

黒崎もそれでようやく緊張から解放されたのか、肩に入った力がスッと抜けるのが見えた。

彼は絞り出すような声で相島に尋ねた。

「相島。あんた、何で、こんなことを……」

「黒崎さん。私はね。あの日からずっと、眠ろうとすると、瞼の裏に阿久津君の顔が浮かんでくるんです。彼が殺したんじゃないか。そんな妄想がどんどんどんどん膨らんでいって、瞼の裏であの子が娘を殺すんです」

何度も。

何度も。

何度も。

「でもね、ほら、黒崎さん」

相島は床に倒されながら、目を閉じた。腕をねじられ、相当痛いはずなのに、瞑目した彼の顔は解脱《げだつ》した僧侶のように穏やかだった。

嵐が通り過ぎたようなこの部屋で、ただ、彼の心だけが凪《な》いでいた。

「もう何も見えません。阿久津君はようやく、私の瞼の裏から出て行ったんです」

だから、と相島が続けた。

「今夜はよく、眠れそうです」

探偵によって斬られた少女の首。

父親によって斬られた探偵の首。

こうして、相似形の悲劇は凄絶《せいぜつ》に幕を下ろしたのだった。

＊

ホールに相島を引き連れてきて、背もたれのある椅子に縄で縛り付けた。

「この人、ここに置いておいていいんですか？」と優子が聞いた。

「こういう事態ですから、殺人犯とはいえ除《の》け者にするわけにもいかないでしょう」

「私、大丈夫ですよ」相島は目をパチクリさせた。「私が殺したいのは阿久津君だけですし、それはもう済ませましたから」

「その妙に落ち着いた態度が怖いんじゃないの……」

柚月は額を押さえた。小学生時代から親しくしてきた人が、殺人を犯した事実を受け止めきれていない様子だ。

——これからどうなるのか？

——これからどうするべきか？

ホールにはその問いの答えが見えない不安感が充満していた。

「今後の対応を話しあおっか」

榊は突然立ち上がった。

「黒崎ちゃん、火村さん、遠上さん、瀬川さん、あとは——星影さん。ちょっと話があるから、集まってくれないかな」

榊はそう言って、僕らをホールから連れ出した。彼が向かったのは会議室2だった。

僕ら六人はパイプ椅子を並べて円形に座った。

「扉は閉めないでおこうか。余震が来て閉じ込められてしまっては堪らないからね。あと、これだけ距離を取れば大丈夫だと思うけど、なるべく皆さん声を潜めてちょうだいよ」

「何だよ。いきなり呼び出して密談か？」

「その通り」榊は微笑んで頷き、すぐに真剣な表情になった。「今からする話は、相島さんを刺激する恐れがありますからね。だからあなた方だけ呼び出してまずは相談を、と」

「刺激する……一体、どんなことですか」と僕は聞いた。

「被告人——いや、どうせなら堅苦しい言葉遣いは取っ払って話すね——阿久津透は、十九年前の殺人事件の犯人ではない可能性がある」

黒崎が立ち上がった。

「何だと！」

「ほらほらほらほら。こういうのが嫌だったんだよねえ」榊は唇の前で人差し指を立てる。

「声を潜めてって言ったでしょ」

黒崎はバツの悪そうな顔をして座った。

「私と同じことを考えている人が、他にもいたんですね」

そう応じたのはつかさだった。

「おや。すると火村さんも気付いてたんだ」

「はい」

「お二人とも、それは一体どういう意味なのですか？」と遠上が聞く。

「要するに、阿久津が最後にした自白が信用するに足りないってことだよ」

「ええ。あのタイミングで自白してしまうのは、阿久津らしくないからよ」

「阿久津らしくない？」僕は困惑した。「そうでしょうか……むしろ、最も劇的なタイミングで口にしたと思いますし、あの人の性格に合っているんじゃないかと……」

「星影さんの言う通りですな」と瀬川。「演出過多なところが実に坊ちゃんらしい」

「それは間違いありません」つかさは頷いた。「自白の内容と演出はまさしくあいつ流だった。でもそうじゃないの。私がおかしいと言っているのは、論理を何より重んじている阿久津が、論理を放棄したからよ」

僕は早苗から答えを聞かされていたので、阿久津の自白に疑問を覚えなかった。しかし、この二人には何か違うものが見えているらしい。僕は思い付きを無責任に口にするのは大得意だが、生憎と、論理的に細かいことを詰めてみるなんてことは不得手なのだ。

「じゃあ私から説明するね」つかさは咳払いした。「阿久津が自白するキッカケになったのは、スケッチブックに関する秘密の暴露だった。それは、血で塗り潰されている右半面に描かれていた図案を、阿久津が知っていた。そういうことだったよね」

「ああ。決定的じゃねえか」

エメラルドグリーンで太陽を描いた話は、裁判の前日に早苗の口からも聞いている。

「描かれていたものを知っていることは、すなわち、阿久津が血で汚れる前のスケッチブックを見ていることを意味する。そして、スケッチブックが汚れたのは被害者を殺害した時、あるいは、被害者の体を切断した時と推定される。ここから導き出されるのは？」

「……殺害し、切断したのは阿久津という結論じゃないんですか」

「ところが厳密には違う」榊が言った。「例えばこういうストーリーを想定してみて。阿久津がX犯人説の立証に使った密室の問題は一度無視するからそのつもりで。

阿久津が降雨後、現場に立ち入った時、そこにはまだ犯人と、生きている相島早苗がいた。離れに立ち入ってきた犯人に、早苗が襲われている場面に出くわしちゃったんだね。阿久津がそれを止めようとしたかは分からないけど、まずいところを見られたと思った犯人に殴られ、昏倒させられる。この時に、ローテーブルの上に広げられたスケッチブック、すなわち、まだ血で塗り潰されていないエメラルドグリーンの太陽を見て、それが記憶に残っていた。そうして彼が目を覚ますと、犯人の姿は掻き消え、被害者の死体と、その血で汚れた絵だけが残されていた」

どうだい、と榊が言う。

「彼がエメラルドグリーンの太陽の絵を見ていたことと、今の話は何か矛盾するかな？」

「悔しいが」黒崎は舌打ちした。「しねえな、まったく」

「もちろん、考えられる筋書きはそれだけじゃない」つかさは説明を継いだ。「つまるところ、『エメラルドグリーンの太陽を見た』という発言から引き出されるのは、『阿久津が早苗の絵を血が付く前に見た』ないし、『早苗が絵を描くところを見ていた』という事実だけなの」

「そしてそれは、阿久津が犯人であるという論拠に直結するものではないってこと」

榊が説明を締めくくる。僕は黒崎と顔を見合わせて、今の説明の意味をゆっくり咀嚼していた。

「だけど、だけどよ」黒崎が食い下がる。「仮に、榊が今話した筋書きが正しいとしてもだ。阿久津は自分が証言した通りには行動していないことになるじゃねえか。榊の言うには阿久津が離れに来た時血は流されていなかったことになるが、阿久津は、自分が来た時には早苗の体は既に切断されていたと言ってる。すると、あいつは嘘をついてたってことになる。それがバレたんだぜ。観念して何がおかしい？」

「ああそりゃまずいよね。嘘がバレたら」

でもさ、と続けながら、榊は身を乗り出した。

「嘘が一つバレた。言ってみれば『それだけ』じゃん」

「は？」

「それともさあ。黒崎ちゃんが十九年も泥水の中を這い回りながら追いかけた男は、そんな嘘が一つバレたくらいで観念するような奴だったの？」

そう言われると、黒崎は険しい顔つきになり、一つ舌打ちしてから首を振った。

「忌々しいことに、ヤツは中学生の頃から俺たち警察に向けてハッタリかましてきやがった、肝の据わったクソガキよ。今さら潔く観念して尻尾巻くようなタマじゃァねえ」

「その通り！　嘘の自白をして警察を欺き、裁判で不意に鼻っ柱を折ってみせた——こういう原告側の主張とは、まったくかけ離れてるってわけさ」

最後まで理解と共感に置いて行かれたのは僕だった。根が少しずつ栄養を吸うように、僕の頭に榊の言葉が浸透してきたところで、ようやくこんな質問が浮かんだ。

「じゃあ、阿久津さんが自白したことが不自然だとして、それは、何を意味するのでしょうか？」

「無論、あの自白は嘘だと睨んでいる」榊は言った。「そして阿久津は自白をすることで、誰かを庇っている——とかね」

「そいつはいくら何でも、飛躍しちゃいないか？」

「ところがそうでもないんだ。事件全体の図面を引いてみればみるほど、その説は強固になってくる。

原告側は恐らく、三つ提出した訴因のうち、『阿久津透こそ殺人犯である』という説こそ真実ではないかと思っていたんじゃないかな。そうでしょ？　じゃあまずこれを検討するよ。阿久津透は偽証拠を作り上げることで自ら真犯人Xの存在を捏造する。そのXは、言わば『阿久津を犯人に陥れようとした犯人』であり、阿久津の立場は――少し面倒な言い回しをするよ――『阿久津は、自らを犯人に陥れようとした人物Xの存在を立証することで自らを被害者に見せかけた犯人』と、こうなる。ここには、一度刑事裁判を受けることで一事不再理の適用を受け、再び刑事裁判にかけられないようにするという実利もあるにはあるね。

ところが、この構想はいずれ破綻せざるを得ない――Xなる存在は見つからないからね。その事実は周囲の不審を招く。現に黒崎ちゃんはずっと阿久津のことを怪しんでいた。もちろん阿久津の巧妙なところは、Xとして具体的な人物を名指さず、様々な属性を推理してその輪郭を描いた上で抽象的存在のまま留めておいたことにあるね。具体的な人物を名指せば、当該人物は必ず抗弁する。また死者を名指せばその人物の名誉が傷つくことになるから、身内が反抗するでしょう。一方、抽象的存在に留めておけば、容疑者が発見され具体的形質をとったタイミングで丹念に潰す『だけ』でいい。二百人程度の犯人性を否定することくらい、阿久津のような探偵なら物の数じゃないでしょ。

それでも、X犯人説にはずれが生まれる。そして、彼がそれに気が付いていなかったとは想定しづらいんだよねえ。それなら、彼は瓦解するのを承知で放置していた――要するに、彼の計画は、X犯人説の瓦解まで織り込み済みだったと考える方がずっと自然じゃない？」

「んな馬鹿な。そんな七面倒なこと仕組む理由がどこにありやがる」

「X犯人説が瓦解した瞬間、私たちが『阿久津透こそ真犯人だった』という結論に飛び付くからだよ。彼には自分が犯人と思い込ませ、自分を処断させてなお、隠しておきたいものがあるに違いないよ」

黒崎が喉を鳴らした。

「それが、阿久津の庇っている真犯人の存在だっつうのか……？」

「全て私の妄想って言われちゃそれまでだけどさ」

黒崎はしばらく黙っていたが、「いや」と言って首を振った。

「とんでもなく迂遠だが、あいつらしい。信じられるぜ」

阿久津が、誰かを庇っている。本当にそうなのだろうか。

僕は昨晩の阿久津との会話を思い出した。

——探偵は真実に向けて足を踏み出したら、足を止めることは許されない。

——君にはこれから、いかなる真実に気付き、それに絶望しようと、歩みを止めぬ覚悟があるかい？

榊の推測を聞いた上で思い返すと、確かに、阿久津は早苗殺害事件の真相を深く追究されることを避けたがっているようにも聞こえる。

それほどの絶望的な真相が、この裏には隠されているというのだろうか。

「裁判、続けるべきじゃないでしょうか」

つかさが言った。

「さっき、地震に遭った時に思ったんです。私の命なんていうものは、吹けば飛んでしまうような軽いものなんだ、って。いつ何が起こって、死んでしまうのか分からないんだ、って。変なこと言ってるかもしれませんね。でも」

つかさは強い決意を込めた目で、榊のことを見据えた。

「私とあいつはかつて探偵とその助手でした。血よりは薄くても水よりずっと濃い関係です。あいつはずっと隣にいたのに……それなのに、あいつのことも何一つ知らないでいる。次の瞬間には、知らないまま、あっけなく死んでしまうことさえあるかもしれないのに。……私は、そんなの絶対悔しいんです」

だから、と彼女は続けた。

「裁判を続けたい。このままで終わるなんて許せません。あいつが命を賭けてまで隠そうとした真実を、私はこの目で見たいんです」

そもそも。

僕が蘇ったのは、阿久津を「殺してやる」と言ったつかさがあまりに危うげに見えたからだった。それは要約すれば兄としての庇護欲である。僕は兄ならではの傲慢により、彼女には僕が必要だと思ったのである。

ところが、つかさはもう子供ではない。彼女のひたむきなまなざしは強かった。

俺もだ、と黒崎が立ち上がる。

「冥土《めいど》まで追いかけて、必ず奴の仮面を剝ぎ取る。そのためにここまで体に鞭打ってきたんじゃねえか。このまま勝ち逃げなんざ許さねえ」

「素晴らしい」

榊は満足げに目を細めると、次に僕に目を向けた。

「星影さん。君はどうかな？」

「私――私ですか？」つかさと黒崎の思いの強さに圧倒されていた僕は、その流れで僕に話が振られたことに面食らった。

「チョコレートの持つ意味に気付き、それを指摘したのは、君だって聞いたんだ。本当かい？」

「は、はあ」カンニングの結果ではあるが。

「君が法廷に投げ込んだチョコレートの手がかりは、巡り巡って阿久津透の失言を引き出した。君に求めるのは水面にさざ波を立てる一つの石の役割だよ。今日の法廷のような波及効果を、もう一度期待するんだ」

「いや……だって、わざわざチョコレートの調査をさせたのですから、榊さんも気が付いてましたよね？」

「ふふ、さあどうかな」榊はくすぐったい声で笑った。「分かっていても、裁判官としての立場上、片方に肩入れするようなことは言えないじゃん？　どのみち、遠上さんも瀬川さんも気が付きませんでしたが、ね」

ね、を強く発声すると、
遠上は「……面目《めんぼく》次第もございません」と、

瀬川は「……ぐぅの音も出ませんなあ」と応じた。

……榊遊星。やはり食えない男である。

まあしかし、と遠上は応じた。

「情けないところをお見せした以上、挽回《ばんかい》する機会はいただきませんとね」

「右に同じ。坊ちゃんに背くのは従僕の義に反しますが、主人のことを知りたく思うのは忠臣の常ですゆえ」

二人の弁護士が立ち上がる。

いつしか、座っているのは僕と榊だけになった。榊の視線を痛いほど感じる。僕は強烈な喉の渇きを覚えて、唾をごくりと呑んだ。

「私は、思い付きを口にすることしか出来ません」

「むしろ、それを期待しているんだよ」

「私は皆さんのように阿久津さんと深く関わっていたり、職業人としての役割があるわけでもありません」

「その自由さが欲しいんだ」

「……阿久津さんは、真実を求める者には、どんな絶望を突き付けられようと立ち止まらぬ覚悟が必要だと言いました」

「じゃあ、必要なのはその覚悟だけだね」

僕は大きく深呼吸すると、榊の澄んだ両目を見つめて続けた。

「私は阿久津さんにそう言われて――悔しかった。引きこもりから脱却したといっても、そんな勇気はないだろう、とでも言うような嘲りを読み取ったからです。ちっぽけな私が覚悟を抱くには、それでも十分すぎるほどです」

「良し！」

榊は満面の笑みを浮かべた。

「それならば。死者の墓を暴く不届き者どもよ、真実を求める正しい意思に導かれた者どもよ。私が舞台をしつらえよう。裁判さ。もう一度、あの事件の裁判を開くよ」

「しかし、榊さん」遠上が水を差す。「この裁判は刑事訴訟法を準用しています。刑事訴訟法三百三十九条第四号。『被告人死亡の場合には公訴棄却の決定を出さなければならない』。ですから、阿久津が殺されてしまった以上、もう裁判を続けるわけには……」

「察しが良いね。そうそう、もう一度裁判だなんて、法務省のお役人やら、法曹界の堅物《かたぶつ》共にバレたら事だよね」榊は微笑んだ。「だから回線を落としておいた」

「――は？」

僕たちは言葉を失った。

「あんな地震の後だよ、回線が切れたのはそのせいだと解釈されるさ。連絡を断ち切ってから、助けがやって来るまで――その隙を縫って、私たちはもう一度裁判をする。歴史に名を刻まぬ裁判」榊はひと呼吸置いて続けた。「私たちだけの裁判を」

榊遊星。裁判官きっての、天性の変わり者。

黒崎はやがて堰《せき》を切ったように笑い出すと、榊の肩を叩いて言った。

「お前選んで正解だったよ。常々イカれてるたあ思ってたが、ここまでくると痛快だ」

「お褒めに与《あずか》り光栄だよ」

「俺たちだけの裁判か、ははは、悪くねえ」黒崎はドサリと椅子に座り込むと、大股を開いてふんぞり返った。「俺はもともと探偵機関ってやつが気に食わなかった。密室だダイイングメッセージだ、そんな取るに足らねえことで俺たちの事件を奪っていきやがる。だが、そんなのはもうごめんだ。探偵のいなくなったこの場所で、俺たちは探偵なしの、俺たちだけの裁判をする」

黒崎の目はギラギラと輝いている。まるで獲物を見つけて高揚する狩人のように。

「でも」とつかさが言った。「榊さんが大変なんじゃないですか。そんなことしたら」

「雑事なんて私に任せておきなよ。なあに、そのために私はここにいるんだから」

榊はスッ、と真面目くさった顔になる。

「私は常々、法とは、正しい意思を助けるものでなければならないと考えていてね」

「少し青臭いですな」と老弁護士が応じた。

「はは、おっしゃる通り。……でも、そう考えるからこそ、あなた方の決意を無下《むげ》にはしたくない。法律の条文があなた方の真実を求める意思を阻害してはならない」

ならば、と榊は続ける。

「私はこの隔絶された小さな法廷で、あなた方の法になりましょう。あなた方を邪魔立てするものから守る盾になりましょう。あなた方を見守り、手を差し伸べる黒い法服でありましょう。……求める対価はシンプルだよ。事件の真実――それを私に見せてくれ。私はそれが見たい。阿久津透という男が命を賭して守ろうとしたものが見たい。そこに君たちが辿り着く瞬間が見たい」

榊の演説に、五人はあるいは息を呑みあるいは襟を正した。

僕は。

榊遊星という人間を、誤解していたのかもしれない。

それに、と榊は言って、悪戯っぽく笑った。

「こっちの方が、面白いだろ？」

僕はそれを聞くと、少し間を置いてから、こらえきれなくなって笑った。見ると、黒崎も榊の背中をバンバンと叩きながら、ケッサクだよと褒め称えている。遠上と瀬川は肩をすくめ合い、つかさは穏やかに笑っていた。

ああ、やはりこの人は遊ぶ星に生まれついている。

「さて。裁判を始めるには準備が必要だね。もう一度話を聞いてみたい証人もいるはずだ。その分担をざっくり決めたいところなんだけど、今はもう一つの用件を済ませちゃおうか」

榊はこちらに歩み寄ると、ポン、と僕の肩に手を置いた。

「星影さん」

僕は首を傾げた。

「君――一体誰なんだい？」

＊

部屋の入り口で、ガタッ、と物音がした。

「おお、ちょうどいい。君にも同じ質問をしようと思っていたところなんだ」

入り口に背を向けるように立っていた五人がぐるりと振り返る。そこには怖気づいた顔をした三宮雄人――すなわち優子が立っていた。明君、どうしよう、とばかりに潤《うる》む目で僕を見つめている。

「星影さんはこの裁判を機会に大きく変わろうとしている――なるほど、それは確かに喜ばしいことだ。果断で、堂々と話し、発想の瞬発力にも見るべきところがある。だけど、誤解を恐れず言ってみるなら、まるで別人にでもなっちゃったみたいだよね」

「榊さん、それは言いがかりというものです」と遠上が擁護に回る。「あなたはこの子がようやく振り絞った勇気を踏みにじろうとしています」

「私も最初はそう思った。悪い妄想は捨てないと、ってね。だけど、彼女が言ったある言葉が私の憶測を刺激してしまった」

ある言葉？　僕は榊に会ってから今までの発言を思い返し、どんなまずいことを言ったのかと思案を巡らせた。

「彼女は宿に着いた日、私と一緒に『旅先で食べるアイスが好きだ』という話で盛り上がったんだ。黒崎ちゃんと遠上さんは見ていたよね。その時彼女はこう言っただろ？『深夜のコンビニで買うアイスとかも好き』と」

何だそんなことか。それが一体何だというのだ、と言い返そうとして、「あっ」と息を漏らした。

榊は笑った。

「そろそろ気が付いたかな？　星影美空さんの家は門限が厳格で、しかも両親によれば門限を一度も破ったことはないし、深夜に一人で出歩かせたこともないという。もちろん、これこそがあなたの非行を否定する一材料となったんだったね。そんなあなたが、深夜のコンビニで買うアイスが好きなんて言った。おかしいと思わない？」

沈黙は金なり。饒舌は身を滅ぼす。

「彼女はメイクも施して、服装も今までと比べ大胆に変えている。だから最初に私が疑ったのは、星影美空が結局裁判に出てくる勇気がなくなって、自分とよく似た『替え玉』を派遣してきた可能性だった。そこで、訴状提出の際、星影美空本人に黒崎ちゃんが書かせた書面の指紋と、昨日の裁判で『替え玉』氏がサインした宣誓書の指紋を比較させた」

「指紋を検出と言いますが——こんな山奥でどうやって」と遠上が尋ねる。

「私は証拠保管ケースを運び出すために、警察車両に乗ってこの山奥に来たんだけど、トランクにたまたま検査キットが載っていたんだよ。鑑識官の忘れ物だと思うけど。そのキットの中に指紋検出粉があったから、これで指紋を取らせたってワケ。

　昨日私は、宣誓書に記名がないことについて係官君を叱りつけただろ？　あれ実は演技なんだ。わざと記名抜けの書類を作らせたの。印鑑を押すだけだと書類に触れてもらえないかもしれない。その点、サインにすれば、筆跡も見られるし、紙を押さえるべく必ず手が触れる」

　さあさあところが、と榊は続けた。

「指紋は同一だったんだよ、これが。つまり替え玉説はナシ。でも、それに相反する面白い結果も出たんだ。一日目の裁判で証人としての役目を終えてヒマになった今本さんに、二日目の朝、二つの書類の筆跡を比較させてみたんだよね、試しに。結果は、『似ているところもあるが、細かい癖がまるで異なる』と。今本さんは意味深なことを言ったよ。『まるで、一枚目の筆跡を、二枚目を書いた人が頑張って真似しようとしたようなサインですね』」

　僕は呻き声を上げた。自分では上手くやったつもりだったが、専門家に鵜《う》の目鷹《たか》の目で見られれば齟齬《そご》が出ないはずがない。

「面白いでしょ？　アイスを食べた記憶、意識改革、筆跡。しかし指紋が示すように体は同一。まるで星影美空さんの姿でこそあれ、中身だけそっくり入れ替わってしまったみたいな状況じゃないか。

　そして発見はこれだけでは終わらなかった」

　君だよ、と優子（三宮）に指を突き付けた。

「それは昨日の裁判でのことだ。星影さんのサインと指紋を求めた関係上、あなたにも記名なしの宣誓書にサインをしてもらったら——何と、あなたもまた、利き手の左とは逆の右手でサインを行った！　妙に思って、これも今本さんに調べさせたところ、筆跡が異なっていることが分かった。

さあ大変なことになってきた。それも、君たち二人とも疑惑の出発点は、非行の否定を裏付ける門限という論拠、三宮さんを事件の犯人から除外する利き手の論拠、すなわち、ともすれば君たち自身が関わった事件の結論を変えかねないものだった。私の考えは、もしや二人はそれぞれの事件の犯人なのではないかというところまで飛躍した。そうして更に、もう一段階——それも異次元の領域へ踏み入ってしまった……」

「異次元……？」と黒崎が眉をひそめる。

「遠上さん。私はあなたにあることを調べさせましたね。相島家の離れに残されていたペンダントのことを」

「やりましたね。田舎に出張までして、愚にもつかん話を聞かされました。神様だとか、宗教だとか、転生——」遠上がそう言ってから、榊の顔を見た。「転生？」

「私が注目したのはそこさ。もしかすると、星影美空、三宮雄人両名は、このペンダントと神の逸話を聞き、自分がその通りにまるで『転生』したような妄想を抱いたのじゃないか、と。星影さんの急変の様子はそれじゃないか、と。しかし、片や女子高生、片や山村の名家の跡取りだ。そんな二人が同じ妄想を突然共有する？　そんなことがありうるかい？」

妄想なんかじゃない、と反駁《はんばく》しようとして言葉を呑み込む。その反駁は半ば彼の疑いを認めるようなものだ。僕は優子に目で合図して、まだ口を出さないように伝える。

榊は指を鳴らした。どこからともなく彼の部下が現れて、ビデオカメラを渡した。

嫌な予感がする。

「ところで、昨日の夜、君たちはロビーで面白い会話を交わしてたよね」

「……ダメじゃないですか。裁判官が盗撮なんて」

背中に流れる冷汗を意識しながら、一応言い返す。

「ハハ、面白いことを言うね。だが残念だけど、ここは法廷じゃない」

「もしかして、僕らをつけてたのですか？」

「そんなまさか。君にも話した通り、私は旅先のアイスが大好きだからね。たまたま、間の悪い時に売店に降りて、たまたま、目撃して、たまたま、カメラを持っていただけだよ」

少し長いですよ、と榊は言ってから、三十分ほどの動画を再生した。そこには僕と優子が昨晩ロビーで交わした会話がほぼ全て収められていた。

「面白いのは」言葉を失っている僕と優子を除いた他四名を見渡しながら榊が言う。「第一に、星影さんが三宮さんの『正体を見破った』という会話がされていることだ。これにより、二人が同時に同種の妄想を抱いた、あるいは共謀して装っていた線が消えるね。私の存在は予測しようがないから、わざわざ誰も見ていないところで演技をする意味もない。

次に面白いのは、二人の会話に意味ありげな間合いがあり、更に、二人が虚空の同じ位置を見るシーンが何度かあることだね。私が考えた最強の妄想は、私たちの目に見えぬ第三者がこの動画の中にいるというものだよ。ああ、もちろん、角度が悪くてビデオに映っていないんじゃなくて、私の肉眼でも捉えられなかったことを付言しておこう」

早苗の姿は死者にしか見ることが出来ない。榊が見えないのも、ビデオに捉えられないのも当然だ。

「そして最後の、そして最も面白い点は、会話に登場する名前だね！　明君。優子。早苗。星影さんは三宮さんに向かって優子と呼びかけ、三宮さんは星影さんに向けて明君と呼びかけ、両人が虚空に向けて話す時は早苗と言っている」

「そういえば、俺もさっき聞いたぜ」と黒崎が気味の悪いものでも見るような目で僕を見た。「お前、阿久津が死んでいた倉庫で、三宮に向かって『優子』と呼びかけていたな」

——しまった。

生首を見た衝撃のあまり、ガードが緩くなってしまったようだ。

つかさは動画と榊の言葉がもたらす混乱から未だに逃れられていない様子で、目を白黒させながら言った。

「兄さん？　優子さん？　……どうして、どうしてここでその名前が……？」

彼女は僕の腕を掴んだ。困惑を浮かべた瞳で、僕を見つめる。

「あなた一体……一体……誰なの？」

どうするべきか。

僕は考え込んだ。こういう時、サッと横に出てきて助け舟を出してくれる早苗も、未だ現れやしない。肝心な時に役に立たない奴だ。おまけに、榊遊星などという変人のせいで、門外不出の凜音の秘密までも暴かれようとしている。凜音は自分の存在を人に知られたくないのだと言った。まったくもって窮地である。

だから、僕はあえてこう考えることにした。驚くべき発想の逆転である。あの泰然自若とした凜音でさえ、聞いたら、腰を抜かすような考えだ。聞いて驚け。

――ええい、ままよ。

「つかささん――いや、つかさ」

僕は呼びかけた。

「優子が死んだ時、私が……いや、僕が優子の体から、忘れ形見としてペンダントをもらうのを、黙っていてくれたよな」

「あなた、何でそれを知って……」

しん、と室内が静まり返った。外に降りしきる雨の音が、やたらと耳の中で反響する。

「小学生の時、父さんのお気に入りのコップを割っちゃって、怒られるって泣いたよな。僕が一緒に怒られてやるからって言ったら、あとでこっそり自分のプリンをくれた。お前は甘いもの大好きなのにな」

「何、何なの、あなた、私のストーカー？」

つかさは青ざめた顔で、僕の腕から手を放して立ち上がった。ぶんぶんと首を振って、「近付かないで！」と僕に冷たく言い放った。

「二人で父さんにアイスを買ってもらう時は、大体お前が『兄さんはこれ』って指定してきたよな。お前はアイス一個分の権利じゃなくて、アイス二個分の権利を持ってると思ってた。それも、自分では一番食べたいやつを選んで、僕には食べてはみたいけどチャレンジ精神旺盛すぎて選びにくいものを渡してくるんだ。枝豆味を食わされた時はさすがにクソまずかったな」

彼女は言葉を失っていた。

「つかさ」

僕は言葉を探していた。彼女の常識を打ち破って、その心に僕の存在を響かせる言葉を探していた。

ようやく見つけた。耳まで熱くなりそうだったが、僕に出来るのはそれしかなかった。

「僕は一度幽霊になって、星影美空としてここに戻ってきた。お前のことが心配だったからだ。僕を失い、阿久津の事務所を辞めた後のお前があまりに危うげだったからだ。僕は一度死んだけど、それでもお前を守りたいと思って、ここに戻ってきたんだ」

だってさ、と畳みかける。

「――織田信長だって、家族くらいは大事にしただろ」

つかさは虚脱したように椅子に座り込んだ。まるで魚のような顔をして僕の顔をしばらく見つめていたが、次第に、目が潤んで、涙がひとしずく、こぼれ落ちた。

「あなた……本当に、本当に兄さんなのね」つかさはうわごとのように漏らす。「何で……どうして……どうして今になって……」

全員がパイプ椅子に座り直し、僕はもう一脚隣に用意して優子を座らせる。

そこから先は、長い話になった。凜音という存在のこと。早苗のこと。転生というシステムのこと。僕だけでなく、優子のことも話した。ただ、早苗が相島家の離れで目撃した阿久津の行状については、話がこれ以上複雑になるといけないので、さしあたり伏せておいた。

「……到底、信じられませんな」

瀬川は呻きながら、そう漏らした。

「私は今、やはりそうだったかと思っていますよ」

榊は非常識にもそう言ってのけた。信じてもらえるのは、ありがたいのだが。

ふう、と榊は息を吐いた。

「ああ、とてもスッキリした。もう昨晩はこれが気になって気になって眠れなかったんだよ」

「で、榊さん」と遠上。「信じるか信じないかは別として――今の話が、これからの裁判にどう関係するのですか」

「え。何それ。気になるし、せっかくだから聞いておこうと思っただけだよん」

榊のあっけらかんとした言葉に、何人かのため息が漏れた。

「何も考えていないようでその考えは海より深く、何か考えているようでその考えは水たまりより浅い。友人の弁護士がそう言っていたのを思い出します」と瀬川は目を逸らしながら言った。

「ふふ、ご友人は目が鋭い」

榊は爽やかそうに笑った。

「じゃあ一つだけ、裁判に関わる話もしておこっか。星影さん——いや火村明さん」

はい、と僕は応じた。

「私はさっき、君に真実を求める意思があるか、その覚悟があるかを聞いたね。君の自由さ、発想、そうしたものが欲しいという気持ちは変わりないよ。でも、あの時の答えはまだ、半分、星影美空としての立場のものだろう？」榊は手を差し出した。「私はあらためて、君の言葉を聞きたい」

「……阿久津透は十年もの間、妹についていた悪い虫です。そして、妹に近づく男の素行を調査するのは、兄としての正当な権利ではありませんか」

ああその言い回し、とつかさが呟いた。

「すごく兄さんっぽい」

「うん」榊は笑った。「俗な理由で気に入った。君とは気が合いそうだね。美味しい酒が飲めそうだ」

「あははは。今の体では飲めないので、丁重に遠慮させていただきます」

その時、黒崎が立ち上がった。

「……すまねえ。俺はちょっと席を外す」

「おや黒崎ちゃん。トイレかい？」

黒崎はポケットから煙草を取り出してこちらに見せる。

「黒崎さん、今はそのような場合では——」と瀬川。

彼は会議室を出ようとした姿勢で固まった。

「おい嬢ちゃん——いや、もう火村兄と言った方がいいのか」

「お好きにどうぞ」

「じゃあ火村兄。一つ確かめるぞ。……星影美空は、自殺したんだな。マスコミから電話をもらった、その夜に」

息が詰まった。黒崎も、気付いてしまったのだ。

自分が、星影美空を守れなかったことに。

「……はい」

「そうか」

黒崎はポツリと言った。僕は立ち上がる。

「黒崎さん……あなたのせいではありません。彼女は変わろうとしていました。その機会を与えてくれたことに、彼女は感謝していた」

「分かってるさ。俺は刑事だ。何人も、何十人も死ぬのを見てきた。それくらいで思い詰めたりしねえ」

だがよ、と黒崎は続けた。

「悼むくれえは、させてもらっていいだろう」

先ほど抗議の声を上げた瀬川の方に向き直って言った。

「ま、煙草くらい喫わしてくれや。それに、じきに丑三《うしみ》つ時だ。死者を悼むには、おあつらえむきだろう。もちろん、三宮の分もだ。交通事故たあ、不憫なことだった」

黒崎の態度はひどく落ち着いていたが、それを冷淡さとは思わなかった。自分の感情を隠そうと努めている男の態度だった。執念と情熱で進んできた、いつも感情を剝き出していた男が、今背中を丸めて、自分の感情をひた隠しているのである。

美空が死んだ時、彼女の遺書を取っておいて、机の上に花を飾った時の自分を思い出す。心の中で美空に呼びかけた。君の死を悲しんでくれる人が、悼んでくれる人が、こんなにいる、と。

それが少しでも、彼女の慰めになってくれるように。

黒崎がいなくなると、遠上が言った。

「あれでナイーブなところがありますから。今はそっとしておいてあげましょう」

「まあ、だいぶ遅い時間になっちゃったからね。みんなも疲れたでしょ？　あんなことのあとで、眠れないかもしれないけどさ、横になるだけでもいい。少し休もう。朝になったら、大変な一日になるから」

その言葉を合図に、僕たちは三々五々散って言った。

部屋の中には僕と優子とつかさだけが残っていた。優子はその事実に気が付くと、僕にそっとウィンクしてから、先に部屋を後にした。気を利かせてくれたのだろう。

二人きりになると、気まずい沈黙が流れた。兄妹喧嘩をした後のリビングのような、どちらからも謝罪を切り出せずに顔を合わせる、そんな居心地の悪さ。

「――ねえ！　兄さん！　あのね！」

つかさは突然立ち上がって言った。切迫した声だった。向こうが先陣を切ってくれたことに感謝しながら、とても思い詰めた顔をしていたので、冗談で返すことにした。

「兄さんはやめてくれよ。新しい人生を始めたんだから」

そう言うと、つかさはぴたりと動きを止めてから、引きつった笑みを浮かべた。

「そ、そうか、そうだよね……。でも、新しい人生だなんて、自分探しの旅みたいで恥ずかしいよ」

沈黙が流れる。僕も、多分つかさにも、言い足りないことが山ほどあった。僕らはそれを口にしないまま、無言を共有した。つかさはため息を漏らすと、「じゃあ、私も眠るから」と部屋の外に出ようとする。

彼女は開いた扉に手を置いたまま、こちらを振り返った。

「兄さんがダメなら、姉さんって言うのはどうかな？」

「何だか、それもくすぐったいな」僕は笑った。「でも、いい考えだ」

「じゃあ、今から兄さんは姉さんね」

つかさの儚げな笑顔を見ていたら、ずっと口にしたかった言葉が、自然にこぼれた。

「……復讐なんて、忘れていいんだからな」

つかさの手に、少しだけ力が込められたのが分かった。

「……うん」

「おやすみ。また明日」

「うん。姉さん、また明日」

僕はその夜、一応体が女性だということで、二人掛けのソファをあてがわれた。男性はダンボールの簡易ベッドに寝て、従業員たちは交代をとりながら雑魚寝《ざこね》している。

僕はすっかり目が冴えて眠れなかった。ホールの天井を見つめながら、阿久津透の隠した真実とは何だったのだろうと思いを巡らせた。小さく漏れる苦しげな声や、寝返りを打つ音で、他の者も大体同じ気持ちなのだろうと分かった。榊と相島が椅子に座りながら安らかな寝息を立てているのが腹立たしいほどだ。呪縛から解き放たれた相島にとっては、こんなひどい環境でも、久しぶりの寝つきの良い夜なのだろう。

長い夜だった。いつの間にか雨も止んで、ざあざあというBGMもなくなってしまった。時間の経過がまるで分からず、それが分かったのは、ホールの大窓に、柔らかな光が差し込んできた時である。

――夜が、明けた。

第八章　鍵孔のない扉　―三日目探偵―

　五時になる頃には、結局一睡も出来なかった人々がゆるゆると起き出して、金杉に配布された乾パンをミネラルウォーターで流し込み始めた。

　榊は、「本日十一時より裁判を再開する」と告げた。関係者の一部からは不満の声が漏れ、特に相島は「もう全て明らかになったにもかかわらず、なぜ必要なのか分からない」と言ったが、判決を下して仕上げをするためですよと榊が言うのに納得した様子だった。

　榊は昨晩のメンバー六名を会議室2に招集し、十分ほどのミーティングを設けた。

「相島早苗事件の真相を見つけ出す。口で言うほど簡単なことじゃないだろうね。だけど、私たちには新たな手がかりがある」

「昨日、柚月の口からこぼれた『あの日もクワガタを見た』という発言だな」黒崎が言う。

「あの日というのは事件の日のことに違えねえ。彼女は中学生の頃事件に遭遇したが、ほとんど事件のことを知らされずにいた――凄惨な事件だから両親が嬢ちゃんには情報を隠していたらしい――だから、事件当日の記憶には、もともと少し曖昧なところがあった。その記憶の扉が開いたってこった。つまり新証言が一つ」

「そういうこと。だから、まずはクワガタ怪人事件の真相ってヤツを暴かないとね。思わぬ手がかりが眠っているかもしれない」

「まだありますぞ」

瀬川がスーツケースを引いてきて、全員の前に示した。

「今朝方、坊ちゃんの部屋から持ち出させていただきました。中に坊ちゃんの秘密が隠されているやもしれませぬ。開けてみる価値はありましょう」

「いいのですか、顧問弁護士がそんなこと」と遠上。

「主君のことをよく知るのは、忠臣の務めでありますから」

瀬川は悪びれずに言ってのける。

「しかし、スーツケースに鍵がかかっておりました。恐らく、坊ちゃんが持ち歩いていたものと思われます。そこで従業員数名を派遣し、坊ちゃんの——」咳払いを一つ。「死体を探すことをご提案したいのですが」

「分かった。手配させるね」榊は頷いた。「その他にも、阿久津の行動を追うことが真実に繋がるはずだ。生前の阿久津に最後に会った相島雅夫を中心に、彼の行動を知る者に尋問をするべきだね」

「俺からも資料を提供するぜ」

黒崎は鞄を床に投げ置いた。中には数冊にわたる分厚いファイルが入っている。

「これは？」

「俺が作った、これまでに阿久津が関わった事件の全資料だ」

「さすが執念深いなあ。助かるよ」と榊が受け取った。

僕はこの時、一日目の晩に早苗の口から聞いた目撃証言を皆に提供した。驚きの声や不審の声が上がったが、榊が「その裏付けを取ることを含めて、捜査をしようね」と言ってひとまずは落ち着いた。僕は信じているが、早苗が偽証している可能性もないではないという捉え方らしい。それも無理はないが。

ミーティングの結果、分担は次のように決まった。

・各種現場の捜査　火村明・瀬川邦彦
場所　三階倉庫、阿久津の部屋他。
現場捜査班は検査キットを持って行く。
・各人への尋問　榊遊星・火村つかさ
相島雅夫……殺害時状況の聴取。

神木柚月……クワガタについて。
・阿久津の死体捜索　黒崎謙吾・遠上蓮
二名が従業員による調査隊を先導。

死体が見つかり次第医者の宇田川が検死。

「気が付いたことがあれば、この会議室で共有するように。それじゃあみんな――」

その場にいる人間は椅子から立ち上がり、円形に総立ちとなった。どの顔も引き締まり、あるいは強い決意を秘め、榊が静かに目を閉じ、微笑んでいるのを見つめていた。

榊は目を見開いて、言った。

「見つけに行こうか。私たちの、私たちによる、私たちのための真実を」

＊　明と瀬川　―阿久津透の殺害現場―

三階の倉庫はやはり異様な雰囲気に包まれていた。血の臭いは一晩おいてますます強くなり、惨劇の雰囲気を色濃く閉じ込めていた。

「坊ちゃんはここで……」

瀬川は両手を合わせ、静かに一礼した。

「あの瀬川さん……おつらいようでしたら、ここは僕一人でやりますよ」

「ふっ。ロートルが若人《わこうど》を前に弱音を吐くわけにはいきますまい」

瀬川は笑ってそう言うと、白手袋を嵌めて部屋に入った。頼もしい限りだ。そして、彼が白手袋を嵌めると、坊ちゃんという呼び方と相まって、弁護士どころか、いよいよ執事にしか見えない。

阿久津が持ち去ったものと推定される証拠保管ケースは、既に階下の会議室2に運び出されている。初めにここを訪れた時は、阿久津の切られた首を見た衝撃で、冷静さなど吹っ飛んでしまったが、落ち着いた気持ちで見渡すとまた発見がある。

さて、倉庫は僕たちの部屋と変わらぬ広さであるが、ベッドや鏡台を兼ねた机、座椅子など、置いてある調度品を全て取っ払っているので、より広く見える。その中に、拷問器具がひしめいているわけだ。

倉庫は三階に上がる階段から短い廊下を抜けた先にある。ドアは東側の壁にあって、部屋に入ると、西向きの壁には窓が一つ見える。今はギロチン台がそれを突き破っていた。

南向きの壁には、小さな金具のフックが取り付けられている。通常の客間で絵を吊り下げているものと同型のもので、管理人の金杉は、そこに日本刀や槍を飾っていた。南側の壁の、ドアから見て手前側の位置に日本刀、奥側に槍があったことを覚えている。

今、壁を見るとまるで様子が変わっていた。まず、日本刀と槍がそれぞれ、壁からなくなっている。日本刀は相島が凶器に用いたため、血が付いて床に転がっているが、なぜか槍も床に落ちていた。こちらは血痕が付いている様子はない。なぜ落ちていたのだろう、と思ってもう一度壁を見てみると、槍を引っ掛けていたフックが二つともなくなっている。

僕はその位置まで近付いた。床を見ると、そこに金属のフックが二つ落ちていた。

「地震のせいで落ちたのでしょうか」

瀬川は手袋をした手で、そのフックを拾い上げた。

「……いや、どうでしょう」

瀬川はフックの内側を僕に見せた。フックの内側には人差し指の形をした血痕が残っている。

「この指の跡を見るに、何者かがフックを引き抜いたと思われますね。ちょうど、壁についているフックを無理やり外そうとして、触れる位置だと思いますが」

「しかし、血が付いていますよ。だとすれば、返り血を浴びた犯人か、もしくは被害者ということになりますね」

「榊さんたちが相島に話を聞けば分かることですな」

瀬川は事もなげに言うと、フックを透明なビニール袋に入れた。

「それにしても、相島さんが使った日本刀はいいとして、どうして槍まで床に落ちているのでしょう。日本刀は凶器として申し分ありません。ただ、槍は違う。二メートルほども長さがありますし、この部屋で凶器に使うには、少々使い勝手が悪い」

瀬川はこくりと頷いて、日本刀の掛かっていたフックをじっと見つめていた。

「火村さん。あなたはこの宿に到着した時にも一度、ここに入ったのでしたね」

「はい」

「日本刀はどちらの向きにかかっていたか覚えておいでですか？　つまり、柄がどちらで、鞘《さや》がどちらだったか」

「ええと……」

僕は懸命に記憶を辿った。

「確か、柄が窓の方を向いていたのではないかと」

「なるほど。では、ちょっとその向きに置いてみましょうか」

瀬川は凶器の日本刀を鞘に戻すと、二つのフックの上に日本刀をその向きで載せた。すると――。

日本刀はするっと右側に滑り落ちた。

「あ」

「やはりそうでしたか」瀬川は手袋を嵌めた手で顎を撫でる。「今建物は傾いております。台車の上とはいえギロチン台が滑るような異常な傾斜ですから、平行に付けられたはずのフックにも影響が出るでしょう。日本刀を逆の向き――すなわち、鞘が窓を向くようにセットすれば、このように」

瀬川はまた日本刀を拾い上げ、フックの上に載せた。先ほどと同じようにズルッと横滑りしかけたが、鍔《つば》の部分がフックに引っかかって止まった。

「鍔のおかげで、床には落ちません。ですが、今火村さんが言った向きであれば、地震で床が傾いた時に、日本刀は引っかかる部分もなく床に落ちてしまう。

槍がいつ落ちたものかは断定できません。しかし、床に落ちていた日本刀を咄嗟には手に取れず、一度は壁にかかっていた槍を手に取った――というストーリーはさしあたり考えられるのではないでしょうか。相島さんが部屋に入って来て日本刀を拾い上げたので、反撃のために坊ちゃんが槍を手に取ったと考えてもよいですし」

僕は唸った。

次に僕が注目したのは、フックの傍に落ちていたハンカチである。刺繍《ししゅう》の入った藍色のハンカチだった。『T・A』という金文字の刺繍。この頭文字に該当する人物は一人しかいない。

「坊ちゃんがよくお使いになっておられたものです」

僕は頷くと、ハンカチの両面を観察した。片面にべったりと血が付いている。

「何かに付いた血を拭った――そんな感じですな」

「相島は阿久津を殺した後、死体からハンカチを奪い、血痕を拭ったということですか？」

僕がそう言うと、二人は黙りこくって見つめ合った。

「……それはおかしいのではないですか」

「ですよね」

「血痕を拭うのは通常、犯行を隠したいからです。ところが相島は坊ちゃんを殺したことを隠そうともしておりません。返り血を浴びた服装のまま、我々の前に現れ、進んで坊ちゃんを手にかけたことを仄《ほの》めかしました」

「はい。それは、何かの血を拭って犯跡を隠そうとした行動と矛盾してしまいます」

「どういうことなんでしょうな」

「どういうことなんでしょうね」

僕は考え込んだ。血が付くものとして分かりやすいのは、やっぱり凶器だ。でも日本刀にはべったり血がついている。とすると――。

「ねえ瀬川さん。検査キットの中に、ルミノール試薬、入ってますよね。槍の穂先に使ってみませんか」

「……ふむ。試しにやってみるのもいいでしょうな」

瀬川も似たようなことを考えていたのか、あっさりと同意した。

僕はルミノール試薬の入ったボトルを取り出す。半透明のプラスチックボトルで、分かりやすく言うと霧吹きのような形をしている。使い方も霧吹きと同様だ。レバーを引くと、霧のように試薬が飛び出る。

明かりを消してから、穂先に何度か吹き付けると、青白く、ぼうっと光った。

「やはり――」

「すると、ハンカチを用いて槍に付いていた血を拭った、ということになりそうですな」

「しかし、なぜ日本刀だけでなく槍にまで血が付いていたのでしょう?」

「どういうことなんでしょうな」

「どういうことなんでしょうね」

ハンカチや日本刀、槍、壁のフック。今はそうした幾つものパーツを覚えておいて、榊たちに報告する以外に出来ることはない。

僕は次に、やはりこの部屋で一番目を引く――窓を突き破ったギロチン台を見た。

ギロチン台の刃が下がり、血がべったりと付着していた。阿久津の首がこれで切られたことは疑いなく、相島もそう言っていた。

「ひとまず危ないので、二人で協力して、ギロチン台をこの位置から引き戻しておきましょう」

「瀬川さんと女子高生でやれるでしょうか」

僕はそう言ったが、キャスターもあるのでどうにかこうにか出来た。ギロチン台を横にずらし、壁のあるところに持ってくる。いくら何でもこの壁までは突き破れまい。

「瀬川さん。キャスターのロックについて実験してみたいんですけど、いいですか」

「確か、ギロチンの刃を下ろした衝撃で、ロックが外れてしまったと言ってましたね。ふむ。少しやってみましょう。今は壁に付けてあるので、外れても心配ありませんし」

ギロチン台を載せている台車を見る。キャスターには、押し下げることでタイヤを固定するストッパーがついていた。ストッパーを足で踏み込んでロックをかけた上で、ギロチンの刃を紐を引いて吊り上げる。

「ちょ、ちょっと怖いですね」

「私は離れていますので、どうぞ」

ガチャン、という音がして、恐ろしい勢いで刃が下りた。ウヒィッ、と情けない声が出る。手や首を突き出さなければ危なくないけれども、怖いものはやはり怖い。

しゃがみ込んでストッパーを見てみると、ストッパーは見事に跳ね上がっていた。

「実験成功ですな」

僕は小さく頷くと、破れた窓で手を傷つけないようにしながら、窓を開けた。外には鬱蒼《うっそう》とした林が広がっていて、「草の根分けても探し出せー！」という黒崎の怒声がここまで聞こえてきた。あの林の中に飛んでいったとなると、捜索は困難を極めそうである。

僕は窓の外に身を乗り出して下を見てみる。目に飛び込んできた、下の部屋の開いた窓が気になった。

「瀬川さん。ここの下の部屋って、誰の部屋でしたっけ」

「ここが三階の西向きの端の部屋ですから……確か、二階のその位置は、神木柚月さんの部屋ですね」

何かが、ちくり、と僕の脳を刺激した。

僕は窓の外を落下していく阿久津の胴体の様子を想像する。雷雨の中に投げ出された死体。

それはまるで……まるで……。

「ああっ！」

僕は思わず叫んだ。

「ど、どうしました。一体何事ですか」

「わ、分かっちゃったかもしれません……クワガタ怪人の謎」

「え」瀬川はさすがに驚いた様子だ。「それは大したものです。ぜひお話を」

「これはただの想像にすぎないんですが……。頭の中で、阿久津の死体が空を飛んでいく光景を考えたんです。二本の腕と、二本の足が投げ出されて、胴体と共に落ちていく……落下の衝撃で、手足はピンと伸ばしたような状態で投げ出されたかもしれない。そして、その体には」

僕は一拍おいて、ためらいながら続けた。「人間であると特徴づける……首が欠落している」

瀬川はグッと息を詰まらせた。

「ま、まさか……」

「……そんな死体は、見え方によっては、人間大のクワガタに見えないでしょうか。阿久津は黒い背広を上下に着ていましたし」

人間大、というか人間なのだが。

「しかし、そう都合よく見間違えるものでしょうか」

「もちろん、昼間だったり、晴れていればそんな間違いは起こさなかったでしょう。だけど、外は土砂降りで真っ暗でした。そんな時、死体が空を飛んだそのタイミングで、もし雷鳴が響いたとしたら」

女性の悲鳴が聞こえてくる直前、稲妻《いなずま》が走ったことを僕は思い出した。

「稲妻は、フラッシュになる……なるほど。だから、神木さんの目には、まるでその刹那を写真に撮ったように、黒ずくめの服を着た首無し死体が焼き付いてしまった。その手足はまるでクワガタの手足に見えて、虫の苦手な彼女は取り乱してしまった……」

瀬川は首を振った。

「なるほど。ピタリと符合するようですな。私などには逆立ちしても考え出せぬ発想ですが」

褒められているのか、馬鹿にされているのか分からない言葉に僕は苦笑する。

「とどのつまり、クワガタ怪人の一件は偶然の産物だったわけですな」

「言ってしまえばそうですね。神木さんがそのように見間違う確証はないわけですから。しかし、この偶然が彼女の記憶の扉を開いた、と……」

　瀬川は頷いてから、「ここでの捜査はもういいでしょう」と言った。部屋を去ろうとする彼を尻目に、僕は部屋をもう一度見回した。

　血の惨劇を色濃く残した現場。刑事の頃には幾度も見てきた光景だ。刑事として何度も現場を訪れるうち、血痕が犯罪者の心理を克明に表現し、その行状を語りかけることが恐ろしくなったことを覚えている。少し呼吸をするだけで血の臭いが鼻腔を満たし、鉄の味が唾液に混じり合うような思いすら込み上げるのには、何度経験しても慣れない。

　例えば、凶器を振り上げた時に、凶器の先から飛び散る血痕。それが幾筋も尾を引いていれば、検死の結果を待たずとも、複数回凶器が振り上げられたことが分かる。殺意の証明だ。

　今の例とは異なるが、僕は奇妙な血痕を見つけた。その血痕の何が奇妙なのか、それを正確に説明することは出来なかった。しかし、その光景の不自然さがひどく目に焼き付いた。

　それは槍のかかっていた壁の近くの床だった。日本刀で刺された時、あるいは首を斬られた時に出来たと考えられる血だまりとは、少し離れた位置だ。黒々とした血痕が、尾を引いて床を流れている。その尾が指し示す先を指で追ってみた。

「火村さん、どうしたんですか。行きますよ」

　僕の指の先に、扉のところに立っている瀬川の顔があった。

「どうしたんですか、指なんかさして」

「ああいえ、何でもありません」

僕は慌てて手を下ろすと、急いで瀬川に付いていった。

＊　つかさと榊　尋問①（相島雅夫）　―ホール（会議室２）―

「私はこれから、何を聞かれるのでしょう」
ホールの椅子に縛り付けられた相島を前に、火村つかさと榊遊星が座っていた。「相島さんはどう尋問は会議室に各人を招き入れて行いましょう、と二人が合意した矢先、しましょう、椅子ごと持ってくるんですか？」という話になり、さっそくイレギュラーな尋問になったのである。

「自白調書を取るんだよ」榊はサラッと嘘をついた。「いきなり取調室で高圧的に事情聴取されるなんてゾッとするだろ？　そこで、一度あなたから事情を聴いておこうと思ってね」

ああ、と相島は相槌《あいづち》を打った。

「それはとても良い考えですね。授業でも私は演習が第一であると常々教えています」

「そういうこと。じゃあ、自白演習をしようか」

つかさは榊の弁舌にひとしきり呆れ返ってから、質問を始めた。

「ではまず前提の確認から。あなたは阿久津透を殺した、間違いありませんね」

「はい」相島は頷いた。悔恨《かいこん》も狼狽《ろうばい》もない、穏やかな表情である。「私が殺しました」

「阿久津を殺した動機は？」

「阿久津君が、自分が早苗を殺したと自白したからです。私は彼に補習を施すべく——」

「つまり、動機は復讐ということでよろしいですね」

つかさがぴしゃりと言うと、さすがに相島はムッとしたが、しぶしぶといった体《てい》で頷いた。

「阿久津を殺そうという気持ちは、阿久津が法廷で自白をした時から抱いていたのですか」

「はい。ですので、荷物を取りに行きたいと神木さんが言って、阿久津君が便乗した時に、彼と二人きりになるチャンスと思い、私も荷物を取りに行くことを申し出ました」

明確な殺意を裏付ける情報だ。今後彼を弁護する弁護士は苦労するだろう。

「ホールを離れた後の、あなたの行動について聞かせてくれますか」

「私は自分の部屋には戻らず、三階に向かう阿久津君を少し遅れて尾行しました。三階に上がると、阿久津君の部屋の扉が開いていたので中に入りましたが、誰もいませんでした。尾行を察せられて誘い込まれたのだ、と気が付いたのは少ししてからでした。

部屋を飛び出ると、隣の部屋、つまり倉庫の扉が開いていました。倉庫の中に入ると、入り口付近に横倒しにされた証拠保管ケースがあって、『なるほど、これを一階に取りに行くために、私を撒いたのだ』と分かりました。そして部屋の中に、阿久津君が立っているのを目に留めました。

彼は逆手に槍を持って、穂先を自分の腹部に向けていました。もしや自殺するつもりではないか、言うだけ言って自殺するのではないか。そんなことは許せないと思いました。補習を施すのは教師の務めだからです。

私は床に落ちていた日本刀を手に取ると、鞘を投げ捨てて、すぐさま背後から心臓を一突きしました。私はその一突きの後、床に倒れてのたうち回る阿久津君を見ていました。早苗も同じくらい苦しかったでしょう。阿久津が早苗の背を一突きするだけで済ませたのですから、それ以上の攻撃を加えることは控えました。

倒れた阿久津君はポケットに手を入れたり、私に向かってこようとしたり、色々としていましたが、しばらくすると力尽きたようで動かなくなりました。私は彼の体を抱え上げ、ギロチン台に載せて首を切断しました。すると、ギロチン台の載った台車が滑っていきます。止める暇もない勢いでしたね。結果、ギロチン台は窓を突き破って、阿久津君の体が外に飛び出してしまいました。

体を見つけ出して、四肢を斬らなければならない、そう思って、階下に下りて行きました。後の成り行きは、榊さんもご存じの通りです」

相島の声音はひたすらに淡々としていた。

「……要領よくまとまった証言をありがとうございます」

だけど、機械のようで少々恐ろしい。つかさは内心で呟いた。

「今の証言で気になったところがあるんだ。阿久津は槍を持って自殺しようとしていた、そう言ったね?」

「はい」

「あなたは宿に着いた日にもあの部屋を見たよね。阿久津が持っていた槍は、あの部屋にあったもので間違いないかな？」

「そうです。馬鹿に長い槍で、特徴的だったので覚えています」

「そう、あの槍は長い。そしてあなたは槍を逆手に持って腹部に向けていたと言った。その時の阿久津の様子をもう少し詳しく教えて欲しい。肘《ひじ》はピンと張っていたかな？」

「いいえ。両肘を曲げた状態でした」

「つまり、かなり穂先に近いところを持っていたと」

「はい」

「では、阿久津が持っていた位置からかなりの長さで、柄の部分が余っていたことになるね」

「はい。支えづらいのか、柄の端はプルプルと震えていたくらいです」

「床に日本刀が落ちていたそうだけど、具体的にはどのあたりに落ちていたの？」

「倉庫に入ってすぐのあたりです」

榊は身を乗り出した。この頃には、つかさも彼の執拗な質問の意味を理解していた。

「あの倉庫は」榊がゆっくりと言った。「南側の壁の、ドアに近い方に日本刀、遠い方に槍が飾られていた。じゃあどうして、阿久津は遠い方の槍を、それも、長すぎて使い勝手が悪い槍を、自殺するのに選んだんだろうね？　不思議だと思わない？」

相島はそう問いかけられてなお、無表情を崩さなかったが、そのままゆっくり首を横に倒した。

「さあ。私は見たままに申し述べているだけですので、理由までは分かりません」

榊とつかさは目を見合わせて、「それもそうか」と肩をすくめ合った。ひとまず、二人は今の疑問を頭に留めて、次に移った。

「ところで、もう一つ聞きたいことがあるんだ。昨日の法廷で、証人の宇田川朴人さんが、あなたの家にあった銅像を欲しがっていたことが判明した。覚えているね？」

「はい」

「そこで、あなたにあの銅像について聞きたいと――」

「あの」

相島が遮った。

「それ、必要ですか。もう阿久津君が犯人であることは分かりましたし、銅像は事件に関係ないでしょう」

「相島さん。刑事は関係のありそうなこともなさそうなことも根掘り葉掘り聞いてくるものなんだ。残念なことにね。これも取り調べ演習の一環ってことさ」

ああ、と相島は相槌を打った。

「私も常々、生徒たちには演習の繰り返しが大切だと教えているのですよ」

つかさは榊を盗み見た。見事な操縦ぶりである。機械は機械ゆえに仕組みを理解すれば御《ぎょ》しやすい。榊に促されて、つかさは質問役を引き継いだ。

「奥さんは、銅像をどういう経緯で入手されたのでしたっけ？」

「妻はFOBの熱心なファンで、ゲームの発売時期に入手したものです。結婚から四年目のことでした。いつまでも隠してはおけないと思ったのか、彼女は屋敷の離れに飾っていたコレクションを私に見せてきました。その中にあの銅像もあったわけです」

「参考に、そのコレクションについてもお聞かせ願えますか」

「色々なものがありました。銅像は、ゲームの発売記念に作られた世界で一つきりの限定生産品で、抽選に当たった妻が入手したものです。これがコレクションの筆頭格でした。あとは、外国からゲームのアイテムに似たものを見つけては集めていたんです。土の戦士・グランが担いでいた大斧、風の戦士・リーファが使う蛇皮の鞭、水の戦士・ユーリが冒険の初めに使っていた樫《かし》の杖。甲冑も防具としてアイテムに登場した物ですね」

「凶器となった剣についてはどうですか？」

「あれは少し経緯が違うのです。宇田川さんもおっしゃっていましたが、例の銅像は、火の戦士・フレイの名シーンを模《かたど》ったもので、剣を持っていますよね。凶器となった剣は、その銅像の剣を複製させたものなのです」

「それはまた、随分と奇妙な話ですね」

「そうですね……榊さんと火村さんは、子供の頃にヒーローにハマったことはありませんか」

「まあ」榊が先に答えた。「少しはあったけどね。火村さんはどうかな」

「私の場合は魔法少女でしたけど……」

「では、お二人はそのヒーローの変身ベルトとか、魔法少女のステッキとか――そういうグッズを買ってみたことがおありですか」

つかさの胸がチクリと疼いた。昔、兄としたやり取りを思い出したのだ。

火村兄妹は五つ年が離れているのだが、つかさが八歳の時に魔法少女にハマって、誕生日のプレゼントに魔法少女が変身する時に使う携帯電話型のグッズを欲しがった。兄は冷淡にも、「どうせそんなの、いつか飽きるのにな」と言って、兄は意地悪だと文句を言ったが、それから数年経って自分の勉強机の引き出しの隅にそのグッズが忘れ去られているのを見た時、切なく思ったのをよく覚えていた。つかさはそのグッズを、買ってくれた父に見つからないよう小さな紙袋に入れて、大掃除の日にゴミに出してしまった。父も買ったことなどもう覚えていないだろう。でも、未来を見透かしたような兄の言葉が恐ろしかったのだ。大人になって、それは多くの人が通り過ぎた郷愁だと分かった。

魔法少女とヒーローは、大きな夢と少しのほろ苦さを孕んでいる。そうしていつか、人は彼ら彼女らを忘れていく。

しかし、生涯それにとり憑かれた人間もいる。相島美佐子もその一人だった。

「例えばそのヒーローが持っている武器とか変身ベルト、あるいは魔法少女の持っているステッキ。これらを身に着けると、まるでそのヒーローに自分がなったかのような没入感が味わえるでしょう」と相島が言った。

「ええ」つかさは万感を込めて答えた。「とても——よく分かります」

「だから今も昔も、おもちゃ会社はそういうグッズを出すわけだしね」

榊の少し冷めたコメントには応じず、相島が話を続けた。

「妻がやりたかったのはそれです。しかも、普通は企業が提供するグッズを享受するのがせいぜいですが、彼女は家の財産に物を言わせて、有能な職人を雇い、自分でそのアイテムを生み出すことにしたのです。等身大フレイ像の持つ剣――つまり、フレイが持っているのと何の変わりもない剣を自分の手で持ってみたい。その重みを感じ、彼と同じ感覚を味わいたい。妻はそういう欲望を抱いて、フレイ像の持つ剣だけを職人に複製させました」

「それこそが、凶器に使われたあの剣である、というわけですね」

「はい。……阿久津君にも今の話はしましたから、もしかしたら彼もフレイのファンで、自分もこの剣で人を殺してみたいと思ったのかもしれませんね。それで、あのコレクションの中から剣を選んだのかもしれません」

つかさは〈FOB連続見立て殺人事件〉の時の阿久津の態度を思い返していたが、特にフレイのファンだと思われるような徴候は見当たらなかった。同時に、つかさにゲームの調査をさせたわりには、ゲームの内容について詳しかったのは、相島さんの家のことを知っていたからか、と合点もいく。

「そして、問題の銅像は事件当日、本宅側の客間の縁側に置いてあったのですね。何でも、銅像を磨くためだった、とか」

「はい。正直、妻が死んでからというもの、コレクションは邪魔なものでした。歯に衣《きぬ》着せず言えば、私から見るとガラクタばかりでしたし……とはいえ、捨てるのも忍びないですよね。ですから、時折離れから出してきては磨いて、綺麗にしていました。私からすれば、仏壇にお線香をあげるのと変わらない、悼む行為の一環だったわけです」

「悼んでいるのに、雨に打たせていたのですか？」

「ゲーム会社の作ったイミテーションとはいえ、成人男性の等身大の銅像です。重量はゆうに百キロを超えます。あの日は急な大雨で、家には柚月ちゃんと早苗しかおりませんでしたから、私一人では、縁側に運び入れたりは……地面と縁側は四十センチほどの段差になっていますから、とても、とても」

つかさは、事件当日の降水確率が二十パーセントだったことを思い出した。あの雨は誰にとっても予想外のものだった。

「一人では、というと、運び出すときには誰かの手を借りて？」

「昔の私の生徒で、当時その近くの大学に通っている男子大学生が二人いたのですが、彼らに手伝いを頼んでいました。結構仲が良かったのですよ。これで、私塾の生徒には信頼されておりましたので」少しだけ自信を回復したように誇らしげに言ってから、すぐにまた暗い表情に戻ってしまう。「事件の前日の夜に、彼らの協力のもと、台車に載せて離れから客間の縁側まで運び出し、そこの地面に置いてもらいました。銅像の台座を地面に置いて、自分は縁側に腰かけて銅像を磨くと、あまり腰に負担もかかりませんから、いつもそうしてもらっていたのです」

その時の台車の跡は、当然ながら翌日の豪雨により消されている。台車は、早苗が乗って遊んだりすると危険なので、運び出した後、一旦離れの倉庫に戻したのだという。

「夜、というと、具体的には何時頃になりますか？」

「あれは……ああ、思い出しました。彼らの大学の講義が終わってからなので、大体八時くらいですね」

宇田川は事件前日の夜七時半に眼鏡を壊してしまい、保証書を探しているうちに〈オヤマ眼鏡店〉の閉店時間の九時を回ってしまったので、修理は翌日にせざるを得なかったと証言している。夜の間、銅像はずっと縁側に出ていたのだが、夜暗くなれば見つけることも難しかっただろうし、翌朝は起きてすぐ〈オヤマ眼鏡店〉に出かけたというから、帰宅するまで、彼のいうところの「麗しの銅像」を発見できなかったとしても矛盾は生じない。

「運び出した夜のうちには磨くのはすっかり済んでいたんです。で、二人は次の日、午後五時には手伝いに来れるということだったので、その時に銅像を離れに戻す予定でした。ところが、あの雨が降ってきて……」

かくして彼の妻の遺品は雨に打たれたまま放置された。相島曰く、帰宅してから手伝いが来るまでの間に、もう一度銅像を磨き直すつもりだったという。

つかさと榊は顔を見合わせて、他に質問がないことを確かめる。さしあたってはこれで十分だろう――二人はそう頷いて、相島に対する尋問を打ち切った。

「それにしても」会議室2に戻り、つかさは二人きりになると榊に尋ねた。「どうして銅像のことなんて聞いたんですか？」

「さてね」と榊は答える。「ちょっと聞いてみただけだよ」

その時、会議室に二人の人影が飛び込んできた。

「榊さん」一人目の人物である瀬川邦彦は言った。「火村さんがクワガタ怪人の謎を解きました」

「おう榊」二人目こと黒崎謙吾はがなり声で言う。「朗報をくれてやる。あいつの死体を見つけたぞ」

＊　死体検分　―ホール―

今、再び六人が会議室前に集まり、阿久津の死体を取り囲んでいた。

まず僕がクワガタ怪人の謎を解き明かすと、榊や黒崎、遠上から呆れたような、感心したような声が上がった。多分八割は前者だと思う。

「死体は木の上に引っかかっていやがった。従業員の中でも屈強なやつらを集めて、どうにか降ろせたよ」

榊は黒崎たちをひと通り称《たた》えると、すぐさま死体へと興味を移した。

阿久津の死体が担架の上に横たえられていた。三階の倉庫にあった首も『もとの』位置に置かれているので、人間らしい姿になっているが、首のあたりには布がかけられていた。

宇田川がその上にかがみ込んで、簡単な検死を行っている。

「死後十時間から十二時間といったところでしょうか」宇田川はやがて立ち上がると言った。

「今、午前九時ですから、昨晩の夜九時から十一時ですね」

昨日の法廷での様子とは打って変わって、医師として死体に向かい合っている宇田川の表情は凜《りん》としている。

「ちょうど阿久津と相島が席を外した時間と一致するね」榊は頷く。「死因はどうだい？」

「背後に刺創が一つ。失血性ショック死と思われます」

「三階の倉庫の血痕の量は、尋常じゃなかったからなァ」黒崎は頭を掻いた。「他に傷は？」

「腹部を見てください」

宇田川は布をめくると、胸ポケットから指示棒を出して、死体の腹部を示す。シャツのボタンが開けられ肌が露出したところに、幾つか傷があった。加えて、背広とシャツの、腹部と対応する箇所にもいくつか小さな穴が開いている。

「ここにいくつか傷があります。恐らくためらい傷ではないでしょうか」

やはりね、と榊が言う。つかさがそれを受けて、相島への尋問の内容を手短に共有した。しかし驚くべきことだ。阿久津が自殺を図ろうとは。

「あとは体中に骨折があったり、打撲がありますが――まあ、これはさすがに三階から落下した時に出来たものと見ていいでしょう」

やあこんな時にまで検死とはね、と宇田川は肩をほぐしながら下がっていった。

僕は物言わぬ阿久津の死体を見下ろした。一昨日の晩、彼が僕に突き付けたいくつもの憎まれ口を思い出す。彼がこれまで名探偵として活躍してきた歴史を思い出す。しかし、誰しも死んでしまえばこうなってしまうのだ。僕と優子、あるいは早苗は幸運だっただけで、凛音と関わらなければ、この世界でも死の重さは何一つ変わらない。

一昨日の晩――その回想が、ある記憶を呼び起こした。

「あっ」

「どうかしたか火村兄」

「ベルトにチェーンのようなものがついていませんか。右ポケットの中に、そのチェーンに繋がった鍵が入ってるはずです」

では私が、と手袋をしている瀬川がしゃがみ込んで、死体のベルトをあらためる。背広をまくると、問題のチェーンが見えた。チェーンの先は死体のズボンの右ポケットの中に消えていた。瀬川はポケットに手を入れ、中から鍵を取り出した。

チェーンの先にはリングが付属している。そのリングに、三百一号室の鍵と、もう一つ小さな鍵があった。

「やっぱり。一昨日の晩に阿久津と話した時に、彼がこのチェーンを引き出したのを見たんです。それで、部屋の鍵の方はいいにしても、もう一つの方は何だろうと思っていたんですが……」

遠上はハッと息を呑んだ。

「スーツケースの鍵ですね！」

「坊ちゃんは鍵の扱いには慎重でございました」瀬川は頷く。「その可能性はありましょうな」

「私も、阿久津が探偵事務所と自宅の鍵を、同じようなチェーンに付けているのを見たことがあります」つかさもそう言った。

二人の言葉で裏付けが取れたので、榊は瀬川に命じてベルトからチェーンを外させた。黒崎は「早く開けてみようぜ」と言って、榊を伴い、さっさと会議室に入って行ってしまう。

「おや、まだ何かありますね」

瀬川は右ポケットにもう一度手を入れた。

彼が中から取り出したのは、ハンカチだった。

「ハンカチ？」僕は言った。「どうしてこれがここに」

「ええ、おかしいですな」瀬川は首を捻る。「三階の倉庫にも坊ちゃんのハンカチが落ちておりました。坊ちゃんの死体から奪われ、何かの血――恐らく槍の血痕を拭ったと思われているハンカチです」

「ところが、今こうして発見された阿久津の胴体も、ハンカチを持っていた。そうなると、阿久津は昨日二枚ハンカチを持ち歩いていたことになります。阿久津は汗を掻く方でしたか？」

「いいえ。夏ですら涼しげに過ごしておりましたね」

「死体が発見されるまでの間に誰かがポケットにハンカチを入れに来たとか？」

「林の中から黒崎隊よりも早く見つけ出して、ですか？　第一、衣類はスーツケースの中にございます。胴体のポケットにハンカチを入れ直すためには、死体を見つけて鍵を持ってきて、スーツケースを開いてハンカチを手に入れ、鍵をまた林の中の死体に戻さなくてはなりません。

そのような面倒な手間をかける必要がどこにありますか？」

ないですね、と僕は認めた。

「気にはなりますが、今はスーツケースの中身です。私たちも会議室の中に参りましょう」

会議室の中に入ると、スーツケースは既に開けられていた。

スーツケースには傷一つなかった。新品同然である。先の二枚のハンカチ問題について、犯人がここからピッキングしてハンカチを持ち出した可能性も潰すため、鍵孔の部分を観察してみたが、こちらも針金で引っ掻いた痕跡すらない。ピッキングで開けたなら、さっきの瀬川の反論について、最初の往復分の手間を削れたのだが。

会議室の隅に寄せていた机を引っ張ってきて、そこに中身が並べられていた。阿久津のスーツケースは小振りなので、大した量の荷物は入っていない。

というより。

「ほとんど衣類だけだな」と黒崎が漏らした。

机の上には替えの背広、シャツやネクタイ、ハンカチ、靴下などが雑然と置かれている。

「日記でもあればと期待したんですがね」と遠上は頭を掻く。「事件の真相を書き残したりしてくれていれば……」

「手帳すら持っていないわね。まあ、そう上手くはいかないでしょうけど」

つかさが腕を組んだまま言う。

僕は衣類を観察する。二泊三日なので、行きの一日目に着ているものが一着、二日目と三日目の朝に一度ずつ着替えるとすれば、計三着持ってくる計算だ。机の上には綺麗にアイロンがけされたハンカチが一枚あり、死体が持っていたもの、倉庫に落ちていたものと合わせれば計三枚だ。アイロンがけされたものは、『T・A』の刺繍が施された藍色のハンカチで、現場に落ちていたもの、死体が持っていたものと同一である。

はて。やはり阿久津はハンカチを二枚持ち歩いていたのだろうか。

そう疑問を覚えた矢先、使用済みのシャツや肌着、背広一式がないことに気が付いた。今机の上に載ったシャツは一枚だけで、シャツはピシッと襟も立っている。恐らく三日目に着替える予定だったものだろう。そして、今死体が着ている服が二日目のものだ。では一日目の衣服は？

このセミナーハウスにはランドリー施設がないようである。背広については今死体が着ているものと、予備の計二着しかなかったという考え方も出来るが、シャツや肌着に関しては日数分持ってくるのが自然だろう。ハンカチは三枚あることも、この推定を補強する。

大いに疑問が残るが、さしあたってここまでで追究をやめておいた。

「あ……これは何でしょうか？」

つかさがスーツケースの隅から、小さな箱のようなものを取り出した。

「何だその箱は」

僕はじっとその箱を見つめた。宝石に似せたガラス玉の飾りがついた小箱である。

「――あっ」

「火村くん、また何か思い出したみたいだね。この小箱も見たことがあるのかな?」

「は、はい。僕が幽霊だった時に」

「ちょっと待て」黒崎が手で制す。「心の準備が出来ていなかった。もう一度言い直してくれ」

僕は一拍置いてからもう一度言う。

「僕が幽霊だった時です」

「うーん」遠上が頭を抱えた。「あなたを火村明と認めたとは言え……やっぱり色々と抵抗がありますね」

「私はウキウキしながら聞いているよ。みんな環境に順応するのが下手だね」

榊は目を輝かせて鼻息を荒くしている。

「あんたが上手すぎるんだよ。……ま、いい。続けてみろ」

「幽霊だった時は人に姿が見えなかったので……下界の様子を色々偵察していたのです。で、四月頃に、阿久津とつかさが事務所で言い争っている場面を見ていました。例の、石油ストーブの件が暴かれた時ですね」

「え、あれ見てたの」

つかさはさすがに気味悪そうに僕を見つめてきた。

「ああ。それを見ていたからこそ、僕は転生してお前に会うことにしたわけだしな」僕は榊に目線を戻した。「つかさが出た後、阿久津は机の引き出しの鍵を開けて、ファイルと小箱を取り出しました。そのファイルは、十九年前の相島早苗事件についてまとめていたものでした」

「姉さん、その引き出しって、まさか一番下の段？」

「そうだったな」

「私が事務所にいる時も、決して開けなかった部分だ……。あそこには何が入っているんだろう、と不思議に思ってたんだけど」

「事件のファイルと共に保管され、しかも誰の目にも触れないようにしていた小箱」瀬川は頷いた。「これはいよいよ、この中に重要な証拠品が眠っている可能性が高くなってきましたな」

小箱を見ると、宝石の飾りが剝がれているところがあった。僕が盗み見た時の小箱には綺麗に宝石の飾りが並んでいたはずだ。どこかで剝がれたのだろうか。スーツケースの中身をちらりと見るが、その中には落ちていなかった。

小箱はほかにも、隅にどこかにぶつけたような傷があったり、少しひしゃげたりしていた。これもまた、僕が初めて箱を見た時にはなかった特徴だ。

「よし」黒崎が手を叩いた。「早速開けようぜ」

「ところが、それには少し頭を使う必要があるようです」

瀬川はそう言って、箱を持ち上げて開口部をトントンと指し示した。

開口部には五ケタのダイヤル錠がセットされている。

黒崎が舌打ちした。

「また面倒なモンを。こじ開けられねえのか」

「子供のおもちゃのように見えて、意外と頑丈です。開口部にわずかな隙間でもあれば、マイナスドライバーでも差し入れてこじ開けられることもできましょうが——隙間もありませんな」

瀬川は机の上に小箱を置いた。

「あまり乱暴にしすぎるわけにも参りますまい。どんなものが入っているか分かりませんからな。破壊は最後の手段に残し、まずはこのダイヤル錠に挑戦いたしましょう」

「瀬川さんは阿久津と縁が深いだろう。何か、あいつと縁のある数字とか知らねえのか」

「生年月日、つまり年の西暦下二ケタと月一ケタ、日二ケタは試みに合わせてみましたが駄目ですね。それに縁があると言っても、たかだか顧問弁護士ですから。十年来仕事のパートナーだった火村さんの方が知っているのでは？」

「さあ。数字の絡む事件を思い出そうとしましたが……というより、私があいつと出会ったころには、もう早苗ちゃんの事件は終わっていましたしね。黒崎さんはどうです？」

「俺が知るかよ」と黒崎がまた舌打ちする。

「ふむ」榊は言った。「じゃあさ、この番号のことは各々考えるとして、また捜査に戻ろっか」

「私たちはこれから、坊ちゃんの部屋を見てきます。坊ちゃんの足取りだけでなく、番号の手がかりがないかどうかも注意しましょう」

ああそれと、と瀬川が続ける。

「三階の倉庫に凶器の日本刀の他、血液反応が検出された槍がございます。そちらの指紋を調べていただけますか。それとこれも」

瀬川はビニール袋に入った金属製のフックを取り出した。

「じゃあ俺がそれをやろう」黒崎が申し出た。「阿久津と相島の指紋を採って、照合すりゃいいんだな」

「その通りです。ああそれと、我々にルミノール試薬は持たせておいてくれますかな。先ほども役に立ちましたし、また機会がないとは限りません」

「みんな頼んだよ。私と火村さんは」

榊はニコリと笑った。

「いよいよ彼女の尋問に移ろうかな。新証拠の本丸ってヤツに」

＊　つかさと榊　尋問②（神木柚月）　―会議室２―

神木柚月は会議室に連れてこられると、ひどく不安そうにしていた。

「神木さん、昨晩は色々なことがあったけど、ちゃんと眠れたかな？」と榊。

「ええと、そうですね……あんまりよくは眠れませんでしたが」あ、そうだ、と柚月はポンと手を叩いた。「おかげ様で、今朝、家と連絡が取れました。主人にも娘にも怪我はないそうです。主人も連絡がついて安心した様子で……」

「それは良かった」

榊は安心させるように笑みを浮かべる。

「ところで、ここにわざわざ来てもらったのは、昨晩のことを聞きたいからなんだ。つまり、あなたが地震の後部屋に向かった時のこと、そして、あなたがその時に言っていた」榊は印象付けるように言葉を切った。「あの日にもクワガタを見た、という言葉について」

「ああ……はい」

「まずは、安心してもらうために、昨晩あなたが見た人間大のクワガタの正体を説明してしまうね」

つかさは「あなたが見たのは死体だったのです！」などと言われたら、安心どころか余計に怖くないかと思ったが、柚月はへええと間延びした感心の声を上げて解説を聞いていた。

「裁判官さんって、色んなこと考えるんですねえ」

「そうなの」榊は面倒くさかったのか、考えたのは火村明であると訂正することもなく続ける。

「さて、じゃあどしどし質問していこうか。まず、『あの日』の意味を確認したいな」

「あの日というのは、もちろん、早苗ちゃんが殺された日のことですわ」

「うん。事件の日に見たクワガタのことを説明してくれる？」

「そのクワガタは、えっと、昨日見たのとは全然違うものです。……早苗ちゃんが、絵に描いたクワガタです」

「ちょっと待ってください」つかさは口を挟む。「その絵というのは何に描かれていたんですか」

「早苗ちゃんのスケッチブックです」

榊とつかさは色めきたった。

スケッチブックは証拠品として押収されたので、全てのページがあらためられている。後でもう一度確認する必要はあるが、現存するページにクワガタの絵は存在しない。

したがって、柚月が見た絵は――スケッチブックから持ち去られた、未詳の一ページである可能性が高い。

「早苗ちゃんは変わった色を使うことが多かったみたいだけど、クワガタも普通の色とは違ったのかい？」

「いいえ。普通の黒いクワガタを描いていました。もちろん、変わった色味の絵を描くことはありましたけど、それは大体半分くらいで、普通の絵も描きましたのよ……そんな風に弁護してもしょうがないですけど」

「その絵はいつ見せられたのかな？」

「あの日の、早苗ちゃんと最後に会話した時ですね」

「すると、当時の供述調書によれば」つかさは言った。「事件当日、午前十時ということになりますね」

ここが法廷なら、証人自身の口から言わせないと誘導になるのだが、榊も法廷外でまで口うるさくはしなかった。

「そうです、午前十時でした」

「場所はどこで？」

「ええと、何と言えば伝わるでしょうか。私と早苗ちゃんがよく遊んでいた部屋で……」

「本宅側の客間」榊は屋敷の図面を差し出して指さす。「縁側がある、この部屋ですね？」

離れから本宅の三和土へ向かい、そこから左に曲がると縁側の廊下が伸びている。三和土に最も近い位置にあるのが、縁側のある客間、相島が妻の遺品の銅像を置いていた場所だ。

「ああ、そうですそうです。縁側を、トタタタターッ、って走る音が聞こえてきて、早苗ちゃんが縁側からやって来たんです」

「その時、あなたは？」

「客間の引き戸を開けて、中に入り、部屋の真ん中あたりまで行ったところでしたわ」

つかさは図面を見た。

縁側（つまり外）と客間の引き戸はちょうど正反対の位置になる。彼女は頭の中で、客間の縁側の方に『早苗』、引き戸側に『柚月』と書き入れた。

「あの日はひどい雨で、縁側のあたりまで雨が吹き込んでいたので、『そんな風に遊んでると濡れるわよ』と早苗ちゃんをたしなめました。あの子はずっと背中にスケッチブックを隠していました。あの子は、私が虫嫌いなのを知っていますから、びっくりさせようとしたんだと思います」

「子供ならではの悪戯ですね」とつかさが言った。

「はい、うちの娘もよくやるんですのよ。その度に叱っちゃいますけど」ふふ、と柚月は笑った。「で、あの子は『柚月お姉ちゃん、お母さんみたいなこと言ってる』とふてくされたような顔をしながら近付いてきて、急にニッコリ笑って、『いいもの見せてあげる』とスケッチブックを見せてきました。『ばあっ！』と大きな声を出しながら」

「どんな風にスケッチブックを持っていたのかな？」

「えーと……」

榊は机の上に置いてあった白い紙を持って、手を突き出した。肘をピンと張っている。

「こんな風に手を伸ばして見せてきたのかな。それとも」

柚月は紙を受け取り、両肘を曲げて、両手を肩に引き寄せるように持った。

「確か、こうでした。顔の前に持ってくる感じで」

「なるほどね。それで、あなたは絵を見せられて、どうしたの？」

「悲鳴を上げてしまいました。そのまま雅夫さんと二人で早苗ちゃんのバカ』、と叫びながら、客間の引き戸を抜けて雅夫さんのところへ。『早苗ちゃんのプレゼント選びの相談をして、雨が上がったところで買いに行って、早苗ちゃんとは顔を合わせなかったんです。それで、相島さんの家に戻ってきたら、あんなことに……」

柚月は深いため息を吐いた。

「絵に描かれているって、頭では分かっていても、私どうしてもダメなんです。この前も、娘が投げつけてきた蜘蛛のおもちゃがダメだったくらいで――」

「最近のおもちゃは精巧だからね。気に病まなくてもいいと思うよ」榊はピシャリと饒舌を止め、質問を続ける。「そういえば、昨晩のあなたの部屋はひどい有り様だったよね。あなたは虫を見るとびっくりして手が出てしまったり、思わぬ反応をするようだ。その日は何もなかったのかな?」

柚月は考え込むように首を傾げたが、しばらくすると言った。

「そういえば、何もないようでした。突き飛ばしていたなら相手はへたりこんでいたと思いますが、そうなってはいませんでした」

「というと?」

「私は客間を出る時、早苗ちゃんに悪口を言いながら部屋を振り返りましたが、早苗ちゃんは立っていたんです。……いや、でも、少し首を俯けていました。顔の前に絵があったので表情は見えませんでしたけど。落ち込んでいたのかもしれません。怒鳴ったせいか、それとも私が無意識にぶったりしてしまったせいで」

「なるほどね。それにしても、随分と記憶は鮮明のようだけど、どうして今まで思い出さなかったんだろうね?」

「さあ……私は事件現場にも入れてもらえませんでしたし、事件に対する印象が薄かったんだと思います。それに、早苗ちゃんが悪戯を仕掛けてくるのは日常茶飯事でしたし、特段印象的な記憶でもなかったので……」

「するとこういうことだね。記憶の奥底に眠っていた光景を、十九年前と同じく『クワガタ』を見たことによって、ふと、思い出したのだと——」

その言葉を聞いた瞬間のことだ。

今まで基本的におっとりと話し、たまにお喋りになるくらいだった柚月が、突然ガタッと立ち上がった。

「ふと？」

彼女は部屋をせわしなく歩き回った。

「ふと思い出した、などという言葉を軽々しく使ってはならない……。人の記憶が想起される瞬間には、多くのきっかけが作用している。空気の匂い、雲の形、誰かが発した言葉、気怠く開いたメール画面、時計の文字盤。この世界の多様性の中で、その人物の記憶の引き金を引いた何かが必ずある。そうした複雑性を切り捨てて、『ふと』などという二文字を無自覚に使うことなど、絶対にあってはならないのです」

つかさは呆気に取られていた。なぜいきなり言葉について講義が始まったのだろう、と訝《いぶか》った。とにかく、榊がさりげなく使った「ふと」という言葉が彼女の根幹にある何かの信念を揺さぶったことは分かった。

「なるほど、大変面白い！」

一方の榊は面食らうどころか、一緒になって部屋を歩き回り、まるで立ち稽古をする役者のように柚月と早口で話し始めた。

「しかし答えは明確だよね？　あなたはクワガタを見ることによって十九年前の記憶を想起した」

「いいえ、違います。クワガタなんてあれから十九年間も生きていれば一度や二度見ていますから。何なら、このセミナーハウスに着いた時もクワガタを見ています。一緒に車で来た相島さんはそのことを覚えているでしょう」

「なるほどクワガタのせいではない。記憶の想起を支えた一要素ではあるかもしれないがクリティカルではない。それもそのはずです。人間大のクワガタと絵に描かれたクワガタではかけ離れている。スケール感が違う。むしろ絵と実物の方が近い」

「では一体何が原因だったのでしょう」

「まず視覚。客間の様子とあなたのいた二百十六号室の内装が似ていたということは？」

「ありません。似ても似つかない部屋です」

「では豪雨の音は？」

「十九年前は聞こえていました。しかし昨晩は違います。私は家族に連絡を取ろうと携帯を耳に当てていました。呼び出し音を聞いていた時にあの光景を見たのです。鍵は開いていましたが窓は閉じていたので、雨の音も聞こえにくかったです」

「では触覚。雨になると神経痛になる人がいるね。あなたはどうかな？」

「周りの女性でそうなる人を見たことはありますけど私は違いますわ」

「では嗅覚は？」

「十九年前は」柚月は目を閉じた。「大雨特有のすえたような匂いがして、加えて早苗ちゃんの匂いがしました。昨晩は窓を閉めていたので雨の匂いもしませんし、早苗ちゃんの匂いに似たものは何一つありません」

「では最後に味覚です。十九年前も今も同じガムを噛んだりドロップを舐めていた、そんなことはありませんか」

「ありませんわ」

柚月はピシャリと言ってのけた。

「では――」

榊は柚月に歩み寄った。

「一体何が決定的なキッカケとなって、あなたの記憶は呼び起こされたんだろうね？」

柚月は虚脱したように、ドサッと椅子に座り込んだ。

「分かりません」彼女は首を振る。「分かりません」

＊　明と瀬川　―阿久津透の部屋～管理人室―

僕と瀬川は三階に戻り、阿久津透の部屋に来ていた。

阿久津の部屋は彼のスーツケースと同じく整然としている。宿であっても構わずに、ここは自分の領土であるとばかり自分の荷物を広げる人間がいるが、阿久津は開いたスーツケースの上以外に荷物を広げないタイプであったらしい。

当然、部屋は掃除したてのようだった。そんな中にも、一つ、二つ、気になる物があった。

「あ、このガラス玉」

僕はしゃがみ込んで、床に落ちていたガラス玉を拾い上げる。

「先ほどの小箱に飾られていたものと似ておりますな」

「どうしてこれだけ剝がれたんでしょう。僕が最初にこの箱を盗み見た時は、飾りは全て綺麗に付いていたんです」

瀬川はおもむろに壁に顔を近付けた。

「これが手がかりになるでしょうな」

瀬川が指し示した部分の壁は、壁紙が少し破れ、壁に傷が付いていた。

「恐らく、あの小箱を叩きつけたか、投げ付けたかしたのかと。その時に飾りが剝がれてしまったのではないでしょうか。小箱の隅にも、どこかにぶつけたような傷が付いていました」

「しかし、何でまた投げ付ける必要があるんです？」

「イラついていたか、番号をド忘れしたか……坊ちゃん本人がド忘れするような番号なら、私たちには窺い知りようがありませんな」

まだ僕は小箱のことが引っかかっていたが、次に気になるものを見た。

それは机の上に重ねられている食器類だった。大きな平皿が三枚ある。机のサイドボードに引っかかり、床にバラまかれるのを免れたようだ。食事に使ったもののようで、ソースがこびりついているし、何かの骨が残っている。

「……これは何でしょうね」

「ここのルームサービスですね。何を頼んだかは知りませんが、これほど大きい皿で三枚となると、かなりの量をお食べになりましたな」

「もしかして、二日目の朝に阿久津が朝食に起きてこなかった理由はこれでしょうか？」

「かもしれませんな。食べすぎで、朝食など食べる気にはならなかった、と」

ルームサービスって、どんなものが出るんだろう。僕は前世でも安月給だったので、高いサービスには手を出したことがない。

「……何を食べたんでしょうね」

「気になりますか」

「……ちょっと聞いてみただけですよ」

榊の真似をしてみたが、我ながら全然サマになっていなかった。

「ルームサービスのことが気になるなら、金杉さんに聞いてみるのが吉でしょうな。では、次は金杉さんのところに向かってみましょう……結局ダイヤル錠の手がかりは皆無でしたね」

瀬川が苦笑して部屋を出ていく。僕は部屋を出ようとして、くるっと洗面台の方を振り返った。

何かあった気がした。

洗面所に入り、電気を点けてみる。

すると、洗面台の隅に、血が付いているのを見つけた。よく見なければ分からないほどわずかだったが、それは確かに血痕だった。

「瀬川さん——」

僕の呼びかけに応えて瀬川が戻る。洗面台を見るなり、その表情が変わった。

「これは一体、なぜこんなところに——」

「もしかして、ここで誰かが血の付いた手を洗ったのでしょうか」

「そうです、検査薬を試してみましょう」

瀬川がルミノール試薬を噴射すると、果たして反応があった。洗面器、特に排水溝の周りが青白く光っている。蛇口も同様だ。

「信じがたいことに、本当ですな。誰かが血の付いた手をここで洗ったことは間違いないようです」

相島がわざわざここまでやって来て、手を洗ったのか？　確かに、ここは三階の倉庫から一番近い水道であり、相島の証言では、阿久津は部屋を開け放っていたという。相島が手を洗ったことは十分考えられる。

しかし、ホールに現れた相島には服にも手にもべったりと血が付いていた。洗い流したのに、また血を付け直す阿呆はいない。

僕は思い付きを口にする。

「もしかして相島さん、誰かをかばってるのじゃないでしょうか」

「ほう。それはなぜ？」

「血を洗ったのが相島さんとは考えられません。彼には隠すつもりがありませんから。でも、血が付くような事態は阿久津殺しへの関与以外に考えられない……。それなら、昨夜、血を被った人間がもう一人いたんじゃないでしょうか。その人を仮に犯人Aとしますが、Aはこの洗面台で手を洗い、Aは相島さんに相談に行った。相島さんはAをかばって、自分の服に血をなすり付けた上で、僕らの目の前に現れた」

「なるほど。だからこそ、ハンカチで槍の穂先を拭ったり、洗面台で手を洗うという犯行を隠すAの意思と、自らが犯行をしたと顕示する相島さんの意思が混線しているような印象を受けると」

瀬川は顔を上げて少し悩んでいたが、やがて言った。

「しかし、それはありませんな」

「なぜです?」

「Aと相島さんに共謀があったとすれば、相島さんは必ず、Aが槍を使ったことを知っていたはずだからです。知っていたならば、わざわざ日本刀を用いて、凶器を二つに増やし不審を招く必要がありません」

あ、と僕は納得した。確かに言われてみればその通りだ。

それに、阿久津と相島が席を外していた時、この宿にいた多くの人物にはホールに避難していたという鉄壁のアリバイがある。あの大地震の中、第三者が潜んでいたとは考えられないから、結局Aになりうるのは阿久津と相島以外に席を外していた神木柚月しかいないことになる。

しかし、不審を買いたくないならば、クワガタ怪人を見たという突拍子もない証言を行ったりして注目を浴びる必要はない。

ではなぜ洗面台が――？

僕らはモヤモヤを抱えたまま、その疑問はそのままにして階下に向かう。ルームサービスの件について、金杉に聞くためだ。

金杉は避難所と化したホールで従業員を指揮していた。避難物資を分類させたり、非常用設備の点検をさせたりと忙しい。

金杉を呼び出す。

「……何の話でしょうか」

金杉は昨日までの陽気な小太りおじさんと同一人物とは思えないほど憔悴しきっていた。

「あの……大丈夫ですか」

「ああ大丈夫です。ちょっと榊さんの無茶で回線を切られたせいで、てんてこ舞いになっているくらいで」

「ええと」僕は忍びなくなったが続ける。「阿久津のことでちょっと話を……」

「はあああああああああああああ」

金杉はわざとらしいほど大きく肩を落としながら長いため息を吐いた。

「私はもうオシマイです……管理を任されていた品物をあのように汚してしまって……きっと大目玉です……」

「だ、大丈夫ですよ。ほら」僕は自分の倫理リミッターを切って元気づける。「有名な名探偵の首を落としたギロチンだなんて、もういっそ箔《はく》が付いたようなもんじゃないですか！」

「……火村さん。あなたの美点が軽口だとしても、今のは少し引きましたね」

瀬川は顔をしかめていたが、金杉は意外にもこれで元気付けられたようで「そうですかね！　いけますかね！」と息巻いた。

――自分で言っておいて申し訳ないが、いけないと思いますよ。

そう心の中で付け加えた。

ともあれ元気を取り戻したようなので、僕はルームサービスについて尋ねた。

「ああ、ルームサービスですね。まったくあれには困りました。いえね、確かにメニューには午前十一時から翌午前六時までと記していますが、あの人、午前三時にもなって頼んできたんです。しかもそのメニューがねえ」

金杉は事務室にとって返すと、紙を一枚持ってきた。B5サイズの紙で、領収書のようだ。頼んだメニューと値段、そしてサインが書いてある。まだこの宿はアナログ式の領収書の取り方をしているらしい。

「骨付きステーキ、シーフードドリア、ミックスピザ……」と僕は呆れた。

「朝食の仕込みをしていた厨房《ちゅうぼう》に連絡を入れたら、『冗談だろ』って怒声を上げられて……私のせいじゃないのに……」

金杉が少し気の毒になった。

「深夜三時に食べるものじゃないですね。脂だらけで、美容の大敵です」女子高生としてのポーズを保った発言をしておく。「阿久津は結構大食漢だったんですか」

「……まあ、大事件が終わった時など、一仕事終わった時には盛大に食べるそうですな。年齢を考えれば、よく食べる方だったのではないかと。ですが、坊ちゃんがこの食事を取ったのは、負ければ探偵をやめることになる裁判の前です。そう考えると、まるで」

瀬川は言いにくそうに目を逸らした。

「……まるで、最後の晩餐ですな」

瀬川のたとえは不気味だった。しかし、確かにそんな印象も受ける。

自殺することを予定していたということだろうか？　しかし裁判の進行は彼にも予測できなかったはずである。

いや、違う。『エメラルドグリーンの太陽』発言は、虚偽の自白だという推理が榊からなされていた。予測はできずとも、進行を見ながら、最良のタイミングで自白をすることは出来る。阿久津は最初から自分を犯人と疑わせた上で、秘密を墓場まで持って行くつもりだったのではないか。

ルームサービスの領収書はその証拠になるかもしれない。僕たちは金杉に頼み込んで、この領収書を預からせてもらえるよう言った。

「そういえば、この代金って誰に請求すればいいんでしょうか」と金杉は問うた。

「さあ……食べた人、死んじゃいましたからね……」

「はあ……もういいです……」

深く肩を落とした金杉に、榊さんに伝えておきましょうと声をかけて励ました。

——やれやれ。

捜査を終えて会議室2に戻ろうとすると、廊下に見知った顔が立っているのが見えた。腕組みをして、僕の顔をギロリと睨みつけている。九歳の女の子なりの凶暴な表情だ。

「瀬川さん。ちょっと便所に行ってきます。先に戻っててください」

「火村さん。さすがに便所はやめておいた方が良いかと思われます」

「ではわたくし、少々失礼してお花摘みに行かせていただきますわ」

瀬川は苦笑した。僕はトイレに入る際に指でそっと合図を出して早苗を呼んだ。

二人きりになっても、早苗は怒りの形相を崩さない。

あのねぇ、と彼女が口を開きかけた時、僕は思い切り頭を下げた。腰が直角になるほど深く。

「一昨日《おととい》はすまなかった！」

「そうだよほんと——一昨日？」

「お前の寂しさも分かっていたはずなのに、頭ごなしにお前のことを責めちまった。僕も優子も、あれからよくよく反省した。だから次に声をかけてもらったら、ちゃんと謝ろうと思ったんだ」

顔をそっと上げると、早苗は驚いたように目を数度パチパチさせてから、怪訝な顔をして、右上を見たり、左上を見たり、視線をさまよわせていた。それから、ポン、と両手を打ち鳴らすと、

「あ、そのことか」

「そのことか、って。怒ってたのはそのせいじゃないのか」

「違う、違う。アタシが怒ってんのは――いや、正確には凜音様が怒ってんのは、明クンが転生のことをみんなにバラしたことだよ」

「あ、そのことか」

「そのことか、って。もー凜音様カンカンだよ」早苗は親指を立てると、首を切る仕草をしてからニコリと微笑んだ。『やれやれ、私のことは隠しておいてくださいと申しましたのに。今度お会いした時が、楽しみでございますね』

「……怖ェ！」

まるでそこに凜音がいるように感じた。あの人はいつも微笑んでいるので、笑いながら怒ると怖いのだ。

「……まあ、もう会うこともないだろうし」

「死に直さなきゃ会わないからねー」と早苗は言った。「でもね、こうも言ってた」

早苗は憂いを含んだ目をすると、その目を伏せながら言った。

「『ペンダントは下界に残りあと一つきり。それを最後に、自分は下界との繋がりを失ってしまいます。……もう潮時なのかもしれませんね』」

「……何だかそれは」

やりきれないな、と思った。千年以上連綿と続いてきたものである。どれだけ忘れ去られようと、凜音という神が生きてきた一つの証《あかし》である。僕もその原因を作った一人として罪悪感を覚えた。

ああもう、と早苗は足をバタバタさせた。

「明クンを転生させてからこっち、ずーっと大荒れだよ。そりゃさ、あの裁判官の鼻が鋭すぎるのはあったけど。でもやっぱり明クン嫌い。アタシの思い通りに動いてくれないから嫌い」

「相性が悪いんだな。優子もつかさも、僕が自由奔放なのを分かった上で容認してくれる。自慢の彼女と妹だ」

「キッモ。じゃあアタシ、死んでも明クンの恋人にも妹にもなんない」

「死んでるけどな」

「今の傷ついたわー。ないわー」

二人の会話は気怠げに進んだ。早苗は天井の向こうに凜音の姿を見ているのか、ぼうっと空を見上げていたし、僕は僕でずっと床を見つめていた。

「お前さ」

「何」

「自分に未来なんてないって言っただろ」

「うん、言った」

「でも、お前にも夢くらいあるだろ」

んー、と早苗が唸る声がした。

「オシャレな喫茶店のバリスタになりたい」

「バリスタって言いたいだけだろ」

「半分合ってるし、半分そうでもない。アタシ生きてる頃は一度も飲めなかったけど、コーヒーの香りって好きなんだ。だからバリスタになりたい」

あとはー、と早苗の声が少し弾んだ。

「青い瞳のロシアンブルーが飼いたいなあ。喫茶店にはね、その看板猫ちゃんめあてのお客さんがたくさん来るの。それでね。女の小説家さんが来て、窓辺で本を書いてるの。その人はいつもクールな顔をしてパソコンに向かっているんだけど、猫ちゃんを見ると顔を綻《ほころ》ばせたりして……」

早苗はうっとりとした表情で語っていた。

「今はさ」

僕が言うと、早苗が言葉を止めた。

「お前も一人じゃないよ」

早苗はじっと僕を見つめていた。まるで違う生物でも見るような顔で。

「僕がいて、優子がいて、みんながいる。天上の凜音だけじゃない。お前の存在を知っている人間がこんなにいるんだ」

僕はこんな時どうすればいいんだろうと思いながらウィンクした。両目をつぶってしまう。

「お前がその喫茶店始めたらさ、僕たちみんなで押しかけてやるからな」

早苗はフフッとくすぐられたような笑い声を立てた。

「ほらそういうとこ。アタシ、明クンのそういうとこ大ッ嫌い」

「あんまり憎まれ口叩くと、コーヒー一杯で一日居座ってやるぞ」

「ただの迷惑な客じゃん。第一、喫茶店だって楽じゃないでしょ。アタシだってそこまで夢見てないよ」

「今までみたいに勉強したらいいじゃないか。幽霊は覗き見し放題なんだぜ。ドリップの手際から、経営の苦労話、私生活との両立のさせ方まで、傍で何でも聞き放題だ」

「ゲスいなあ。何年かかるかな、それ」

僕らがひとしきり冗談を飛ばし終わると、早苗は立ち上がって、壁の向こうに消えていこうとしたが、ピタリと止まって、言った。

「まあ、明クン転生させるように仕向けたのはアタシだし、もういっそ好き放題やんなよ。真実を見つけるんでしょ？」

「お前も僕の扱いが分かって来たな。それを心得ているなら、愛人候補くらいにはしてやってもいい」

「死んでもなるか」

同じツッコミはしない。

でもさ、と早苗は振り返る。

「明クンは怖くないの？」

早苗は俯いた。

「真実ってさ、何が隠れてるか分からないんだよ。自分がこれまで生きてきた基盤が、足下が、根底が、まるっきりひっくり返るかもしれない。それでも怖くないの」

「お前は怖いのか」

「質問を質問で返すなって教わらなかった？」

早苗はそう言いつつも答えてくれた。

「……アタシはね、怖いよ。おかしいでしょ。明クンと優子さんを使ってまで裁判を続けさせて、それでも怖いって思うんだ」

早苗は捨てられた子犬のように弱々しく見えた。

それでもさ、と彼女は続ける。

「これから次第では、あんたに真実を探り当ててもらっても、いいかなって思うんだ」

「これから？」

「そうそう」早苗はポン、と僕の肩のあたりを叩いた。「裁判だよ」

彼女は小首を傾げて続ける。

「――期待してるから、ね」

＊　黒崎と遠上　―会議室1―

黒崎は会議室2の隣、つまり会議室1にこもって指紋検出の作業をしていた。遠上が室内に入ったちょうどその時、黒崎は間延びした声を上げながら背骨をぐんと反らしていた。

「終わったのですか？」

ああ、と応じながら彼は体を起こす。目の間をつまみながら、ギュッと瞼を閉じたりしていた。

「鑑識ッつうのはすげえんだな。感心したぜ。すげえ肩が凝った」

「お疲れ様です。それで、何か分かりましたか？」

「日本刀の柄からご存じの通り相島雅夫の指紋が出て、槍の柄から阿久津透の指紋が出た。日本刀の方は普通に握った形で、槍はこの穂先に近い部分に逆手の指紋が付いてる」

黒崎は近くを見渡して、会議室のスクリーンを降ろすためのフック棒を持ってくる。フックから遠い方を持って、剣のように構えた。

「こういう風に持つと、指紋は穂先から見て親指、人差し指、中指、薬指、小指という順に付く。順手持ちの指紋が残るわけだ」

で、と黒崎がフック棒を反対に向けて、フックのある部分に近い方を持つ。その上で自分の腹のあたりに構えた。

「こうすると、穂先から見て、小指、薬指、中指、人差し指、親指という順で付くわけだ。そして指紋は穂先のすぐ近くについている。この指紋の付き方が、相島の証言を裏付けている」

「なるほど」遠上は近くの椅子に腰かける。「ちなみに、その凶器たちには他に指紋は付いていないのですか。本当に日本刀が昔使われていたものなら、色んな指紋が付いているのでは？」

「何一つない。金杉に確認したんだが、あの倉庫に保管してあったものは、いずれ博物館に展示するものだから、いつも綺麗に磨いてあったんだそうだ。最後に磨いたのは、俺たちがここに来る前日だとよ」

それならば、相島と阿久津以外の指紋が付いていないことも頷ける。

「フックはどうでした？」

「内側の部分に指の形をした血の跡があった。指紋は少々不鮮明だったが、阿久津のものと特徴が一致している」

「つまり、阿久津がフックを引き抜いたことになりますね。どうしてそんなことを」

「さァな。きっと賢明なる裁判官閣下様には、お考えがおありだろうよ」

黒崎は細かい作業をした疲れもあるのか、いつものように深く疑問を追究せずに打ち切ってしまった。椅子に座って、煙草に火をつける。

遠上は困ったやつだな、と笑みを漏らしながら、話題を変えることにした。

「そういえば、榊さんのところから黒崎さんのファイルと、相島早苗事件の証拠を借りてきましたよ」

「ああ……」

遠上は証拠保管ケースを室内の机に運ぶ。黒崎は阿吽《あうん》の呼吸で、今まで机を占領していた鑑識キットを除けた。

「さっき榊さんに聞いたのですが、神木さんが事件の日にクワガタの描かれた絵を見たと言ったらしいです」遠上はスケッチブックを取り出すと、破れたページを示した。「やはり、ここに一枚消えた絵があったのは確実でしょう」

「そうだな」と黒崎は怠《だる》そうに答えた。

「案外、あの小箱の中にあるのはその絵かもしれません」

「かもな」

「しかし、どうして阿久津透ほどの男が、リングにスケッチブックの破れた紙が一部挟まってた、などという野暮なミスをしたのでしょうね。それさえなければ、絵が一枚消えているなんて考えもしなかったでしょうに」

「そいつは違うぜ」

遠上の疑問提示に反応して、黒崎は目を開いた。ギラリと光った犬の目だ。

「あのスケッチブックは有名な文具メーカーのもので、規格が決まっているから、枚数も決まっている。普通は枚数を数えてみようなんざ思わないが、捜査官が血眼《ちまなこ》になって枚数を数えて、一枚足りないとなったらどうなる？　そこに隠し事があるのが丸分かりだろうが」

いいか、と黒崎が指を突き付ける。

「謎を隠すのに最も賢いやり方はそれに解決を与えてしまうこった。隠蔽するべきページの存在を隠すには、隠蔽されたことを示した上で、そこに理由を与えればいい。すると素直な馬鹿はその理由が正しいと思い込む。俺たち執念深い犬はそういう推理をするためにページを破ったのだと考える。こうして馬鹿からも犬からも本当に隠したいことを覆い隠せるって寸法さ。あいつのやり方はいつも同じだ。あいつが右手を見せたら左手を見ないとならねえ」

「あなたも阿久津も、迂遠で面倒ということですね」

「十九年来の付き合いよ。互いに回りくどくなかったら、こんなに長引いちゃいねえ」

遠上は吹き出した。

相島早苗のスケッチブックは全てのページが両面、使われている。見開きの、リングを挟んで上のページにも下のページにも、絵が描かれている。問題の部分を開くと、上に血痕のついたページ、下に破られたページが来る。リングで折り返してから、破られたページを見て、ひっくり返して血の付いたページを見る、という動作を繰り返してみるも、何ら新しいことは見つけられなかった。

「この血痕の下の絵は、本当にエメラルドグリーンで描かれているのでしょうか」

「血で潰れちゃあ確かめようがねえよ。あの胡散臭《うさんくせ》え女子高生が早苗から聞いたっつってんだから、ひとまずそれを信じるしかあるまい」

「とりあえず、クレパスを見てみましょう」

証拠保管ケースの中から、早苗のクレパスを取り出した。黒崎の話や事件調書で聞いてはいたが、八十色入りのクレパスは壮観だった。クレパスを開けると、各色細やかなグラデーションで視界を彩ってくれた。赤色だけで五、六種類はある。

遠上は緑系の色がある一角を見た。

クレパスには紙がまかれて、そこに色の名前が書かれているが、文字が小さくて見づらい。グラデーションは美しいが、何が違うのか分からない。ティーグリーン、マラカイトグリーン、ミドルグリーン、ミントグリーン、ブライトグリーン……。文字を見続けて目が痛くなってきた。

「ありました、エメラルドグリーン」

「これでなかったら自白は嘘っぱちだと分かったのにな。残念だったな」

黒崎にあらためて口にされると、徒労感がどっと体を襲ってきて、遠上はまた椅子に座り直した。黒崎がさっきしていたように、背中を反らしてみる。

黒崎の吐いた煙が天井に上っていく。

「ねえ黒崎さん。行き詰まってきましたし、例の五ケタの番号でも当ててみませんか」

「面倒だな……暗号とか苦手なんだよ、俺」

ぼうっと天井を見つめていると、一つ思い出したことがあった。

「そういえば、阿久津透は相島早苗殺害事件の前に、一つ事件を解いてるのでしたね」

「ああ。通称〈ＤＬ８号事件〉」

「阿久津にゆかりのある番号を調べろとのことでしたが、阿久津は早苗事件の前にその事件を経験しています。もしかしたら、事件の話の中にヒントがあるかもしれません。聞かせてくれませんか」

黒崎が「面倒臭え」と言うので、遠上は諦めてファイルを手に取って、一番最初のページを開いた。

〈DL8号事件〉は、北海道で青島三郎《あおしまさぶろう》という男の死体が発見されたことにより始まった。警察の捜査により殺人の強い動機を持っていたのが、青島に恐喝されていた九条由紀子《くじょうゆきこ》であることが判明したが、彼女は死亡推定時刻に鹿児島にいたというアリバイがあった。警察は真っ先に飛行機等交通機関によるアリバイトリックを検討したが、尻尾を摑むことが出来ず、阿久津源太郎に捜査を嘱託した。ちなみに、そのトリックの根幹にかかわる飛行機の名前がDL8号機と言ったことから、〈DL8号事件〉という符丁《ふちよう》が付いているらしい。

阿久津源太郎は探偵修業の機会を求めていた、当時中学生の阿久津透に事件捜査の協力をさせた。源太郎は子供ならではの無邪気さを利用し、透を九条由紀子の手元に送り込み、根掘り葉掘り質問をさせた。結果、阿久津は五分間の壁を打ち崩し、事件を解決に導いた。

「DL8号機の二十二時三十五分便、という意味で、22358、82235はどうですか？」

「どこの世界に時刻表をパスワードにする奴がいるんだよ？」黒崎は眉を上げたが、思い直したのか紙にメモを取った。「ま、あいつは変な奴だから、もしかしたらということもある」

遠上がファイルのページをめくると、一枚の写真がこぼれ落ちた。

拾ってみると、どうやらインタビューか何かの様子を撮ったもののようである。真ん中にスターを取り囲み、幾本ものマイクと差し出される腕、カメラのフラッシュがにぎやかに躍る。スターとは、事件を見事解決に導いた若きヒーロー、阿久津透である。

しかし、その写真に写る彼から抱く印象は誇らしさとは真逆だった。額から一筋の血を流し、驚愕《きょうがく》に打たれたような顔で、カメラを見つめているからである。

いい顔だろそれ、と黒崎が言った。

「インタビューしたカメラマンからもらったんだ。あんまり情けねえ顔をしてるんで、俺は絶対いつか、あいつの首根っこ摑んで、こんな顔をさせてやるって息巻いたよ。ま、俺の闘志に差す油だわな、それは」

性格の悪い奴だ、と遠上は思った。重々承知してはいたけれど。

「血を流しているのは何でですか？」

「それがまたケッ作なんだ。あの悪名高き阿久津透にも初恋があった……というやつさ」

「この流れで初恋が出てくるということは、破れたのでしょうね」

「どうして分かった？」

性格の悪いあなたがケッ作と言ったからですよ、という言葉を嚥下《えんげ》して、遠上は先を促す。

「阿久津は中学生の頃、ある少女に恋をしていた。その名前は九条直子《なおこ》。つまり犯人・九条由紀子の娘だな」

「え。阿久津は自分の初恋の相手が関わっている事件に、いきなり放り込まれたのですか」

「そうなるわな。〈DL8号事件〉の動機というのがまた悲劇的で、青島に過去の弱みを握られて恐喝された由紀子は、生き血を吸われるようにして次第に生活が苦しくなり、娘を守るために完璧なアリバイを練って青島を殺したわけだな。しかも直子は由紀子の一人娘で、両親は離婚していて父親とは没交渉、身寄りもない」

それで、と黒崎が続けた。

「阿久津が由紀子を犯人だと立証したことで、未成年の直子は児童養護施設に送られることになった。母親と引き裂かれることになったのさ」

黒崎は彼女の心情に思いを馳せたのか、目を伏せた。

「九条直子は、母親を奪っていった阿久津が許せなかったんだな。殺人犯とはいえ彼女にとっちゃ立派な母親さ。それで、阿久津がヒーローインタビューを受けている時、石を投げた」

ゆるりと放物線を描いて。

少女の憎悪を込めた石が飛んでいく。

少年は額にズキンと鋭い痛みを感じ、その方向を見た。

そして。

「阿久津は石が飛んできた方を見て、自分の初恋の人が立っているのを見てしまったのですね……こんな顔にもなります」

「それはそういういわくつきの写真だ。阿久津にとって、九条直子という女は――」

黒崎はグシャッと煙草のフィルターを手の中で潰し、くるりと遠上を振り返った。遠上も時を同じくして勢いよく立ち上がり、遅れて、椅子の倒れる音が彼の背後で鳴った。

「『九条直子だ！』」

＊　全員集合　―会議室２―

僕たち六名は再び会議室２に集まり、互いの成果を交換した。

「それで」つかさが切り出した。「黒崎さんたちは小箱の番号が分かったと言いましたが……」

「早速試してみましょうか」

遠上は手袋を嵌めてから小箱を持ち、ダイヤル錠をいじり始めた。じきに、ガチャン、という音が聞こえて、小箱が開いた。

「おお！」

「開きましたね！」

「それで、番号は何番だったんですか？」

「８１７０５だ」黒崎が答えた。

「どうしてその番号だと？」と榊。

「阿久津透の初恋の女の名前が九条直子というのさ。九条は、くじょう、つまり『九乗』に通じ九の二乗で８１。直子は７０５だ」

「阿久津にも、そんなロマンチックな一面があったのね」

つかさは引きつったような笑みを浮かべていた。

「ではいよいよ、中を見ますよ」

遠上は皆に見えるように、小箱を机の上に置いた。

中には四つに折りたたまれた紙が入っている。

「スケッチブックの画用紙です――榊さん、ビンゴですよ」

遠上もさすがに興奮した様子で言った。彼は紙を手に取り、広げる。

長方形の一枚の紙。真ん中には黒いクワガタが描かれていた。神木柚月が、相島早苗に見せられた絵に相違ない。

長方形の長い辺に沿って、赤い線のような跡がまっすぐ横切っていた。恐らくこれも血痕だろう。また、右下隅の一部分が破られていた。四つ折りにされた跡がある他は、よれや丸め癖もついておらず、保存状態は良好と言っていい。

「ようやくお出ましか……」

黒崎が舌なめずりしていた。

遠上は証拠保管ケースからスケッチブックを取り出し、破られていた部分のページを開く。破れていたページにこの紙を重ねてみると、リングに残っていた破れ目と紙がぴったりと符合した。おお、という歓声が皆の口から漏れた。

「あの、右下隅が破れているのは何ででしょう？」

「阿久津は絵を破って、離れの窓から捨てたと、最初の自白の時に主張していたのさ」黒崎が答えた。「現に本宅側の雨どいから千切れた紙片が見つかった」

「その切れ端もここにありますね」

遠上がビニール袋に保存された切れ端を持ってきて、こちらも絵と合わせてみた。同じく、ピタリと一致する。どこからともなく感嘆の吐息が漏れた。

「すると、阿久津は切れ端だけ切り取って、離れの窓から飛ばしたことになるね」榊は言った。「何だってそんなことを」

「自白をもっともらしくするためだろ」

「窓から飛ばしたとしても、どこに飛ぶかなんて運でしょう。どこか警察が発見しうるところに引っかかるかもしれないし、もしかしたらドブにでも落ちて行って紛失するかもしれない。この切れ端を合わせるだけで紙の不足部分がなくなる以上、阿久津は一回目のチャレンジで見事に成功したことになるね。彼がそんなつまんない運に賭ける男とは思えないけど」

ウッ、と黒崎は呻いた。

「だ、だがよ、それを言ったら、あいつが離れからこの絵を持ち出した方法からして不明だぜ」黒崎は僕を振り返る。「おい火村兄。お前に聞くのもシャクだが、早苗はその絵について何か言っていなかったのか」

僕は肩をすくめた。

「早苗の幽体が現れた時には、もう絵の処理は終わっていたようで、彼女はそのことについては何も……」

「役に立ちゃしねえ」黒崎は舌打ちした。

「どっちにしても、この絵は大きな前進だよ。神木柚月さんの証言が裏付けられ、事件はいよいよ新たな局面を迎えたってとこだね」

そんなところで、と榊は言った。

「そろそろ時間みたいだ」

榊の言葉に、会議室の掛け時計を見る。十時三十分。開廷まであと三十分だった。

遂に始まるのか。

あの裁判が、再び。

「定刻には始めよっか。まだ何かやっておきたいことはある？」

「あ、私」つかさが立ち上がった。「一つ調べておきたいことがあるので、ちょっと開廷まで席を外します。続けててください」

つかさは何かの紙を持って、部屋を出て行った。何を調べるつもりだろう。まあ、じきに法廷で明らかになるか。

「それでは一度、昨夜の阿久津の行動について疑問点をまとめようか」

五人はディスカッションを重ねて、以下のリストを作成した。

〈阿久津透の行動について〉

一、阿久津は二日目弾劾裁判法廷において、自らを殺人犯だとする自白を行った。これは真実か。
二、阿久津は地震後、一人になると三階倉庫に向かい自殺を図っていた。なぜ自殺しようとしたのか。
三、凶器が日本刀であるにもかかわらず、槍にも血痕が付着していたのはなぜか。
四、阿久津がフックを壁から引き抜いたのはなぜか。
五、槍の血痕を拭ったハンカチと、死体のポケットに入っていたハンカチ。二枚のハンカチが使われていたのはなぜか。
六、阿久津の部屋の洗面台に血痕が残っていたのはなぜか。誰かが血をその洗面台で洗ったとして、それは誰で、なぜ阿久津の部屋の洗面台を使ったのだろうか。
七、阿久津は宿泊日二日目の深夜に豪勢とも言えるルームサービスを取っている。これが意味するところは何か。
八、スーツケースの中の小箱の飾りは四月に火村明が目撃した時は綺麗に揃っていたが、今日剝がれた飾りが阿久津の部屋で見つかった。壁に叩き付けた、ないし投げ付けたと推認される。阿久津がそのような行動を取ったのはなぜか。
九、倉庫の、槍が飾ってあった壁付近の床の血痕に火村明が覚えた違和感の正体とは、一体何だったのか。

九は漠然としたものだったが、榊が僕の思い付きの爆発力に賭けていることもあり、一応リストに加えてもらった。

次に相島早苗殺害事件についてだ。

〈相島早苗殺害事件について〉

十、チョコレートが溶けていた一件は、阿久津自身気が付いていなかった点だと思われる。では暖炉が燃えていたのはなぜだろうか。阿久津が暖炉を燃やしたなら、その目的は何か。

（補足　記・火村明

阿久津は火を燃やす理由を七つ提示したが、現場に濡れたものはなかったはずだから暖炉は乾かすために燃やされたのではないと推理した。しかし、燃やされたのなら、濡れたものがあったと考えるべきではないのか）

十一、阿久津の自白が虚偽であるとしても、阿久津が「エメラルドグリーンの太陽」について知っていたのは事実である。阿久津はなぜそのことを知っていたのか。

十二、神木柚月は首を切断された阿久津の死体をクワガタと見間違え、事件当日にクワガタの絵を見た記憶を想起した。しかし彼女いわく、クワガタは決定的な要因ではないという。それでは、本当に記憶に影響したのは何だったのか。

十三、火村明に相島早苗が話した、事件当日の阿久津の行動が真実であるとすれば、阿久津が証拠の捏造に手を染めたことは疑いないと思われる。これは本当に真実なのか。

十四、阿久津がクワガタの絵を破り、小箱に保管していたのはなぜか。また、絵を離れの密室からいかにして持ち去ったのか。
（補足　記・黒崎謙吾
　事件の捜査時には密室の抜け穴を探すべく、床下から天井裏まで細かく捜索した。絵の隠し場所があるとは思えない。また、阿久津は事件後まもなく病院に搬送され、衣服の保存を看護師に命じた上で、トイレにまで付き添わせている。絵を隠し持っていたと考えることは困難である）

　これらは、いずれも本日の捜査で見出された疑問である。しかし、もちろんのこと、相島早苗殺害事件の内容には、どうして首を斬ったのか、とか、そういう細かい謎がある。

　それについて、瀬川はこう言った。

「しかし、それらの証拠は一度坊ちゃんが解決に使ったものたちです。坊ちゃんがいかなる真相を隠そうとしたのかは知りませぬが、それらの証拠は一から十まで坊ちゃんのデッチ上げである可能性が否定できません。検討するには値しないのではないでしょうか」

　瀬川のこの指摘はもっともだった。離れの中に、数時間、阿久津は閉じこもっていた。その間の行動は謎に包まれている。まるで霧の中のようなものだ。霧が晴れた時、僕たちに差し出された証拠のうち、どれに阿久津の手が入っているかは知りようがないのだ。

　だが。

「それは——少し違うんじゃないでしょうか」

僕はまだ確証こそなかったが、こう言ってみる。

「例えば、『今から一つ俳句を作りなさい』と言われるのと『今からこの風見鶏をテーマにした俳句を作りなさい』と言われるのと、どっちがやりやすいでしょうか」

僕の発言に不意を突かれた面々は驚いていたが、榊はニヤニヤ笑ってこちらを見ていた。

「後者だね。縛りがある方がやりやすいよ」

「おっしゃる通りです。縛りは自《おの》ずから創作の枠を確定します。主題、お作法、暗黙のルール。こうした縛りによって創作の枠は自ずと縮小されます。風見鶏の俳句を詠めと言われたら、もう和三盆《わさんぼん》の俳句は詠めないわけです。しかし、逆に言えば、風見鶏の俳句を詠むということだけに思考を制限して、考えやすくすることが出来る」

「真の自由は不自由を導く。逆説的だね」

「三題噺などというのがあるのも、同じ理由ではないでしょうか。縛りはきついですが、三つのお題を出す話を作ろう、となれば、思考の方向性を定められる」

「それをもって、あなたは何を言いたいのですか?」しびれを切らしたように遠上が言う。

「つまり、阿久津も今の話と同じなのではないかと。いくら阿久津透ほどの頭の持ち主でも、いきなり離れに放り込まれ、『さあここにあるもので自由に密室を作ってみよう』と言われれば途方に暮れるのではないでしょうか。数時間という短い間に、二つの密室トリックとその一方の否定という手の込んだことをやってのけたのですから、彼にも思考の方向性を限定する筋道――つまり『縛り』があったのではないかと邪推します」

「突然提案者の何某《なにがし》が現れて、これこれを使って密室を作れ、と言われたとでも？」

「そうではありません。ここで言う『縛り』とは、相島早苗殺害事件の真実を隠す目的上、阿久津透としてもそうせざるを得なかった部分を指します」

「なるほど！」

　榊は顔を赤らめて、早口で喋り始めた。

「阿久津にも、自分の隠したいことを隠すために、あの密室の中で追い詰められ、行った部分がある。そして、阿久津はその部分の真の意味合いを隠匿すべく、Xを用いた偽推理でまったく異なる意味付けをした……」榊は何度も首を縦に振った。「妄想に近い考えという他ないね。でも、理に適《かな》っている」

「妄想じゃねえぜ」

　黒崎が口を挟んだ。紫煙をくゆらせながら、僕のことを興味深そうな目で見つめていた。

「俺は火村兄の説を支持する。正直、今の今まで、お前のことは舐めてたがな。少しだけ見直した」

　一言余計だが、評価の厳しい男に褒められて悪い気はしない。

「支持する根拠は何なの、黒崎ちゃん？」

「クワガタの絵――スケッチブックの紛失した一ページが発見されたからだよ。そして、あいつはその消えた一ページについて、『何も描かれていないことを隠すために持ち去った』という理屈をX犯人説で持ち出したのさ。つまり自分が隠そうとした事実に、別の理由で解決を付けたことが、あの絵の一件で分かる」

「火村くんの話とピタリと一致するじゃないか！」榊は嬉しそうに叫んだ。

「描いているから、じゃなくて、描いていないから、に持っていくあたりが、名探偵らしい論理のアクロバットに見える所以《ゆえん》だな。俺たちは『描いていない』という結論を提示されたことで、『描いていた絵の内容』という単純な視点から目を逸らされていたのさ。忌々しいことにな」

ほう、遠上が嘆息した。

「まさか、火村さんはそのことに気が付いて、先ほどの縛りという話を？」

「半日一緒に行動しただけで分かりましたが、この方はただ思い付いたまま喋っただけだと思われます」

「何ですって」僕は抗議した。「瀬川さんのおっしゃる通りですが」

まあ良い、と開き直って話を続ける。

「他方で、『チェーホフの銃』を地で行くように、隠れ場所として暖炉の存在を推理に使用したり、暖炉や甲冑、窓の向こうの脱出ルートとか、現場にあるものを余すところなく利用しようとする方向性もあります」

「『もし第一章で、壁にライフルが掛けてあると述べたなら、第二章か第三章で、それは必ず発砲されなければならない。もし、それが発砲されることがないなら、そのライフルはそこに掛けられるべきではない』」と榊が引用した。「でも、これは言わば贅肉の部分で、火村くんはこういう方向性を削《そ》ぎ落とし、阿久津が本当に隠したかったことを炙《あぶ》り出そうって魂胆《こんたん》なわけだ」

　僕は頷く。

「要するにこういうことです。阿久津がX犯人説で提示したいくつかの『なぜ』の中には、数は分かりませんが本物の手がかりがある。もし、その中のいくつかが、同じ方向を一斉に指し示したとすれば――」

「それこそが」黒崎がごくりと喉を鳴らした。「真実……」

「やはり君は面白い」と榊が顔を綻ばせた。

「ええ、ほんとに」

　声のする方を振り返るとつかさがいた。

「姉さんは本当にいつも無茶苦茶で、目を離すことが出来ないのよ。悪い意味で」

「おい」

　でも、とつかさが続ける。

「今は姉さんの発想力だけが起爆剤よ。昔、阿久津に言われたことがあるの。名探偵には二つの能力が必要だ、ってね。事件の真相をイマジネーションにより見通す発想力と、それにより到達した真相に向けて論理を組み立てる説得力の二つが。後者はトレーニングでどうにでも伸ばすことが出来る。でも前者は？　これこそが探偵の天性の才能なのだとあいつは言った。そして私にはそれが決定的に欠如していると言った。

私は仮にも探偵を目指して学校を出た身よ。後者の能力は身についている。そして前者は姉さん。天を駆ける発想力。後先考えずに口に出してしまう軽率さ。私の役目はその発想に追い付くまで地道に石を積むこと、たゆまず石を整えること、そうして姉さんのところまで一本の塔を築き上げること」

そうすることで。

「私と姉さんは互いの力を合わせてようやく一個の推理になる。互いの穴を埋め合って一つの探偵になる。阿久津が仕掛けたものと戦える。二人でなら、阿久津に並べる——二人でなら、阿久津の思惑を超えられる」

榊は満面の笑みを浮かべた。

「良し」

「いかにも。その覚悟や良し、若人よ」瀬川がうやうやしく礼をする。「お嬢さんで足りなければ、私も力を貸しましょうぞ。この老体に鞭打って一つアタマを捻りましょう。だから明君はただ、その翼を広げていればいい」

「お前には振り回されっぱなしだぜ」黒崎は僕に向けて憎々しげに吐き捨てた。「まったく迷惑この上ねえ。おまけにお前のケツを拭えだと？　だからお前は気に食わねえ。だから、今だけだ。ほんの少しの間、今だけ、てめえのケツを支えてやる」

遠上は「素直じゃない人ですね」と呟いてから、「あなたがいいならそれでいいですよ」と優しく笑った。

「素晴らしい」

榊が大袈裟な拍手をした。

「ここには一つの意思がある。探偵未満の者どもが一人の探偵を打ち越え、真実をその手に摑まんとする一つの意思がある。よろしい、ならば私はただの木槌に戻ろう。一着の黒い法服に戻ろう。君たちの意思を見守る一つの天秤《てんびん》に戻ろう」

そもそもはこの人の口上にまんまと乗せられて、僕らはこうなったのだ。それをいけしゃあしゃあと、再びただの裁判官に戻るなどと言う。しかし、これから僕らは波乱に満ちた裁判に臨む。

僕らの感情がどれだけ激しようと、彼だけは静かに裁定を下してくれるだろう。そんな安心感だけはあった。

「それにしても」遠上が言った。「〈阿久津透の行動について〉に現れた矛盾点は、相島本人に尋問すれば済んでしまいそうなことばかりですね」

「時間も十分にはなかったからね。だけど、そのための法廷だよ。裁判ではまず初めに相島雅夫に証人になってもらおう。

さあ弁護士のご両名、一匹の猟犬、そして二人で一人の探偵よ」

榊は舌なめずりをした。

「いよいよ、真実を明らかにする時だ」

第九章　法廷外裁判　―三日目法廷　前半―

八月二日午前十一時。セミナーハウス〈せせらぎの丘〉一階模擬裁判場。

法廷は斜めに傾いている。公平であるべきはずの裁判所が傾いているとは、なかなか皮肉なものであるが、口に出しても誰も笑ってくれそうにないので黙っておく。

裁判官席の榊遊星はなるほど一着の黒い法服となり、先ほどまでとは打って変わった厳粛な表情をしている。

二対の弁護士席には、遠上蓮と瀬川邦彦。遠上は手元の資料や、僕たちで作成した疑問点リストをためつすがめつしながら過ごし、瀬川は穏やかに微笑んでいた。

被告人の座っていた椅子のところには、大きな木箱が置かれていた。棺のような形をしているが、宿に何かの物資を運搬する時に使われた木箱で、今は中に阿久津の死体が横たえられている。「被告人不在の裁判とはいえ、被告人が『いた』方がいいじゃん？」という榊の冗談みたいな提案でこうなったのだ。幸い、箱の蓋がしっかりしているせいか、臭いこそしないが、それでも不気味なことに変わりはない。

火村つかさ、黒崎謙吾、そして僕は傍聴席の最前列で少し緊張して座っている。神木柚月はあんな災害の後にもかかわらず裁判が始められることに、困惑している様子だ。相島雅夫は椅子に縛られたまま運ばれてきて、首を捻ったりしている。水原優子は僕の後ろの席でそわそわしていた。宇田川朴人は目を閉じて身じろぎ一つしない。

誰かいないな、と思ったが、榊が木槌を打ち鳴らして注目はそちらに集まった。

「それでは、被告人・阿久津透の弾劾裁判、三日目を開廷します」

大きく、ゆっくりと、息を吸い込んだ。

先の地震。僕らが今いる地点は、まさに被災したその地点である。あの時の恐怖が込み上げてきて、立っていられなくなりそうになった。

しかし、立ち止まっているわけにはいかない。

たとえその先にどんな真実があろうと、だ。

僕らは真実を知りたい。有限たるこの命からせめて一片の小さな悔いをなくすため、僕らは知りたいのである。

そのためには、前に進むしかないのだ。

黒崎と係官がえっちらおっちらと、相島雅夫を椅子ごと証言台まで運んだ。

彼は証言台に着くと、不思議そうにあたりを見渡した。

「これは一体、どういうことでしょうか」

「あなたにいくつか質問をしたいのですよ」榊が答える。「昨晩の阿久津透の行動について。

まあ、裁判の練習だとお考えください」

ああ、と相島は相槌を打った。

「私も常々、最後の仕上げが大事であると――」相島の表情が豹変《ひょうへん》した。「そんなわけがないでしょう！　たかだか練習でこんな舞台を用意するわけがない！　一体私を何に陥れるつもりですか！」

榊はフォローを入れようとしたが、その前に遠上が机を叩いて注意を喚起した。

「相島雅夫さん。あなたは阿久津透を殺害した。……間違いありませんね？」

「ですから、私が殺したと言っています」

「しかし、あなたの話を聞いた後に調査した結果、あなたの証言と矛盾する証拠が幾つも見つかりましてな」瀬川が引き継ぐ。「一体どういうことなのか聞きたいのはこちらの方なのですぞ？　あなたの答え次第では、阿久津透を殺した犯人や、昨日の審理の行く先が覆《くつがえ》りかねない」

相島は「矛盾ですと？」と唸るような凶暴な声を発した。

「あり得ないことです。私は確かに阿久津君を殺しました。補習を施した。私の手にはあの肉の感触が残っている。私の鼻にはあの血の臭いが残っている。矛盾があるとすれば、それは証拠の方が間違っているのです」

では、と遠上が向き直って尋問を開始する。

「あなたの証言に期待しますよ。最初の質問をしましょう。あなたは殺意を持って三階倉庫に向かい、日本刀を拾い、もって被害者・阿久津透の背中を刺した。間違いありませんね？」

「はい」

「あなたが三階倉庫に立ち入った時、阿久津君は槍の穂先を自らの腹部に向けていた、そうでしたね」

「はい」

「槍は既に刺さってはいませんでしたか？」

「刺さっていません。腹部の前あたりで、躊躇するようにたゆたっていました」

「では、穂先が血で汚れてはいませんでしたか」

相島はしばらく間を置いた。「いえ。汚れていませんでした。綺麗なままです」

「実はその時既に血で汚れていたが、あなたが日本刀で刺してから、阿久津がハンカチで穂先を拭った……そういう様子もありませんでしたか」

「だから」相島は焦《じ》れたように言った。「ないと言っているでしょう。槍は結局使われなかったんですよ。私は刺した後、ギロチン台の近くで横たわってもがき苦しむ阿久津君をじっと見ていました。怪しい動きをしていれば気が付いたはずです」

「おかしいですね。しかし、現場から発見された槍からはルミノール反応が検出されたのですよ。穂先からべったりとね」

「宇田川さんにお聞きしますが」瀬川が立ち上がった。「宇田川さんは死体を検死なさり、腹部にためらい傷のような傷跡があるのを発見なさいました。槍のルミノール反応は、この時に付着したものとお考えになりますか？」

宇田川は「傍聴席から発言していいんですか」と聞いた。

「今日はイレギュラーな事態ですので、一部証言規則を排除します」と榊が答える。「傍聴席にいる方も、こちらから発言を促した際は発言してください。気になることがあったら遠慮なく挙手していただいても構いません」

榊はそう言うと、ちらりと僕を見て片目をつむった。なるほど、僕のための措置というわけか。俄然《がぜん》身が引き締まる。

それならば、榊も砕けた口調に戻って良さそうなものだが、やはり法廷に臨む時の彼は別人になるのだろう。公式でも非公式でも、裁判の舞台があれば榊遊星は裁判官になる。

「では——」と宇田川が先述の質問に答える。「被害者のためらい傷は当然ながら臓器や動脈には達しておらず、せいぜい皮下組織を傷付けている程度です。しかるに、槍のルミノール反応は穂先全体に現れております。その量の血液が、あのためらい傷から付着したとは考えにくいと思われます」

「ありがとうございました」瀬川はそう言って、宇田川に座るように促した。「では次に証人に問います。あなたは被害者を殺害後、被害者の部屋の洗面台で血を洗い流しましたか？」

「なんですかそれは。洗面台のことなんか知りませんよ。あなた方の前に現れた時、私は血塗れだったでしょう？　もし本当に水道で洗い流したとして、もう一度血を付け直しに行く馬鹿だとでも言いたいのですか、私が」

「そうは言いませんが、洗面台からも、同様にルミノール反応が検出されているのです。二つの凶器、使われなかったはずの洗面台。おかしいですよね。私などは、あなた以外に犯人がいて、その犯人をあなたが庇っているなどと邪推してしまいますが」

遠上の発言は、平時の裁判なら明らかに異議を食らうところだが、証言規則を排除したからなのか榊も瀬川も何も言わない。

「冗談じゃない」相島の剣幕はもはや悲鳴を上げんばかりだった。「だから私が殺したと言っているじゃないですか！　信じてくださいよ！　嘘じゃないんだ！」

自分が犯人だと信じてほしいとは、まったく笑えない状況である。

「では次の質問は頑張ってもらいましょうか。あなたは被害者を刺した後、被害者の行動を見守っていた。そうですね？」

「……はい」

「被害者の行動について教えてください」

「……私はギロチン台の右横あたりのスペースで阿久津君を刺しました。彼はその場に倒れて、その場でグルグルと回るようにのたうち回っていました。やがて、動かなくなって、死んだことが分かったので、ギロチン台に載せて首を落としました。後の経緯はご存じの通りです」

「屋敷の傾斜によって、台車に載ったギロチン台が動き、窓を突き破っていった。こうして、被害者の体は三階倉庫を出て、以降我々が発見するまで木の上に引っかかっていた」

「であれば」瀬川が机を叩いた。「相島さん。あなたの証言はまたしても矛盾してしまいますなあ」

「ええっ?」

「三階倉庫の壁のフックが外されていたのですよ。入り口から見ると奥側の壁、槍が掛けられていた方の二つのフックです。フックの内側には血の跡と、被害者の指紋があった。血の跡があった以上、被害者が血を流した後に、自分でフックを外したのは確実です。しかるに、あなたはこう言ってしまったのですよ。ギロチン台の右のスペース——つまりフックのあった南側の壁とは逆の壁の前——で刺し、以降被害者はその場を動かず、ギロチン台が床を滑り動いたはずみで外に放り出されたと。すると、負傷後の被害者はフックに近付くことも外すことも出来なかったことになるのですからな」

「フック? 何の話ですか」ここまでくると相島はもう泣きそうである。「頼むよ。私が殺したんだ。信じてくれ」

さて、どう考えるべきか。

恐らく、このまま尋問を進めていっても袋小路だ。何か。何か新しい観点。それを見付ければ、突破口が開けるかもしれない。

槍と日本刀、二つの凶器。血を洗った跡のある洗面台。フックの指紋。全てに道筋を付けるもの……何か、何かないのだろうか。

槍の掛かったフックのあった位置——つまり、僕がなぜか気にかかった血痕のあった位置のことを思い出した。

――待てよ？

相島雅夫は今、阿久津が刺された後、フックに近付いたことはなかったと証言している。では、なぜあんなところに血痕が残っているのだ。

血液が沸騰し始めた。ふつふつ、ふつふつと、何かの予感に突き動かされる。

クワガタ怪人の一件について思い出す。ギロチン台が台車に載ってどう動いたかを思い出す。血痕のことを思い出す。血痕が妙な形を取っていたことを、尾を引いた血痕の尾の向きを指で辿っていった時に、その指の先に何があったかを思い出す。

「ああああああああああああああああっ！」

僕の頭に電流が走った。

さあ、来たなとでも言うように榊がチロリと唇を舐めたのが見えた。

「おや、星影美空さん。何か気付いたことがございますか」

「……はい」

僕は立ち上がった。瀬川が、遠上が、黒崎が、つかさが、優子が。みんなが僕を見つめているのを感じる。喉が干上がっていく。唾を呑み込んで、ゆっくり呼吸をした。

今はただ、ほんの思い付きにすぎない。しかし、もし本当にそうなら、いくつかの矛盾は姿を消して、事件はその姿を大きく変えることになる。

……思えば僕の物語は、わずかな傾きから始まったのだ。FOBファン交流イベントの開催されたホテル、その倉庫で、建築上は問題ないほどの、ほんのわずかな傾きから。

あんなわずかな傾きからですら、阿久津は論理を紡《つむ》いでみせたのだ。

それがどうだろう？　今、この建物はあの時と比べ物にならないくらい傾いているじゃないか。

こんな建物からなら、名探偵なんかにならなくても、推理の糸口くらい見つけられる。

「皆さん、ギロチンのことを思い出してください」僕は大きく咳払いをすると、皆の注目を集めながら言った。「皆さんが把握しています通り、ギロチンを載せた台車は滑っていき、窓を突き破りました。……したがって、倉庫の傾きは入り口つまり扉側から、窓側に向けて傾いていることになります」

「それがどうかしましたか」と遠上。

「何を当たり前のことを」黒崎は呆れたように首を振った。「そうでなきゃ、窓の外に死体が飛ぶわきゃないだろうが」

「ええ。そうです。しかしこのごく当たり前な事実が、決定的な矛盾を生み出すのです。

槍が掛けられていたのは南向きの壁の奥側でした。その位置の床にも、血痕が残っていたのです。そしてその血痕は特徴的な形をしていて、尾をなぞってみると、入り口の方に向けて流れていたんですよ」

それがどうした、と言いかけた黒崎の口が途中で止まった。

「おかしいですよね。つまり、その血液は窓側から入り口へ向けて流れていたことになります」僕はその推論を叩きつけた。「屋敷の傾斜を登って行ったことになります！」

「そ、そんな馬鹿な話があるか！」

黒崎が声を上げた。

「ええ、馬鹿げている。しかし、ではこう問い直しましょうか。なぜ、血痕は傾斜を遡っているのか？

……まだ分かりませんか？　なら、発想を逆転させてみてください」

「どうすれば、血痕は窓側から入り口に向かって残るのか？」

瀬川がハッと息を吸い込んだ。

「君は……まさか！」

「そうです！　血が反対側に流れたのは、屋敷が傾く前にその血が流れたからです！　つまり、この屋敷では、地震が起こる前に、私たちの知らない殺人事件が起こっていた！」

廷内はしばらく喧騒に包まれた。あり得ないと怒声を散らすもの、でたらめだとヤジを飛ばすもの。

それらを榊の木槌の一打が鎮めた。

「なるほど。建物は建築基準等や生活には問題なくともわずかに傾いていることがあります。本裁判で扱ったＦＯＢの見立て殺人でも、倉庫がそのレベルで傾いていたのでしたね。この建物も、微弱ながら窓から入り口側に向けて傾いていて、地震の時には逆の方向に大きく傾いだ、ということもありうるでしょう。ＦＯＢ事件での灯油と、今回の事件での血液……液体は傾きの影響を受けやすい。君の言うような形の血痕が残ったこともありうる」

そう譲歩した上で、では、と榊は切り込んだ。

「その説の実現可能性を検討しましょうか」と榊は言った。「星影さん──いやもうこう呼びましょう。火村くん。私たちは地震の後、安全確認のために宿泊客ならび従業員、全二十八名の点呼を取りました。その結果、欠けている人員は一人もなかった。欠けていたら大問題ですからね。そうしますと、君の言う通り、誰かが死んでいたとは到底思えません。君はこれについてどう考えますか」

「そうです。被害者不在の殺人事件……これはどうしたって成り立たない」

ですが、と僕は切り返した。

「……それでは皆さんは」僕はまるで全て分かっているとでも言うように、不敵にニヤついてみせた。「皆さんは、僕と優子が皆さんにした話を憶えておいでてでしょうか？」

「……転生」

「ちょっと待ってください。転生って何ですか」と宇田川以下数名が抗議の声を上げた。榊が要領よく転生についての話を語って聞かせ、証拠のビデオを見せたりすると、僕と優子は奇異の目で見られた。しかしとりあえず議論の前提は共有されたようなので、話を前に進める。

「その殺人事件が本当にあったとして」遠上が聞く。「あなたは、その事件の被害者に、何者かの意識が入り込んだ――すなわち転生したと主張されるのですね？」

「はい」

「被害者は傷を負ったはずですが」

「傷は凜音により修繕されます」僕は左手首を露出させた。「星影美空はリストカットして自殺しましたが、このように、凜音の手によって綺麗に治っています。被害者は倉庫にて、ルミノール反応が検出された槍で刺突されたと推定されますが、刺し傷であれば凜音は問題なく治せます」

「しかし、血液は残っていたようですが」

「血液は床に流れ出てしまいましたが、こうすると血液には床のゴミ等不純物が混じります。こうした血液は身体に戻さず、凜音が被害者の体から採取したサンプルを殖《ふ》やして生成した血液を利用します。つまり当該未詳殺人事件の時に流れた血液はそのまま現場に残されたわけです」

「ちょっ、ちょっと待ってください」柚月がいきなり立ち上がった。「何だかよく分からないのですが――つまり、この中の誰かが、既に一度死んでいる、ってことですか？」

その発言は法廷中に波紋を呼び起こした。確かにそういうことになる。そう思ってみると、この三日間何気なく見てきた、榊が、黒崎が、相島が――この場にいる全員が不気味な存在に思われてきた。

「おまけに……」優子が言った。「その人を殺した犯人も、この中にいる、ってことになるよな」

　再びざわめきが広がった。

「まあ皆さん、落ち着いてください」榊は木槌を鳴らした。「しかし火村くん、転生が出来たのだ……としても、この説はこれだけでは力を持ちません。今、神木さんが指摘したように、この未詳事件には三つの不明要素があるからです。

　第一に、殺人犯は誰か？

　第二に、被害者は誰か？

　第三に、転生者は誰か？

　転生者とは、被害者の体に入り込んだ幽体が誰か、ということです。……そして君の説は、この不明要素をそれぞれ解き明かさぬ限りは力を持たない」

　殺人犯か――と考え始めた瞬間。

　僕は身体の底が冷えるのを感じた。

　殺人犯の正体を最も簡明に証明出来ることに気が付いたからだ。

　寒かった。この夏の盛りに僕の体だけが冷え切っていた。肺腑《はいふ》の底から氷で撫でまわされているような感覚がする。歯の根が合わない。目の焦点が合わない。

　そうして僕は、阿久津透の言った覚悟の意味を知った。自分の愚かさを、浅はかさを知った。

「どうしたの、明君――」

　後ろから優子の声がする。

「火村さん、もういい」瀬川が早口で遮った。「あなたは良くやってくれた。私たちの目にかかったもやを晴らしてくれた。だからもういい。ここから先は私が」

「いや、それはダメです瀬川さん」

僕は腰のあたりで後ろ手に手を組み、呼吸を整えた。胸を少し張りながら、法廷を見据えた。

――僕がここでメソメソ泣いて、自分には覚悟が足りなかったと泣き寝入りすれば、犯人の手に残った肉の感触が消えるのか。犯人の罪が消えるのか。否、断じて否だ。幸い僕はまだ立っている。頭も回る。口も動く。前に進むことが出来る。そして僕は歩みを止めない。

全てを背負って、歩みを止めない。

「……第一の不明要素、犯人を導く手がかりは凶器にあります。地震前に殺人を犯した犯人は、日本刀を相島さんが使っていたことから、ルミノール反応の残っている槍を使ったと考えることが出来ます」

ところが。そう続けた自分の声が少し震えるのが分かった。

「あの槍は全長が二メートルもあり、非常に使い勝手が悪いのです。火炙りにした魔女を遠くからつつくためのものですからね、少し長く出来ている。凶器として、あの倉庫の一室で使うには非常に扱いづらい。では、なぜ扱いやすい日本刀ではなく、槍を使ったのでしょうか。犯人は、あえて刀を使わなかったのではない。逆です……犯人は槍しか使うことが出来なかった！

あの部屋のフックには、槍より高い位置のフックに、刀が掛けられていました。つまり、背の低い人物は、刀に手が届かない。だからこそ、槍を使わざるを得なかったんです」

僕が口にする答えが、次第に呑み込めてきたのだろう。誰もが押し黙っていた。

その答えは、僕が口にするしかない。

「しかし、僕の身長でさえ、あの刀には手が届きました。一日目、この宿に着いたばかりの時です。僕も元は男の子ですから、刀など見たらテンションが上がります。この星影美空の体でも、少し背伸びをしたら、届きましたよ」

ちょっと軽口を叩いてみても、肺腑の冷たさは拭えなかった。

「そう僕は今……僕は今、星影美空の体です。女性の体です。背は元の体より、ずっと低くなっている。ここにいる大抵の人は、僕よりも背が高い。だけど、だけど、たった一人だけ、残っていたんです。僕より、背の低い人物が……」

一日目の夜。放っておけばどこかへ行ってしまいそうな表情をしていた彼女を僕は抱きしめた。繋ぎ止めておきたくて抱きしめた。あの時彼女の体を抱きしめなければよかった。そんなことをしなければ、名探偵ではない僕は、身長の差などに目を留めなかった。

阿久津透。今ようやく分かったよ。

お前の言っていた、覚悟の意味が。

「僕より背の低い、ただ一人の人物」

それは。

「火村つかさ。……犯人は、君なんだ」

「一応」

榊のそんな声が聞こえた。

「こう問いかけておきましょう。身長と槍の手がかりが、君の主張する未詳殺人事件の手がかりであり、地震後の犯人が火村つかさで、相島雅夫が彼女を庇っていると考えてはいけないのはなぜでしょう」

――そんなこと、知るかよ。

捨て鉢になっていた僕は心の中でそうぼやいた。

「火村さん。あなたはとても立派でした」瀬川が立ち上がる。「雑事は私に任されますよう。今ご質問の点もまた、屋敷の傾きにより否定出来る可能性でございます。

日本刀をかけていたフックに話を移しますと、日本刀は二つのフックの上に、柄を窓側に、鞘を入り口側に向けて載せられていました。地震後に私と火村さん立ち会いのもと実験しましたが、屋敷が傾いているため、フックも傾いており、今説明した通りの向きでフックの上に載っていると、鞘が滑って床に落ちてしまうのです。一方、柄を入り口側にしておけば、屋敷の傾きに従って窓側に滑り落ちても、鍔が引っかかって落ちません。

一日目に三階倉庫に入った火村さんに確認したところ、日本刀は柄を窓側にした向き――つまり、地震後には滑って床に落ちる向きに置かれていたのです。さてこうしますと、もし地震後の殺人犯が火村つかさであったとしても、彼女もまた床に落ちている日本刀を問題なく使えたことになります。つまり、地震後には槍が使われる必然性が皆無になるわけです。したがって、槍と身長の証拠は、地震後の阿久津透殺害事件と関連を持たず、地震前の未詳事件の手がかりであると考えることが出来ますな」

七面倒な説明であったが、その実験の場面は確かに僕自身も目撃している。

「さて」

榊はことさらに冷静な声を出して、僕らに呼び掛けた。

「それでは次の設問に移らなければなりませんね」

僕は榊や瀬川の態度を冷淡とは受け取らなかった。それは今日の深夜に、煙草を喫いに行くと言って席を外した黒崎謙吾と同じ種類の冷淡さだ。それぞれに感情を抱えながら感情を押し殺している。この場で最も悲愴な痛みを抱えているのは火村兄妹なのだから、自分たちは感情を表に出すまいと努めている。

しかし。

「被害者は誰か——その問いですね」

あっけらかんとした口調でそう提起したのは、こともあろうに火村つかさだった。

「火村妹——」黒崎が隣の彼女を見つめた。「大丈夫なのか」

つかさは目を閉じて、ゆっくり頷いた。

「今はむしろ、少し胸のつかえがとれたくらいです。……私のしたことに気が付いて言ってくれたのが、姉さんでよかった」

「ごめん」僕は言った。「ごめん」

「やめてよ。姉さんが謝ることない」

「待ってください！」柚月が震えた声で叫んだ。「どうして、どうしてあなたたちはそんなに冷静なのですか——人が、人が死んだんですよ。そこにいる人が、殺したんですよ」

「……ええ、そうなりますね」

「何ですかそれは！」柚月はつかさに歩み寄り、両肩に手を置いた。「ねえ火村さん。あなた一体誰を殺したのよ。どうして殺したの？　なぜ裁判の最中なんかに？」

つかさは目を閉じて顔を伏せ、彼女の質問の連続に黙って耐えていた。

「私が殺した人物、そして動機は——これから明らかになります。私は、どのような罰でも受けるつもりです」つかさはそう言ってから顔を上げた。「ですが今は、この法廷でだけは、私も皆さんと共に阿久津透の隠した真実を追い求める一人でいさせてください」

それは悲愴な覚悟だった。彼女は自分の罪を受け容れてでも、先に進もうというのだ。これこそ、阿久津透の言う覚悟ではないか。

「火村さん」榊が言う。「もちろん、被害者の正体はあなたに聞けばすぐ分かってしまうことです。しかし——法廷では証拠が全て。もし被害者の正体を示したいなら、証拠で提示することです」

ひたすらに冷徹な態度だった。この事態をむしろ楽しんでいるようにすら見える。

ところが、火村つかさは平然と応じる。

「証拠がお望みなら、じきに届くと思います。ある人に頼んでおいてあるので」

「待ってください。一つ気になることが」遠上が手を小さく挙げて制止した。「あなたは犯人であるはずです。それがなぜ、自分の犯行を立証する手伝いをするのですか」

「はい。それはこういう事情です。私はある人物を殺しましたが、その人物は翌朝、何一つ変わりない状態で私の目の前に現れた。その人物の言い分はこうでした――『あの程度の攻撃では死ななかった。かすり傷程度だった』。もちろん、かすり傷であるはずがないと思いましたが、槍は扱いづらかった上に古いものでしたから、そう言われてしまっては信じるほかありませんでした。

ところが、榊さんが、星影美空さん＝姉さんだと暴いた一連の話を聞くうちに、転生という現象に思い至ることになったのです。しかし、この時点では確証はありません。私の殺した相手は言い分通り死ななかったのかもしれないし、転生したのかもしれない。それが決められないと、私としても不安ですから、転生したと言いうる証拠を見つけてみようと思ったわけです。……まあ、皆さんにとっては二十八名の中から『被害者を探せ』という状況ですが、私は答えを知っていますので、簡単に行えました」

「なるほどよく分かりました」と榊は言ってから木槌を鳴らした。「それではお聞きします――あなたが頼みごとをした『ある人』とは誰ですか？」

「今ここにいない人物――今本さんにです。彼にはとある二通の書面の筆跡鑑定を頼んでいます」

「筆跡！」と遠上が叫んだ。「榊さんが星影美空と三宮雄人の正体を見破ったキッカケも筆跡でした。法廷で宣誓書にサインさせた筆跡と、以前書類にサインを求めた時の筆跡の相違。意識だけがすり替わる転生において、筆跡まで変化することはないんでしたね。

転生者の目的はまだ分かりませんが、転生者が被害者の体に入ったのは一日目に三階倉庫が覗かれてから、地震が発生するまでの間。そんな短い間にサインを練習する時間はなかったでしょう。とするならば」

遠上は法廷の係官を呼び寄せる。

「係官！　君はこの法廷で扱われた書面を全て管理していますね。法廷二日目に書かれた宣誓書も持っていたはずです」

「はあ」係官はとぼけた声で応えた。

「それで、火村嬢もしくは今本さんは誰の宣誓書を借りて行ったのですか？」

「はあ……あの、さっきから何を聞かれているか分かりませんで」

遠上はきょとんとした顔をした。

「しかし――」

「遠上弁護士。早とちりがすぎますよ」

その時、模擬裁判場の開け放たれた扉のあたりから声がした。法廷の注目が一点に集まる。

今本だ。クリアファイルを二枚持っている。

「火村さんから転生やもう一つの殺人事件のことなど、大体の事情は聞いております」

「それでは、早速証言をお願いしましょうか」

今本は粛々と証言台に向かい、クリアファイルを提示した。

「あなたはどのような依頼を火村つかささんから受けたのでしょう？」と瀬川が尋問する。

「ここに掲げる二枚の書面の筆跡を比較いたしました」

「よろしい。では」瀬川は一呼吸置いた。「証人は――誰の筆跡を鑑定したのですかな」

「本裁判の被告人、阿久津透です」


被害者は阿久津透！　つかさが犯人と知ってから、半ば予想はしていたが、やはり言葉にされると衝撃が襲ってくる。

「だが」黒崎が立ち上がる。「被告人は宣誓書に記入しない。裁判中、どんなものであれ書面を残す機会がないじゃねえか。その殺人事件が起こったとされる時間より後、あいつがどんな書面を残したと――」

黒崎はそこまで言うと、悔しそうに舌打ちした。

「ルームサービスか」

「その通りです」今本は言って、一つ目のクリアファイルを掲げた。「このように、ルームサービスの領収書には頼んだメニューと値段が書いてあります――それにしても、骨付きステーキ、シーフードドリア、ミックスピザとは、転生者のやつ、他人の体を使って随分無茶な食事をしましたな――」

今本は咳払いをした。

「今のは無駄口でしたが、この値段の下に、サインをするところがあります。阿久津透の中に入った何某は、八月一日深夜三時にルームサービスを頼んだ時に『阿久津透』というサインをしたわけです」

八月一日午前三時。僕らが宿に到着したのが七月三十一日（宿泊一日目）で、地震発生が八月一日（二日目）の裁判終了後なので、転生者が阿久津の体を乗っ取っていたと考えられる時間に、ピタリと符合している。

「さて一方、我々は陽炎村殺人事件の裁判において、阿久津透の作成した書面の筆跡と阿久津透が送ったと思われる告発の手紙の筆跡を比較し、当法廷に証拠として提出しております。ゆえに、この法廷では阿久津透の本来の筆跡に事欠かない。一方で、転生者にとってはこうした証拠品を手に取る機会がなく、スーツケースの中にも、日記はおろか手帳すらなかったらしいですね。つまり転生者は可哀想なことに阿久津の筆跡を見るチャンスがなかった、と」

そう言って、今本は二枚目のクリアファイルを提出した。手紙の筆跡照合に使った各種書面が挟み込まれている。

「それで、筆跡鑑定の専門家として、二枚の書面の筆跡はどういう関係にあると考えたのですかな？」

「完璧に」今本は頷く。「別個の筆跡であると認めます」

今本はそれから、『阿久津透』という文字のしんにょうのはらい方だとか、ハネのやり方だとか、同一の筆跡とは考えられない根拠を列挙した。

「裁判長」つかさが立ち上がる。

「何でしょうか」

「これで、あなたの求める証拠にはなったと思いますが、どうでしょうか」

「ええ」榊は頷いた。「十分でしょう」

「では、未詳殺人事件の殺人犯は火村つかさ、被害者は阿久津透という前提のもと、事件を整理しなおしましょう」と遠上は言った。「裁判長、火村つかささんへの尋問を希望します」

榊の許可が出され、つかさが証言台についた。

「まず、あなたが阿久津透を殺した時間と場所を確認します」

「時間は七月三十一日の午後十一時過ぎです。阿久津が自分の部屋の隣にある倉庫の扉を開けて、中で興味深そうに見学していたので、その隙を利用して刺しました」

「使った凶器は？」

「先ほど議論された通り、三階倉庫の壁に掛けてあった槍です。腹部を一度、刺突しました」

「阿久津透の部屋の洗面台で手を洗ったのはあなたですね？」

「はい。槍で刺した後、脈を見ようとしたりして手に血が付いてしまったので、洗い流そうと思いました。自分の部屋で洗い流すのは、いずれ警察が介入した時のことを考えると危険ですし、倉庫には水場がありません。そこで、誰が洗ったか判別の付かなくなる、大浴場で手を洗い流そうかと一度考えました。夜遅くでしたから、もうみんないないでしょうし。しかし、手の血を隠して、一階に降りると――」

　あ、と優子が声を漏らした。

「明君が監視をしていた……ってことだな」

　僕は思い出した。一日目の夜と言えば、僕が女湯に入れないと大騒ぎし、同じ状況に陥っていた優子のために、彼女を終了時刻間際の女湯に入れ、僕が誰も入ってこないよう監視していた時だ。十一時十五分から優子を風呂に入れる算段をし、優子は十五分ほどで出てきたが、つかさは間の悪いことにこのタイミングに当たってしまったのだ。

　僕がそのことを発言すると、「あれはそういうことだったんだ」とつかさは苦笑した。

「とにかく、私は大浴場で手を洗うことを断念し、次に阿久津の部屋で手を洗うことを思い付きました。阿久津が鍵をベルトのチェーンに付ける習慣があることは知っていたので、鍵を奪い、部屋に行って手を洗い、また鍵を戻しておきました。被害者の部屋でなら、いずれ血痕が見付かっても問題はないはずで、少なくとも私が犯人であることに直結しません」

「フックが外されたのは、あなたが殺害した時でしょうか」

「外される瞬間は見ませんでしたが、大浴場を見に行って戻ってきた時には、阿久津が槍のあったフックのあたりまで這っていました。両手のあたりに、フックが落ちていて、両手は傷口を押さえたのか血で汚れていました」

「這った状態でフックに手を伸ばし、体重をかけてフックを抜いたとすれば――内側に血の跡と指紋が残るでしょうな」瀬川が頷く。

「あの、僕からもいいですか」僕は手を挙げた。「阿久津からハンカチを奪って、凶器を拭ったのはつかさなのか？」

「いいえ。これもまた、阿久津自身がやったことです。フックの一件に気付いたのと同じタイミングで気が付きました。阿久津が自分の体から槍を引き抜いており、ハンカチには血が付いていて、穂先には血が付いていないのでそれと分かりました」

「このように」瀬川が後を継いだ。「二つの凶器、洗面台、フック。相島雅夫の証言と食い違う各証拠は、もう一つの殺人事件の存在によって見事に解消されたわけですな。

さて、ここで役者は替わります」

「阿久津透の死に気付き、その体に入り込んだ転生者に――ですね」

榊の言葉に、瀬川が「いかにも」と応じた。

「そして、転生者の存在を想定することによって、再びいくつかの疑問点が解消するのです。手始めに、転生者の目的について考えてみますかな。火村くんの話では、幽霊は転生先の死体で日常生活を送っていけるか、という観点から転生先を選ぶことが通常のようです。今回のケースでは、これから裁判を受ける阿久津透に転生した。その目的は何か？」

「……裁判の継続だろうな」

黒崎が言った。

「刑事訴訟法三百三十九条第四号。被告人の死亡により訴訟は棄却される。そもそもは、俺たちが今日の裁判を開けるかどうかを争ったのもこれが問題だったわけだ。榊の無茶苦茶な差配で、俺たちは外部との連絡を断って裁判を行っているわけだが――この理由は転生者にもそのまま当てはまる」

「私たちが考えていたより一日早く、被告人は死んでいたわけですからね」と遠上。

「そうだぜ。転生者の目的は訴訟を続けさせること――被告人の振りをして、訴訟を続けることだった」

そう。ここまでくれば、僕と優子にとっては転生者の正体は一目瞭然である。その人物に正確な法律の知識があったかは定かではないが、被告人が欠席となれば、せっかくの裁判が中止になるかもしれないと推測はできるだろう。

「そして、訴訟の時に至るまで、阿久津透の中身が別物だったとすれば――」

「そうだ。あいつの自白は嘘になる。転生者の目的が、あいつになりすまして自白をし、あいつを敗けさせることだったとも考えられる。そいつは、何某の意識が入った阿久津が地震の後、一人になってからすぐさま自殺を図ったことから見ても明らかじゃねえか」

「ああッ」

僕は思わず声を漏らした。

「一、い、い、一度転生したら、死ぬまでその、か、身体から、か、出られない、い、い」

「だからこそ、転生者はウソの自白をやらかしてサクッと自殺するつもりだったたって寸法さ。あの最後の晩餐みてえなルームサービスは文字通り最後の晩餐だったんだな。ルームサービスをとってサインを求められたのはウッカリか、それともサインが要るなんて知らなかったのかは分からんが」

「そして、こう考えることで、なぜ阿久津が槍を使って自殺しようとしていたか、という疑問が氷解します」

つかさが言った。

「『阿久津』は二メートルもの槍を、わざわざ逆手に持って自殺しようとしました。しかも、槍は入り口から見て奥側にあった。なぜ扱いづらく、それも遠くにあった凶器を使ったのか。その理由は簡単です。私が槍を使って阿久津透を殺したからです。

ここから少し話は入り組みます。転生者は、警察の目、第一の犯人である私の目、転生システムを理解している姉さんたちの目――この三つを同時に欺くことが必要だったからです。いずれ警察が捜査して、ルミノール反応を検査すれば、槍から血痕が検出されかねません。この時、もし『阿久津』が日本刀あるいは他の凶器で自殺すれば、ではこの槍は何なのかという不審を招きます。あるいは、槍に付着した血痕の量から、『やはりあの時阿久津は死んだはずだ』と私に気付かれるかもしれません。一方で、槍を腹部に突き刺して死ねば、『やはり自分は腹部を刺していて、その時の傷口が開いたのではないか』と私に思わせることは不可能ではない。こうして転生者は、槍に付いた血痕を誤魔化すべく、扱いにくい槍を使わざるを得なかったのです」

「……現場の状況については、もう一つ指摘があります」僕は言った。「転生者は証拠保管ケースを持ち出して、三階倉庫に運びました。こうした理由は、死ぬ時にペンダントを持っている必要があったからです。凜音に魂を取り出してもらうには、レーダーとして、凜音の骨入りペンダントを所持したまま死ぬ必要がありますから。

転生者は阿久津の体に転生しましたが、自殺する予定だったことからも分かるように、ずっとその体に留まるつもりはありませんでした。いえむしろ、転生した先にペンダントがあって、いつでも出られることを知っていたからこそ、阿久津の死体に入ったのだとさえ言えるのではないでしょうか」

「ちょっと疑問なのですが」遠上が言う。「ペンダントだけ必要なら、何もケースごと持ち去る必要はなかったのでは？」

「ペンダントだけが紛失し、阿久津の死体と共に発見されれば、少なくとも、転生した人間である僕と優子にはその意味が分かります。あまつさえ、阿久津が幽体になってどこかにいるのではないかと探される可能性もある。つまり、転生者の僕と優子の目を欺くため、証拠品のうち何が目的だったか分からなくするよう、ケースごと持ち出したのです」

遠上が唸った。

「では、転生者は阿久津透の体から既に脱出しているのですな？」瀬川が聞いた。「しかし、君と水原さんには幽霊の姿が見えるはずなのでは？　脱出の瞬間は見ていないのですか？」

「幽体が出現するのは、死亡から一時間四十四分後なのです。転生者にとって、死体が地震によって外に放り出されたのはある意味で幸運でした。転生者は僕たちが深夜に話し合いを重ねている間に、林の中にこっそりと現れたのだと思います」

「まんまと逃げられたわけですな」

「もう一つ質問を」遠上が挙手する。「死体が林の中にある一方で、ペンダントは倉庫に残されていました。この場合でも、凜音はその幽体を死体から取り出せるのですか？」

「僕自身の死体についてですが、僕は死後に燃やされ、その熱でペンダントが破壊され、その後死体が火災現場から運び出されるという経過を辿りました。僕の幽体は運び出された先のホテルの一室に現れています。凜音は水鏡というスクリーンに下界の様子を映して『仕事』をするのですが、死の瞬間にペンダントの力で死者を一たび捕捉出来れば、死体が移動されようとも追跡可能とのことでした」

「理解いたしました。それでは他の疑問に移ってみますかな」瀬川が言った。「二枚のハンカチの問題。これも解決します。三階倉庫にはハンカチが落ちていましたが、一方で林の中で発見された坊ちゃんの死体のポケットにもハンカチがあった——つまり、被害者はハンカチを二枚持っていたのではないか。こういう疑問があったわけですが、二つの殺人事件が二日にわたって繰り広げられたとすれば、この疑問ものの数ではありますまい。

転生者は坊ちゃんの死体に転生後、倉庫の中に落ちていたハンカチに気付かず、坊ちゃんの部屋に戻りました。翌朝、転生者がすることは何でしょうか？」

「……その日に使うハンカチを、スーツケースから出しますね」

柚月は青い顔をしながら、呟いた。

「左様」瀬川が答えた。「ちなみにシャツと背広が死体の着ていたものと、スーツケースの中に一組で、計二着しかなかったのは、一日目に火村さんに殺害された時の服を転生者が処分したからでしょうな。まさか血の付いた衣服で翌日の法廷に出ていくわけにもいきませんし、衣服には槍で刺されていた時の穴が開いていますが、翌日に自殺する時にこの位置にそっくりそのまま刺すことも難しい。どこかで齟齬が出ます。それならば、衣服を処分して、そもそも殺人事件があった痕跡を隠してしまおうと転生者が考えたのも頷けますな。深夜三時にルームサービスを頼んだのも、林の中に衣服を処分しに行くとか、あるいは燃やすとか、そういう大仕事を終えた反動かもしれませんね」

「……まだあります」遠上が疑問点を書き記した表をトントンと指で叩きながら言った。「疑問点の八。小箱の問題です。小箱の宝石飾りは取れ、隅には傷があった。瀬川さんと火村さんが阿久津の部屋で見たところによれば、壁紙に傷があって、床には剝がれた宝石の飾りが落ちていた。つまり、阿久津はこの宿に来てからのち、小箱を壁に叩きつけたことになります。私たちは番号をド忘れしたなど何らかの理由で開けられなかったのではないかと思っていました。

しかしそれは違う。彼が設定した暗証番号は、九条直子という初恋の相手にちなんだ81705というナンバーです。忘れようとも忘れられるはずがない。とすれば、あの小箱を開けることが出来ず、開くために壊そうと、壁に投げつけたのは阿久津透本人ではないのです」

僕は三宮雄人に転生した優子が、三宮が金庫に保管している阿久津の手紙を回収するべく、半日かけて四ケタのダイヤル錠と格闘した話を思い出した。記憶は引き継がれない。しかも優子の一例よりも桁数《けたすう》は増え、鍵の開錠を試す時間は翌朝までのごくごく短い時間である。鍵に挑んだとしても、やがて焦《じ》れてしまい壁に投げつけるのもやむを得まい。

「遠上さん」つかさが口を挟んだ。「しかし、小箱を開けようとしたのは阿久津に転生した誰か——という確たる根拠はないのでは？　今証明したのは、宿に到着後、阿久津透以外の何者かが小箱を開けようとしたことだけです。例えば、阿久津を殺そうと一度部屋に入ったと証言している相島さんが小箱を投げたとしても何ら齟齬はありません」

「私はそんなことしてませんよ！」と相島が叫んだ。

「そうですね。小箱だけなら」遠上は得意げに言った。「しかし、小箱は開けられないがために傷付けられていたのに、スーツケースには傷一つなかった——これが、小箱を開けようと試みたのが阿久津透の体に入り込んだ第三者である所以です」

「それがどうして——あっ」

つかさは気付いたようだ。僕はまだ分からない。

「いいですか。スーツケースの鍵は阿久津透がベルトのチェーンにつけ、肌身離さず持っていた。つまり、阿久津透以外の何者かが小箱を手にするためには、その鍵をまず手に入れなければならない。これはほとんど不可能です。では代わりにピッキングはどうか？　ここで、スーツケースには傷一つないこと——特に鍵の周囲に傷がないことが重要になります」

「ああッ！」

僕にもようやく分かった。

「スーツケースは鍵により開くことが出来たが、小箱の番号は知らない。つまり、小箱を傷つけたのは、阿久津透の体を持っている、阿久津透ではない人物——そういうことになるんですね！」

「はい。指紋と筆跡の齟齬から、肉体と意識の違いを見出した榊さんの理屈の応用です」

「他の誰かとは言うまでもなく……転生した第三者ということだったな」黒崎は頷いた。

凶器。ハンカチ。小箱。

残されたいくつかの矛盾が、阿久津＝被害者と考えると面白いように崩れていく。

僕は二日目の朝、朝食の席に来なかった阿久津透を呼びに、つかさが席を外したこと、その時に、三百一号室の前で彼らの会話を覗き見た時のことを思い出す。

——あんた、これは一体どういうことよ！

あの時、彼女の体は震えていた。僕はそれを怒りによる震えだと思った。しかし違ったのだ。あれは恐怖による震えだった。自分が殺したはずの男が生きている——それゆえの震えだった。

僕が死んだ事件か相島早苗殺害事件につき、何か重要なことを聞かされたから怒っているのではないか。そう思っていたが、もしその考えが合っているならば、阿久津の発言に対し、「『それ』は一体どういうことよ」と言うはずだ。ところが、彼女は『これ』と言った。それも胸倉を摑みながら。彼女は目の前に阿久津が立っている事実それ自体を指摘していたのだ。

今から思えば全ては遅すぎたのだ。

「私は」

つかさが口を開いた。視線を下に向けて、自嘲気味に笑っていた。

「兄さんが見殺しにされたことはもちろん許せなかった。阿久津に、殺してやる、と言ったわ。でも、それだけじゃなかった。あいつは出会った時から、私の探偵になりたいという夢を否定して、助手になれと言って。探偵資格試験に落ちて、助手試験に受かった時は、あいつの思惑通りじゃないのと死ぬほど悔しかった。それから先、私はずっと彼の一人きりの探偵助手だった。他の事務所では何人も助手を雇うのに、私はずっと一人だった」

きっとつかさのプライドはズタズタに引き裂かれていたのだろう。探偵と助手という関係性の背後に、憎悪が育っていた。阿久津は性格も口も悪く傍若無人な旧式の探偵である。善人だらけの探偵機関とは真反対をいく存在だった。

でもね、とつかさが続けた。

「心底嫌いってわけじゃなかった。こんなくだらないやり取り、何回付き合わされるんだろうと思っても、彼の隣が自分の居場所であるような心地良さもあった。それを自分から去った。許せなくて去った。一人きりの助手とはまた別の孤独が始まってしまったの」

「でも……何で、その日だったんだ」黒崎が尋ねた。「二日目の裁判が……あんたの事件も審理される裁判の前日だったじゃねえか」

「遠上さんたちから裁判の戦略について聞かされて、裁判が始まったら、あいつはもう探偵じゃなくなってしまうと思ったからです。だから殺したの。あの夜でなければならなかった。探偵でなくなった阿久津透を想像することが出来なかった。私が憎んだのも愛おしく思ったのも探偵としての阿久津透。兄さんのためにも、探偵であるうちに罰を下さなければ意味がない。だから探偵であるうちに殺したかった。だからあの夜でなければならなかったのです」

一日目の晩。

僕がつかさを抱きしめたのは、捕まえておかなければどこかに行ってしまいそうな危うさがあったからだ。そしてそれは概《おおむ》ね正しかった。つらいことがあってもまたこうしてほしいと言った彼女は、もうその手を血で染める覚悟をしていた。

どうして気が付いてやれなかった？

地震が起きて、自分が火村明だと明かした後、僕は無神経にも「復讐なんて、忘れていい」と発言した。もう復讐は終わっていたにもかかわらず。

どうしてあんなことを言ってしまった？

あの時、二人取り残されて気まずい沈黙が流れてから、つかさが口火を切ったことを思い出す。その時の思い詰めた表情を思い出す。きっと彼女は、あの時言おうとしていた。自分の罪に耐え切れず、僕に助けを求めていた。

「姉さん、私ね、後悔はしていないよ」

つかさは振り返って、証言台から傍聴席の僕を見つめていた。彼女は弱々しく笑っていた。

「本当にそうか？」僕は残酷にもそう言った。

「え？」

「……阿久津の指紋と血が付いていたフック。阿久津はあれをなぜ引き抜いたと思う？」

「それは……」

「あいつはお前に槍で刺された時、気が付いたんだよ。槍の高さが、お前を犯人だと特定させてしまうって。名探偵ならではの着眼だ」

　つかさが目を見開いた。

「だから彼は、本物の阿久津透は、死ぬ前にあのフックのところまで行き、それを壁から抜いたんだ」

　フックさえ抜いてしまえば、槍の高さは分からない。

「結局は、一日目に榊さんが三階倉庫を一部の宿泊客に見せていたから無駄になってしまったけれど、『立ち入り禁止』と銘打たれている以上、阿久津にそんな事態は予想できなかった……あの時の阿久津にはそれが最善の一手だったんだ。彼は自分のハンカチを使って、槍から指紋と血痕も拭った。それは全部」

「……全部」

　つかさは服に皺が寄るくらいに、強く自分の胸を押さえていた。彼女はその先を聞きたくないというように強く目を閉じる。

「……それは全部、お前の犯行を隠すためだ」

――思い知ったよ。

――隣で僕の話を聞いてくれる人がいることが、どれだけ心強かったのか。

彼は自分のワトソンを守ろうとしたのだ。死ぬ直前に彼が考えたのは、つかさのことだった。

「何で、何でよ」

立ち尽くしているつかさの頬を、一筋の涙が撫でていった。彼女はそれを拭おうともせず、ただ呆然として言葉を紡いだ。

「阿久津、あんたは言ったじゃない。『僕は自分の見つけた真実に、嘘をついたことなんて一度もない』って……。なのに、何でなの。どうしてなの。どうして、嘘なんてついたの」

どうして最期についた嘘が。

「私のための嘘なのよ――」


――どうだ阿久津？　これが僕の覚悟だ。

――お前はさぞ気分が良かろうな。不吉なことを言って周囲を煽って予想を当てる奴は大抵そういう良い気分になる。「だから言ったじゃないか」って。そうだろ？

草葉の陰の阿久津透に皮肉を言ってみせても気分は一向に晴れない。法廷の内には、無気力と啜り泣きの音だけが充満していた。

僕はもう、やめてしまおうと思った。

過去の事件も、殺人も関係ない。僕らは今、生きている。それだけで十分だ。誰も傷つく必要なんてない。

――だが、違った。

もう既に乗り越えた者がいる。自分が巻き込んだ少女が自殺を遂げたことを、煙草の線香で乗り越えた猟犬がいる。

「終わらせるかよ」

黒崎謙吾が言った。

「終わらせてたまるか。これじゃあ火村妹も美空の嬢ちゃんも浮かばれねえ。それに何よりよォ」

黒崎は立ち上がると、拳を傍聴席前の仕切りに振り下ろした。

「俺はその幽霊を許さん。嘘の自白なんぞして俺を糠喜《ぬか》びさせやがった。俺は嘘はいらない。欲しいのは真実だけだ。どんなに残酷でも良い、俺の執念に見合う真実だけだ。そいつは嘘で俺をたぶらかそうとした。だから許さん。地の果てまででも冥府《めいふ》の果てまででも追ってやる」

黒崎は身を起こし、榊に向けて手を挙げた。

「俺が立証する――第三問、転生者は誰か。その答えをな」

黒崎は大きく舌打ちする。

「探偵の真似事なんて金輪際《こんりんざい》ごめんだぜ。これも幽霊を許せん理由だ」

そう言うと、舌なめずりしてから言った。

「――だからここに引きずり出してやる」

「黒崎さん、能書きはいいから続けてください！」

遠上が我慢の限界だと言わんばかりに応え、黒崎が咳払いして続ける。

「転生者は誰か？　その問いに答えるには、やっぱりそいつが阿久津透の体に入っている間の行動を考えてみなくちゃならねえ。考えてみりゃ、そこのクソ裁判官も星影美空と三宮雄人の中身が違うことには気が付いたが、中身に誰が入ってるかはビデオカメラ撮影なんていう違法捜査スレスレの論拠でやったわけだ」

「申し訳ない」と榊が笑う。

「じゃかあしい黙ってろ。で、こん時榊が手がかりにしたのは利き手と筆跡だ。筆跡は既に使われた。利き手はどうか？　俺は何度も二日目の法廷での阿久津の行動を思い返してみたが、ダメだった。阿久津が台を叩いた時も、ちゃんと阿久津の利き手の左を使ってやがった。転生者もそこではミスをやらかさなかったわけだ。

そこで俺は、榊の使った根拠のうち、最もつまらん根拠——深夜のコンビニのアイスを思い返した」

「は？」

僕はあまりに間抜けな発言に、思わず疑問の声を上げてしまう。

「アイスが手がかりってことじゃねえぞ」黒崎は僕を見て口の端を上げた。「つまり、ここから言える教訓は、肉体を変えても転生者の記憶が引き継がれる——そういうこった。それが理由で、火村兄はあんな失言をしちまったわけだからな。

そこで、阿久津の体に入った転生者が、自分の記憶を参照することでしちまったミスについて考えた——『エメラルドグリーンの太陽』だ」

「なるほど」と遠上。「あの失言をキッカケに阿久津は自白したわけですが、あれは転生者による嘘だと判明しました。阿久津が血で汚れる前の絵を見ていたとすれば、という論理は、今度はそのまま転生者に跳ね返る」

すると、と遠上は顔を青くした。

「つまり……転生者はXだということですか」

廷内がざわめいた。

「十九年間見つからなかったのは……もう死んでいたからですか！」と相島が叫んだ。

確かに、血で汚れる前の絵を見ていたという情報は、Xの存在を指向するようにも思える。しかし、僕にはそれがあり得ないと分かっていた。優子をちらりと見ると、同じことを思っているらしく頷いた。

凜音の仕事はここ数十年激減している。そして、Xが死んだのは早苗が死んだ後と考えられるが、その間凜音が新しい幽霊を受け容れたという話はなかった。もちろん、早苗と一緒に殺人犯を置くなど、凜音も黙っていないだろうし。

「ブルっちまうよな。十九年かけて刑事と殺人犯が法廷で感動の再会だ。ドラマチックこの上ねえ。だがな——違う。Xじゃない」

法廷を包んでいた熱狂がスッと引いていく。

「それでは一体、誰だというのですか？」

「俺は『エメラルドグリーンの太陽』という言葉の持つ意味をもう一度考えてみた。クソ裁判官、あの自白が嘘じゃねえかと言った時、お前は言ったな。あの言葉は、血の付く前の絵を見ていたことしか意味しない、と」

「ええ、言いましたね」

「ところがどっこいそれだけじゃねえ。あれにはもっと重大な意味がある。

　俺は会議室1で指紋検出の作業をしていただろ？　一息ついたところに遠上がやって来て、早苗事件の証拠品を見直していた。遠上はクレパスを開いて、エメラルドグリーンの色があるか探していたんだが、何せ八十色ある、緑系の色だけで数本はありやがった。ティーグリーン、マラカイトグリーン、ミドルグリーン、ミントグリーン、ブライトグリーン、だっけかな。その中にエメラルドグリーンがあった。しかし、俺には一目見ただけじゃ違いが分からん。ラベルの文字も小さい上に、色自体も、微妙に違うがほとんど同じ色に見える」

「それが何か――」と遠上が言いかけて、寸前、額を叩いた。「ああっ……」

「おめえもようやく理解が追い付いたか。そうだ。絵によほど詳しい人間でもなけりゃ、たとえ血が付く前だったとしても、その色がエメラルドグリーンだとは分からない」

「待ってください」僕は言う。「クレパスが八十色もあって、他にもグリーン系の色があるとは知らなかっただけじゃ」

「それなら、ただ『緑色の太陽』と言やあいい。お前が何かの事件の目撃者だったとして、犯人の服の色について証言しろっつわれたら、何て答える。緑色って答えるだろうが。エメラルドグリーンなんて特徴がスッと出てくるのは、あのクレパスが八十色入りでそういう細けえ色が入っていると知っている上でなきゃならねえ」

要するによォ、と黒崎は続けた。

「傍目に見ただけじゃ、その緑色が正確に何色かは分からねえのさ。まして殺人事件の現場だ。血が流れる前に、殺人犯がゆっくり座り込んでクレパスの色と使われた色を比較対照してみたりするわけがねえ。だがな、少なくともたった一人、あの絵がエメラルドグリーンで描かれたことを確実に知っている人物がいる！　——それは、絵を描いた本人！　そして現在『死者』である人物！　要するに相島早苗だ！」

「早苗！　早苗ですって！」相島雅夫が叫んだ。

「念のため聞いておきますが」榊が言う。「幽霊の早苗さんがエメラルドグリーンの太陽を描いたと言っているのが嘘である可能性は？」

「フン。いいか、早苗にとって、阿久津透が死んでその体に入らなきゃいけなくなったのは突発事項だろ？　だから一日目の晩、まだ阿久津の死んでいない時点で火村明に嘘をつく理由がない。自白後に証言したなら嘘の可能性も出てくるが、そもそも早苗にはこの後自分が法廷に立って嘘の自白をするなんて事態を想定することは出来なかった。つまり、真実を言っていたと見ていいだろう」

「一応筋は通るようですね」

そう言って頷いてから、榊は微笑んだ。

「——それじゃあさ、黒崎ちゃんの言う通り、引きずり出そっか？」

「ああ、それがいい。たまにはお前もいいことを言いやがる」

黒崎もニヤニヤ笑っている。

彼らは何を言っているのだ？　法廷を見渡して困惑していた僕の目が、被告人席に置かれた巨大な木箱を捉えた。

「おい。まさか」思わず、小さく声に出す。「冗談だよな？」

「本法廷は、新たな証人を召喚します」

榊は木槌を打ち鳴らした。

「さあ証人、あなたの席は用意してあります。そこにまだ死んで一日経たない死体がある。それくらいあなたの神が何とかしてくれるでしょう」榊は天井を見上げて言った。「おいでなさい。相島早苗よ」

しん、と廷内が静まり返った。

……榊遊星。なんて男だ。死者を証言台に立たせようというのか。それも、そのためにここにある阿久津透の死体を『リサイクル』しようというのか。

しかし、棺はウンともスンとも言わない。

僕がきょろきょろしていると、早苗が裁判官席の机から上半身を覗かせて、僕と優子に「T」のサインを出している。タイムと言いたいようだ。それにしてもすごい形相である。黒崎と榊を親の仇のように睨みつけながら、余裕のない表情をしていた。

「……裁判長」僕は立ち上がった。「半日も時間が経っている上、首も切断されています。凜音とはいえ時間がかかるでしょうから、ここで休廷を取ってはいかがでしょうか」

「残念ですねえ。それでは、今から三十分ほど休廷を――」

「待ってください」

弱々しい声でそう遮ったのは相島雅夫だった。

「待って……ください……」

「どうしました相島さん」

遠上が慌てて聞いた。それもそのはずだった。相島の顔面は蒼白だった。

「あなた方の言っていることを……まだ完全には信じたわけではありません……転生などと……歴史の本にもそんなことは書いていない……ですが……もし、本当なら、本当なら」

私が。

「私が殺したのは」

私の。

「私の手に残るこの肉の感触は」

私の。

「私の鼻腔に残るこの血の臭いは」

相島の唇はわななき、ようやくそれを口にした。

「早苗のものなのですか――私は、早苗を手にかけたのですか」

誰かがそれを言わなければならなかった。しかし誰もそれを言う勇気がなかった。阿久津透を殺した、補習を施した。そんな風に信じられていれば、彼にとってどんなにか幸せだっただろう。

「はい」

口を開いたのは榊だった。僕たちの真実を求める意思を後押しした以上、自分が全てを受け容れるという――僕らとはまた別の覚悟が、固く握りしめた両手に現れていた。

「あなたの、言う通りです」

相島は立ち上がろうとして、足が縛られているのを忘れていたせいでもんどりうって倒れた。黒崎が駆け寄る。相島は横に倒れたままネジの外れたおもちゃの人形のように動かなかった。

「では、私に刺されて痛みに苦しんでいたのは娘だったのですね。私はそれを冷酷にも見下ろしていたんだ。彼女が苦しんでのたうち回るのを、私は死ね、死ね、と念じながら見つめていたんですね」

ああ、と呻き声を上げたのが最後だった。

「あああああああああああああああああああああああああッ！」

相島は喉奥から絶叫を迸らせた。最後に漏らした呻き声が水槽に入った一片の亀裂であったかのように、一度壊れ始めた水槽は元には戻らず、むしろ内側の水の勢いでますます崩落を加速させる。

榊が再び木槌を打ち鳴らした。

「黒崎ちゃん！　相島さんを押さえて！　事態が収拾するまで、本法廷は休廷とする！」

第十章　死者はよみがえる　―三日目法廷　後半―

相島をなだめる榊と両弁護士、黒崎を残して、他の面々は会議室2に集まっていた。

「あれじゃあ、やりきれないな」

優子が口にした。この場に集まっている、沈痛な面持ちをした面々が共有していた感情だった。

「でも、火村さんだって……」

柚月がちらりと僕を見た。僕は肩をすくめて答える。

「妹はもう前に進もうとしています。僕は兄として、妹の決意を支えるだけです」

「そうよ」つかさは腕組みしながら言った。「こんなところで立ち止まるもんですか」

つかさは目を伏せた。

「阿久津が最後の嘘で私を庇った……やっぱり思った通り。自分で見つけた真実に嘘をついたことがない、なんて発言こそ大嘘よ」

「手厳しいな」と僕は笑った。

「私さっき」つかさは会議室2の机に置いてあった、黒崎のファイルを持ってきた。「阿久津が最初に関わった〈DL8号事件〉について読み直してみたの……法廷では証拠が全て。だから、今から阿久津の動機についてあやふやな空想を話しておきたい」

「うん」

「アリバイ捜査っていうのは、こいつが怪しいとアタリをつけたら、根掘り葉掘り行動を聞き出し、矛盾点があったらつつき回さないといけない。他の捜査と違って、容疑者が一人に絞られた段階からはずっとその繰り返し。トリックを検討するところを含めて、ずっと一人を疑い続ける。相手が身内であればあるほど、やりづらくなる仕事よ」

「……初恋の人の母親を追いかけ続けていた阿久津は、今の僕たちに近い苦しみ――あいつの言葉で言えば、足を止めぬ覚悟を持っていた、ってことか」

僕はもう一つの殺人事件というあの発想を得た時――そしてそれが、するりとあらゆる矛盾を打ち砕いていくのを目の当たりにした時、奇妙なほどの全能感が体を包むのを感じた。あの全能感は一人で抱えるには荷が重い。棺は二人以上で持つもの。あの発言は、探偵と助手の関係を表したものなのかもしれなかった。

そして、全ての辻褄《つじつま》が合っていく――しかも最悪の結末に向けて合っていく絶望感。本当にこのままでいいのかと絶えず不安を抱き、間違っていてほしいと期待しながら、結局同じ道に戻ってきてしまう。

その旅路を行くのに必要なもの――それを阿久津透は「覚悟」と表現した。

「そして、阿久津はこの事件からもう一つの教訓を得てしまったんじゃないかと思うの」

「それは？」

「真実を明らかにすることは必ずしも人を幸せにしない」

息を呑んだ。

真実を明らかにしたことで、初恋の人は殺人犯の母親と引き裂かれてしまった……。

それは確かに青臭い考えで、乱暴で身勝手な一般化だ。真実が明らかにされない場合の社会の不利益は考えず、初恋の人だけを見ている。しかし、阿久津はその時まだ中学生だった。そういう間違った一般化をすることも不自然ではない。

「そういう教訓を読み取ったとすると、相島さんの家でもし、同じような真実に遭遇してしまった時——阿久津は〈DL8号事件〉の揺り戻しとして、相島早苗の死の真相を隠蔽することもありうる」

「両極端だな」

「ええ。でもこう考えれば自白から裁判、そして一転無罪という壮大な虚構にも説明がつく。この事件を最後に、探偵資格を得るまで事件を解こうとしなかったことも説明がつく。そして三宮さんの事件では真実を求めるあまり犯人を自殺に追い込み、星影さんの事件では真実を立証するべくひたすらに秘密を暴き、私と兄さん、優子さんの事件では真実に到達するべく証拠に少し手を加えた。阿久津の異様なほどの真実への執着は、中学生の頃の〈DL8号事件〉と〈相島早苗殺害事件〉という二つの極端な体験が深い根を下ろしているからじゃないかと思うの」

だから、とつかさは言ってニヤリと不敵に笑った。

「〈相島早苗殺害事件〉はあいつがついた最初の嘘よ。名探偵としての最初の嘘。最後の嘘に守られた私だから、あいつの最初の嘘を暴いてやる。あいつが馬鹿にし続けた私が、あいつの嘘を暴いてやる。これで貸し借りゼロにする」

僕はたっぷり三十秒間、ごくごく個人的な理由で闘志をたぎらせている妹の顔を凝視していた。いい顔だった。

「そのために、姉さんに力を貸してほしい」

つかさは手を伸べた。

「喜んで」と僕は応じた。「しかし不甲斐《ふがい》ないことに、まだ何も思いついていないぞ」

「でもこれから早苗ちゃんが来るんでしょ？　そしたら、早苗ちゃんの証言が聞ける。兄さんが前に聞かせてくれた証言を。そして――あの通りに早苗ちゃんが証言したなら、矛盾が生じる」

「は？」僕は声を上げた。「え、そうなのか？　だって、現場の状況とは何一つ矛盾していなかったぞ。おい、その矛盾って一体――」

「んー。姉さんには伝えない方がいいかな。予断を持つのは良くないし、それに、姉さんはあの場であたふた考え込んだ方が思考が爆発しやすいと思う」

さすがによく分かってるではないか。僕はモヤモヤしながら妹の分析に舌を巻いた。

やがて三十分が過ぎ、僕らは法廷に戻った。

法廷の中は異様な雰囲気に包まれていた。

相島は毒気を抜かれたように椅子に座って泣いている。ところが、それは先ほどまでの沈痛な涙ではなく、むしろ随喜の涙に見えた。

一方、二人の弁護士はそれぞれの席で静かに座っていた。遠上は両肘を机について頭を抱え、瀬川は静かに瞑目して天を仰いでいた。

黒崎は火のついていない煙草をイライラと弄《もてあそ》んでいる。その目はしつこく木箱を睨み付けていた。

この廷内で、満面の笑みを浮かべて、楽しそうに鼻歌なんか歌っているのが榊遊星である。

パッと見ると、木箱の蓋は閉まっていた。何が起こったかは大体想像が付くが、これは一体……？

誰も口にする勇気がないまま、しずしず傍聴席に着いた。一分ほど異様な沈黙が続いたので、僕はいよいよ声をかけた。

「……あの……これは……」

「ああ、はい！」榊はようやく僕らに気が付いたように言った。「皆さんお揃いのようですね！　では、もう一度呼びましょう」

「え、えっと……証人は今どこに……」

「登場からもう一度やり直したいそうです」

は、と訝しげに問い返す間もなく、榊が木槌を鳴らして言った。

「それでは証人・相島早苗を入廷させなさい！」

しん、とした静寂があたりを包んだ。

しかし、しばらくすると、木箱がガタガタと震え出した。

ガタッ、ガタッ。木箱の蓋が開いたり閉じたりして、中の人物が動いていることが分かる。

「待ってよ……嘘でしょ……」

ただでさえ血色の悪い柚月の顔が真っ白になっていく。

ガタガタガタッ！　棺は大きく揺れ、次の瞬間には何事もなかったかのように静まり返った。

僕らが油断したその時。

「呼ばれて飛び出て～！」

棺の蓋が開け放たれる。

「さ～なえちゃ～ん！」

棺の中から現れたそいつは、阿久津透の顔をしていた。三十代の男の顔をして小学生張りのおどけぶりをされると、さすがに気持ち悪かった。

榊はパチパチと拍手なんかして、両弁護士はまだ突っ伏したり空を仰いだ姿勢のまま固まっている。さすがに頭が痛くなるのも分かるが。

「先ほど、こちらの相島雅夫さんと阿久津透こと相島早苗さんを会話させて、本当に早苗さんかどうか確認させせました」と榊が言った。「私には細かいところは分かりませんでしたが、親子にしか分からないことがたくさんあったようですね。それで、色々思い出話をした結果、あのように」

縛られたままボロボロと泣いている相島を見る。「早苗だ、本当に早苗だ」と繰り返し漏らしている。

「なるほど……」

優子は呆れたように言った。

「あーっ、やれやれ、一日ぶりだねえこの法廷も」阿久津は——いや、早苗は、かゆくてたまらないというように体中を掻きむしった。「もう本当にあんたら無茶苦茶。凜音様もーカンカンだよ」

早苗は表情を落ち着けると、首の前で左手の親指を横断させるジェスチャーをやった上で、今度は微笑んだまま左手の親指を下に向けた。

「『転生の一件を他人に伝えたのみならず大勢の人間の前で転生を見せろとは、つくづく困った人たちですね……もう二度と、顔を見ないことを望みますよ』」

「……怖ェ！」

今早苗がやってみせた通り、本物もあの優しい微笑みを浮かべているのだろう。相変わらず、それがなおのこと怖かった。

まぁさ、と早苗が続けた。

「阿久津が一番最初に死んだ時、槍でちょっと刺しただけで、多分死んだ確信もないから、生き返らせても大丈夫だって凛音様に伝えたのはもともとアタシだしね。あれはちょっと嘘入ってたかな。明クンも察しが付いていただろうけど、転生先の死体を見付けてくるのはお手伝いのアタシだから、ちょこっと誤魔化せないこともないんだよね。さすがに転生させてから一日で戻ってきた時は凛音様も気付いちゃったみたいだけど」

……凛音も結構苦労しているんだな、と思った。

「まあ、一日目の法廷で判事席の下に隠れてたのは正解だったよね。あれで、二日目もどっかに隠れてるって思ってたんでしょ？　あっは、残念でしたー。実は目と鼻の先にいたんだよねー」

一日目の晩、僕は早苗にひどいことを言って傷つけてしまったと、優子と一緒に反省していた。それもまた彼女の隠れ蓑《みの》となったわけだ。地震後の捜査の時、彼女と会うなり、自分の発言のことを詫びたら、彼女が何の話だとばかり困惑したことを思い出す。あれは姿を見せなかったことに仲たがいが関係なかったという一つの証拠だ。多分、阿久津透として一日を過ごすうちに、僕の発言のことなど頭から抜け落ちてしまったのだろう。

瀬川はようやく法廷に意識が戻って来たらしく、咳払いをしてから言った。

「さて証人。一つ確認しておきます」

「どぞどぞ」

「あなた、つまり相島早苗は、被告人である坊ちゃんの体に入ったのをいいことに、坊ちゃんを有罪にするための悪戯をした、これを確認しておこうと思います。『エメラルドグリーンの太陽』……この失言によって、坊ちゃんが犯人であると確定するはず、そう思って、あなたはこの発言をしましたね？」

早苗は良く出来ました、というように拍手をする。

「いやあ、結構頑張って考えたんだからね。早苗ちゃん渾身《こんしん》のトラップだったわけよ」

阿久津の顔をしながら、得意そうに威張り散らすので、見た目と口調で腹立たしさの相乗効果が生まれていた。

「本人も認めたので」瀬川はぴしゃりと遮った。「昨日の法廷において、坊ちゃんを犯人と確定した立証および『自白』は、皆さんの記憶から消してくださいますよう」

「ちぇっ、まあバレちゃったら仕方ないか」

早苗はニヤリと笑みを浮かべると、証言台の椅子に腰かけて僕を見た。

「ねぇ、明クン。確かに、みんなの推理も、みんながアタシをここに引きずり出してくるまでの手際も、実に見事だったよ。ぞくぞくするくらい」

早苗はぺろりと舌を出した。

「アタシ、裁判期待してるって言ったよね。明クンは多分額面通りに受け取っただろうけど、アタシは妹ちゃんのことを言ってたんだよ。妹ちゃんのこと全部暴いて、それでもそこに立っていられるかどうか期待してる、って言ってたの」

うふふ、と彼女は笑った。

「でも何ー？　二人していい顔しちゃってさ。腹立つよ。キミたち兄妹はほんとに腹が立つ」

「……腹を立ててもらって結構」僕は胸を張った。「さあ、僕たちは覚悟を示した。お前にも、お前自身の事件の真実に向き合う覚悟を持ってもらう」

「はあ？　何でアタシが」

「ギブ&テイクだ。もしくは誠意と言ってもいい」

「何それ、ウケるね。でも、アタシを法廷に呼んだんだからさぁ……話しちゃうよ？　アタシ、もうあのこと、話しちゃうからね？」

そう。こいつを呼び出したことによって、この事件は「被害者の同席する、殺人事件の裁判」になったわけだ。被害者自身の証言、なんて普通はあり得ない。

「じゃあ」柚月が言った。「早苗ちゃんは答えを知ってるのね――被害者だから、自分を殺した相手のことも、全部知ってるのね。これから早苗ちゃんが話すのは」彼女は吐息を漏らした。

「答えなのね」

ふふーん、と早苗が胸を反らした。

しかし。

「それは違いますな」瀬川が言った。「断じて真実などではありませぬ」

「へえ？」早苗は平然と返したように見えたが、青筋がぴくぴくと浮いていた。「でもさ、アタシ被害者なんだよ。犯人のことをいちばーんよく知ってる人間なの。だから、アタシの話は、この事件の真実なの。ＯＫお爺ちゃん？　そんなことも分からないのかな？」

「そこをはき違えてもらっては困りますね」

頭を抱えて俯いていた遠上がゆっくりと顔を上げた。

「君が立っているのは証言台です。君は今ただの証人にすぎません」

「そうだぜ」

黒崎が立ち上がった。

「よォクソガキ。今まで天から俺らのこと見下ろして、ここにいる火村兄も水原も手駒として弄んで、さぞ楽しかったろうなぁ。いきがるなよ。お前はそこに立ったんだ。一人の人間としてそこに立った。俺たちの執念がそこに貴様を引きずり降ろした。もう傍観はさせねえ、もう高みの見物はさせねえ」

そうよ早苗ちゃん、とつかさが仕切りから身を乗り出して、子供をあやすように言う。

「あなた昨日、その体で嘘をついたのよ。私たちみーんなの前で嘘をついたの。それが、今からもう一度あなたのお話を聞いて、また嘘をついたらどうなると思う？」

榊が続けた。

「どうなるでしょうねえ。少なくとも、私の法廷で嘘は断じて許しません――それが二度となれば、尚更でしょうね」

「だって。ね、分かったでしょ？」

……うわあ。

いい大人が寄ってたかって享年九の少女を言葉でいたぶっている。もちろん精神年齢だけは二十歳を超えているが、まともな社会生活を送っていないので、ほとんど少女と変わらぬままのところもある、そんな少女をだ。

早苗は証言台に座りながら俯いて、「あーあ」と息を漏らした。

「ほんとアンタたちのこと嫌い。希望だとか未来だとか覚悟だとか言っちゃって今だってギラギラ目を光らせてまさしく生きてますーって感じ。ムカつくんだよなあ腹立つんだよなあ反吐《へど》が出るんだよなあ。十九年間何も分からなかったくせにさ。阿久津に何の手出しも出来なかったくせにさ。アンタらまだアタシの事件については何にも分かってないんだ。それを鬼の首取ったみたいにアタシのこといじめちゃって」

何を偉そうに。

早苗は腕を組んで、榊に向かってカッと目を見開いた。

「いいよ――みんな黙らせてあげる。アンタらのお望みの証言で――黙らせてあげる」


それから、彼女はあの証言をした。彼女が一日目の晩に僕に聞かせたあの話だ。つかさが矛盾などと言うので注意して聞いていたが、あの晩に聞いた話と何ら食い違いはなかった。

「つまり、あなたが見た阿久津透の行動を時系列順に並べると、こうですね」と言って、瀬川がまとめた表が以下のものだ。


【・首を切断。
・暖炉に着火。

・靴下を脱ぎ、血をつけた後甲冑の足元へ。
・タンスからタオルを出す。剣と斧の柄を拭う。
・部屋の入り口にあったバスケットからスケッチブックとクレパス、チョコレートの箱を取り出し、配置する。
・窓を開けて外を見る。
・四肢を切断。斧の指紋を拭い直した。
・ペンダントを奪い、紐を外した。
・バスケットの中に左脚、左腕、頭部を入れ、紐を使って窓の外に垂らしてから、室内に戻した。
・左脚と左腕を紐で結んで、すぐにほどく。左腕の掌を血で汚す。
・八枚の硬貨を一つずつ置いた。
・一度玄関に出て本宅の方を見た。
・早苗の傘を持って室内へ。傘の内側に血を掬い上げて入れ、窓の下に配置。血をタオルで拭った。
・斧を持ち上げて、床に叩きつけた。
・部屋の入り口に行って暖炉の方を見た。
・戻ると、もう一度斧を持ち上げて、今度は少し違う位置に振り下ろした。斧の指紋を拭い直した。

・暖炉の火を消し、冷たくなってから中に右脚を放り込んだ。
・ローテーブルの下に胴体と右腕を押し込めた。
・部屋の入り口に左腕と左脚を放り出した。
・首を持ち、ヘアゴムで早苗の髪の根元を結んで、ポニーテールの部分を右手で掴んだ。それを振り回して自らの後頭部にぶつけた。自分の血を甲冑の鉄靴に付着させる。
・早苗の長い髪をナイフで切った。ナイフの指紋を拭う。
・甲冑の足元に移動する前に足の血をタオルで拭う。
・甲冑の足元に置いていた靴下を履く。
・甲冑の足元に横向きで横たわった。
・第一発見者の相島雅夫が到着。
・相島が電話を掛けに本宅に戻った時、おもむろに立ち上がり、甲冑に掌紋を付ける。】

「最後の点については、宇田川さんの証言もあります。間違いないでしょう」

「興味深いことに」遠上が言った。「原告側の主張している、阿久津が現場の証拠を捏造したという考えに基づいた時、阿久津が行ったと思われるほぼ全ての事象ですね」

「スケッチブックの絵を切り取ったことは入ってねえがな。おかげで、絵をどこに隠していたのかも分からん。役に立たねえな」

「あー、ひっどーい。大事《だいじ》の前の小事《しょうじ》ってやつじゃん」

「しかし」瀬川は立ち上がった。「ほとんど全てを含むことを理由に——弁護側は証人が嘘をついていると主張します」

「あーあ、オジサンたちが寄ってたかって難癖付けちゃって」早苗はやれやれというように首を振った。「ま、瀬川のオジサンはそう言うしかないよねー、弁護側だもんね」

瀬川は眉一つ動かさず早苗を見つめていた。

しかし、それは幾らなんでも乱暴にすぎる、と思っていた時、隣でつかさが手を挙げた。

「裁判長、発言したいことが」

「構いません。何でしょうか」

「私は弁護側の主張を支持します。その根拠も提示することが出来ます」

それが、つかさの言っていた矛盾というやつだろうか。

榊の許可を受けて、つかさが仕切りを越えて、証言台のあたりまで進み出る。

「へえ？」早苗がピクピクと頬を引きつらせていた。「いいよ……聞いてあげる。何をもってアタシの証言を嘘だって言うのかな？」

「完璧すぎることをもって、あなたの証言を嘘と言うのです」

「難癖じゃないの！」

「それがそうでもありません」つかさは冷静に続けた。「皆さん思い出してください。今早苗さんがした証言は、幽霊となった早苗さんが見た目撃証言、ということになります」

「あー、言っとくけどさ、阿久津は幽霊の存在を知らなかったからね。凜音様に昔聞いたから。

阿久津透には転生の経験がない。だから幽霊の存在を認識できない。ま、君たちみたいなのは例外中の例外だからね。誰かさんがバラしちゃったせいで」

視線を感じて目を逸らす。面目次第もございません。

「ってことで、阿久津がアタシの目撃を前提に行動した可能性はゼロ。もしそれがアンタの言いたいことなら、とっとと下がってくれない？」

早苗は自信満々に言ってのけたが、つかさが憐れむように自分を見ていることに気が付き、口を閉じた。

「……違うの？」

「それが全然違うのよ。私が言いたいのは、幽霊がどうやって出現するか。その点よ」

「はぁ？　だから、ペンダントをつけて、凜音様に呼びかけるの。それで、凜音様に魂を取り出してもらう」

「その魂を取り出す時間には」つかさは言った。「どのくらいの時間がかかるんでしたっけ？」

「ああッ！」

僕は思わず声を上げた。

「姉さん気が付いた？　一時間四十四分。冗談みたいな時間幅だけど、それだけの時間がかかるのよ」

「……あの」早苗が怪訝そうに眉を上げた。「それの何が問題なの？」

「それが大問題なんだ」僕は言った。「お前がほとんど完璧な証言をしてしまったから」

「あら早苗ちゃん、まだ分からないの？　あなたがペンダントを着用して殺害され、一時間四十四分後、あなたの幽体は離れに出現した――そして、あなたは幽霊として阿久津の偽装工作の行程をほぼ全て目撃した。じゃあ」

つかさは仕切り柵を両手で叩いた。

「阿久津はこの一時間四十四分間、一、い、い、い、一体何をしていたの、の、の？」

「そういうことか！」黒崎が声を上げた。

「そ、それは……だって……」

早苗は目を泳がせたり、人差し指を擦り合わせたり、目に見えて動揺していた。

「さあ」つかさは証言台に歩み寄ると、台にもたれかかりながら、開いた手を突き出した。「数の数え方くらい、小学生の時習ったわよね。指一本が五分と考えてね。あなたの背中を剣で刺してあなたが絶命。ここから時計をスタートするわ。スケッチブックの絵を破り取り、どこかに隠す――これで一本」つかさは親指を折り曲げた。「いいえ、出血大サービスで二本くらいは折り曲げてあげる？」

つかさは人差し指を折り曲げた。指をパタパタと折りながら、早苗を煽っている。

「さあ。あなたはあと何回この指を折らせてくれる？」

確かに大きく時間がダブついている。早苗は剣の柄の指紋を拭うところすら見ているのだ。

「う、うううううう……！」早苗が呻いた。「何よ何よ！　馬鹿じゃないの！　考えていたに決まってるじゃない！　密室トリックを、自分がどういう風に推理を組み立てるか――それを考えていたに決まってるじゃない！」

「ところが、あなたの証言はその可能性も潰している。なぜなら、あなたの証言を見る限り、阿久津は明らかに考えながら行動しているからよ」

「な、何よそれ……！」

「分かりやすく言ってあげるわ。まず注目されるのは、切断行為が二回に分けられていること。最初に首を切断して、暖炉に火をつけたり靴下を脱いだりあなたのスケッチブック等を配置したり――そういう行為をしてから、四肢を切断している」

「それが……どうしたっていうの」

「いい？　もし一時間四十四分の時間を使って、阿久津透が首と四肢の切断を必要とする第二の密室トリックを考え出していたなら、最初の段階で首と四肢を同時に切断していたはずよ。何回にも分けて切断する必要はない」

「……つ、疲れちゃって休憩を取っただけかも」

「つまらないけど有効な反論ね。しかし、その反論も却下よ。休憩を取ったとしても、首と四肢を切断することをあらかじめ考えていたなら、その休憩時にわざわざ斧の指紋を拭ったりはしない。これからもう一度触るのが分かっているわけだからね。

ところがあなたの証言は困ったことに、首を切断して、タオルを取り出して斧の指紋を拭ってから、四肢を切断して、また斧の指紋を拭い直していると言ってしまっている。こんなのはとんだ二度手間じゃない。指紋を拭うのなんて最後の一回でいいわ。したがってここから言えることは――タオルを取り出して斧の指紋を一回目に拭った時、阿久津にはもう一度斧を使う予定はなかったということ。ゆえに、阿久津透には少なくとも一回目に指紋を拭った段階で第二の密室トリックの構想がなかった」

「ぐ、ぐぅぅ……！」

　早苗は両の拳を握りながら悔しそうに呻いていた。

「じゃ、じゃあ……阿久津はアタシの目の前で、どういうトリックを組み立てるか考えてた、ってことなの？」

「そうよ。多分、第二の密室トリックの構想が出来たのは、四肢切断の直前。窓を開けて外を見た時ね。その時に木登り脱出ルートを思いついて、四肢を切断し、ペンダントの紐を外したんでしょう。四肢を切断した後を見れば、そこからしばらくは第二の密室トリック絡みの工作をしているでしょう？　八枚の硬貨の一件も、外にいたことを示す証拠として使ったからね。

　ちなみに、最初に首を切断する時、髪の毛を上げておいたことから、首を振り回して自分の後頭部に傷を付けることは構想していたと思う。密室の中に閉じこもるなら、被害者の振りをするのが最も有効だし、自分の後頭部に回せる都合のいい鈍器はあの離れにはなかったでしょうから」

「ま、待ってよ――もし、指紋を拭ったことが、トリックを思い付いていないことを示しているなら、阿久津はこの後もう一回――」

「ええ。その通りよ早苗ちゃん。だんだん分かってきたみたいね」

威圧的に証言台に身を乗り出していたつかさが身を起こした。

「阿久津は斧を持ち上げて床に叩き付け、入り口に戻って相島さんの目線を確認してから、少し違う角度にまた斧を叩きつける。その後に、阿久津はまた斧の指紋を拭っているの。先ほどと同じ論理を使えば、四肢切断後に斧の指紋を拭った時、阿久津には第一の密室トリックの構想がなかったことになる」

「う、ううう……！」

「恐らく、血の受け皿にするために傘を玄関先に取りに行った時が、第一の密室トリック構想が出来上がった瞬間よ。あなたは言ったわね。傘を取る前に、離れの玄関から本宅の三和土の方を見ていたと」

「まさか、すのこルートを思いついたのは……」

「ええ、この時でしょうね」

つかさは腕を組んで、屈辱に震えて座り込む早苗を見下ろした。

「第一の密室トリックも、第二の密室トリックも、阿久津は行動しながら考えを練っていたの。それなら、この一時間四十四分を考えながらすり潰したというあなたの反論は一切成り立たなくなる。じゃあ、この時間はどこに消えたの？　もしかして、部屋の隅で自分の犯した罪にガタガタ震えながら、許してください助けてくださいって歯の根も合わず懺悔していたのかしらねえ？」

ここまでくると、つかさも相当大人気がない。

しかし、その挑発文句に乗ってしまい、早苗はその逃げ道すら潰してしまう。

「……阿久津はそんな奴じゃない」

「そうよねえ。だってあなたの目の前ではキビキビ動いていたみたいだし。じゃあもう一度聞きましょうか」

つかさは早苗の目の前に掌を差し出した。

「さあ、一本が五分よ。あなたの反論は、果たしてあと何回この指を折らせてくれるのかしら？」

「く、くぅぅ……！」

早苗は怒りにわなわな震えていた。

「……証人」

黙って議論に耳を傾けていた榊が口を挟んだ。

「嘘は二度まで許さない。そう言ったはずですよ」

「ち、違う！　アタシ嘘なんてついてない！」

早苗はガタッと音を立てて立ち上がった。

「ねえ信じてよ。ここまで来て嘘なんてつかないよ。やっと、やっと話を聞いてもらえたんだよ。今までずっと一人だったのに、ようやく話を聞いてくれるんだもん。こんなにたくさんの人が聞いてくれる、もう明クンだけじゃない」

それなのに――。

早苗は顔を青くしながら、ゼェハァと喘いでいた。登場した時は自信満々だったのに、誰にも信じてもらえない状況に、心が折れてしまったようだ。

「嘘なんてつかないよ。どうしてみんなして、そんなひどいこと言うの。ねえ、お願い。お願いだから信じてよ、お願い、お願いだから……」

足に力が入らなくなったのか、その場に女の子座りしてへたり込むと、腕で目を拭いながらしくしくと泣き始めてしまった。阿久津の姿なのでこれが何とも滑稽である。黒崎などはもう完全に調子を狂わされてしまったようで、バツが悪そうに頭を掻いている。

つかさはちらりと僕と目を合わせた。

――ああ。

自分に出来るのはここまで、ということか。

実際つかさはよくやってくれた。瀬川や黒崎たちと一緒になって、早苗に嘘をついたらどうなるか言い聞かせた上で、早苗の証言の矛盾を徹底的に突き、嘘ではないという言質《げんち》まで取った。早苗のこの涙まで演技ならば大した役者だが、この狼狽ぶりは嘘とは思われない。

「裁判長」僕は立ち上がる。「恐れながら、ただいまの証言が嘘とは考えられません」

早苗がゆっくりと顔を上げた。

「明クン……」

僕は阿久津透の顔をして泣きべそをかく少女を見ながら、「へえ阿久津って泣くとこんな顔になるのか」と、ちょっと得した気分になった。そんな思いも混ぜながら、早苗に笑いかけてやる。

「大丈夫だ。僕がお前を信じてやる」

「ふむ！」榊は目を輝かせた。「よろしい。ならば答えなさい。嘘でないにもかかわらず、証言が矛盾するのはなぜですか？」

考えろ。

考えろ。

さっきと同じことをするだけだ。僕に出来るのはそれだけだ。――発想を逆転させる。

「一時間四十四分の時間が処理できない――それはなぜか、ではなく、どうすれば一時間四十四分の時間が埋まるかを考えてみたんです」

「ほう、それで」

「答えは簡明です。それだけの時間がかかり、現在僕たちが認知していない何かの行程がある」

「何も分かっていないに等しいですな」瀬川が笑った。

「……僕たちは先ほど、裁判が始まる前にこんな議論をしましたね。阿久津にも行動の枠を規定する何か――自分自身そうせざるを得なかった部分があるのではないか、と。そういう縛りがあるからこそ、短時間で密室トリックを練り上げられたのではないか、と」

それならば、と僕は続けた。

「そのそうせざるを得なかった部分――それこそが、時間の空白を埋める鍵ではないでしょうか」

「何だか、それっぽいことを言っていますが」と遠上。

「こいつのことだ、ただのハッタリだろ」と黒崎。

いかにもハッタリである。

しかし、間違った道は進んでいない。そういう確かな予感はある。

「目撃された阿久津の行動で注目されるのは」僕は思い付きで言葉を続けた。「まず真っ先に首を切断していることです。四肢を切断したのは第二の密室トリック、斧を床に刺したのは第一の密室トリックのためだとして、最初の首の切断は何でしょうか？　阿久津はこの時、以後のトリックの構想を持っていない。とすれば、この最初の切断行為そのものが、阿久津がそうせざるを得なかった部分なのではないでしょうか」

「あり得ますね」と遠上が認めた。

「そして次には暖炉に火をつけている。暖炉はこの後のトリックには関わらない部分である上、指紋を拭くより先に暖炉に着火しています。とすれば、暖炉に火をつけることもまた、阿久津がそうせざるを得なかった部分のはずです。これはチョコレートの手がかりを阿久津が認識していなかったことからも裏付けられます」

「なるほど」と瀬川が頷いた。

「最後に、早苗はスケッチブックのクワガタの絵が破られ、隠されるところを目撃していません。つまり、この部分は早苗の幽体出現前に済まされた部分。首の切断と暖炉よりも先に行われた部分だと思われます。スケッチブックの絵を隠すこと――これも阿久津がそうせざるを得なかった部分です」

「すると」榊が言った。「切、断、暖、炉、ス、ケ、ッ、チ、ブ、ッ、ク。この三つが鍵となるわけですね」

「はい。そして、この三つが同じ方向を指し示す時見えるもの――それこそが、阿久津透の隠したかった真相です」

さあハッタリかましてる場合じゃないぞ。

ここまでは間違っていないはずだ。考えろ。三つを一気に繋ぐもの、それは何かを考えろ。

それは――。

「あああああああああああああああッ！」

またしても僕の頭に雷が落ちた。

だが。

だがこれは。

これは一体――どういうことだ？

「……どうしました、火村さん」

榊が困惑して尋ねる。当然だ。絶叫したきり黙りこくっているのだから。頭がどうかしたかと尋ねたくもなる。

僕はゆっくりと呼吸してから、榊の目を見る。

「裁判長。両弁護人に僕から提案があります。十分ほどで構いませんので、法廷外で作戦会議をしてきてよろしいでしょうか」

「やれやれ……もったいぶりますね」

榊はそう言ってから、木槌を鳴らした。

「傍聴人の申し入れにより、本法廷は十分間休廷とする！」

十分の作戦会議はすぐに終わった。

瀬川と遠上は神妙な面持ちでそれぞれの席に戻った。二人にはもう僕の思い付きを知らせてある。言った本人が混乱しているのだから、彼らの混乱がまだ収まっていないことは想像に難くない。

「……証人」

法廷の沈黙をようやく破ったのは遠上だった。

「何でしょう」

早苗もすっかり憔悴してしおらしくなっている。見ていて可哀そうになるくらいだ。

「先ほどの証言については、見解の対立で解決を見ませんでした。そこで、質問を少し変えてみようと思います」

「えっ」

早苗は驚いてこちらを振り返る。僕が肩をすくめると、少しムッとしたが、再びしおらしく答える。

「……次は、どんなことを聞かれるの？」

「こんなことを聞くのは心苦しいのですが、今までのところ証人は幽霊として目撃したことしか証言しておりません。そこで、殺害された時の記憶について、証言願えますか」

早苗が体を震わせた。

「ああ……はい、頑張ります」

「お嬢さんつらいでしょうが」瀬川も声をかけた。「ここが踏ん張りどころですぞ」

「それでは証人」榊は言った。「証言をどうぞ」

早苗は目を閉じて深呼吸をした。心なしか顔が青いように思える。ようやく口を開いたが、唇が震えて、声は発せられない。

「………………」

「証人、どうかしましたか」瀬川が慌てて言う。

「大丈夫、大丈夫だから」早苗は胸を押さえた。「ただ、その、ごめんなさい。えっと、事件の直前のことは、記憶からスッポリ抜け落ちちゃってて」

「な」黒崎が立ち上がる。「なにぃっ！」

「ひぃっ！」早苗が飛びあがらんばかりの悲鳴を漏らす。「ごめんなさい、ごめんなさい」

「まあ無理もありますまい」瀬川がフォローを入れた。「九歳の少女だったのです。それがいきなりこんな事件に巻き込まれれば、ショックで記憶が飛んでしまうのも無理はありません。むしろ、幽霊となった後のことは鮮明に覚えててくれたことを感謝するべきでしょう」

「ほ、褒めてもらえたぁ」と早苗。

「しかしこうも言えますね」遠上が言った。「目撃した阿久津の行為、その後に行われた裁判の成り行き等、こうした事後の衝撃により、肝心の殺害時の記憶をなくしてしまっている、と」

「ご、ごめんなさいぃぃ」と早苗。

「しかし証人、ここが踏ん張りどころです」瀬川がまた元気づける。「何でもいいのです。何か、殺害時に見たものや聞いたもの。断片でもいい。何か思い出せませんか」

早苗の喉がごくりと鳴った。

「実は一つだけ——思い出したことがあって。昨日、アタシ、パパに日本刀で背中を刺されたよね」

相島が懺悔し始めたので、黒崎や柚月がフォローに入った。早苗は話を続ける。

「パパが刺したのはアタシが最初に死んだ時とほぼ同じ場所で——そのせいだと思う。冷たい刃が肉に分け入ってくる感覚が、冷たいのに体に火がついたように熱くなった時の感覚が、十九年前の記憶を、少しだけ呼び覚ましたんだと思うの」

「そういうこともあるかもしれませんね」遠上が頷いた。「それで——何を思い出したのですか」

「見たものだけ。見たものだけ思い出したんだ——視界一杯を覆う、自分のスケッチブック。アタシは死ぬ時に、太陽を見ていた。エメラルドグリーンの太陽を見ていたの」

やはりそうか！

今、僕の思い付きが確信に変わった。色めきたった僕の様子を見て、瀬川と遠上が素早く頷いた。

「証人」瀬川が優しく語りかける。「このスケッチブックを持っていただけますか」

瀬川は先ほど作戦会議で用意した、ある細工を施したスケッチブックを手渡した。一つ目の細工は、血痕の部分に上から紙をマスキングテープで貼りつけ、そこに証拠品のクレパスで『エメラルドグリーンの太陽』を描いていることだ。作者はちなみに僕である。紙はコピー用紙かつマスキングテープによる仮止めにすぎないので、証拠保全の観点から叱られることもない。

「視界一杯を覆っていた。ということは、両肘を曲げて、顔の前に掲げて持っていたことになりますね。急ごしらえではありますが、エメラルドグリーンの太陽が描かれているページを自分に向けて、そのように構えてみてください」

「こう——かな」

早苗が顔の前にスケッチブックを持ってくる。

「ああ——そうです。こんな風に見えていました」

「よろしい。では証人、その姿勢のまま、スケッチブックを傍聴席に見せてもらえますか」

早苗は証言台のところでくるりと回り、こちらに絵を見せた。エメラルドグリーンの太陽が描かれた面とは、逆の面を——。

「ねえ」

傍聴席から震えた声が上がった。

それで、スケッチブックに施したもう一つの細工が効果をもたらしたことが分かった。

「あなたたち、一体何の話をしているの」

その細工とは、エメラルドグリーンの太陽の反対側のページ、つまり破られていたクワガタの絵のページを、マスキングテープで仮止めする細工だった。よって、今早苗はクワガタの絵を傍聴席に向かって掲げていることになる。自分の視界をエメラルドグリーンの太陽の絵で覆いながら、クワガタの絵を人に見せていることになる。

「ねえ。これは何の冗談なの。だって、今話してるのは、早苗ちゃんが殺された時のことでしょ？　それなら何で、早苗ちゃんにそんな格好をさせるの」

傍聴席にいる、神木柚月に見せていることになる。

「違うじゃない。ねえ榊さん私言ったわよね。今早苗ちゃんがやっているのは、十時に、縁側のある客間で早苗ちゃんがしたことよ。クワガタの絵を私に見せたの。どうして？　あなたたち今、早苗ちゃんが殺された時の話をしているんじゃないの」

「ですから」遠上が身を乗り出した。「そうだと言っています」

「嘘よ！」

「嘘ではありません！」

僕はそう叫んで、立ち上がった。

「僕たちはこう主張するつもりなのです――相島早苗が死んだ場所は離れではない。場所は本宅側の客間！　そして時間は午前十時であったとね！」

嘘よ――と柚月が叫んだ。

「そんなの……それじゃあ、事件の前提が全然変わってくるじゃない」

「ええ、そうです」

「嘘だ！」早苗が叫んだ。「嘘だよ、そんなの。柚月お姉ちゃんに絵を見せていた時にアタシが後ろから刺されたなら――柚月お姉ちゃんは、犯人の姿を見ていないといけないじゃない！」

「そ、そうよ」柚月は頷いた。「私、そんな人見ておりませんわ」

「そうです」遠上は言った。「あなたが先ほど会議室で榊さんに聞かせた証言を含め、これまでの十九年間で、そんな話は一回だって出てきませんでした――しかし我々はこう考えるのです。あなたは実は犯人の姿を見ている。ただ、その正体に気が付いていない」

「あり得ません――そんなこと、あり得ませんわ」

「では、僕たちの主張する犯人の名前を言いましょう」

僕はその正体を口にすることに、若干のためらいを感じつつ言った。

「その名は分かっています。くどいくらいに分かっています。犯人は最初からあなたの目の前にいた、しかしあなたは気が付かなかった」

「一体、誰だって言うんですか」

「その名はフレイ。職業は火の戦士です」

今度は宇田川が立ち上がる番だった。

「何を馬鹿な！」

「現実のレベルで言い直しましょう。相島早苗さんの背中を刺したのは、フレイの等身大銅像です。その銅像が掲げた剣です」

そう言うと、法廷がしんと静寂に呑まれた。

「一つ実験をしましょうか」

僕は榊だけに実験の趣旨を耳打ちする。榊は頷いてから、あれこれと指示を飛ばす。

「係官、前に出なさい。それと宇田川さんは係官にフレイの銅像と同じポーズを取らせ、手にお手持ちの指示棒を握らせてください」

二人はおずおずと指示に従い、係官は火の戦士の決めポーズを取らされた。おどおどした態度のせいでひどく似合わない。

「事件当時の客間の様子を再現します」榊が指示を続ける。「この裁判官席が客間のドアとします。そして、仕切りが縁側。係官は仕切りの向こうに立って、傍聴席側でそのポーズを取るように。神木柚月さんは裁判官席の前に。相島早苗さんは証言台から横に出て、柚月さんの正面に行ってください」

言われた通りに人員が配置された。係官の持つ指示棒は、仕切りを越えて突き出されている。

「さて、相島早苗さんは絵を持って、縁側の方からやって来ます。早苗さん、絵を後ろ手に持ったまま、傍聴席の方から歩いて来なさい」

早苗は言われた通りに歩いて、柚月の目の前にやって来る。柚月の顔面は蒼白になっていた。

「早苗さん。そのまま先ほど持っていたように絵を持ってみて」

両肘を曲げて、太陽の描かれた面を早苗自身の目の前に。すると、対する柚月の顔の目の前には、クワガタが描かれた面が出現する。

ヒュッと風を切るような音で柚月の喉が鳴った。虫を見ることによる拒絶反応が出た。

柚月は瞬間、早苗の肩を後ろに突き飛ばした。早苗はよろめいて、後ろに転びそうになる。

その、背中に。

係官が突き出していた指示棒の先が。

軽く、触れた。

それが早苗の記憶を再び、呼び覚ました。

「きゃあああああああああああッ！」

「な、何かしてしまったでありましょうか」

驚いた係官が叫ぶ。

「あ、ああ嘘よ、こんなの嘘よ、こんなの」

柚月がその場に崩れ落ちた。顔と体から生気が抜け落ちて、まるで屍のようだった。

「……柚月さん、あなたは、虫が苦手でしたね。虫を見ると我を忘れてしまう癖がありました」つかさが言った。「あたりのものを突き飛ばしたり、ひっくり返したり、すぐに体が動いてしまう。では、早苗さんにクワガタの絵を見せられた時、あなたは何もしなかったと言えるのか？　私にはそれが疑問でした」

「嘘よ」

「あなたは客間を飛び出す際、一瞬振り返った。その時早苗さんは立っていたから、いつもの発作は出なかったと思った。でも違ったのです。その瞬間、早苗さんの体はフレイの掲げた剣に突き刺さっていた。九歳の子供の体です。まだ未成熟な肉を銅像の刃が貫くこともありうる。まだ軽い体を剣が支えて立っているように見えることもありうる。その後はだらりと腕を垂れたでしょうが、振り返ったその一瞬には顔の前に絵を掲げていたので、苦悶の表情を確認することも出来ない。剣は早苗さんの体を貫通しなかったので、刃先を見ることも出来なかった。だらりと垂れていたのは、クワガタの絵を真一文字に横切って垂れている血痕が教えてくれます。あんな血の流れ方をするのは、誰かが血を流しながら絵を持っていた時です」

「だって、ちょうど胸に刺さるなんて」

「フレイの身長は百七十二センチと、昨日の法廷で宇田川さんが言っていました。そして銅像はそれと同じに作ってある。そして、縁側の高さは地面から四十センチ。その高さを足せば、早苗ちゃんのような小さな子供でも、胸の位置に像の持つ刃が来ることもあり得ます。相島さん、早苗ちゃんの身長は分かりますか？」

「ああ……百三十五センチです。あの子の、最後の身体測定の記録です」

「では、足して百七十五センチ。早苗ちゃんの方が背が高いから、彼女の体に隠れて銅像の刃は見えない。そして、手に持ち、掲げた刃が、早苗ちゃんの胸の高さくらいになる」

「嘘よ」柚月はかぶりを振った。「だって、本当にあの時刺さったなら、早苗ちゃんは痛みを訴えたはず。延髄《えんずい》なら死ぬのは一瞬かもしれないけど、背中に刺さったなら死ぬまでに時間があったはず。でも私、そんなの聞いていませんのよ」

「言ったよアタシ」

え、と柚月が怯えた顔の早苗を振り返った。

「思い出した、今の実験で思い出した。言ったよアタシ、何度も言った。痛いって言った。助けてって言った。痛くなってからすぐに言った」

「そんな――聞いてないわ」

「それが最後の鍵です」つかさは畳みかけた。「ギロチン台から落下した阿久津の胴体を見て、クワガタの絵を見たことを思い出したと言った時、あなたはこう言いました。クワガタだけで記憶が想起されたわけではない。もっとクリティカルな何かが加わっていたはずだ、と」

「それが、どうしたんですか」

「今、突き止めたんです。その何かを。クワガタ怪人の事件の現場にあって、十九年前にあったはずのものを考えました。そうして悲鳴の問題に行き当たった私は、悲鳴を聞いていなかったとすれば、悲鳴を掻き消す何かがあったのだと考えました――。

雷鳴です。今回の事件であなたは雷光のフラッシュによりクワガタの幻影を見た。私たちは光に気を取られていましたが、雷は当然音を伴う。よって、十九年前にも雷の音が轟いた――クワガタの絵を見た前後直ぐに轟いたのだと確信したのです」

柚月は呆けたようにつかさを見つめていた。

「わ、私は」今度は相島が声を上げた。「十九年前にも、娘を殺していたんですか。私が銅像をあんなところに置かなければ娘は死ななかったのですか」

ＦＯＢ。そのゲームの筋書きを思い出した。魔王となった父により火の戦士が絶命する。父による、子供殺し。そして十九年の時を経て、その構図は二重写しになっている。

「それは違うわ、相島さん！」柚月が叫んだ。「突き飛ばしたのは私よ。私が、私が殺したのよ」

「違う、違うよ、パパ！　お姉ちゃん……！　パパのせいなんかじゃ、お姉ちゃんのせいなんかじゃないよ……！」早苗は泣きじゃくりながら言った。「おかしいよ、こんなのおかしいよ。火村兄妹、あんたら全部、今までのこと取り消して！　こんなの、こんなのが真相なはず、ないんだから……あ、あああぁ」

早苗が頭を抱えた。

「な、何で……銅像……？　銅像の刃……刺さってくる……柚月お姉ちゃんに肩を押される感覚……息の詰まるような、びっくりした気持ち」早苗はイヤイヤするように首を振った。「どうして、どうしてアタシの頭はこんなことを覚えているの？　嫌だ……こんなの……嫌……」

早苗は唇を噛んだ。

「……まだよ！　まだ終わっていない！」早苗はおもむろに立ち上がった。「確かに、アタシが死んだのは……そういう状況だったかもしれない！　でも、でもッ！　アタシの体に斧を叩きつけたのは、絶対に阿久津なの。それだけは絶対に間違いない、間違いないの！」

もはや反論とも言えないような、早苗の一生懸命な言葉だった。

「——それなら、斧の部分だけは阿久津なんだろう」

「え？」

早苗は自分の言葉が僕にすんなりと受け入れられたことに、驚いたようである。

「皆さんも、これで終わったとは思っていないでしょう。まだ、早苗さんの死体は客間に残されたまま。それがどうして、阿久津と一緒に離れで見つかることになったのか」

これで、本当の本当に最後です。僕は告げる。

「最後に僕が語ります。……阿久津透の、物語を」

「先ほど、早苗の尋問を通じて、一時間四十四分の空白と、阿久津がそうせざるを得なかった部分があるはず、という思い付きを披露しました。あの時は、その思い付きをそのまま口にしてしまうと、証人である早苗や神木さんの記憶に影響してしまう恐れがありました。そこで、瀬川さんと遠上さんを呼び出して、思い付きを話すと共に、二人の力を借りてこの後の尋問とスケッチブックの実験について考え出しました。

さて、ではその思い付きをお話ししましょう。切断行為、暖炉、消えたクワガタの絵。この三つが同じ方向を指し示した――その方向とは、『離れが殺害現場ではない』というものでした。

まず絵についてです。小箱の中に隠されていた絵が十九年越しに発見されたわけですが、その絵はどこに隠されていたのでしょう。離れの現場は密室でした。密室の抜け穴を調べるべく、黒崎さんは細かく調べたと言います。加えて、小箱から見つかった紙片は四つ折りにしかされていませんでした。丸まった跡も、破ってから修復した形跡もない。一体どうやって隠したんだろう？　そう考えても答えが出ませんでした。そこで目先を変えたんです。本宅の雨どいから見つかったスケッチブックの紙片です。

阿久津はスケッチブックを破いて窓から捨てた、と警察へ自白する時に主張するため、風に乗せて雨どいに紙片を飛ばしたと考えられています。しかし、それならば、窓から飛ばした紙片の一枚目が偶然にも雨どいに引っかかってくれたというのは幸運がすぎる。阿久津はそんな運に賭けるだろうか。その時、こう思い付きました――本宅側にい、れ、ば、簡単に雨どいに紙片を挟める。本宅側にスケッチブックがもともとあったならば、破ったクワガタの絵を広い本宅の中に隠しておける。阿久津は破って絵を隠した後で、そのスケッチブックだけを離れに持ち込んだ。こう考えられないだろうか、と」

「しかし、それだけでは根拠薄弱ですね」と遠上が言う。

「はい。ですから二の矢。暖炉の問題です。暖炉が燃やされた理由について、二日目の法廷で『阿久津』が色々と並べてくれましたね。――あれは実際には早苗だったんですがね、まあ早

苗はずっと阿久津のことを見続けていましたから見事に思考はトレース出来ていたと思います

――ともあれ、僕があの推理の中で注目したのは、『離れには濡れていたものはなかったから、暖炉が燃やされたはずはない』という倒錯した論理です。僕は『暖炉が燃やされたのだから、離れに濡れたものがあった』と考えるべきではないかと思いました。

そう思ってみると、暖炉に一番近かったものが、実は濡れていたのではないかと考えられました。早苗の死体です。幽霊に触覚はありません。足元にある死体の冷たさは分からない。また、早苗はずっと阿久津の行動に注視していたのですから、自分の体が濡れていることまで見て取ることが出来なかった。早苗の証言にも、自分の体が斬られるのをおっかなびっくりで見ていたことや、斧が振り下ろされるのに驚いて目を逸らしていたとありました。

では、死体が濡れていたとして、なぜ濡れていたのか？　僕は事件当日が大雨だったことを思い出しました。そして、死体は雨に晒されていたに違いないと考えたのです。早苗の服は白いワンピースだったのですから、泥が付けば間違いなく汚れが残る。そうなれば衣服も替えなければ誤魔化せなかったはず。したがって、室内でありながら、大雨が吹き込む場所……」

「神木さんに会議室でお話を聞いた時」榊が補足した。「午前十時。縁側を歩いてきた早苗さんに対して、神木さんは大雨が縁側まで吹き込んでいたので『そんな風に遊んでると濡れるわよ』と言ったそうです。つまり、火村くんは室内にいながら濡れる場所として、縁側を想定した」

「はい。そして今、早苗と神木さんの記憶が一致し、縁側のある客間が殺害現場と分かりました。早苗の死体は銅像の剣の先に突き刺さったまま雨ざらしになっていたわけですね」

殺害時は十時。雨が止んだのは十時四十五分。その間死体は雨に濡れていたわけである。柚月と相島が早苗のプレゼント選びのためずっと話し合っていたとはいえ、それだけの時間見つからなかったのはある意味奇跡的である。

「では、最後の切断行為はどうなのですかな」と瀬川が促した。

「首を斬ったこと、四肢を斬ったことそのものに意味がないのは、密室トリックを構想しながら行動していたという推理からも明らかです。そこで逆に考えたのです。阿久津は切断行為そのものを求めたのではないか。切断行為によって発生する効果は何か――そう考えた時、切断すれば血が流れるというごく当然の事実に思い至りました」

誰かが息を呑むのが聞こえた。

「こうして三つの手がかりが同じ方向を指しました。

絵は離れではなく本宅で隠された。ゆえに絵はもともと本宅にあった。

暖炉は濡れた死体を乾かすために燃やされた。ゆえに早苗の死体は本宅側の雨が吹き込む場所にあった。

切断行為は血を流すために行われた。ゆえに、切断行為が行われる前、離れには血が存在しなかった。つまり、殺害行為は離れで行われなかった。

三つの手がかりが指し示す方向とはつまり、殺害現場は離れではなく、本宅だったということです」

「凄まじい思い付きでしたね」

榊が拍手をした。

「……さっき、一時間四十四分の空白の話を聞きながら、阿久津の死体が林の中に放り出されたことと、自分の死体が火災現場から運び出されていたことを思い出していたんです。そこで僕が気が付いたのは、『幽体が出現した位置が、死体が移動された後の位置であっても良い』ということでした。それが、殺害現場の錯誤というアイデアを後押ししてくれたのです」

「そして、姉さんの発想を基に事件を整理すると、こうなる」

つかさは立ち上がって言った。

「阿久津は、十時五十分に相島さんと柚月さんと入れ違いに相島家にやって来た。そして、客間のあの死体を見つけてしまったの。彼はすぐに状況を理解した。柚月さんの癖。床に落ちたスケッチブック。クワガタの絵。銅像の剣に突き刺さった早苗さん……彼は全てを理解し、そして一つの偽装工作に打って出た。

その偽装工作とは、自ら離れの密室に閉じこもることで、自分を犯人と見せかけること。血液を流すことによりそこを殺害現場と見せかけること。そうすることで、事件の真実――公表すれば、相島さんと柚月さんを苦しめることになる真実を闇に葬り去ることだったのです」

つかさは会議室で先ほど聞かせてくれた、阿久津の心理に関する推測を述べた。

「離れには時計がなかった。だから幽体として出現した早苗は正確な時刻を確認することが出来なかったんだな」と黒崎が言った。

「剣は職人に作らせた精巧な複製です」相島が言った。「私はそれを、事件に関係がないと思って誰にも言わなかった。そのせいで、離れの剣こそが凶器と考えられて、銅像の可能性は誰も検討しなかったんですね」

「しかし、あなたはその話を阿久津にはしていた、そう言っていました。剣の複製について知っていたからこそ、阿久津はあんな偽装工作を思い付いたんだと思います。

　さて、一時間四十四分の空白に立ち返りましょうか。死体が本宅にあったことを前提にすると、この空白は確実に埋めることが出来ます。

　死亡時刻は午前十時頃。ここから時計がスタートします。

　まず、阿久津が相島家に着くのが十時五十分。死体を発見し、偽装工作を練る。阿久津は『早苗が雨の降っている間に離れに移動した』という筋書きを作るため、早苗のバスケットに、スケッチブック、クレパス、チョコレート、早苗の傘、早苗の靴を詰めておきます。靴には泥をつけておき、早苗が雨の止む前、一人で離れに向かったという印象を補強しておきます。

　スケッチブックのクワガタの絵は真相に直結する証拠品なので、本宅のどこかに隠し、後で窓から捨てたと主張するために紙の端をちぎり、本宅の雨どいに引っ掛けた。

　また、自分が離れに向かった言い訳とするべく、相島さんからジュースを買うよう頼まれた八枚の硬貨も、バスケットに入れておいたのでしょう。

　あとは、死体を銅像の剣から外し、剣についた血や縁側の床の血痕を拭き取ります。

　最後に、死体と各種道具を運びます。死体を背中に背負い、手にバスケットを持って、一歩一歩足跡を残しつつ離れに向かいます」

「それなら、足跡も一つしか残りませんね」

つかさはこくりと頷いた。

「今言った行程で、五十分ほどは軽く過ぎ去るでしょう。むしろかなり頑張った方ではないでしょうか。死体を運び入れると、血液はいち早く出さないと出にくくなりますので、まず死体を切断します。乾かすのにも時間がかかるので、次には暖炉に火をつけました。これで、早苗ちゃんの証言には矛盾がないことが明らかになったと思います」

つかさがそう締めくくった。廷内を重い沈黙が包んだ。

全ての辻褄が合ってしまった。

恐ろしいことに。

僕のつまらない思い付きが、
つかさの緻密《ちみつ》な穴の補修によって、
絶望的な真実に辿り着いてしまった。

早苗と柚月は抱き合ったまま、互いに謝り続けている。もはや何に謝っているのかも分かっていないだろう。相島もまたうなだれながら懺悔の言葉を吐いている。

そうして僕は気が付いた。

つかさがずっと天を見上げていることに。

つかさが謝るべき相手は——もうここにいないことに。

彼女は誰に赦《ゆる》しを乞えばいいのだろう。彼女はどう罰せられればいいのだろう――。

未だ興奮に肩を上下させている彼女を、僕は後ろからそっと抱きすくめた。何も言葉はかけなかった。今は、全ての言葉が虚しい。

密室と一人の名探偵を覆う霧は、こうして全て払われた。それは一人の名探偵が仕掛けた大魔術の霧だった。その霧を晴らして、僕たちは誰か一人でも救われただろうか。明かされた真実は、誰かの心を癒《いや》しただろうか。

きっと阿久津透は嗤《わら》うだろう。だから言ったじゃないかと嗤うだろう。それとも――。

廷内に木槌の音が響いた。

「判決を言い渡します。

被告人の行為は、確かに探偵の倫理に背くものです。故意に虚偽の推理を作り上げ、真実の隠蔽を図った。十九年間にわたり捜査機関を振り回した。その罪は重いものです」

ですが、と榊は続けた。

「その真実は――あまりに悲劇的で、あまりに喜劇的で、そしてあまりに絶望的でした。悪意も害意も存在しない一つの死でした。被告人の行為は悪質とまでは言えず、虚偽の推理を作り上げたことに不正な動機は見当たりません」

榊の言い回しはあまりに感傷的で、阿久津透に肩入れしすぎているように思えた。

しかし、この悲喜劇の幕引きにはちょうど良いと感じた。

「だから本法廷は――いや、私は、彼を一人の名探偵だったと認めようと思います。一人の大嘘つきの名探偵だったと。それも一つのあり方だったと。したがって、被告人の探偵資格は剝奪しない。彼は探偵として生まれ、そして探偵として死んだのだ、と、私は認めます」

そう締めくくった後、悪戯っぽく微笑んで言い添えた。

「分かってるって。お堅いお役人方には、もっとしっかりした言葉を選んで伝えるからさ」そう言ってから、榊は再び引き締まった顔付きに戻った。「……私の出した結論に、異論のある者はいませんね」

廷内は静寂に包まれ、異議の声は上がらなかった。早苗と柚月、相島の啜り泣きの声がやけに響いて聞こえた。黒崎が長い息を吐いて、感慨深げに目を閉じていた。遠上は真実を受け止めるように床を見下ろしていた。瀬川は胸に手を置いて、天を見上げていた。

僕の両手をそっと別々の温かい何かが包んだ。隣を見れば、つかさは胸を張って、堂々と法廷を見据えて、涙を流れるままに任せていた。反対側では優子が、母親のように柔らかな笑みで労いを向けてくれていた。

僕の覚悟はつかさを少しでも救ったのだろうか？

僕は彼女の罪を背負うことが出来たのだろうか？

何を考えるにも面倒だった。麻薬のような全能感が過ぎ去って、ただの一人の火村明に戻る。

そうして強く、二人の手を握りしめた。

もう決して、離さないように。

強く強く、握りしめた。

「あーもう！」僕は机の下で足をバタバタさせながらシャープペンシルを放り出した。「どうして一生の間に二度も受験勉強なんてしなくちゃいけないの！」

「仕方ないでしょ。自分で選んだ道なんだから」

つかさはくすくすと笑いながら、星影美空の部屋にあったファッション雑誌をめくっている。

「私だってさ、早苗ちゃんが『花の女子高生』って言った時、星影美空が高校三年生だなんて忘れてたんだよ……今から思えば、高校三年の夏休みを迎える体に転生するなんて、愚かしいにも程があるよね」

「そんなこと言ったら、星影さんが天国で泣くよ」つかさは僕のノートを指し示した。「姉さん、そこ計算間違ってる」

「うっ……」

つかさは得意げに笑っている。

「今だけは私が姉さんの姉だね」

「ああもう、好きにしなさいよ……」

裁判が終わってからかれこれ一か月になる。そんな八月の終わりの情景だった。今ではすっかり女性の口調で話すことも慣れてしまったし、優子の「彼女役」も板に付いてきてしまった。

学校では「美空はおとなしい子だと思っていたのに、いつの間に年上の彼氏が出来たの」などと驚かれ、注目の的になったが、次第に女子学生の生活にも馴染んできた。

「優子さんとのこと、どうやって話したの」

「吊り橋効果だって説明した。吊り橋によるドキドキを恋のドキドキと勘違いするアレ。みんなキャーキャー言いながら信じてくれる」

「単純だなぁ」

つかさはそう言って、事件のことを思い出したのか、少し目を細めた。

——結局。

あのセミナーハウスでの事件は、阿久津透の自殺。つまり、早苗の自殺によって完結した。

裁判終了後の夜、『阿久津』の姿が見えないことに気が付き、再び捜索が始まった。早苗は三階の倉庫で槍と日本刀とギロチンを巧みに用いて自殺していた。胸元に例のペンダントを入れて。

彼女は三百一号室に読後焼却のこと、と記した簡単な遺書を残していた。

『明クンは言ったよね。その人として生まれなおすことは、その人の人生を背負うことだって。アタシその時、キミはすごいと思ったんだ。ホントだよ？　だってアタシにはこれからあいつみたいな探偵としてやっていける自信がないから。阿久津の人生を背負う覚悟がないから。

だから、また逃げることにしました。

まあこれで死ぬのも三回目だし、そろそろプロフェッショナルってわけ。凶器も全部使って上手く死んどいてあげるから、パパと火村妹は感謝してよね。逃げる代わりに自殺で決着させてあげよう。

ねえ明クン。これが誠意ってやつだよね？』

「馬鹿だなお前は」僕はその遺書を見た時、こう批評した。「こういうのは誠意じゃなくて善意の押し売りって言うんだ」

そんな言葉も届くはずがなく、後には三度目の死を迎えた阿久津透の死体と、天上と下界を繋ぐ唯一の依代となったペンダントだけが残された。

榊はこの事件の経過を以下のように報告した。阿久津透が二日目の裁判終了後、虚偽の自白を行った上で自殺し、真相を闇に葬ろうとした。しかし、阿久津の手荷物の中にあった小箱を「たまたま」開くことができ、そこに隠されていた絵を見た瞬間に神木柚月の「全ての記憶が運命的に」呼び覚まされ、十九年前の事件の真相が分かったのだ、と。

十九年前の神木柚月の行為は過失致死と認定され、時効により法律は柚月を裁かなかった。相島は遠上に泣きついて、どうか自分を裁いてくれと縋りついたらしい。しかし、彼を処罰しうる直近の殺人事件も、早苗が見事に闇に葬り去ってしまった。

「この国の探偵のあり方が、再び問われることもありましょう」と、事件後の記者会見で榊遊星は述べた。「しかしそれはその時に考えればいいことです。私は今はただ、一人の男の死を悼みたい。探偵であろうとし、もがき苦しんだ一人の男を悼みたいのです」

榊はこの他にも幾通りもの逃げ口上と泣き落としを繰り出しまくって、マスコミや法曹界の追及を免れきったという。横で見ていた弁護士二名と老刑事が呆れ返るほどだったそうだ。

あれから。

相島雅夫は夏期講習の真っ盛りで、塾講師として忙しく働いている。これまでは教壇に立っている時だけしゃっきりとしていたのが、今は生命の炎を燃やし尽くすように生き生きと仕事に打ち込んでいるという。彼なりに贖罪のあり方を変えたのだろう。

神木柚月は普通の主婦に戻り、夫と愛娘と共に平穏に暮らしている。努力の方向性を間違えたのか、虫嫌いを克服するため娘のカブト虫狩りに付き合って、夫に泣き付いていたという後日談があるらしい。

黒崎謙吾はじきに定年を迎える。十数年を捧げた事件を終えてネジが緩んだようになるかと思いきや、最後の瞬間まで俺は刑事だと言って、今も現場を飛び回っているらしい。若手の警官が呆れるくらいだという。

三宮雄人こと水原優子は、僕と共謀して、いかにして山村の旧家の跡取りと平凡な女子高生がゴールイン出来るかを画策中である。その一つとして僕は吊り橋効果を捻り出したわけだが、旧家のいわゆる意地悪な母親はそれでは納得しない。僕らの戦いはまだまだ続く。

瀬川邦彦は自ら責任を取るべく、阿久津家の顧問弁護士を辞めようとしていたらしいが、阿久津源太郎と一夜の酒を酌み交わし、辞表を取り下げさせられたという。どのような叱責を買うのかと覗きに行ったメイドは、二人の老人の啜り泣きを聞いたとか聞かないとか。

遠上蓮は事件とも阿久津とも個人的な繋がりの薄い人間として、軽やかな身のこなしを武器に事件の火消しに尽力してくれた。それは榊も同様と思いきや、榊は時折面白がって煽るように火に油を注ごうとするので、遠上の舵《かじ》取りがなければペンペン草も生えない事態になっていたかもしれない。

そして火村つかさは。

「私ね、裁かれないって怖いことだと思う」

僕らは家で勉強するのに飽き、近所にオープンした新しい喫茶店に向かっていた。もう八月の終わりにもかかわらず、外はアスファルトが溶けるのではないかというほど暑い。僕らがそんな中、喫茶店に死の行軍をするのは、オープン記念ということでポストに投函されたチラシに、デザートのアイス無料券という甘い誘惑が付いていたからだった。

「普通、裁かれる方が怖い気がするけど」

「私が今、裁かれていないからかもしれないけど」つかさは笑った。「自分で阿久津を刺したはずなのに、翌日にはケロッと生きてて、しかも何も咎められなかった時、やっぱり私は怖かった。誰も私の罪に気が付いてくれない。誰も私の手に豆腐を刺したようなあっけない感触が残っていて、鼻に血の臭いが残っていて、未だに彼の苦悶の声が耳朶を打っているのを知らない。あの時は孤独だった。早苗ちゃん扮する阿久津さえ知らない顔をしていたからね」

「つかさは罪の形を知ってる？」

「形なんてあるの」

「長い棺の形をしているらしい。昔、ある人が言ってたんだ。棺は二人以上で支えないといけないんだって」

「それを言った人も、私と同じだったのかも」

きっと、そうなのだろう。そして彼は死ぬまで誰にも見つけてもらえなかった。

「だから、私の罪を見つけてくれたのが姉さんで良かったって言ったのは、本当だよ。あの時、ああ、もう一人で抱え込まなくていいんだって思った」

でもね、と彼女は続ける。

「私への裁きは結局、あの法廷で終わってしまった」

「早苗ちゃんが全部墓場に持って行ったからね」

「そういうこと。だから、私は自分で自分を罰することにしたの」

「どんな罰？」

「探偵になる。阿久津とは別の理想を追って、一人の探偵になる」

「険しい道だね。助手で頑張って、推薦されないといけない。私の発想力も貸してあげられないし」

「険しくなきゃ罰にならないよ」

それもそうか、と僕は笑った。

「でも、どうして探偵なの？」

「姉さん言ったよね。自分が星影美空の人生を背負うって。だから私も背負うことにしたんだ。生まれながらの探偵と信じて、探偵であり続けようとした阿久津透の宿命を」

「兄妹揃って死者に憑かれるとは、因果な兄妹だな」

「口調戻ってる」つかさは笑った。「憑かれてるわけじゃないよ。阿久津が命じることをしようってだけ」

「死者は生者の考えてほしいことを考えさせられるもんだぞ」

「じゃあ考えてもらおうじゃない。生きてる時は憎まれ口しか叩かなかったんだから、死んだあとくらい自由にアテレコしないと」

我が妹ながら、本当にたくましい女だ。僕が思わず笑っていると、曲がり角で見知った顔に行き会った。

「あれ、柚月さん？」

彼女は僕らの姿を認めると、微笑んで会釈した。後日談は聞いていたが、確かに、事件の時よりも血色がよくなった気がする。

「どうも。ご無沙汰しています」

「こちらこそ。今日はどうしたんですか」

「ちょっとお散歩です。行きたいところがあって」

方角を聞くと、どうもつかさの言う目的地と一致しているようなので、一緒に歩くことにした。女子高生と姉二人。そんな光景に見えるだろう。

「……私、今でも娘を見ていると、突然早苗ちゃんのことを思い出すんです。本当に、彼女にはひどいことをしてしまった……それに、あと一つ。阿久津君のこと」

柚月と阿久津は塾の同窓だった。彼の死も、彼女に大きなショックを与えただろう。

「阿久津君って、小さい頃から何考えてるか分かんなかったんです。ひねてるっていうか。同級生の中でも、ちょっと変わった存在で」

「……なんとなく、分かります」

つかさがしみじみとした口調で言った。

「だから、あんなこと隠してたなんて、思いもよりませんでした。ちょっと、怒る気持ちもあったんです。相島さんのことも、私のことも、警察の人も、みんなを十九年も振り回して……」

それはちょっと、阿久津が可哀そうな気もする。僕がそう思ったのを察してか、柚月が微笑んだ。

「もちろん、今はそんなこと思ってませんよ。それに……阿久津君が何を考えてたかは分からないけど、守ってくれたんだなって、今は思うんです」

「守って、くれた……？」

つかさがおずおずと聞いた。

「十九年前、まだ小さかった私が真相を知っていたら、もっとショックが大きかっただろうなって。相島さんだって、奥さんを亡くした直後で、自分のせいで娘が死んだなんて知ったら、きっと耐えられなかったと思う」

だから、と彼女は続けた。

「阿久津君に守られた私は——阿久津君に恥ずかしくないように、生きなくちゃって思うんです。少しでも、前を向いて」

つかさが柚月の手を取って、大きく頷いた。

三宮雄人、星影美空。彼らの死を知っているのは僕らしかいない。阿久津の死の意味を、本当の意味で知っているのも。

彼らの死を悼めるのも、弔えるのも——そして、乗り越えられるのも、僕らだけだ。

みんな、死んだ人の想いを繋いで生きている。人によっては不幸に見えるかもしれない。だけど、こうして生きていくことが僕らのケジメで、彼ら死者への餞《はなむけ》なのだ。

「ところでつかさ、今日はどこに行くんだ？」

「あっ。話してなかったっけ」

つかさはポケットから折り畳んだ紙きれを取り出した。新装開店の喫茶店のチラシだ。アイスに釣られただけで、内容は詳しく見ていなかったのだ。すると、右下に形は向日葵なのに、紫色に塗り潰されているせいで紫陽花にしか見えない、色遣いが独特で下手くそな絵が描いてあった。

「アイスで一本釣りってか」僕は知らず知らずのうちに鼻を啜った。「コーヒー一杯で一日居座ってやるからな」

喫茶店の前に着くと、「黒崎ちゃん、泡が髭みたいになってるよ、髭！　チョー似合わない！」と陽気な声が響いてきた。僕らは顔を見合わせて笑った。懐かしい顔が全員集合していそうだ。

僕はつかさと柚月を振り返って言った。

「つかさ、お前探偵になりたいと言ったよな。そこでこの兄貴が直々に、一つ推理の実践を見せてやろう」

僕は大きく深呼吸して、扉に手をかけた。

「この喫茶店では、青い瞳の猫を飼っている」

扉が開くベルの音に、にゃあ、と看板猫の声が応えた。

あとがき

はじめまして。あるいはお久しぶりです。阿津川辰海と申します。
私のデビュー作となる『名探偵は嘘をつかない』の文庫版をお届けします。

ここでは、本書完成に至るまでの、特殊な経緯についてお伝えしていこうと思う。刊行記念の折に、選考委員の石持浅海氏と東川篤哉氏、担当編集の鈴木一人氏と共に、池袋のジュンク堂書店でトークイベントを開催させていただいたが、大筋はその時させていただいた話と重なる。一度は文字にまとめておきたいと思い、筆を執った次第だ。本作は「カッパ・ツー」という題の新人発掘プロジェクトで選ばれたものだが、同プロジェクトへの応募を検討している方も、作品成立の裏側みたいな話がお好きな方も、肩の力を抜いて読んでいただければ嬉しい。あくまで一応募者の目から書いていくので、網羅的な話にならないのは、ご容赦願いたい。

光文社の雑誌「ジャーロ No.52」に「カッパ・ツー」の募集要項が載ったのは、二〇一四年十一月のことだ。「かかってきなさい」というタイトルで、選考委員二人の対談が載り、募集要項が記載されている。対談にははっきりと「『カッパ・ツー』は本格を求める」と書いてあり、「お作法が整っているものにしてほしい」「ユーモア・ミステリー」「トリックのあるミステリーは好きだから、応募してほしい」などのレギュレーションが示されている。

まだ「ジャーロ」が紙で発行されていた頃で、募集要項の左隅に「応募券」があり、原稿にこれを貼って送らねばならない。アナログ特有のユニークな仕掛けだ。

選考委員は石持氏と東川氏。中学生の頃から愛読し、私にミステリーの楽しさを教えてくれたお二人だ。「これはもう、チャレンジするしかないぞ」と思い立ったのが、二十歳の大学二年生の時だった。「応募作が二十作に達した段階で応募を締め切る」とあったので、一刻も早く書かねばと、すぐに構想を練り始めた。

当時私は、文芸サークル「新月お茶の会」で、「名探偵・阿久津透」連作を書いており、その最終作として長編ミステリーを構想していた。今まで書いた四つの短編に出てきた登場人物が一堂に会し、全員が阿久津透への復讐を目論んでいる。復讐のため、私的裁判施設〈裁きの円庭《にわ》〉で阿久津の弾劾《だんがい》裁判を行う……。妹・つかさの復讐を止めるべく、兄の明が他の人物に転生して紛れ込んでいる、これらは当初から盛り込まれていた趣向だった（連作の時には、第三話で明が転生直後に密室殺人に巻き込まれてエラいことになっていた）。

二〇一六年三月、「ジャーロNo.56」に掲載された最終選考会を経て、私は本プロジェクトに選ばれた。ただし、普通の新人賞とは大きな違いがある。

修正・改稿することを前提に、受賞作が選ばれることだ。

選考会でも冒頭ではっきりと、「欠点はカウントしない」との判断基準が示されている。

選考会でも、「（最終選考の）三作の中ではいちばん完成度が低いと思っているんです。だけど面白かった」「推敲が甘い」「ぼろくそに言いましたけど、私は直せると思います」などの発言があり、「直した後のポテンシャル込み」で選ばれたことを意識させられた。
　このプロジェクトの更にすごいところは、石持氏と東川氏に呼ばれ、「ここを直した方がいい」「あそこはどうか」と投げかけをしてもらえる鼎談があるところだ（「ジャーロ No.57」掲載、二〇一六年六月発行）。行く前は怖すぎてこのままバックレようかと思ったくらいだが、当日は「すごい、お二人が私の作品の話をずっとしてくれるぞ……」と喜びで震えた。滅多に出来ない経験だったと思う。

　選考会、および、鼎談で提示された問題点を、ざっくりまとめると――
①〈裁きの円庭〉という施設が私刑のための施設となっており、扱い・設定が甘い。
②「名探偵」が当然のように存在する世界観でよいのか？　理屈付けが欲しい。
③情報の出し方が惜しい。例えば、「相島早苗殺害事件」が過去の未解決事件として警察でもアッサリ処理されるが、そうはならないのではないか。
④登場人物たちが阿久津を恨む事情が御都合主義に感じられる。同人時代の設定を引き継いでいるため、説明不足を生んでいる。
⑤阿久津透は応募時の設定では（サークル会誌掲載時も）、高校生だが、行動としては三十代の男性の方が合っていたりする。登場人物の年齢が全体的に上がった方がいい。
⑥特殊設定である「転生」のルールの穴潰しや、「転生」のための条件・制約を絞り込んで

ほしい。極端に言えば、無制限・無条件で「転生」可能になると、本作のトリックの驚きが減じてしまう。

鼎談中は興奮していた。

帰った瞬間、頭を抱えた。

元が無理筋のオンパレードというか、力技で押し切ったような長編である。「ジェットコースターミステリー」と言われたくらい展開も超速だった。

後から聞いたら、お二人は「色々言うので、直せるところを直せばいい」ぐらいの意識で指摘出しをしてくださったようだ。しかし、改稿開始時に二十一歳だった私は、何を血迷ったかこんなことを言い出した。

よっしゃ、全部やってやる。

これが悪夢の始まりだった。


最初に思いついたのは、「探偵弾劾裁判」という大ホラだ。

大人の小説では、名探偵が当然のように存在してはいけない（問題点の②）なら、それをひっくり返して「探偵がいて当然の社会」を構想してみる。すると警察機関の補助機関として、一種の公務員のように働く探偵像を構成できないか。これが出来れば、公務員・公の機関の違法行為は当然行政訴訟の対象になるだろうし、私刑のための施設ではなく、あくまでも「公的な裁判」として元の原稿の裁判を開くことが可能となる（問題点の①）。

すると、阿久津透はやはり高校生ではいけない（問題点の⑤）。公務員として数年働いていて、つかさはただのワトソンではなく同僚とする。大学を出てから十年一緒に仕事をしていた、とすれば、全体的な登場人物の年齢が十歳底上げされる。相島早苗殺害事件は、阿久津も自ら語りたがらないだろうし、その事件を含めて阿久津の十年のヒストリーを語る狂言回しが欲しい。妄執の刑事・黒崎謙吾のキャラクターがここで誕生した。「相島早苗殺害事件」の担当刑事ということにし、「取り調べで自白させられた」と裁判で嘘をつかれたので執着しているとする。すると、同事件は「阿久津透が解決したことになっている」からこそ警察では検討されていない。こういう理屈付けが可能になる（問題点の③）。

彼の語りを通じ、キャラクターごとのバックボーンを出すことも可能になる。なお、サークル会誌に載せた事件の設定にこだわらず、本作だけ読んで分かるように、各人が関わった事件の内容はかなりの改編と圧縮を加えているが、「ＦＯＢ殺人事件」「相島早苗殺害事件」の構想だけは当初のままである（問題点の④）。

さて、裁判には裁判官が必要だ。もちろん、〈裁きの円庭〉にも裁判官はいたが、相島早苗の父・雅夫が、怒りのままに木槌を振るっていたのだ。公的裁判にする以上、魅力的な裁判官、弁護士二名のキャラクターをしっかり立てて、より「裁判らしい裁判」を作るべきだろう。ここから榊遊星、瀬川邦彦、遠上蓮が生まれた。

最後に転生だ（問題点の⑥）。むろん、応募原稿の頃からトリックは変えていないが、確かに制約の点や条件はかなり甘く、転生を知るキャラクターもユーレイ一人で説得力に欠けた。

ユーレイとニコイチになってはしまうが、凜音というキャラクターを新しく設定し、転生に制限をかけるアイテムとしてペンダントを作り出した（ゲーム「逆転裁判」の勾玉からの連想だ）。ペンダントの存在によって、あらゆる人物の「蘇り」の夢は絶たれるが、代わりに本格ミステリーとしての脇は締まった。

石持氏は鼎談の中で、「特殊設定ミステリは潜水艦のようなもの」と私に教えてくれた。たった一つ穴が開くだけで、水が次から次へ流れ込んで崩壊する。しかし、しっかり作れば見事な潜水艦になる。感覚的にも分かりやすい説明だったので、今でも私の指針になっている。

記憶が一つのキーになる作品なので、思い出すプロセスにも重きを置いて欲しい——これは応募原稿を読んだサークルの先輩の指摘だった。大直しをするにあたって、再度目配せをすることにした。高校の頃に実際に文芸部の顧問から言われた言葉が役に立ったし、記憶喪失モノの中でも、「取り戻す瞬間」が最も鮮やかな劇場版「名探偵コナン　瞳の中の暗殺者」を見返しながら、バランス調整を図った。

鼎談の時、「転生と裁判、大きな嘘が二つあるから、バランスが取りづらい」との指摘を受けた。

それを受け、私はさらに、「探偵機関」なる大嘘をもう一つ加えたのだ。三つの大きな嘘を互いに関連させることで、壮大な大ホラとして、バランスを取る。一言でいえば、今回の改稿案はそういう綱渡りだった。

設定改定、キャラクター大追加、それらを基に全十章構成にすること……こうしたアイデアをまとめてプロットを出した。「なんて難しいことを」と編集氏にも言われた気がするが、その大変なことに巻き込むので申し訳ない気持ちでいた——次の瞬間。

「途中の『相島早苗殺害事件』の解決も、それ自体が本格として面白くなるといいですね。足跡のない密室ものだし、斬新なトリックをお願いします」

「はい（白目を剝く）」

かくして、密室殺人のトリックを捻りだすための地獄の一か月が始まる。何せ、最終的な解決は決まっているわけで、あくまでも構成要素を変えるわけにはいかないのである。少しアイテムを追加するくらいは出来るが……もう、なんか、どうにか捻りだすなら、今あるバラバラ死体をなんとか上手く使えないか……。

そんなわけで、第三章で描かれている密室トリックは、後から急ごしらえで捻りだしたものだ。東川氏には褒めていただいたので、もうそれだけでいい。

こうした改稿案については、「ジャーロ No.58」（二〇一六年十一月発行）でも「『カッパ・ツー』受賞作経過報告」という題で一部お示しさせていただいている。その頃は、「構想段階でこんなに書いてもいいのか？」と思ったのだが、結果的におおむね構想通りに提出できたのでホッとしている。

ということで、この経過を見ていただいて分かる通り、応募原稿と最終的に刊行されたものとは、中心のトリックとキャラクター以外、ほとんど別物になっている。石持氏、東川氏にも驚かれた。元原稿が五百五十枚だったのが、今は千百枚前後……。

作中で転生を語る時、「本質は魂である」と凜音は言う。違う体に移し替えたとしても、魂の形は変わらない、と。

私が改稿の時にやったのも、同じことだと思う。トリックと当初の書きたいもの・思い――そうした「魂」を、探偵弾劾裁判や新しいプロットという「体」に移し替える。凜音は随分大変なことをやっているんだなあと実感する。

とはいえ、呪いはここでは終わらなくて、この大手術のおかげで、「阿津川さんは直させると跳ねる」みたいなジンクスがついて回ることになる。編集氏から直接そう言われた時、正直焦った。やばいな……常に最高打点を叩き出し続けないと……。


長くなってしまった。

改稿裏話、もとい、私の思い出話にここまで付き合ってくださり、ありがとうございました。これだけ直すのは特殊な例のようなので、「そんな人もいるんだなあ」という参考程度にとどめていただければと思う。

なお、本文庫版では、単行本版に若干の加筆・訂正を加えている。具体的には、第二章、第四章の火村明パート、エピローグにエピソードの追加を行い、全体的に文章を削ったり直したりしている。全てを「若書きの味」と言い張ってもいいのだが、不幸なことに、これを若書きと言い張れるほど年を取っていないので、今考えられるベストの形に調整してみた。とはいえ、相変わらず中心のトリックやミステリーの趣向は変わっていないので、ご安心を。

最後に、「カッパ・ツー」受賞時のコメントを繰り返して終わろうと思う。

石持氏と東川氏は、私に「謎解き」の楽しさを教えてくれた作家である。

謎解きは楽しい。その信念は今も変わらない。今度は私がそれを伝えていければと思う。

こんなに長い小説に、こんなに長いあとがきに、お付き合いいただきありがとうございました。

またどこかでお会いいたしましょう。

令和二年四月吉日

阿津川辰海

解説

石持浅海《いしもちあさみ》（作家）

【注意】この解説では、本編の内容に触れる記述があります。本編未読の方はご注意ください。

阿津川辰海さんは、光文社の新人発掘プロジェクト「カッパ・ツー」の第一回受賞者としてデビューしました。

デビュー当時のご苦労については、阿津川さん本人があとがきで書かれています。ですから解説では、選考する側の視点で語ってみましょう。おそらくは、それが本作品の解説として最もふさわしいでしょうから。

カッパ・ツーの話をする前に、まずその前身である「カッパ・ワン」について説明する必要があります。カッパ・ワンとは二〇〇二年に光文社が始めた新人発掘プロジェクトです。なぜ「カッパ」なのかというと、光文社のノベルスのブランドが「カッパ・ノベルス」だったからで、受賞作はカッパ・ノベルスとして出版されました（今はもう、カッパ・ノベルスもここまで説明しないとわからないんだろうな）。

カッパ・ワンはいわゆる新人賞ではないので、プロの作家さんが選考委員を務めるのではなく、編集部内で選考が行われました。賞金が出るわけでもなく、出版されたときの印税支払い。形式張っていない分、新人がデビューしやすいという、ありがたい企画でした。その結果、第一回に選ばれたのが、東川篤哉《ひがしがわとくや》さん、林泰広《はやしやすひろ》さん、加賀美雅之《かがみまさゆき》さん、そして僕、石持浅海の四人でした。

その後カッパ・ワンは幾人かの新人作家を生み出しましたが、二〇〇七年を最後に公募を停止しました。もう同様の新人発掘企画はやらないのかと思っていたら、東川篤哉さんが僕を巻き込んで、カッパ・ツーとして復活させたわけです。

カッパ・ツーを始める際、僕たちは狙いを絞りました。

「面白い本格ミステリを書ける作家を見つけだす」

これだけです。そのため、システムを工夫しました。

・ジャンルを本格ミステリに限定する。

・育成型であることを明確にする。具体的には応募原稿を完成版と捉えて減点法で評価するのではなく、「作者ができる範囲で修正して最も面白くなる作品」という加点法で選考する。

・修正点について、選考委員（東川さんと僕）が直接アドバイスする。

こういった餌をつけて、僕たちは釣り糸を垂れました。そこに食いついてくれたのが、阿津川辰海さんだったわけです。

応募作『名探偵は嘘を吐かない～名探偵・阿久津透最後の事件』を読んだときに最初に感じ

たのは「非現実的な設定を上手に使っているな」ということでした。ここでいう非現実的な設定とは「転生」です。死亡した人間の魂が、他者の身体に転生する。死者が蘇るミステリは先例がありますし、転生もフィクションの定番といっていいでしょう。でも、この作品のように使いこなした例はないのではないか。物語を高速で動かしながら、軽やかに転生を操っている。その点に、強い魅力を感じました。

しかし、ここで即合格といかないところが、新人の作品です。阿津川さんは、さらに非現実的な設定をふたつ被《かぶ》せていたのです。ひとつは「マスコミが称揚する高校生名探偵」で、もうひとつは「私的裁判施設〈裁きの円庭《にわ》〉」です。

この事実に、僕は困惑しました。転生の設定は荒削りなところはあっても非常にしっかりしており、物語を進めていく軸足になり得ています。しかし高校生名探偵も裁きの円庭も、設定がかなり怪しいものだったからです。この作者は、いったいどの設定を最も大切に考えているのか。

サブタイトルに名探偵・阿久津透とつけている以上、作者が最も大切にしているのは高校生名探偵という設定ではないか。そう考えましたが、納得できませんでした。なぜなら、この設定が、物語に合っていないからです。別に高校生であってもいいのですが、高校生であることで物語が活きない。むしろ、もっと違う探偵像の方がしっくりくる。高校生名探偵が作者の最も訴えたいところなら、推すわけにはいきません。

では、裁きの円庭はどうか。作者は法学部在籍の大学生ということでしたから、裁判をテーマにした本格ミステリを最も書きたかったのではないか。しかしこちらは、作者自身がまったく使いこなせていません。設定がぶれまくっていて、自分が何を書いているのか理解できていないのではないかという印象でした。作者が裁きの円庭を最も書きたいのであれば、やはり選ぶことはできません。

しばらく考えた後、僕は決心しました。ふたつのあまり誉められない設定のために、転生の面白さを捨てるのは、あまりに惜しい。こちらを物語の中心に据えて、他のふたつの設定を修正すれば、面白い物語に仕上がるはずだ。よし、この作品を推薦しよう。

選考会では、東川篤哉さんもまったく同じ意見でした。受賞作はあっさり決まり、そこからは修正に主眼が置かれました。作者本人に来てもらって、修正すべき点をひとつひとつ挙げて、何故修正しなければならないかを丁寧に説明しました。

このとき僕の頭にあったのは「非現実的な設定はひとつに絞る」というセオリーです。非現実的な設定がいくつもあると、物語が嘘くさくなって軽くなるのです。成功例が映画『シン・ゴジラ』です。非現実な設定を「ゴジラが現れる」という一点に絞って、他は徹頭徹尾リアルに作り込んでいるといえば、納得していただけるのではないでしょうか。『名探偵は嘘を吐かない』も、転生以外の設定を現実でもあり得るものにすれば、うまくまとまるはずです。

大変な作業に思えますが、実はわりと簡単にできると予想していました。投稿作は、すごく立派な人間が、ボロボロの服を着ている状態でした。立派な人間が転生で、ボロボロの服が探偵の設定と裁きの円庭です。服を丁寧に繕《つくろ》えば、どこに出しても恥ずかしくない作品に仕上がるはずです。

繕いの方法も頭にありました。探偵・阿久津透の設定をいじって、彼の背景を説明する描写をちょっとだけ書き直す。裁きの円庭も、ぶれている設定のうち現実世界に最も合致しそうな部分を選んで、他をそこに合わせていく。大手術に見えて、それほど多くない分量の修正で済む。そう考えていました。

けれど、本人に伝えるわけにはいきません。僕たち選考委員は、修正すべき箇所を指摘し、なぜ修正しなければならないかは説明できても、どう修正するかは言ってはならないのです。言ってしまえば、阿津川さんの作品ではなくなってしまいますから。後は、本人に任せるしかありません。

ここで、カッパ・ツーが育成型の企画だという点が仇《あだ》になります。受賞させたけれど、もし本人が育たなかったら。つまり修正を重ねても出版できるレベルに達しなかったら。本作が世に出ることはないのです。僕たちは期待とより多くの不安を胸に、改稿を待ちました。

できあがってきた改稿を読んで驚きました。阿津川さんは、修正すべきふたつの設定を現実路線に戻すのではなく、より大きい虚構に変えてきたのです。

名探偵という非現実な設定を、探偵が国家機関として活躍するという、輪をかけて非現実な設定に変える。それがゆえに探偵が弾劾《だんがい》され得るというふうに展開することで、裁きの円庭を同じ流れの中に収めました。この変更によって、元々魅力的だった転生という設定を活かす舞台が整いました。

先ほど述べたように、僕は転生という設定以外は現実路線に戻して、手堅くまとめることを想像していました。しかし阿津川さんは僕の想像をはるかに超えていきました。こんな改変をすれば、普通は二つの虚構がぶつかり合って破綻します。それなのに、力業《ちからわざ》ですべてを整合させる。その新人離れした腕力に、僕は感嘆しました。カッパ・ツー第一回を飾るのにふさわしい傑作が、ここに誕生しました。

阿津川さんは「ほとんど別物になっている」と言っていますが、僕はそうは思いません。彼はボロボロの服を繕うのではなく、ピカピカのタキシードに着替えさせたのです。服に目を奪われると別人に見えますが、本人は変わっていません。しかも、そのタキシードが見事に身体に合っている。こんなことができる人は、なかなかいません。すごい新人が現れた。そう思いました。

僕はデビュー作の帯に「奇想を自由自在に操っている。彼は、魔法使いになれるかもしれない。」という推薦文を寄せました。文庫化にあたり本作を読み返して、あらためて確信しました。

阿津川辰海さんは、魔法使いであると。

＊この作品はフィクションであり、実在の人物・団体・事件とはいっさい関係ありません。

二〇一七年六月　光文社刊

図版制作　ヤマギシルイ

光文社文庫

名《めい》探《たん》偵《てい》は嘘《うそ》をつかない

著　者　阿《あ》津《つ》川《かわ》辰《たつ》海《み》

2020年6月20日　初版1刷発行

発行者　鈴　木　広　和
印　刷　堀　内　印　刷
製　本　ナショナル製本

発行所　株式会社　光　文　社
〒112-8011　東京都文京区音羽1-16-6
電話　(03)5395-8149　編　集　部
8116　書籍販売部
8125　業　務　部

ISBN978-4-334-79038-7　Printed in Japan

組版　萩原印刷

光文社文庫最新刊